Von Patricia Gaffney sind
als Heyne-Taschenbücher erschienen:

Mit den Augen des Mondes · Band 04/132
Süßer Verrat · Band 04/147
Im Schatten der Liebe · Band 04/168

PATRICIA GAFFNEY

IN DEN ARMEN DER LEIDENSCHAFT

Roman

Deutsche Erstausgabe

WILHELM HEYNE VERLAG
MÜNCHEN

HEYNE ROMANE FÜR »SIE«
Nr. 04/176

Titel der Originalausgabe
TO LOVE AND TO CHERISH
Aus dem Amerikanischen
von Mischa Lentz

Printed in France 1996
Umschlagillustration: John Ennis / Agentur Schlück
Umschlaggestaltung: Atelier Ingrid Schütz, München
Satz: Fotosatz Prechtl, Passau
Druck und Bindung: Brodard & Taupin

ISBN 3-453-10886-8

1

Lord D'Aubrey zu lieben war schwer, auch als er im Sterben lag. *Gott, stehe mir bei und gib mir die nötige Geduld und Demut,* betete der Geistliche Christian Morrell, dessen Beruf es verlangte, auch die Unbeliebten zu lieben. Vorsichtig beugte er sich über das Bett, in dem der alte Viscount lag und fragte ihn, ob er bereit sei, die Sakramente zu empfangen.

»Warum? Damit ich in den Himmel komme? Glauben Sie wirklich, Hochwürden, daß man mich dort erwartet? Ausgerechnet mich? Nun, warum antworten Sie denn nicht ...?« stöhnte der Kranke und rang nach Luft. Selbst zum Husten war er bereits zu schwach. Er röchelte verzweifelt, und sein eingefallenes Gesicht verfärbte sich blau, solange der Anfall dauerte. Dann lag er erschöpft da, die Hände fest auf die flache Brust gedrückt.

Christy setzte sich wieder in den hochbeinigen Stuhl, den er neben das Bett des Sterbenden gerückt hatte. In dem spartanisch eingerichteten Zimmer war es fast dunkel, abgesehen von dem schwachen Licht der auf dem Nachttisch stehenden Petroleumlampe, bei dem er sich die Augen verderben würde, wenn er weiterhin versuchte, in seinem Gebetbuch zu lesen. Durch die zugezogenen schweren Vorhänge drang weder der geringste Sonnenstrahl, noch das muntere Gezwitscher, mit dem die Vögel den Frühling in Devonshire willkommen hießen. Das einzige Geräusch, das Christy hörte, war das Ticken seiner eigenen Taschenuhr.

Eigentlich sollte Dr. Hesselius hier sein, dachte der Geistliche entmutigt.

»Lassen Sie mich rufen, wenn Sie mich brauchen. Ich

bezweifle allerdings, daß dies nötig sein wird«, hatte der Arzt gesagt, als er sich vor zwei Stunden verabschiedete. »Aber Sie können ganz beruhigt sein. Der alte Edwards hat keinerlei Schmerzen. Das ist in diesem letzten Stadium oft so. Und wenn Sie mich fragen, ich glaube nicht, daß er den heutigen Tag überleben wird. Ich habe für ihn getan, was ich konnte. Jetzt sind Sie an der Reihe, Hochwürden.«

Christy hatte genickt, ernst und gefaßt, als würde ihm diese Eröffnung nichts ausmachen. Hochwürden Morell hielt sich, zumindest an den besseren Tagen, für einen einigermaßen guten Vertreter der Kirche, wenn man bedachte, daß er erst kurz im Amt war und sich seine Vorzüge bisher in der Hauptsache darauf beschränkten, seinen Beruf mit Beharrlichkeit und ernsthaftem Eifer nachzugehen. Gelegentlich kam es vor, daß er das klägliche Gefühl hatte zu versagen, und diese Mißerfolge schienen sich gerade dann zu häufen, wenn es sein innigster Wunsch war, Trost zu spenden. Edward Verlaine stellte eine besondere Herausforderung dar, und Christy fürchtete, dieser nicht gewachsen zu sein.

Erinnerungen, die das goldgerahmte Ölgemälde über dem Kamin hervorriefen, störten seine bemühten Versuche zu beten. Lord D'Aubreys Großvater, unter dessen Hakennase es sonderbar grau schimmerte, schien mißtrauisch auf ihn herunterzublicken. Christy lächelte grimmig. Er mußte an den Tag denken, der ungefähr zwanzig Jahre zurücklag, an dem sich sein bester Freund Geoffrey und er, zwei nervös und aufgeregt kichernde Knaben, in dieses Zimmer geschlichen hatten. Geoffrey war auf einen Stuhl geklettert und hatte dem Porträt seines Urgroßvaters mit Holzkohle einen Schnurrbart verpaßt. Natürlich war versucht worden, die Spuren dieser Schandtat zu entfernen, aber die Holzkohle erwies sich als bemerkenswert resistent. Geoffrey war zur Strafe kräftig der

Hintern versohlt worden, allerdings nicht von seinem Vater, sondern von dessen Butler. Denn Edward Verlaine achtete stets auf Distanz, selbst wenn er seine Wutanfälle bekam.

Christy stand auf, um gegen die plötzliche Müdigkeit anzukämpfen, die das lange Sitzen hervorgerufen hatte. Er ging zum Fenster hinüber, zog den Vorhang etwas beiseite und blickte hinaus. In etwa einer halben Meile Entfernung konnte er den spitzen Kirchturm von Wyckerley erkennen, das einzige von hier aus sichtbare Bauwerk des Dorfes, in dem er aufgewachsen war. Es war April, und die Eichen auf den sanften Hügeln leuchteten in frischem Grün. Der Wyck, der in Dartmoor entsprang und sich normalerweise als kleiner friedlicher Fluß durch die Landschaft schlängelte, sah jetzt aus wie ein reißender Strom. Wie oft hatten Geoffrey und er an seinen steilen Ufern gesessen und gemeinsam ihre Angeln ausgeworfen. Die ersten sechzehn Jahre ihres Lebens waren die beiden Freunde unzertrennlich gewesen. Sie gingen zusammen fischen oder galoppierten auf ihren Ponies die roten Sandwege entlang. An einer bestimmten Kreuzung, an der sich ein riesiger grauer Monolith befand, pflegten sie in einer seiner Ritzen kleine Zettel zu verstecken, auf denen sie sich dringende Nachrichten zukommen ließen. Aber dann war Geoffrey eines Tages von zu Hause weggelaufen, und Christy hatte zwölf Jahre lang nichts mehr von ihm gehört, obwohl er ihm des öfteren an eine Londonder Adresse schrieb, die ihm schließlich der Anwalt von Lord D'Aubrey gegeben hatte.

Zwölf Jahre kein Lebenszeichen von dem Freund aus den Tagen seiner Kindheit. Und dann, vor einer Woche etwa, tauchte er plötzlich wieder auf. Christy war mehr als überrascht, bei seiner Rückkehr ins Pfarrhaus eine Nachricht von ihm vorzufinden.

»Laß mich wissen, wenn der alte Hund endlich krepiert«, hatte Geoffrey, offensichtlich in Eile, auf die Rückseite einer Schneiderrechnung gekritzelt. »Wie, zum Teufel, geht es dir eigentlich? Du, ein Priester? Das ist doch wohl ein Witz, oder?«

Christy wunderte sich nicht im geringsten über die Reaktion seines ehemaligen Gefährten. Wie oft hatten sie sich als Jungs über Magnus Morell, Christys gottesfürchtigen und außerordentlich gütigen Vater, lustig gemacht, der vor vier Jahren gestorben war und den die Dorfbewohner jetzt den ›alten Pfarrer‹ nannten, während sie von Christy als dem ›neuen Pfarrer‹ sprachen. Tatsächlich ließ sich der Beruf eines Kirchenmannes schlecht in Einklang bringen mit dem wilden, dekadenten Leben, das Geoffrey dem Hörensagen nach in London führte, ganz abgesehen von dem unglaublichen Gerücht, daß er seinen Lebensunterhalt als Söldner verdiente, als ein gemieteter Krieger also, der bereit war, mit der Waffe in der Hand für fremde Länder zu kämpfen, wenn seine Dienste nur gut genug bezahlt wurden. Irgendwann hatte Christy aufgehört, Geoffrey zu vermissen, auch wenn ihn der Verlust seines besten Freundes sehr schmerzte.

»Wie geht es ihm?«

Die geflüsterte Frage zwang den jungen Geistlichen, sich überrascht umzudrehen. An der Tür stand die alte Mrs Fruit, die schon lange vor seiner Geburt ihre Stelle als Haushälterin in Lynton Great Hall angetreten hatte. Inzwischen war sie schon recht schwach auf den Beinen und fast taub. Ihr freundliches, von Falten zerknittertes Gesicht und die nervös zuckenden, von Arthritis geplagten Finger verrieten ihre aufrichtige Besorgnis für den Kranken.

Christy nickte beruhigend und ging auf sie zu. Er nahm ihre Hände in die seinen und sagte sanft, indem er sich bemühte, seine Lippen langsam zu bewegen: »Unverändert. Er schläft.«

Mit Tränen in den grauen trüben Augen versuchte sie, über seine Schulter hinweg einen Blick auf den Kranken zu erhaschen. Mit einem Kopfnicken ermutigte er Mrs. Fruit, näher an das Bett zu treten. Die alte Frau machte einige kleine mühsame Schritte und blieb dann stehen, nicht etwa aus Angst, sondern aus Respekt vor ihrem Herrn, dem sie schon so lange diente.

Nur das heftige Zittern der gelben, gekrümmten Finger auf der schweren Bettdecke verriet, daß Edward Verlaine noch am Leben war. Unter der Decke zeichnete sich sein geschwollener Bauch ab. Einen krassen Gegensatz bildeten die abgemagerten Arme und Beine, die den dünnen Gliedmaßen eines Kindes ähnelten. Sein auf dem Kissen liegender Kopf sah aus wie der Schädel einer Mumie, und sein Atem ging flach. Mrs. Fruit schlug die Hände vors Gesicht und begann zu weinen.

Christy tätschelte ihr hilflos die Schulter. Es bekümmerte ihn, daß ihm keine tröstenden Worte einfallen wollten, abgesehen davon, daß sie diese nicht hören würde, wenn er sie ihr nicht unmittelbar ins Ohr schrie.

Als die Haushälterin sich wieder einigermaßen gefaßt hatte, erkundigte sie sich, ob sie ihm eine Tasse Tee oder ein Glas Wein bringen solle, ein Angebot, das er dankbar ablehnte, worauf sie schlurfend das Zimmer verließ. Er hörte, wie sie sich draußen die Nase putzte und mit langsamen, zögernden Schritten die elegante Treppe hinunterging.

Zu spät fiel ihm ein, daß er sie hätte bitten sollen zu bleiben. Mrs. Fruit war wahrscheinlich der einzige Mensch, der den alten D'Aubrey liebte, und mit Sicherheit die einzige, die ihn vermissen würde.

Christy sah zum Bett hinüber, weil er meinte, ein leises Geräusch gehört zu haben. Der alte Viscount, dessen eingefallenes Gesicht gelblich schimmerte, starrte ihn vorwurfsvoll an.

»Ich will Sie nicht hierhaben«, krächzte er. »Wo ist ihr Vater?«

»Mein Vater ist tot, Sir«, erinnerte ihn Christy freundlich und beugte sich über den Kranken.

Der Zorn verschwand aus den kalten schwarzen Augen des alten Mannes, als Christys Worte bis zu seinem Verstand vordrangen, aber seine Mundwinkel verzogen sich zu einem teuflischen Grinsen.

»Dann werde ich ihn ja bald wiedersehen, nicht wahr?«

Christys Finger umklammerten das Gebetbuch, das er jedoch nach einem kurzen Zögern beiseite legte. Er war sich seiner Unzulänglichkeit sehr deutlich bewußt und fühlte sich in diesem Augenblick hilfloser denn je, denn jede tröstende Bemerkung, die ihm durch den Kopf ging, würde, einmal ausgesprochen, abgegriffen und nichtssagend klingen. Es kam ihm vor, als sei er in seine Kindheit zurückversetzt worden, denn ihm war zumute wie dem Knaben, der sich einst vor jenem Mann, der nun in diesem Bett einen bedauernswerten Anblick bot, nicht nur gefürchtet hatte, sondern ihn damals sogar gehaßt hatte, aus Prinzip sozusagen, weil auch Geoffrey, sein bester Freund, seinen Vater haßte.

»Möchten Sie beten?« fragte Christy schließlich.

Der Viscount kniff, wahrscheinlich aus Gewohnheit, bei diesem Vorschlag feindselig und abwehrend die Augen zusammen. Dann wandte er das Gesicht ab.

»Beten Sie«, sagte er schwach.

Christy schlug sein Gebetbuch auf und begann dann laut daraus vorzulesen.

»Der Herr ist mein Hirte, mir wird nichts mangeln. Er weidet mich auf grünen Auen und führet mich zum frischen Wasser . . .«

»Nicht *den* Psalm, den davor.«

»Den . . .?«

»Den zweiundzwanzigsten!« krächzte der Viscount und

schloß erschöpft die Augen. Seine blassen Lippen verzogen sich zu einem abscheulichen Grinsen. »Nun? So lesen Sie doch, Hochwürden«, drängte er, als Christy zögerte.

Widerwillig gab Christy nach.

»Mein Gott, mein Gott, warum hast du mich verlassen?« las Christy verhalten die traurige Botschaft vor. »Ich heule, aber du hörst mich nicht. Ich rufe, aber du antwortest nicht. Unsere Väter hofften auf dich, und da sie hofften, hast du ihnen geholfen. Ich aber bin ein Wurm und kein Mensch, ein Spott der Leute und Verachtung des Volkes. Alle, die mich sehen, sperren das Maul auf und schütteln den Kopf. . .«

Christy wagte einen Blick in das Gesicht des alten Viscount. Der Kranke lag ganz still da, die Augen geschlossen, den zahnlosen Kiefer fest zusammengepreßt. Offenbar kämpfte er gegen die ihn plötzlich überkommenden Gefühle an. Doch trotz angestrengter Bemühungen quollen unter seinen pergamentartigen Lidern Tränen hervor. Christy nahm seine Hand und hielt sie ganz fest, während das Weinen des Kranken in ein kaum hörbares Fluchen überging.

»So tun Sie es doch«, röchelte er schließlich. »Worauf warten Sie, verdammt noch mal? Tun Sie es.«

»Was meinen Sie denn?« fragte Christy ganz erschrokken.

»Erlösen Sie mich . . . die Absolution . . .«, stammelte Edward.

»Unser Herr, der Allmächtige, der seinen Priestern die Macht gegeben hat, dem Volke seine Sünden zu vergeben . . .«, betete Christy, ohne den Sterbenden aus den Augen zu lassen. »Edward, und so frage ich dich im Namen Gottes, bereust du aufrichtig und von Herzen die von dir begangenen Sünden?«

»Ich bereue . . .«, stöhnte der Viscount.

»Bist du bereit, dich von nun an an die Gebote Gottes zu halten und dich seiner Führung anzuvertrauen?«

»Ja.«

»Dann seien dir deine Sünden vergeben.«

Der Sterbende sah ihn mit glasigen Augen ungläubig an.

»Glauben Sie mir, Gott liebt Sie, Mylord. Er hat Ihnen vergeben.«

»Daran glauben ... oh, wenn ich es nur könnte ...«, stammelte Edward verzweifelt.

»Versuchen Sie es. Sie können es. Friede wird in Ihr Herz einziehen.«

»Friede ...«, röchelte der Viscount, die Augen hoffnungsvoll nach oben gerichtet.

»Möchten Sie jetzt die Sakramente empfangen, Mylord?«

Der alte Mann nickte zögernd.

Christy sprach mit lauter Stimme die Worte des Rituals. Edward war jetzt so schwach, daß er nur einen winzigen Teil der Hostie schlucken konnte, und seine blutleeren Lippen zitterten, als er den gesegneten Kelch damit berührte. Dann ließ er sich zurücksinken und lag ganz still. Nur das leichte Zittern der Spitzenbesätze an seinem Nachthemd verriet, daß er noch atmete.

Christy empfand die wieder eingekehrte Stille im Zimmer als nicht mehr ganz so hoffnungslos, obgleich er sich, in seinem Stuhl sitzend, erneut Gedanken darüber machte, was ihm fehlen mochte, um wirklich ein guter Priester zu sein. Wenn er nur aufhören könnte, immer über sich selbst nachzudenken, wenn er nur die Angst verlieren würde, die ihn jedesmal überfiel, wenn er einem Sterbenden beistand. Warum empfand er weder Liebe noch aufrichtiges Mitgefühl für die Kranken und Sterbenden? Warum war er nicht wie sein Vater? *Oh Herr, gib mir die Kraft, den Sterbenden in die Dunkelheit zu folgen. Und hilf mir, mir selbst zu vergeben, wenn ich es nicht kann,* betete er lautlos.

Plötzlich versuchte sich der Kranke aufzurichten.

»Hilf mir ... o mein Gott, wie ich es hasse ... wie sehr ich diese Dunkelheit fürchte ...«, krächzte der alte Mann.

Christy stand hastig auf, legte dem Viscount den Arm um die mageren Schultern und stützte ihn.

»Geoffrey? Bist ... bist du es?«

»Ja, Vater, ich bin es, Geoffrey«, log Christy ohne zu zögern.

»Mein Junge. Mein Sohn. Ich wußte, du würdest kommen ...«, röchelte Edward, und sein zahnloser Mund verzog sich zu einem seligen Lächeln. Dann fiel sein Kopf schwer zur Seite. Lord D'Aubrey war tot.

Christy ließ den Toten sanft in die Kissen zurückgleiten und schloß ihm die Augen.

»Gehe hin in Frieden, denn der Allmächtige hat dir deine Sünden vergeben«, murmelte er und salbte die Stirn des Verblichenen. Die gewohnten Gesten dieses ernsten Rituals taten ihm gut. Dann sank er auf die Knie, faltete die Hände und senkte den Kopf im stillen Gebet.

So fand ihn Geoffrey.

2

Christy hatte ihn nicht kommen gehört. Aber ein leiser Lufthauch verriet ihm, daß die Tür geöffnet worden war. Langsam richtete er sich auf.

Ein großer dunkelhaariger Mann mit ungesund blassem Gesicht, eingefallenen Wangen und schwarzen tiefliegenden Augen betrat das Zimmer. Einen grotesken Augenblick lang dachte Christy, daß Edward von den Toten auferstanden sei. Als er jedoch die Frau entdeckte, die hinter den breiten Schultern Geoffreys auftauchte, erkannte er seinen Irrtum.

Hastig stand er auf und ging auf den Freund zu, bereit, ihn in seine Arme zu schließen. Doch Geoffrey streckte ihm nur die Hand entgegen und klopfte ihm auf die Schulter. »Du lieber Himmel, dann ist es also wahr! Du bist tatsächlich Priester geworden«, rief er, und seine Stimme klang furchterregend laut nach der stundenlangen Stille in diesem Zimmer.

»Wie du siehst.«

Besorgt betrachtete Christy seinen ältesten Freund, den er ganz anders in Erinnerung hatte. Mit sechzehn war Geoffrey ein muskulöser, kraftstrotzender junger Mann gewesen, der bei ihren damaligen Rangeleien fast immer als Sieger hervorgegangen war. Jetzt sah er aus, als könne ihn der wohlgezielte Hieb eines Kindes zu Boden werfen. Nur dieses unwiderstehlich charmante Grinsen war dasselbe wie einst. Christy mußte lächeln, trotz der traurigen Umstände ihres Wiedersehens.

»Gott sei Dank, daß du da bist, Geoffrey. Dein Vater ...«

»Ist er tot?« erkundigte sich Geoffrey und begab sich, ohne auf eine Antwort zu warten, zum Bett. »Tatsächlich!« meinte er dann leise und starrte auf den leblosen Körper. »Keine Frage, der Alte ist wirklich tot.«

Die Frau stand immer noch unbeweglich an der Tür. Sie trug ein braunes Reisekostüm, das ihre schlanke Figur vorteilhaft betonte, und einen Hut, von dessen breiter Krempe ein Schleier hing, der die obere Hälfte ihres Gesichts verdeckte. Christy warf ihr einen neugierigen Blick zu, erstaunt darüber, daß sie nichts sagte.

Dann richtete er seine Aufmerksamkeit auf Geoffrey, der mit dem Rücken zu ihnen stand. Dessen aufrechte Haltung verriet keinerlei Gefühlsregung. Christy stellte sich neben den Freund, und gemeinsam betrachteten sie das leblose Gesicht Edwards.

»Er hat nicht gelitten«, meinte Christy beruhigend. »Es war ein sehr friedlicher Tod.«

»Ach ja? Er sieht trotzdem schrecklich aus, findest du nicht? Was hat ihm eigentlich gefehlt?«

»Seine Leber ...«

»Aha, die Leber also«, sagte Geoffrey mit gerunzelter Stirn und zusammengekniffenen Augen.

Christy konnte sich des Eindrucks nicht erwehren, daß Geoffrey den Tod seines Vaters offenbar nicht im geringsten bedauerte. Vielmehr kam es ihm vor, als betrachte dieser den leblosen Körper nur, um sich zu überzeugen, daß sein Vater wirklich und wahrhaftig tot war.

»Er hat nach dir gefragt, bevor er starb.«

Geoffrey sah ihn zweifelnd an.

»Ach wirklich?« meinte er. Dann brach er in lautes Gelächter aus. »Das finde ich ungemein witzig.«

Christy wandte sich betreten ab. Inzwischen war die Frau etwas näher gekommen. Im schwachen Licht der Petroleumlampe wirkten ihre Augen silbergrau und seltsam starr. Um ihren großen, wohlgeformten Mund lag ein ironischer Zug.

»Ich hatte das Gefühl«, versuchte Christy es erneut, »dein Vater war am Schluß, als er sein Ende nahen fühlte, von Reue erfüllt. Ich bin sicher, es tat ihm von Herzen leid, daß ...«

Geoffrey unterbrach ihn. Er fluchte auf eine so abscheuliche vulgäre Weise, daß Christy sich peinlichst berührt abwandte. Dabei erhaschte er einen Blick auf die Frau, deren Augenbrauen, wie in stummer Belustigung, nach oben gerutscht waren.

Geoffreys Zorn verschwand so schnell, wie er gekommen war. Er wandte sich mit einem Ruck vom Bett ab, legte den Arm um Christys Schultern und schenkte ihm ein fast liebevolles Lächeln.

»Also, wie ist es dir in all den Jahren ergangen, alter

Kumpel?« Er trat einen Schritt zurück und betrachtete Christy von oben bis unten. »Verdammt, du siehst immer noch aus wie ein Erzengel!« Lachend zerzauste er Christys blondes Haar.

Christy schwieg betreten. Alles, was er über Geoffreys Erscheinung hätte sagen können, wäre entweder taktlos oder verletzend gewesen. Abgesehen davon erschreckte ihn die Tatsache, daß Geoffreys Atem nach Alkohol roch.

»Komm, laß uns von hier verschwinden«, meinte Geoffrey und drängte ihn zur Tür. »Oh, Liebling, es tut mir leid«, wandte er sich an die Frau. »Ich habe dich ganz vergessen. Das hier ist Christian Morrell, ein Kumpel meiner friedlichen Kindheitstage. Christy, darf ich dir meine Frau Anne vorstellen? Nun, schüttelt euch schon die Hände, ihr beiden. Und dann gehen wir drei etwas trinken.«

»Es freut mich, Sie kennenzulernen, Hochwürden«, murmelte Anne Verlaine ohne das geringste Lächeln.

Nur mit Mühe verbarg Christy seine Überraschung. Natürlich wurden im Dorf alle möglichen Gerüchte über Geoffrey erzählt, nachdem er als Sechzehnjähriger verschwunden und nie wieder aufgetaucht war. Eines davon besagte, daß er etwa vor vier Jahren die Tochter eines Malers geheiratet habe. Etwas später wurde behauptet, er kämpfe gegen die Burmesen in Pegu, und von seiner Frau war nicht mehr die Rede gewesen. Folglich hatte Christy angenommen, es habe sich bei der Heirat auch nur um eine der unzähligen Geschichten gehandelt, die über den verlorenen Sohn des Dorfes im Umlauf waren und in jedem Wirtshaus zur Erheiterung beitrugen.

»Mrs. Verlaine«, begrüßte er sie nun und nahm ihre schmale, kühle Hand in die seine.

Sie war jünger, als er anfangs angenommen hatte, wahrscheinlich noch nicht einmal fünfundzwanzig. Obwohl sie mit englischem Akzent sprach, wirkte sie wie eine Fremde. Er war sich nicht sicher, ob es an dem ausgefallenen Schnitt ihres Kleides lag oder an der Art, wie sie einen ansah. Für eine Frau war ihr Blick ungewöhnlich direkt.

»Was heißt da Mrs. Verlaine! Das galt bis vor kurzem, ja. Doch jetzt heißt sie Lady D'Aubrey. Wie fühlst du dich als Frau eines Viscount, Liebling? Um die Wahrheit zu sagen, *ich* kann es kaum erwarten, daß mich jemand mit Mylord anredet. Kommt, jetzt müssen wir aber unbedingt auf Vaters Ableben anstoßen. Lange genug hat es ja gedauert. Aber besser spät, als nie, was?«

Geoffrey legte besitzergreifend den Arm um die Taille seiner Frau und führte sie hinaus. Christy blieb nichts anderes übrig, als den beiden zu folgen.

Lynton Halls größter Salon kam Christy heute noch düsterer vor als sonst. Aber das lag vielleicht daran, daß er sich unbewußt vorstellte, wie der Raum auf Geoffrey wirken mußte.

»Du lieber Gott«, rief der neue Viscount, als sie das kalte, leblos wirkende Zimmer betraten. »Hier sieht es ja aus wie in einer Grabkammer. Sei so gut, Anne, und zünde ein paar Kerzen an, ja?«

Suchend sah er sich um. Dann entdeckte er die neben dem Marmorkamin hängende Klingelschnur und zog daran.

»Funktioniert sie?« erkundigte er sich zweifelnd, als weißer Gipsstaub von der Decke rieselte. »Offenbar ja«, meinte er dann, als irgendwo im Haus ein gedämpftes Klingeln zu hören war.

Anne zog die schweren Vorhänge auf. Grelles Sonnenlicht flutete herein und enthüllte erbarmungslos die Flekken auf den Tapeten und die abgetretenen Stellen im Teppich.

Geoffrey hob einen Arm vor die Augen und rief betont entsetzt: »Aber Liebling, so hell wollen wir es nun auch wieder nicht haben.«

Ohne etwas zu erwidern, ja ohne ihn auch nur anzusehen, zog Anne die Vorhänge wieder etwas zu und ging hinüber zu der auf einem kleinen Beistelltisch stehenden Petroleumlampe, die sie anzündete.

Christy stand immer noch bei der Tür. Geoffrey hingegen eilte mit großen Schritten durch den Raum und betrachtete mißtrauisch die alten Möbel.

»Ob es hier einen Schrank gibt, in dem wir vielleicht Alkohol finden?«

»Unwahrscheinlich«, sagte Christy lächelnd. »Dein Vater hat aufgehört zu trinken, als er krank wurde.«

»Na, ich denke doch, wenigstens in der Küche müßte Cognac oder etwas Ähnliches zu finden sein«, beharrte Geoffrey fröhlich.

Vom Flur her hörte man das Geräusch zögernder Schritte. Kurz darauf betrat die Haushälterin das Zimmer und blieb wie angewurzelt stehen.

»Mrs. Fruit!« rief Geoffrey übertrieben freundlich. »Sie haben sich ja kaum verändert.«

Ängstlich wich die alte Frau zurück.

»Was ist los mit Ihnen? Erkennen Sie mich nicht? Ich bin es. Geoffrey!«

Die Haushälterin schob mit einer Hand ihr linkes Ohr vor. »Geoffrey?« stammelte sie unsicher, und ein scheues Lächeln vertiefte ihre Falten. »Himmel, ja, Sie sind es wirklich. Einen Augenblick lang hielt ich Sie tatsächlich für Ihren Vater!«

Geoffrey gab vor, zutiefst gekränkt zu sein.

»Nun sagen Sie bloß, ich habe Ähnlichkeit mit der schrecklichen Leiche da oben!« scherzte er.

»Leiche?« wiederholte Mrs. Fruit entsetzt.

»Er ist tot«, sagte Geoffrey so laut, als ihm endlich klar wurde, daß die alte Frau fast taub war. »Er ist endlich krepiert!« Belustigt starrte er in ihr trauriges, faltiges Gesicht. »Du lieber Gott, sein Tod geht ihr wirklich nahe«, murmelte er erstaunt. »Ist ja gut, Mrs. Fruit. Seien Sie doch so gut, uns einen Cognac zu holen, ja? Und trinken Sie auch einen. Das wird Ihnen guttun.« Mit diesen Worten schob er sie, den Arm um ihre gekrümmten Schultern gelegt, zur Tür.

»Wie taktlos von dir, Geoffrey«, tadelte Anne leise und eilte der Haushälterin nach, die schluchzend den Flur entlangschlurfte.

»Warum hast du das getan?« fragte Christy, erstaunt und ärgerlich zugleich.

»Was habe ich denn getan?« fragte Geoffrey und ging lachend zu den hohen Fenstern hinüber. Kopfschüttelnd sah er hinaus. »Was für ein schrecklicher Ort, findest du nicht? Ich schwöre dir, nicht einmal habe ich an Lynton Hall gedacht, nicht ein einziges Mal in zwölf Jahren. Aber jetzt kommt es mir vor, als wäre ich nie weggewesen. Ich erinnere mich an jedes Möbelstück, an jede Ecke ... erstaunlich ... ganz erstaunlich ...«

»Dein Vater hat sich nicht allzusehr um das Haus gekümmert«, meinte Christy.

»Warum? Weil er krank war?«

»Nein, seine Krankheit dauerte nur ein paar Monate. Ich hatte eher den Eindruck, es interessierte ihn nicht mehr.«

»Na, wenigstens etwas, was wir gemeinsam hatten. Wer hätte das gedacht.«

Christy warf ihm einen ärgerlichen Blick zu. »Soweit ich weiß, wirft der Besitz einen ganz guten Gewinn ab. Aber dein Vater hat nichts investiert. Die verpachteten Höfe sind ziemlich heruntergekommen ...«

»Was hat er mit seinem Geld gemacht?«

»Gespart, nehme ich an. Ich hoffe, die Dinge ändern sich jetzt, da du wieder hier bist. Holyoake tut, was er kann, aber ...«

»Wieviel Geld, glaubst du, hat er gehortet?«

»Das kann ich nicht sagen. Dein Vater hat mich nicht ins Vertrauen gezogen. Aber seine Anwälte werden sich gewiß bald mit dir in Verbindung setzen. Dann wirst du alles erfahren.«

»Vorausgesetzt, der Alte hat mir überhaupt etwas hinterlassen«, sagte Geoffrey mit einem unangenehmen Lächeln.

Er ging zur Tür und riß sie auf.

»Anne! Wo steckst du denn? Hast du ein Fläschchen für uns gefunden? Egal, was drin ist. Wir verdursten hier. Also beeil dich.« Dann wandte er sich an Christy. »Was für eine Reise! Ich komme mir vor wie ein Fisch auf dem Trockenen. Erst eine ganze Nacht im Zug, und morgens haben wir dann von Plymouth eine Kutsche genommen. Einfach grauenvoll, das kann ich dir sagen.« Mit Schwung ließ er sich der Länge nach auf das durchgesessene Sofa fallen. »So setz dich doch, Christy. Himmel, es fällt mir wirklich schwer, mich an dein Aussehen zu gewöhnen. In der Verkleidung siehst du aus wie eine riesige Krähe.«

Christy zog sich den Schaukelstuhl zum Sofa. Feuchter Modergeruch stieg ihm in die Nase, als er sich setzte.

»Das ist eigentlich nicht der Eindruck, den ich erwekken möchte«, meinte er lächelnd.

Unauffällig betrachtete er den Jugendfreund, den er einst um sein gutes Aussehen beneidet hatte. Davon war nicht sehr viel übriggeblieben. Das bereits lichter werdende dunkelbraune Haar gab eine sehr blasse, knochige Stirn frei, wodurch die tiefliegenden schwarzen Augen noch dunkler wirkten. Wenn er seine Lippen befeuchtete, konnte man die belegte Zunge sehen, die langen Wimpern klebten zusammen, als habe er sich nach dem Aufwachen nicht gewaschen.

»Wenn ich recht bedenke, dann siehst du doch nicht wie eine Krähe aus. Eher wie ein goldener Adler ... wegen deinem blonden Schopf«, sagte Geoffrey lachend. »Und nun erzähl mir einmal, wie lange du schon in deinem heiligen Amt waltest.«

»Das sind jetzt zwei Jahre. Ungefähr ein Jahr war ich in Exminster, dann wurde ich auf Wunsch des Bischofs hierher versetzt.«

»Hat es dich denn gefreut, wieder nach Hause zu kommen?«

»Um offen zu sein, ich war mir nicht ganz sicher.«

Geoffrey lachte verständnisvoll.

»Und was sagt dein Vater dazu, daß du seinen heiligen Fußstapfen folgst?«

»Mein Vater ist vor ungefähr vier Jahren gestorben. Zwei Jahre nach dem Tod meiner Mutter.«

»Oh, Christy, das tut mir wirklich leid.«

»Danke, Geoffrey.«

Warum hast du mir nie geschrieben? Warum hast du dich zwölf Jahre nicht gemeldet? dachte Christy.

»Und du bist Söldner geworden, nicht wahr?« fragte er statt dessen, und bemühte sich, den leichten Ton nachzuahmen, den Geoffrey ihm gegenüber angeschlagen hatte. »Wenn nur die Hälfte der Gerüchte stimmt, die man sich hier erzählt, dann führst du ein hochinteressantes Leben, um es milde auszudrücken.«

Geoffrey sprang auf und ging unruhig im Zimmer auf und ab.

»Interessant? Zur Hölle, ja ... Man kann es wohl so nennen. Sag mal, reitest du eigentlich noch?«

»Gewiß. Ich habe einen kastanienbraunen Hengst. Doncaster heißt er. Ein wunderschönes Pferd.«

»Ist er schnell?«

»Ich denke schon, aber ...«

»Christy! Du wirst mir doch wohl nicht weismachen wollen, daß es dir keinen Spaß mehr macht, das Letzte aus dem Gaul herauszuholen, oder?«

»Der Bischof mag es ganz und gar nicht, wenn die Vertreter der Kirche Pferderennen veranstalten«, meinte Christy trocken. »Also habe ich es aufgegeben.«

»Das ist aber verdammt schade! Ach, Anne, da bist du ja endlich. Ich dachte schon, wir kriegen in diesem Haus nie mehr etwas zu trinken.« Ungeduldig griff er nach der Flasche auf dem Tablett, das seine Frau hereintrug. »Sherry!« rief er enttäuscht, während Anne zum nicht angezündeten Kamin hinüberging, nachdem sie das Tablett mit den zwei Gläsern abgesetzt hatte. »Du lieber Himmel! Na ja, besser als gar nichts. Trinkst du denn keinen, Anne?«

Anne schüttelte verneinend den Kopf. Sie hatte inzwischen ihren Hut abgelegt. Das rotblonde Haar schien kürzer geschnitten zu sein, als es der derzeitigen Mode entsprach.

Geoffrey füllte die Gläser und drückte Christy eines in die Hand. »Worauf wollen wir trinken? Ach, ich weiß ... auf uns arme Waisenkinder. Meine Frau ist nämlich auch eine Waise ... stimmt's, Liebling? Und arm wie eine Kirchenmaus. Als ich sie heiratete, nahm ich an, sie sei reich. Ein tragischer Irrtum, wie sich herausstellte.« Er füllte erneut das bereits ausgetrunkene Glas. »Ich merke schon, darauf willst du nicht trinken. Also gut, dann habe ich einen besseren Vorschlag. Trinken wir auf den Tod meines Vaters. Möge seine verrottete Seele ewiglich in der Hölle schmoren.« Mit einem einzigen Schluck kippte er den Sherry in seine Kehle und knallte das leere Glas auf den Tisch.

Christy spürte Annes Blick und sah zu ihr hinüber. Ihre Augen waren in Wirklichkeit grün und beobachteten ihn ernst und seltsamerweise erwartungsvoll. Ohne zu trinken, setzte Christy sein Glas ab.

»Nun, was gibt es für Neuigkeiten in meinem geliebten Zuhause? Holyoake ist also immer noch der Gutsverwalter?« erkundigte sich Geoffrey und griff nach der Sherryflasche.

»Der alte Holyoake ist vor einigen Jahren gestorben. Aber du erinnerst dich doch sicher noch an seinen Sohn William? Er ist der jetzige Gutsverwalter. Er liebt die Arbeit und ist ein anständiger, ehrlicher Mann. Ich denke ...«

»Na wundervoll! Dann kann ich ihm ja alles überlassen.«

»Heißt das, du hast nicht vor hierzubleiben?« fragte Christy erstaunt.

»Lieber Gott, nein! Auf jeden Fall nicht sehr lange. Habe ich dir nicht erzählt, daß ich mich für eine neue Aufgabe bei der Armee beworben habe? Wahrhaftig, der schlimmste Fehler meines Lebens war es, letztes Jahr mein Offizierspatent zu verkaufen ...«, er grinste anzüglich zu Anne hinüber, »... na ja, beinahe der schlimmste. Ich hätte mir lieber das nötige Geld leihen sollen. Na, Schwamm drüber. Weißt du, was die königliche Kommission heutzutage für ein Leutnantspatent verlangt? Neuntausend Pfund! Das heißt, die wirklichen Kosten belaufen sich auf fast dreizehntausend Pfund. Wenn mein lieber Vater mir überhaupt etwas hinterlassen hat, dann ist es mir vielleicht möglich, diese Geldabschneider in Mayfair zu bezahlen, und mit ein bißchen Glück befinde ich mich bereits in einem Monat auf einem Schiff, das ins Schwarze Meer segelt.«

»Um zu kämpfen? Meinst du das? Als richtiger *Soldat*?«

»Als was denn sonst, zum Teufel? Als Krankenschwester vielleicht?«

»Aber du bist doch ...« Christy unterbrach sich schnell. »Entschuldigung, aber ich dachte, du bist vielleicht krank gewesen ...«

»Ach ja? Sehe ich etwa krank aus?« meinte Geoffrey mit zornig blitzenden Augen. »In der Tat ...«, fuhr er gelassen fort, nachdem er sich das Haar zurückgestrichen hatte, eine Geste, die offenbar auch seine Wut besänftigte, »... hatte ich einen kleinen Rückfall ... mein altes Leiden, die Malaria. Habe sie mir 1851 bei den verdammten Eingeborenen geholt, gegen die wir damals kämpften. Aber jetzt bin ich wieder in Form. Dank Annes liebevoller Pflege dauern diese Anfälle nie sehr lange. Nicht wahr, mein Schatz?«

Alles, was Geoffrey zu seiner Frau sagte, klang wie eine unterschwellige Beleidigung, fiel Christy auf. Die beiden schienen auf einem Pulverfaß zu sitzen. Was hatte die Veränderung in Geoffreys Wesen wohl hervorgerufen? Warum war er so spöttisch? Seine zur Schau gestellte gute Laune war unecht, daran bestand kein Zweifel.

Anne hingegen war ihm ein Rätsel. Christy hätte sie am liebsten so lange angestarrt, bis er aus ihr schlau würde und sie einordnen könnte in eine ihm bekannte Schublade. Sie war hübsch, aber es war nicht allein ihre Schönheit, die sie so anziehend machte. Inzwischen war er sich sicher, daß sie sich im stillen über ihn amüsierte.

Geoffrey war wieder auf dem Sofa zusammengesunken und starrte abwesend in sein Glas. Es war, als habe er in sich ein Licht ausgelöscht, so völlig hatte er sich in sich zurückgezogen. Christy mußte seinen Satz zweimal wiederholen, bevor er seine Aufmerksamkeit erlangte.

»Ich sagte, ich kümmere mich gerne um das Begräbnis deines Vaters, wenn du es möchtest.«

»Einverstanden. Oh, du gehst schon?« fragte er enttäuscht, als Christy nach seinem Hut griff. »Kannst du nicht noch eine kleine Weile bleiben?« drängte er und sprang auf. »Nur noch ein Weilchen.«

Christy zögerte. »Na gut, wenn dir daran liegt.«

»Wunderbar. Dann trinke doch endlich was. Wie in den guten alten Zeiten, Christy. Erinnerst du dich noch an die Nacht, als mein Vater in Tavistock war und wir den Gin geleert haben, den der Stallbursche in seinem Spind versteckt hatte? Ich habe noch nie jemanden gesehen, der so betrunken war, wie du in dieser Nacht. Du wolltest unbedingt, daß deine Stute ... wie hieß sie doch noch gleich?«

»Piper«, grinste Christy.

»Piper, genau. Du wolltest sie ins Haus bringen. Sie sollte mit uns zu Abend essen, richtig am Tisch und so. Erinnerst du dich noch? Nun trink doch endlich einen Schluck.«

Christy griff wieder nach seinem Hut. »Es tut mir leid, aber jetzt muß ich wirklich gehen.«

»Aber warum denn?«

»Eine Verabredung. Der Kirchendiener und ein Gemeindevertreter erwarten mich im Pfarrhaus.«

»Aber gerade eben hast du doch gesagt, du bleibst noch!«

»Ich dachte, du brauchst mich vielleicht ... in meiner Eigenschaft als Geistlicher«, murmelte Christy verlegen.

»Du dachtest, ich brauche deinen seelsorgerischen Trost?« fragte Geoffrey und lachte aus vollem Herzen.

Christy wagte es nicht, zu Mrs. Verlaine hinüberzusehen. Sicherlich amüsierte sie sich auf seine Kosten. Wahrscheinlich belustigte es sie, endlich das englische Landleben, von dem sie bisher nur in Büchern gelesen hatte, in seiner ganzen Merkwürdigkeit kennenzulernen.

»Ich werde auf dem Heimweg bei Dr. Hesselius vorbeigehen und mit ihm alles besprechen«, meinte Christy. »Im Dorf gibt es ein paar Frauen, die sich um ... die sterblichen Überreste deines Vaters kümmern können. In dieser Hinsicht brauchst du dir also keine Sorgen zu machen.«

»Ich habe dich beleidigt, nicht wahr? Das tut mir leid, wirklich.«

»Aber nein«, beeilte Christy sich zu sagen.

Erst jetzt wurde ihm klar, daß Geoffrey betrunken war.

Mrs. Verlaine schien dem Gespräch nicht mehr zuzuhören. Sie wandte ihnen den Rücken zu und sah zu einem der Fenster hinaus.

»Warum kommst du nicht morgen abend zum Essen?« schlug Geoffrey plötzlich vor. »Es muß hier doch einen Koch geben, oder Anne könnte uns etwas zubereiten. Sie ist in solchen Dingen sehr geschickt, mußt du wissen. Stimmt's Liebling?«

»Tur mir leid, aber morgen kann ich nicht. Ich habe bereits eine Verabredung.«

»Ach ja?« Geoffrey klang verletzt. »Na, dann eben ein ander Mal.«

»Besuche mich doch im Pfarrhaus«, sagte Christy und streckte den Freund die Hand entgegen.

»Im Pfarrhaus?« wiederholte Geoffrey abwesend. Dann schien er sich zu erinnern, worüber sie sich unterhielten. »Ja, sicher. Das mache ich. Ich stelle mir das lustig vor. Wie in alten Zeiten. Nur wirst diesmal *du* hinter diesem riesigen Schreibtisch deines Vaters sitzen. Du kannst mir dann ein Gläschen von dem Kapuzinerkressewein anbieten, wie es dein Vater immer mit seinen Besuchern getan hat.«

Geoffrey schnitt eine Grimasse und legte ihm den Arm um die Schultern, um ihn zur Tür zu begleiten.

»Es war mir ein Vergnügen, Sie kennengelernt zu haben, Lady D'Aubrey«, verabschiedete sich Christy von Anne, die sich inzwischen umgedreht hatte.

Seine Förmlichkeit schien sie zu belustigen. »Ihr Besuch hat uns gefreut, Hochwürden. Es war sehr freundlich von Ihnen zu kommen. Ich hoffe ...«

»Sag mal, Christy«, unterbrach Geoffrey sie. »Du erwartest doch hoffentlich nicht von Anne, daß sie jetzt die kranken Bauern besucht, oder?« Er lachte. »Obwohl ... stell dir vor, Liebling, du als die wohltätige Lady von Wyckerley! Ich frage mich seit Jahren, was deine wahre

Berufung ist. Vielleicht haben wir jetzt die Lösung des Rätsels gefunden, was meinst du?«

Annes Wangen röteten sich leicht, wie Christy verwundert und zugleich erleichtert feststellte. Die schöne Lady D'Aubrey war zumindest nicht ganz so gefühllos, wie es auf den ersten Blick den Anschein hatte. Doch sie hatte sich sehr schnell wieder gefaßt. Höflich, aber ohne Herzlichkeit verabschiedete sie sich von ihm, als er sich vor ihr verbeugte. Dann wandte sie sich ab und griff nach seinem noch vollen Sherryglas, das sie in einem Zug leerte. Dann schüttelte sie sich, als habe sie gerade Gift getrunken. Ihr Verhalten wunderte Christy über alle Maßen.

3

Lynton Great Hall
7. April 1854

Heute wurde Geoffreys Vater begraben. In Geoffreys Augen sah ich keine Trauer, nur seltsame Befriedigung. Ich mußte an meinen eigenen Vater denken und wie unwichtig ich ihm in Wirklichkeit gewesen war. Obwohl ich das wußte, liebte ich ihn, auf eine blinde, kindliche Art, die mich heute erstaunt. Und was ist aus diesem kleinen Mädchen geworden, das so leidenschaftlich lieben konnte und zu so starken Gefühlen fähig war? Ich kenne zwar nicht den wahren Grund, warum Geoffrey seinen Vater Edward so bitterlich haßte, aber ich kann es erraten. Sagen wird er es mir niemals. Auch das ist eines der vielen Dinge, die mich nichts angehen. Ich weiß allerdings, daß der alte Verlaine nicht bereit war, seinem Sohn Geld zu geben. Damals, nach dem nicht enden wollenden Winter, in dem Geoffrey aus unserer Wohnung in Holburn verschwunden war und mir nicht mehr als vier Pfund und sechs Schillinge gelassen hatte, hat mir der alte Mann einen Brief geschrieben, den ich irgendwann weggeworfen habe. Aber ich erinnere mich noch genau an dessen Inhalt. »Bitte schreiben Sie mir nicht mehr, Mrs. Verlaine. Geoffreys Geldsorgen interessieren mich schon seit Jahren nicht mehr, und seine ehelichen Probleme haben es noch nie getan. Ich fürchte, Sie sind ein dummes Mädchen, sonst hätten Sie niemals das Bett mit meinem Sohn geteilt. Wie man sich bettet, so liegt man. Ich wünsche Ihnen viel Glück, aber ich zweifle daran, daß Sie es überleben werden. Von mir können Sie keinerlei Hilfe erwarten.«

Ein dummes Mädchen. Ohne Zweifel. Zu vertrauensselig und stets das Beste hoffend. Heute bin ich um vieles klüger.

Das Begräbnis von Lord D'Aubrey war alles andere als herzergreifend. Die meisten Leute kamen wohl nicht, um den alten Viscount zu betrauern, sondern einen Blick auf den neuen zu erhaschen. Mrs. Fruit war eigentlich die einzige, die echte Tränen vergoß. Ihre Trauer ist echt, und sie tut mir leid deswegen. Der Erzengel, Hochwürden Morrell, tat sein Bestes. Der Spitzname, den Geoffrey seinem Freund gegeben hat, gefällt mir. Er sieht wirklich aus wie der Heilige Michael oder der Heilige Gabriel, wie man sie in der Renaissance gemalt hat oder wie Blake sie in seinen Kupferstichen dargestellt hat. Es war sicherlich nicht ganz einfach für den Priester, nette Dinge über den Verblichenen zu sagen. Wahrscheinlich hat er darum fast eine halbe Stunde über die englische Tradition gefaselt und darüber, wie sehr das Wohl einer Gemeinde von den Adligen abhängt — ganz allgemein natürlich, und nicht auf eine bestimmte Gemeinde und einen bestimmten Viscount bezogen. Die Zeremonie an sich wäre sehr schön gewesen, wenn Geoffrey sich nicht so offensichtlich ungeduldig gezeigt hätte. Der Geistliche sah sich gezwungen, seine ›Asche zu Asche‹-Rede recht kurz zu halten. Danach hat er uns freundlicherweise eingeladen, im Pfarrhaus mit ihm den Tee einzunehmen. Zu diesem Zeitpunkt waren alle Trauergäste gegangen. Geoffreys Lust auf Tee hielt sich in Grenzen, seine Gier nach Alkohol ist mir hinreichend bekannt. Darum schickte er mich mit der Kutsche nach Hause. Soweit ich weiß, sitzen der Erzengel und er jetzt bei einem Whisky Soda und schwelgen in Erinnerungen.

Andererseits, Hochwürden — Christian ist wirklich ein passender Name für ihn — scheint mir nicht der Mann zu sein, dem Geoffreys derbe Trinksprüche und bittere Witze gefallen. Bisher nahm ich an, daß die englischen Kirchenmänner dem Adel um den Bart gehen. Dieser tut es bisher jedenfalls nicht. Mir ist es unmöglich, mir die beiden als Freunde vorzustellen. Waren sie früher miteinaner angeln? Haben Sie sich in Heuhaufen herumgetrieben und mit ihren Eroberungen geprahlt? Geoffrey mit Sicherheit. Aber der Erzengel? Ihn sehe ich eher als tüchtigen Landarbeiter vor mir. Oder als Retter eines Schafes, das in den Fluten des reißenden Flusses unterzugehen droht. Ich sehe dieses Bild deutlich vor mir.

Mein neues Zuhause ist ein ganz aus Stein erbautes Herrenhaus, an dem ein Fluß vorbeifließt, in den ich mich von Anfang an verliebt habe. Der Wyck teilt das Dorf in zwei Teile, die hin und wieder durch alte Steinbrücken miteinander verbunden sind. Ein reizender Anblick, den ich gerne auf einer Leinwand verewigen würde. Unser Haus hat einen Hof, durch dessen Pflasterritzen das Gras sprießt. Außerdem gehören etwa ein Dutzend anderer Gebäude zu dem Besitz, die dringend repariert werden müßten. Der auf Terrassen angelegte Garten muß einst sehr schön gewesen sein. Er fällt hinter dem Haus steil ab und geht dann in eine offene Parklandschaft über. Wenn ich am Fenster meines Salons sitze, sehe ich, wie verwildert alles ist.

In nenne diesen Raum meinen Salon, obwohl das eigentlich nicht stimmt. Mein richtiges kleines Wohnzimmer befindet sich im Untergeschoß. Es hat fleckige Tapeten, und es stehen viel zu viele Möbel darin. Als wir noch in der Battersea Road wohnten, sehnte ich mich immer nach einem solchen Zimmer, in dem ich zur Ruhe kommen konnte. Lynton Great Hall hat ungefähr neununddreißig Zimmer. Mein kleiner Salon befindet sich im dritten Stock, Meilen entfernt von den Schlafzimmern der Dienstboten und nur von der nie benutzten Galerie aus über enge, gefährliche Treppen erreichbar. Zum Glück gibt es hier einen Kamin. Aber ich würde mich hier auch verstecken, wenn es ihn nicht gäbe. Hier fühle ich mich geborgen. Meistens sitze ich in einem weichen Ledersessel, schreibe oder lese, und manchmal fertige ich auch Skizzen an. Die Welt liegt mir sozusagen zu Füßen, denn die zwei Fenster — auf der West- und Südseite — beginnen knapp über dem Boden. Wenn die Bäume nicht so hoch wären, könnte ich vielleicht an klaren Tagen die Küste sehen. Ich habe all meine Bücher hier heraufgeschleppt und auf den Kaminsims gestellt. Die Bibliothek des alten Viscount war eine große Enttäuschung für mich. Offenbar hat er nach 1825 aufgehört, neue Bücher zu lesen. Es fällt mir ungemein schwer, nach der Zofe zu klingeln, wenn ich etwas brauche. Ich habe das Gefühl, daß ich selbst als die Frau des Viscount nicht verlangen kann, daß irgend jemand diese unmöglichen Treppen hinauf- und wieder hinuntersteigt. Das ist zwar ein Nachteil, aber den nehme ich gern in Kauf.

Manchmal fühle ich mich sehr einsam … aber darüber möchte ich nichts schreiben.

Gestern kam der Anwalt vorbei. Ein altes ausgetrocknetes Männlein, das aus einer Geschichte von Dickens stammen könnte. Die Neuigkeiten sind teils gut, teils schlecht. Geld ist offenbar vorhanden, wahrscheinlich sogar eine ganze Menge. Aber der alte D'Aubrey hat es so unterschiedlich angelegt, daß es eine Weile dauern wird, bevor Geoffrey drankommt, weswegen er gestern Abend einen seiner Wutanfälle bekam. Ich erinnere mich, so lange ist es noch gar nicht her, wie sehr ich mich vor diesen Anfällen fürchtete. Das wird, Gott sei Dank, langsam besser. Ich höre zu, ich beobachte ihn, als stünde ich hinter einer dicken Steinmauer. Seine Wut läßt mich inzwischen fast gleichgültig.

Alles in allem nehme ich an, wir sind reich. Reichtum, danach hat Geoffrey sich immer gesehnt. Aber ich fürchte, es ist zu spät. Das viele Geld wird ihn nicht mehr glücklich machen. Und welche Auswirkung hat es auf mich? Werde ich glücklich sein? Ich denke nicht. Vor allem kann ich mir nicht vorstellen, daß ich in sechs Monaten oder in einem Jahr immer noch hier sein werde. Das kann ich mir einfach nicht vorstellen. Geoffrey wird in den Krieg ziehen. Allerdings ist es wohl unwahrscheinlich, daß sie ihn dieses Mal kämpfen lassen. Er ist zwar schon wieder viel kräftiger geworden, aber er sieht immer noch sehr krank aus. Warum kämpft er so gerne, was gibt ihm das Töten? Das ist etwas, was ich nie verstanden habe. Aber vielleicht sehe ich die Dinge komplizierter, als sie es in Wirklichkeit sind.

9. April

Geoffrey hat Christy Morrell ins Bordell mitgenommen. Das war vor dreizehn Jahren, in Devenport, und das Mädchen hieß Crystal. Zumindest nannte sie sich so. Ich verstehe zwar nicht, warum, aber dies hat Geoffrey mir geradezu freudig eröffnet.

Ich bin heute sehr erschöpft. Mrs. Fruit als Haushälterin zu haben, ist eine Katastrophe. Geoffrey will ihr kündigen, aber das bringe ich nicht übers Herz. Sie hat keinerlei Verwandte und würde im Armenhaus landen. Ich habe schon Halsweh, weil ich mit ihr immer schreien muß, was mir ohnehin schwerfällt. Alte schwache Frauen anzuschreien ist ungehörig. Selbst dann, wenn Mrs. Fruit mich versteht, mißachtet sie meine Anweisungen. Heute bat ich sie, das Hausmädchen heraufzuschicken (eine äußerst unangenehme Frau namens Violet; wir können einander nicht ausstehen), um die Bettsachen aus Geoffreys Zimmer nach unten zu tragen, damit sie im Freien ausgeklopft werden konnten. Als niemand kam, habe ich es selbst getan. Dabei half mir dann Gott sei Dank die Zofe Susan (ein liebes irisches Mädchen, das mich immer zum Lachen bringt), die zufälligerweise heraufkam, um die Kamine sauberzumachen.

Ich denke, ich eigne mich nicht dazu, Personal herumzukommandieren. Vielleicht fehlt mir auch nur die Übung. Papa und ich hatten manchmal Zofen, als wir in Italien und Frankreich lebten. Aber zu der Zeit war ich noch viel zu jung, um irgendwelche praktischen Anweisungen zu geben.

William Holyoake mag ich. Das ist der Gutsverwalter. Er ist sehr groß, stark wie ein Bulle und spricht nur, wenn er wirklich etwas zu sagen hat. Geoffrey würde es zwar niemals zugeben, aber ich glaube, er fürchtet sich vor ihm. Mr. Holyoake hat einen eingehenden Bericht über die Zustände des heruntergewirtschafteten Gutes abgegeben. Die Liste der Reparaturen, Änderungen und Neuanschaffungen, die gemacht werden müßten, ist endlos. Was würde der arme William sagen, wenn er wüßte, daß der neue Viscount keineswegs die Absicht hat, ein fürsorglicher Gutsherr zu sein, dem die Menschen von Wyckerley vertrauen können und der die

Mißwirtschaft beenden wird, die sein Vater hinterlassen hat?

In der Zwischenzeit versuche ich mich mit diesem Haus anzufreunden. Neununddreißig Zimmer! Was soll ich damit? Der alte D'Aubrey hatte die meisten verschlossen und nicht mehr benutzt. Diese einfache Lösung leuchtet mir zwar ein, aber die Folgen sind schrecklich. Mehltau und Feuchtigkeit, Mäuse und Ratten, Staub, Spinnweben und Geister. Es wäre zumindest das einzige vor vier Jahrhunderten erbaute Steinhaus, in dem es keine Geister gibt. Die alten Flurdielen, auf denen keine Teppiche liegen, knacken bei jedem Schritt wie die Gebeine eines alten Mannes. Überall zieht es, die Tapeten lösen sich von den Wänden, Gips rieselt von den Decken. Die Kamine ziehen schlecht und qualmen. Die Fenster lassen sich schwer öffnen, die Verglasung ist so alt, daß die Welt draußen aussieht wie das vom Sturm aufgerührte Meer.

Trotz dieser Unzulänglichkeiten mag ich das Haus, mit all seinen ausgestopften Tieren unter Glas und den Stichen von Lord Nelson und dem Herzog von Wellington, die hier offenbar Besuche abgestattet und zu Abend gegessen haben. Manche Dinge, die ich entdeckt habe, finde ich ganz entzückend. Den Alkoven in der Bibliothek zum Beispiel, in der es auch eine weiche Bank mit Kissen gibt, von der aus man durch das Fenster einen herrlichen Blick auf eine der alten Steinbrücken hat, die sich in weitem Bogen über den Fluß spannt; die unzähligen Balkone und Torbögen, die so baufällig sind, daß man Angst hat, darunter durchzugehen. Einen der Torbögen, durch den man den Sonnenuntergang beobachten kann, liebe ich besonders. Und dann mein kleiner Salon, der so gemütlich ist und von wo aus man die umzäunten Schafweiden, die Felder mit ihren Hecken drumherum, die von Bäumen gesäumten rotfarbenen Wege und den Kirchturm von Wyckerley sehen kann. Abgesehen von Ravenna, wo ich als kleines Mädchen lebte, blieben Papa und ich nie länger als zweieinhalb Jahre an einem Ort. Das war in Rouen, wo er für den Comte de Beauvais arbeitete. Ich habe daher keine rechte Vorstellung von einem wirklichen Zuhause. Empfinde ich deshalb eine so nachsichtige Zuneigung zu Lynton Great Hall? Diese entschuldigende Zuneigung, die man vielleicht auch für einen exzentrischen Verwandten empfindet? Ich darf mein Herz hier keine Wurzeln schlagen lassen. Wahrscheinlich ist es mein Schicksal, niemals ein wirkliches Zuhause zu haben.

Wie pathetisch das klingt. Wahrscheinlich bin ich schläfriger, als ich dachte. Ich werde jetzt noch das Feuer schüren und dann zu Bett gehen. In der Hoffnung, in meinem neuen Haus nicht meinem Ehemann zu begegnen.

11. April

Heute habe ich zum erstenmal ein bißchen von dem Dorftratsch mitgekriegt. Offenbar sind alle unverheirateten Damen ganz verrückt nach dem Erzengel. Regelmäßig bombardieren sie ihn mit selbstgebackenen Kuchen und Keksen, mit gestrickten und gehäkelten Hand- und Hausschuhen, mit zwischen Buchseiten gepreßten Blumen und gebastelten Lesezeichen — alles Dinge, die sein einsames und darum bedauernswertes häusliches Leben angenehmer machen sollen. Die Töchter des Schmieds, Chloe und Cora Swan, bemühen sich am eifrigsten um den Junggesellen. Hoffentlich machen sie nicht den Fehler, die Tochter des Bürgermeisters, Miss Honoria Vanstone, zu unterschätzen, die mit allen Wassern gewaschen ist und der aufmerksame Beobachter die meisten Chancen einräumen. Meine Informationen habe ich von Mrs.

und Miss Weedie, einer Mutter mit einer Tochter im mittleren Alter, die mir an diesem Nachmittag einen Besuch abstatteten. Natürlich wurde mir der Dorfklatsch äußerst diskret unterbreitet, in respektvollen Andeutungen sozusagen. Von den beiden Damen wurde ich sehr freundlich willkommen geheißen, und als Gastgeschenk brachten sie mir ein Glas mit Soleiern, »die in Verbindung mit Keksen und Tee für eine hervorragende Verdauung sorgen«. Sobald sie ihre Schüchternheit überwunden hatten, wurde es ein sehr unterhaltsamer Plausch. Nach zwanzig Minuten, länger darf ein solcher Antrittsbesuch nicht dauern, verabschiedeten sich die beiden, nicht ohne mich und Geoffrey am nächsten Sonntag nach dem Kirchgang zum Tee einzuladen. Ich sagte weder zu noch ab. *Muß* ich denn in die Kirche gehen? Wie wichtig soll ich meine neue Rolle als Frau des Viscount nehmen? Geoffrey ist mir keine Hilfe bei meinen Entscheidungen. Er findet das alles nur ungemein lustig. Wenn ich ehrlich bin — ich auch. Und doch, die aufrichtige Freundlichkeit der Weedies tut mir gut.

Vom Anwalt kamen etwa vierhundert Pfund. Geoffrey ist sofort nach Exeter aufgebrochen, um sich dort ein Pferd zu kaufen. Ich bin also allein. Ich weiß nicht, was schlimmer ist — allein zu sein oder mich in Gesellschaft meines Mannes allein zu fühlen.

13. April

Dies ist einer dieser Abende, an denen ich verstehen kann, warum Menschen zu trinken beginnen. Die Zeit scheint stillzustehen, obwohl sich die Zeiger der Uhr vorwärtsbewegen. Man weiß, die kommende Nacht wird eine Ewigkeit dauern. Ungesunde Gedanken gehen einem durch den Kopf. Soll ich einen Brief schreiben?

Würde William Holyoake sich zu mir setzen und mit mir reden, wenn ich ihn darum bitte? Länger bleiben als sonst? Ich bitte ihn nicht darum, auch wenn die heutige Einsamkeit mich fast erdrückt. Ich kann den Gedanken nicht ertragen, mit irgendeinem Menschen zu reden, andererseits sehne ich mich nach dem Klang einer Stimme, nach einem Gesicht, nach einem unverhofften Besucher, der durch den Hof auf die Haustür zukommt.

Nein, ich bin nicht in der Verfassung, Konversation zu machen. Man würde mich für älter halten, als ich es in Wirklichkeit bin, vielleicht sogar für verrückt. Vielleicht bin ich tatsächlich im Begriff überzuschnappen, vielleicht fängt jeder Irrsinn so an. Ist ein verwirrter Geist nicht besser, als so zu leben, wie ich lebe? Ich habe das Gefühl, in ein tiefes Loch gefallen zu sein. Und es quält mich der Hunger nach menschlicher Wärme und Freundlichkeit.

Ich fürchte mich davor, mehr und mehr den Bezug zur Wirklichkeit zu verlieren. Am liebsten würde ich schreien. Ich sehne mich nach einem Pulver, das mich in tiefen, traumlosen Schlaf fallen läßt. Das fröhliche Morgengezwitscher der Vögel, der Sonnenschein würden mir meinen Mut zurückgeben, wenn ich dann ausgeschlafen aufwache. Statt dessen ängstige ich mich vor diesen dunklen Gedanken, die meinen Verstand vergiften. Gott, Allmächtiger, was soll ich nur tun?

Ein Buch zur Hand nehmen, mir eine Tasse Tee bringen lassen? Überleben?

Höre ich da nicht Schritte die Treppe heraufkommen? Wer wird mich aus meiner düsteren Stimmung retten? Ich hoffe, es ist ...

Es war Susan, die außer Atem Annes Zimmer betrat.

»Entschuldigen Sie die Störung, Mylady, aber Hochwürden Morrell ...«

»Ist er hier?« fragte Anne und sah zur Uhr hinüber.

Es war fast neun.

»Es könnte sein, daß er noch hier ist. Violet hat ihm die Tür geöffnet und ihn in den blauen Salon geführt, aber dann kam Mrs. Fruit dazu, und sie hat ihm gesagt, Mylord befände sich außer Haus und Sie fühlten sich nicht wohl. Mit dieser Entschuldigung sind Sie jedenfalls nicht zum Essen heruntergekommen.«

»Dann ist er wohl schon wieder gegangen?« meinte Anne enttäuscht und stand mit einem Ruck auf.

»Er unterhielt sich gerade mit Mrs. Fruit, als ich mich auf den Weg zu Ihnen machte, deshalb weiß ich nicht genau, ob er noch hier ist. Möchten Sie, daß ich . . .?«

»Ich werde selbst hinuntergehen«, sagte Anne und eilte an dem Mädchen vorbei zur Treppe.

Was zwang sie zu dieser überstürzten Eile? Die Vorfreude auf ein Gespräch mit dem Erzengel? Gab es denn irgend etwas, worüber sie beide reden konnten? Anne verlangsamte ihre Schritte. Hoffte sie nun plötzlich, ihn nicht mehr im blauen Salon vorzufinden?

Ihre Hoffnung ging in Erfüllung. Seltsamerweise war sie zutiefst enttäuscht. Violet war gerade dabei, die schweren Vorhänge zu schließen.

»Wo ist Hochwürden?«

»Mrs. Fruit bringt ihn gerade zur Tür, Mylady.«

Anne raffte ihre Röcke hoch und eilte zur Haustür. Die Haushälterin war nirgends zu sehen. Anne riß die Tür auf und trat hinaus in den Hof.

Der Geistliche hörte die Türangeln quietschen und drehte sich überrascht um. Sein weißes Hemd leuchtete im Licht des Mondes. Sekundenlang rührte sich keiner der beiden vom Fleck. Dann begannen sie gleichzeitig aufeinander zuzugehen und trafen sich in der Mitte des gepflasterten Hofes.

»Hochwürden«, meinte Anne etwas atemlos. »Wie schön, daß ich Sie noch erwischt habe. Ich habe gerade erst erfahren, daß Sie hier sind. Entschuldigen Sie bitte, daß ich nicht zu Ihrer Begrüßung da war.«

Anne lächelte, und sie schüttelten sich kurz die Hände.

Der Geistliche trug heute einen braunen oder dunkelblauen Anzug. Wenn sie nicht gewußt hätte, welches Amt er ausübte, hätte sie ihn vielleicht für einen Rechtsanwalt gehalten. Andererseits war er zu muskulös für solch einen Schreibtischberuf. Trotz seines intelligenten Gesichtes wirkte er auch nicht wie ein Lehrer. Allenfalls hätte man ihm den Beruf eines Architekten zugetraut.

»Es ist schon sehr spät«, sagte er entschuldigend. »Ich bin eigentlich nur gekommen, um Ihren Mann etwas zu fragen. Als Mrs. Fruit mir dann mitteilte, daß Sie sich nicht wohl fühlen, da wollte ich Sie natürlich nicht stören.«

»Nein, nein, entschuldigen Sie sich nicht. Mrs. Fruit hat sich geirrt, wie Sie sehen. Ich versichere Ihnen, mir geht es wirklich gut. Wollen Sie nicht einen Moment hereinkommen? Da Sie nun schon einmal hier sind?«

Der Erzengel sah sie skeptisch an. Glaubte er ihr etwa nicht? Ahnte er, daß es ihr nicht gut ging? Woher wußte er es? An ihrem Aussehen konnte es nicht liegen. Keine verweinten Augen deuteten auf ihren Seelenzustand hin.

»Ich danke Ihnen für die Einladung, aber ich denke, ich gehe jetzt besser. Ich wußte nicht, daß Geoffrey nicht zu Hause ist. Ich wollte mit ihm über den Grabstein für seinen Vater reden.«

»Ich verstehe«, meinte Anne und trat einen Schritt zurück.

War sie froh darüber, daß er nicht blieb? Oder tat es ihr leid? Sie wußte es nicht genau.

»Geoffrey hat wohl alles Ihnen überlassen, was den Grabstein und die Inschrift betrifft«, sagte sie mit gewissem Mitgefühl.

Würde er sich jetzt über die aufgehalste Arbeit beschweren oder eine Bemerkung darüber machen, wie typisch so etwas für Geoffrey war?

Nichts dergleichen.

»Ja, Geoffrey hat es mir überlassen. Und jetzt will der Steinmetz wissen, welche Inschrift in den Stein gemeißelt werden soll.«

»Können Sie sich vorstellen, Hochwürden, daß das etwas ist, was Geoffrey wichtig ist?« erkundigte sich Anne gegen ihren Willen.

Der Priester sah sie erstaunt an. »Möglicherweise ist es ihm gleichgültig«, gab er dann zu, »aber ich muß ihn trotzdem fragen.«

»Ja, das verstehe ich. Vielleicht kann ich Ihnen helfen. Ich fürchte nämlich, Geoffrey würde Ihnen etwas sehr Profanes vorschlagen.«

Lächelte er oder bildete sie sich das nur ein? In diesem Augenblick kam die völlig überfütterte Hauskatze Olive näher und drückte sich an die Beine des Erzengels. Er bückte sich und nahm sie auf den Arm, auf dem sie es sich laut schnurrend gemütlich machte. Anne mußte im stillen lächeln. Sie stellte sich Christian als den heiligen Franz von Wyckerley vor. Vögel saßen auf seiner Schulter, ein Eichhörnchen spielte zu seinen Füßen, und in seinen Armen hielt er ein Lamm.

»Welche Inschrift würden Sie denn vorschlagen, Lady D'Aubrey?« erkundigte er sich leichthin, während er die Katze hinter den Ohren kraulte.

»Etwas Einfaches, Unverfängliches, würde ich meinen. Man sollte vermeiden, den Eindruck zu erwecken, Geoffrey habe seinen Vater geliebt. ›Ruhe in Frieden‹ paßt wahrscheinlich in diesem Fall am besten. Oder ... in der Sprache Ihres Standes, ›Requiescat in pace‹.«

Warum tat sie das? Warum verzapfte sie den gleichen Blödsinn wie Geoffrey?

Der Erzengel betrachtete sie mit einer nachsichtigen

Milde, die ihm zweifellos einen Platz im Himmel garantierte. Verlegen streichelte Anne der Katze über den Kopf. Ihre Finger berührten für einen Augenblick die seinen, bevor er seine Hand zurückzog.

»Wann kommt Geoffrey zurück?« fragte er.

»Das kann ich nicht genau sagen. Er ist auf der Pferdeversteigerung in Exeter. Hat er Ihnen das nicht gesagt?«

»Nein, das hat er nicht. Ich war selbst sehr viel unterwegs.«

»Um Ihre verlorengegangenen Schafe einzufangen?«

Anne biß sich erschrocken auf die Lippe. War sie denn völlig übergeschnappt?

»Ich bitte um Entschuldigung, ich … Ich habe schreckliche Kopfschmerzen. Und da bin ich unausstehlich.«

»Kann ich Ihnen irgendwie helfen?« fragte er verständnisvoll.

»Wenn Sie nicht nur Priester, sondern auch Arzt sind«, erwiderte sie schnippisch. »Trotzdem vielen Dank für Ihre Anteilnahme. Aber ich versichere Ihnen, es handelt sich hier um ein rein medizinisches und nicht um ein seelisches Problem. Im Augenblick jedenfalls.«

Hochwürden Morrell setzte die Katze langsam auf den Boden.

»Dann werde ich Sie jetzt nicht länger aufhalten.«

Anne bedauerte sofort ihre Bemerkung von eben. Aber jetzt war es zu spät.

»Gute Nacht, Hochwürden«, verabschiedete sie sich deshalb. »Ich werde Geoffrey sagen, daß Sie hier waren. Sollte er wider Erwarten eine sentimentale Regung verspüren und sich entschließen, eine andere Inschrift für den Grabstein seines Vaters zu wählen, dann wird er Sie das wissen lassen.«

»Das denke ich auch«, stimmte der Erzengel zu und verbeugte sich tief vor ihr.

»Kann ich Ihnen irgendwie helfen?« hat der Erzengel mich gefragt. Das bedeutet, er nimmt an, ich brauche Hilfe. Oh, wie ich den Gedanken hasse, daß er Mitleid mit mir hat. Darum habe ich ihn weggeschickt, darum war ich so unhöflich zu ihm. Und mit welchem Ergebnis? Ich bin wieder allein. Und gerade heute abend kommt mir meine Einsamkeit vor wie die Hölle.

4

Miss Sophie Deene leitete den Kinderchor, der an diesem Ostermorgen die zahlreichen Anwesenden in der Kirche entzückte und ein stolzes Lächeln in die Gesichter der Eltern und Verwandten der kleinen Sänger zauberte. Miss Deene, in einem blaugeblümten Rock und einer weißen Bluse, sah bei jeder Strophe glücklicher und erleichterter aus, und Hochwürden Morrell erinnerte sich daran, wie aufgeregt sie die ganze Woche über gewesen war, weil sie am Sonntag ihr Debüt als Chorleiterin geben sollte. Er durfte nicht vergessen, ihr nach dem Gottesdienst ein Kompliment zu machen, falls er je in ihre Nähe gelangen würde, denn Sophie war das begehrteste Mädchen in Wyckerley, und die meisten ihrer Verehrer saßen heute in den Kirchenbänken und verschlangen sie verliebt mit ihren Blicken.

Christy kannte jeden, der heute zum Gottesdienst erschienen war, denn er hatte seine ganze Jugend in diesem Dorf verbracht. Doch selbst nach seiner nunmehr einjährigen Amtszeit waren ihm die Menschen hier, bis auf wenige Ausnahmen, mehr als Nachbarn und Freunde vertraut, und nicht als Pfarrkinder. Obwohl Christus, der gute Hirte, sein Vorbild war, konnte man die Männer und Frauen, die zur Kommunion, zu Taufen und Eheschliessungen kamen, nicht als seine ›Herde‹ bezeichnen. Beim Anblick von Tranter Fox, seinem besonders widerspenstigen Lieblingspfarrkind, der immer zu spät zum Gottesdienst kam und sich dann in eine der letzten Reihen quetschte, fiel ihm wieder ein, was er heute nacht geträumt hatte. In diesem Traum war Tranter mitten im Sonntagsgottesdienst aufgestanden und hatte laut und verwundert ausgerufen: »Hey, *Sie* sind nicht Hochwürden Morrell!« Christy hatte entsetzt festgestellt, daß er nicht im Ornat war, sondern seine alten Hosen und Stiefel anhatte, die er für gewöhnlich zum Reiten trug. »Aber ich bin es wirklich«, hatte er beharrt. »Ich bin es, Christy. Sie kennen mich doch!« Er hatte zum Beweis mit seiner Bibel in der Luft herumgefuchtelt, doch diese verwandelte sich in eine broschierte Ausgabe von Edgar Allan Poes ›Die Maske des Roten Todes‹! Zum Glück konnte er sich an das Ende des Traumes nicht erinnern. Wahrscheinlich hatte ihn seine Gemeinde geteert und gefedert und ihn als Betrüger bezeichnet.

Das schlimme war, er fühlte sich tatsächlich häufig als Betrüger. »Das ist nicht ungewöhnlich!« hatte ihm Pfarrer Murth, sein Lieblingsprofessor an der Theologischen Fakultät, in seinem letzten langen Brief versichert. »Du mußt geduldig sein, Christian. Bald wirst du die Bürde christlicher Erleuchtung auf deinen Schultern spüren.« Bisher entdeckte Christy jedoch keine Anzeichen dieser Prophezeiung. Der gütige Schatten seines Vaters verfolgte ihn und erinnerte ihn unbewußt, wer der wirkliche Pfarrer von Wyckerley war, zumindest in den Herzen derjenigen, die den ›Alten‹ geliebt hatten.

Christy steckte seinen Spickzettel zwischen die Seiten seiner Bibel. Seine Lehrer hatten die Auffassung vertreten, daß nur eine spontane Predigt eine gute Predigt war, selbst wenn man sie vorher stundenlang auswendig gelernt hatte. Theoretisch leuchtete das Christy auch ein.

In der Praxis jedoch hatte er die schmerzhafte Erfahrung gemacht, daß er ohne seine Notizen bei seinen Predigten abschweifte und dann Schwierigkeiten hatte, den richtigen Schluß zu finden. Seine Zuhörer waren dementsprechend nicht ergriffen, sondern erleichtert, wenn die Sache endlich vorbei war und er fürchtete zu Recht, daß seine sorgfältig ausgearbeiteten, aber schwierigen philosophischen Botschaften nicht dazu beitrugen, das Verhalten oder die Einstellung seiner Pfarrkinder zu verändern.

Das Geräusch langsamer Schritte auf dem Steinboden zwang ihn aufzustehen. Die Köpfe aller Anwesenden schnellten herum, als das neuangekommene Paar in gemäßigtem Tempo durch den Mittelgang des Hauptschiffes schritt. Geoffrey trug unter seinem grauen Mantel Hosen der gleichen Farbe, dazu aber eine kornblumenblaue Weste, in deren Knopfloch ein Veilchensträußchen steckte.

Zur Beerdigung seines Vaters war er in schwarzer Trauerkleidung erschienen, aber er hatte Christy bereits damals gewarnt, daß er dies zum letzten Mal täte. »Ich halte es für besser, die Nachbarn vor den Kopf zu stoßen, als den Scheinheiligen zu spielen«, hatte er ihm am Grab grinsend zugeflüstert.

Mochten die Einwohner von Wyckerley in diesem Augenblick auch schockiert sein, ihre Gesichter drückten nichts als gespannte Neugierde aus. Lady D'Aubrey trug dasselbe einfache schwarze Kleid wie bei der Beerdigung. Der Schleier ihres Hutes war heute jedoch zurückgeschlagen, eine mutige Entscheidung, wenn man bedachte, daß sie zweifellos wußte, welches Aufsehen ihr Erscheinen erregen würde. Christy fiel erneut auf, wie fremdartig sie in dieser Umgebung wirkte. Allerdings wurde ihm jetzt bewußt, daß dies weder an ihrem ausgefallenen Schmuck noch an dem eher französischen Schnitt ihres Kleides lag. Eher vielleicht an ihrem weltmännischem Benehmen. Aber ganz sicher war er sich da nicht.

Er riß sich aus seinen merkwürdigen Gedanken, denn er merkte plötzlich, daß der Kinderchor sein letztes Halleluja anstimmte. Die Anwesenden betrachteten ihn bereits mit jener passiven Erwartung, die ihn jedesmal entmutigte, die vier Stufen zur Kanzlei hinaufzusteigen, auf der er wieder einmal allein sein würde, allein mit seiner Bibel und seinem Spickzettel.

Seine heutige Botschaft an die unten Sitzenden war einfach. Christus hatte seine Jünger immer wieder ermahnt, an ihn zu glauben, denn der Glaube war ein Geschenk Gottes. Trotzdem waren sie bei seiner Auferstehung, die er wiederholt prophezeit hatte, erstaunt. Da war es nur allzu verständlich, daß heute so vielen Menschen, die Jesus nicht persönlich gekannt hatten, der Glaube an den Sohn Gottes, an den Erlöser fehlte. Nicht an ihn zu glauben, war an sich keine Sünde, sondern lediglich ein Irrtum, der mit Gottes Hilfe, Demut und Gebeten behoben werden konnte. Jetzt an Ostern war man zusammengekommen, um Gottes Liebe zu preisen und sein Geschenk jubelnd anzunehmen.

Nach einer halben Stunde hatte Christy seine vorbereitete Predigt beendet. Doch als er bemerkte, daß die Zuhörenden keineswegs so ergriffen waren, wie sie es hätten sein sollen, und daß er immer noch nicht zum Ausdruck gebracht hatte, was er eigentlich meinte, begann er sich zu wiederholen. Die Botschaft der Wiederauferstehung, die damit verbundene Hoffnung wollte er vermittelt sehen.

Ein hoffnungsloser Versuch. Er hörte seine eigenen Worte und Wiederholungen und wußte im selben Augenblick, daß er das Ziel nie erreichen würde. Beschämt über seine Unzulänglichkeit beendete er seine Predigt.

Die Sonne schien vom wolkenlosen blauen Himmel,

und die Vögel zwitscherten in den Bäumen, als Christy den Besuchern des Gottesdienstes vor der Kirche die Hände schüttelte. Und während er das tat, wußte er plötzlich, daß der Allmächtige einen Plan hatte, den auch die gutgemeinte Unzulänglichkeit eines einfachen Landpfarrers nicht gefährden konnte.

»Was für eine verdammt ergreifende Predigt«, meinte Geoffrey, und in seinen dunklen Augen blitzte es belustigt. »Ihre Worte sind mir sehr zu Herzen gegangen, Hochwürden. Ich werde fortan nicht mehr sündigen.«

In der Kirche hatte Christy noch gedacht, daß Geoffrey gesünder aussah, als bei der Beerdigung seines Vaters. Doch die helle Aprilsonne brachte unbarmherzig an den Tag, daß er sich geirrt hatte. Die Wangenknochen standen vor, sein zusammengepreßter Mund verriet Schmerzen. Aber zumindest war er im Augenblick nicht betrunken.

Christy verbeugte sich vor Lady D'Aubrey und erkundigte sich höflich, ob sie sich schon in ihrem neuen Zuhause eingewöhnt habe.

»Nett, daß Sie fragen. Danke. Die Antwort ist ein klares Ja. Trotz der traurigen Umstände, derentwegen wir nach Wyckerley gekommen sind, fühlen wir uns sehr wohl hier.«

In diesem Moment war er sicher, daß ihre Freundlichkeit nur eine aufgesetzte Maske war. Aber was verbarg sich dahinter? Traurigkeit? Unzufriedenheit? Mit einem höflichen Lächeln gratulierte sie ihm zu seiner Predigt, lobte die Blumenarrangements in der Kirche und die ganz reizende Idee, die Kinder singen zu lassen. Als sie sich dann umdrehte, um mit Dr. Hesselius zu sprechen, den sie mit genau derselben Höflichkeit behandelte, die sie ihm gegenüber an den Tag legte, war Christy seltsamerweise enttäuscht.

Schnell kam er seinen Obliegenheiten nach. Er lobte seinerseits das Blumenarrangement, um das sich Miss

Pine und Mrs. Throughgood bereits im Morgengrauen gekümmert hatten, und er dankte Miss Sophie Deene für ihre erfolgreiche Arbeit mit dem Kinderchor. Sophies Vater lud ihn am folgenden Freitag zum Abendessen ein, was er dankend annahm. Tolliver Deene und sein Schwager Eustace Vanstone waren die Besitzer der beiden größten Kupferminen der Gegend. Denne war ein nachdenklicher und gebildeter Mann, dessen Gesellschaft Christy immer sehr genoß. Und die hübsche Sophie mochte er richtig gerne, nicht nur weil sie hübsch anzusehen, sondern auch immer gutgelaunt und lustig war.

»Das war eine sehr schöne Predigt heute, Hochwürden«, meinte Dr. Hesselius ernst, während er in seinen Taschen kramte, um die Pfeife zu finden, nach der er sich die letzten anderthalb Stunden gesehnt hatte.

Christy bedankte sich lächelnd für die freundlichen Worte. Er erinnerte sich genau an die halb geschlossenen Augen und das heruntergesunkene Kinn des Arztes gegen Ende der Predigt. Andererseits, Dr. Hesselius sah immer aus, als würde er im nächsten Augenblick einschlafen. Manche Gemeindemitglieder erklärten diese Müdigkeit damit, daß er zuviel arbeite, andere wiederum gaben seiner Frau die Schuld, die er vor kurzem geheiratet hatte und die zwanzig Jahre jünger war als ihr Mann.

»Das finde ich auch«, stimmte Lily Hesselius ihrem Mann zu, und aufrichtige Bewunderung funkelte in ihren kohlschwarzen Augen. »Ich erinnere mich nicht, je eine so ergreifende Osterpredigt gehört zu haben.«

Christys Haushälterin, Mrs. Ludd, sprach immer sehr abfällig über Lily, denn diese war nicht im Dorf aufgewachsen, sondern in Exeter. Und was das für Mädchen waren, die aus der ›großen Stadt‹ kamen, das wußte wohl jeder.

Davon abgesehen waren Gerüchte im Umlauf, daß sich Lily allzu sehr für die Freunde ihres Mannes interessierte.

Christy maß sich kein Urteil an. Er mochte sie und achtete ihren guten Willen.

Als der Arzt und seine Frau sich entfernten, begrüßte ihn Captain Carnock, der erst vor ungefähr vier Jahren ins Dorf gezogen war.

»Eine gute Predigt, Pfarrer. Allerdings habe ich irgendwo den Anschluß verloren. Ich glaube, das war bei der Stelle, als Sie versuchten, eine Verbindung herzustellen zwischen dem freien Willen eines jeden und Gut und Böse. Aber die Vorstellung war gut, kann man nicht anders sagen. Bringt die Leute zum Nachdenken, was?«

Christy dankte ihm und wich einen Schritt zurück, um nicht mit dem imposanten Bauch seines Gesprächspartners in Berührung zu kommen. Dieser trug zwar keine Uniform, denn er war vor einigen Jahren pensioniert worden, doch allein seine Art zu reden ließ keinen Zweifel darüber aufkommen, daß er lange Zeit beim Militär verbracht hatte.

»Bürgermeister Vanstone hat mir berichtet, daß Sie demnächst ebenfalls als Friedensrichter tätig werden«, erwähnte Christy.

»Das ist richtig. Und ich weiß auch, wem ich das zu verdanken habe«, grinste Carnock. »Vanstone hat mir verraten, daß Sie bei dem alten Viscount ein Wörtchen für mich eingelegt haben, bevor er starb. Das hat alles leichter gemacht, Sir, und ich danke Ihnen.«

»Ich habe Lord D'Aubrey nur die Wahrheit gesagt. Meiner Meinung nach haben Sie das Zeug zu einem guten Richter. Und es war der Viscount, der Ihren Namen an der zuständigen Stelle ins Gespräch brachte.«

»Wie dem auch sei, ich bezweifle, daß ich ohne Ihre Hilfe ernannt worden wäre.«

Christy lächelte und schwieg. Er wußte besser als jeder andere, wie weltfremd der alte D'Aubrey in den letzten Jahren geworden war. Zu dem Zeitpunkt, als eine neue

Gerichtsbarkeit fällig wurde, war er bereits so menschenscheu und lebte so zurückgezogen, daß er keine Ahnung hatte, wer für das Amt in Frage kam. Christy hielt Captain Carnock für einen aufrichtigen, offenen und geradeaus denkenden Menschen und hatte dem alten Edward eine Mitteilung zukommen lassen, bevor seine Krankheit ihn handlungsunfähig gemacht hatte.

Der Captain lüpfte in diesem Augenblick mit fast jugendlichem Schwung seinen Hut, eine Geste, die Christy, ihrer Heftigkeit wegen, aus seinen Gedanken riß.

»Oh, ich bitte um Entschuldigung«, meinte die eben zu ihnen gestoßene Miss Weddie. »Ich wollte Sie auf keinen Fall bei Ihrem Gespräch stören.«

»Aber das tun Sie ganz und gar nicht, meine Liebe«, bellte der Captain und verbeugte sich liebenswürdig. »Ich wünsche Ihnen einen schönen Nachmittag, Hochwürden. Ihnen natürlich auch, Madame.« Er verbeugte sich noch einmal kurz und entfernte sich mit zackigen Schritten.

Solange er denken konnte, hatte Christy Miss Jessica Weedie als alte Jungfer betrachtet, obwohl sie ungefähr in seinem jetzigen Alter gewesen sein mußte, als sie ihm in der Dorfschule das Lesen und Schreiben beigebracht hatte. Sie war sehr scheu, ein bißchen seltsam und manchmal von einem merkwürdig rastlosen Tatendrang beseelt. Im Grunde sah sie eigentlich ganz und gar nicht aus wie eine alte Jungfer. Im Gegenteil, trotz der silbergrauen Haare wirkte sie mit ihrer schlanken Figur und dem lebhaften Geschnatter fast wie ein junges Mädchen. Ihre Schüchternheit zeigte sich besonders im Umgang mit Männern. Auch jetzt, als sie mit ihm sprach, errötete sie.

»Es tut mir leid«, wiederholte sie und fummelte verlegen an ihren Handschuhen herum. »Ich wollte Sie nur an unsere Teestunde heute nachmittag erinnern, Hochwürden.«

»Ich denke an nichts anderes«, meinte Christy lächelnd.

Ihre Wangen wurden um noch eine Spur dunkler, als sie aufgeregt noch einen Schritt näher trat.

»Allerdings gibt es da ein kleines Problem«, vertraute sie ihm flüsternd an. Christy zog fragend die Augenbrauen hoch. »Meine Mutter und ich haben letzte Woche Lady D'Aubrey besucht, um sie in unserer Gemeinde willkommen zu heißen. Eigentlich wollten wir nur unsere Visitenkarten abgeben, aber sie lud uns ein, und wir haben uns wundervoll unterhalten. Und dann hat Mutter, ich weiß eigentlich nicht, was sie dazu bewogen hat, Lady D'Aubrey zum Tee eingeladen ... und diese hat versprochen zu kommen!«

»Das ist hochinteressant«, versicherte ihr Christy.

»Ja, schon ... Es ist sehr freundlich von ihr zu kommen. Natürlich hat Mutter auch Lord D'Aubrey eingeladen, aber der kann nicht kommen ... er ist verhindert ... aus geschäftlichen Gründen.«

»Am Sabbat?« rief Christy entsetzt.

Miss Weedie bekam große Augen.

»Ich habe nur einen Scherz gemacht«, versicherte Christy schnell.

Er hatte ganz vergessen, wie ernst Miss Weedie alles nahm. Erleichtert lächelte sie ihn an.

»Aber sagen Sie, ich verstehe immer noch nicht, wo das Problem liegt?«

»Mutter hat vor wenigen Minuten auch Bürgermeister Vanstone und Miss Vanstone eingeladen!«

»Na und?«

»Jetzt weiß ich nicht, was ich machen soll. Natürlich würden Miss Pine und Mrs. Thoroughgood wegbleiben, wenn ich sie darum bitte, aber das möchte ich eigentlich nicht ...«

»Das kann ich sehr gut verstehen«, meinte Christy, der

wußte, daß dies ihre besten Freundinnen waren. Hilflos runzelte er die Stirn. »Und ...?«

»Also die Sache ist die ... Ich fürchte, der Kuchen wird nicht für alle reichen!« stieß sie hervor.

Christy, der eine weitaus schlimmere Neuigkeit erwartet hatte, verkniff sich zu lachen.

»Ich bin sicher, diese Kuchenangelegenheit wird sich regeln lassen ...«

»Ach, wenn es nicht um Miss Vanstone ginge, würde ich mir auch keine Sorgen machen, aber Sie wissen ja, wie sie ist, immer so ... Ach herrje, das habe ich natürlich nicht unfreundlich gemeint, das müssen Sie mir glauben. Ich schätzte Miss Vanstone, und sie ist gewiß eine Bereicherung für jede gesellschaftliche Zusammenkunft, und natürlich ist sie im Haus meiner Mutter ein willkommener Gast ...«

»So beruhigen Sie sich doch«, unterbrach Christy sie, dem sie leid zu tun begann. »Ich verspreche Ihnen auch, daß ich nichts essen werde ...«

»Ach du lieber Gott ...«

»Während ich mich umziehe, lasse ich mir von Mrs. Ludd ein Sandwich machen und werde es essen, bevor ich mich auf den Weg zu Ihnen mache.«

»Ach herrje ...«

»Und wenn es wirklich zum Schlimmsten kommt, bitten wir einfach Lady D'Aubrey, auf ihr Stück Kuchen zu verzichten.«

Miss Weedie wurde leichenblaß.

»Das war ein Witz, Miss Weedie«, fügte er schnell hinzu. »Nun machen Sie sich mal keine Sorgen. Ich bin sicher, die Teestunde bei Ihnen wird ein großer Erfolg. Wie könnte es auch anders sein, bei zwei so reizenden Gastgeberinnen.«

Miss Weedie lächelte geschmeichelt. Dankbar drückte sie ihm die Hand.

»Gott segne Sie, Hochwürden. Und verzeihen Sie einer alten dummen Frau. Und jetzt gehe ich besser, bevor es Mutter einfällt, noch jemanden einzuladen.«

Die Einwohner von Wyckerley prahlten gerne damit, daß jedes Haus im Dorf anders aussah. In der Hobby Lane, in der die Weedings lebten, war der eigentümliche Stil eines jeden besonders auffällig. Manche der Häuser waren aus Granit, andere aus Ziegelsteinen gebaut, die Dächer teils mit Schiefer, teils mit Dartmoor-Heidekraut gedeckt. Und jedes hatte einen anderen Anstrich bekommen, je nach Geschmack des Besitzers. Primrose Cottage, das kleine Haus, in dem die Weedies wohnten, war 1834, ein Jahr vor dem Tod von Mr. Weedie, knallgelb angemalt worden. In den inzwischen verstrichenen zwanzig Jahren hatte die Farbe jedoch glücklicherweise an Leuchtkraft verloren. Der nun cremige Goldton wirkte genauso freundlich wie die beiden Damen, die in dem Häuschen lebten.

Die Hecke war frisch geschnitten, und in dem kleinen, sehr gepflegten Garten duftete es nach Veilchen, Vergißmeinnicht und Narzissen. Christy trat durch die offenstehende niedrige Haustür und zog vorsichtshalber den Kopf ein.

»Hochwürden!« rief Miss Weedie und eilte mit ausgestreckten Händen auf ihn zu, um ihn erleichtert zu begrüßen.

Ihre Mutter saß in ihrem Lieblingsstuhl in der Nähe des Kamins, lächelte und starrte ihm mit ihren kurzsichtigen Augen entgegen. Miss Pine und Mrs. Thoroughgood begrüßten ihn kurz, bevor sie wieder versuchten, sich nützlich zu machen. Eustace Vanstone stand breitbeinig, die Hände auf dem Rücken verschränkt, beim Fenster. Er schüttelte Christy herzlich die Hand.

»D'Aubrey kommt nicht, wie ich höre«, meinte er.

»Nein. Er ist geschäftlich verhindert, soweit ich weiß«, bestätigte Christy.

Der Bürgermeister runzelte ärgerlich die Stirn. Christy ahnte den Grund für seine Verstimmung. Anstatt endlich die Gelegenheit zu bekommen, sich mit dem neuen Erben von Lynton Great Hall anzufreunden, was für seine künftigen politischen Entscheidungen von äußerster Wichtigkeit war, war Vanstone nun gezwungen, den Nachmittag mit einem Damenkränzchen zu verbringen und überdies noch höflich zu sein, obwohl er es für völlig sinnlos hielt, eine der anwesenden Damen beeindrucken zu wollen, ausgenommen Lady D'Aubrey, die aber auch nur einen armseligen Ersatz für ihren einflußreichen Mann darstellte.

»Ja, ich glaube, er wollte etwas Geschäftliches mit Mr. Deene besprechen«, griff Miss Weedie hilfreich in das Gespräch ein. »Ihre Nichte hat übrigens mit Bravour ihr Debut als Leiterin des Kirchenchors gemeistert, Herr Bürgermeister. Die Kleinen haben gesungen wie die Engel, das fand jeder ...«

»Was hat Geoffrey wohl mit Tolliver zu besprechen?« unterbracht Vanstone sie scharf.

»Ich habe keine Ahnung«, stammelte Miss Weedie verlegen.

Natürlich war sie wieder mal ins Fettnäpfchen getreten. Schließlich war es kein Geheimnis, daß Deene und Vanstone zwar Freunde, aber auch Konkurrenten waren.

»Sie sehen heute besonders entzückend aus, Miss Vanstone«, meinte Christy, um von dem heiklen Thema abzulenken.

Er nahm ihre schlaffe Hand in die seine und verbeugte sich. Honoria saß in dem einzigen Schaukelstuhl, ein Platz, der eigentlich für den Ehrengast vorgesehen war. Christy war sicher, daß sie heute zum ersten Mal das bescheidene Heim der Weedies betreten hatte, und zwar einzig und allein aus Neugierde auf die Frau des neuen Viscount.

»Guten Tag, Hochwürden«, begrüßte sie ihn nun mit kokettem Augenaufschlag.

Honoria war schon sechsundzwanzig und immer noch unverheiratet. Sie befand sich sozusagen bereits an der Schwelle zum Jungferndasein, was sie in Sorge versetzte. Seit einiger Zeit schon trug sie deswegen eine höchst unzufriedene Miene zur Schau, die ihre ohnehin scharfen Gesichtszüge nicht gerade milderte. In ihrer gemeinsamen sorglosen Jugend waren Honoria und Christy, die fast gleichaltrig waren, befreundet gewesen. Irgendwann hatten sie merkwürdigerweise aufgehört, sich bei ihren Vornamen zu nennen. Christy hielt das im Grunde für völlig unsinnig, um so mehr, wen man bedachte, daß Honoria im stillen immer noch hoffte, von ihm geheiratet zu werden.

Christy machte es sich in einem Stuhl bequem, der eindeutig von Mrs. Thoroughood, die gegenüber wohnte, ausgeliehen worden war. Dabei fiel ihm auf, wie die Blicke aller Anwesenden hin und wieder zu der lauten Uhr auf dem Kaminsims schweiften, offenbar ungeduldig auf den Ehrengast des heutigen Nachmittags wartend.

Um drei Uhr war Lady D'Aubrey immer noch nicht erschienen. Die anfangs lautstarken und angeregten Gespräche hatten sich inzwischen in ein leises, beinahe einschläferndes Gemurmel verwandelt. Christy hatte seine Pflicht erfüllt und mit jedem einzelnen des längeren geredet und sogar den Erklärungen des Bürgermeisters gelauscht, der sich lang und breit über den Krieg mit Rußland ausließ. Miss Weedie war sich offenbar im unklaren, ob sie schon beginnen sollte, den Tee einzugießen. Sie befand sich einwandfrei in einem Dilemma. Wenn sie damit noch wartete, verärgerte sie die bereits Anwesenden, wartete sie nicht, könnte Lady D'Aubrey das womöglich als beleidigend empfinden. Ihre Mutter schien von dem inneren Kampf, der in ihr tobte, nichts zu bemerken.

»Jessie, willst du uns nicht endlich Tee einschenken, meine Liebe?« krächzte sie hin und wieder ungeduldig.

Um halb vier endlich waren von draußen schnelle Schritte zu hören. Sieben Köpfe schnellten herum und starrten zur Tür. Mit geröteten Wangen, den Hut in der Hand und vom Wind zerzaustem Haar kam Lady D'Aubrey hereingestürmt.

»Ich bitte vielmals um Entschuldigung für meine Verspätung«, meinte sie atemlos. »Es tut mir so leid. Wahrscheinlich halten Sie mich jetzt für besonders dämlich, aber die Wahrheit ist ... ich habe mich verlaufen.«

Miss Weedie entschuldigte sich und nahm alle Schuld auf sich. Die anderen standen auf und übertrafen sich fast im Ausrufen besorgter und erstaunter Nichtigkeiten.

»Um halb zwei habe ich mich schon auf den Weg gemacht, was natürlich viel zu früh war. Deswegen beschloß ich, vorher noch einen Spaziergang zu machen. Wie es dann geschehen ist, weiß ich nicht. Ich fand mich jedenfalls plötzlich an einem wunderschönen, ziemlich verwunschenen Platz ... einem stillgelegten Kanal oder so etwas Ähnliches ... Eine Unmenge von wilden Blumen wachsen dort und ...«

Sie unterbrach ihren Redeschwall mit einer kleinen hilflosen Geste ihrer schlanken Hände. Christy war maßlos erstaunt. Bisher hatte er sie noch nie so viel reden gehört. Sie sah sehr jung aus mit dem zerzausten Haar und dem langen schwarzen Fransenschal, der ihr von einer ihrer Schultern gerutscht war.

Honoria war es, die Anne erklärte, daß sie offenbar zu weit südlich abgekommen war und daher beim nördlichen Nebenarm des Plym herausgekommen sei, der vor Jahren als Transportweg von und nach Devensport genutzt worden war.

Miss Weedie übernahm es, die Gäste einander vorzustellen, und vertrieb gleichzeitig Honoria aus dem Schaukelstuhl, den sie dann für Anne zurechtrückte. Ein unangenehmes Schweigen hing in dem kleinen Raum, nachdem sich alle wieder gesetzt hatten. Der Bürgermeister, der Lady D'Aubrey auf dem Begräbnis ihres Schwiegervaters kennengelernt hatte, verbreitete sich ausgiebig darüber, welche Ehre es für seine kleine bescheidene Gemeinde sei, daß sie nun in Lynton Great Hall wohne, wie glücklich alle darüber seien, auch wenn die Gründe ihres Kommens nach Wyckerley natürlich äußerst traurig waren. Anne murmelte höflich die passenden Antworten.

Honoria ihrerseits betonte, sie freue sich besonders darüber, daß Geoffrey endlich heimgekommen sei.

»Oh ... Ich meine natürlich Lord D'Aubrey«, verbesserte sie sich rasch. »Ich werde mich erst daran gewöhnen müssen, ihn so zu nennen ...«

»Sie und Geoffrey waren also befreundet, bevor er Lynton Great Hall verließ«, erkundigte sich Anne scheinbar interessiert.

»O ja, das waren wir. Natürlich bin ich etwas jünger als er, aber die Freunde seiner Kindheit vergißt man nie, denke ich.«

Christy war sehr überrascht über Honorias Bemerkung. Sie konnte nicht mehr als allerhöchstens dreizehn gewesen sein, als Geoffrey aus Wyckerley verschwand. Zudem wußte er mit Sicherheit, daß die beiden nie miteinander befreundet waren. Allerdings hatte sie erst vor wenigen Wochen versucht, ihn über Geoffrey auszufragen. Natürlich hatte er ihr weder dessen Londoner Adresse verraten, noch die vielen von ihm geschriebenen und unbeantwortet gebliebenen Briefe erwähnt. Aber einige der Gerüchte, die über ihn in Umlauf waren, mußte sie wohl mitbekommen haben, denn sie hatte versucht, ihn zu provozieren.

»Durch Zufall weiß ich, daß er sich offenbar in London rumtreibt, während sein Vater hier im Sterben liegt. Ich persönlich finde dieses Verhalten skandalös.«

Christy hatte sich auch hierzu nicht geäußert.

»So erzählen Sie uns doch, was Geoffrey in den letzten zwölf Jahren gemacht hat«, wandte sie sich nun an Anne. »Man hat ja wirklich unglaubliche Dinge über ihn gehört.«

»Dann wissen Sie sicher, daß er beim Militär war?«

»Ja, natürlich. Als Captain, nicht wahr?«

»Richtig, bis er letztes Jahr krank wurde.«

»Hat er nicht auch in Afrika gekämpft?«

»Ja, das war, bevor wir uns kennenlernten.«

»Und in Burma?«

»In Burma, in Indien, in Neuseeland«, zählte Anne trocken auf.

»Gütiger Himmel! Was für ein patriotischer Engländer unser Viscount doch ist«, rief Honoria. »Und Sie, Mylady, haben Sie Familie in England?«

»Nein, mein Vater starb kurz nach meiner Hochzeit mit Geoffrey.«

»Oh, das tut mir leid. Wann war das denn?«

»Vor vier Jahren.«

»Dann sind Sie also allein in England geblieben, als Geoffrey ... ich meine Mylord, Entschuldigung ... als Mylord in Indien oder Afrika oder sonst einem merkwürdigen Ort weilte ...«

Den anwesenden Damen war Honorias Benehmen äußerst peinlich. Sie räusperten sich und rutschten unangenehm berührt auf ihren Stühlen hin und her.

»Richtig«, meinte Anne und sah Honoria offen ins Gesicht. »Ich lebte allein in London, in unserem Haus.« *Sonst noch Fragen, du dumme Gans?* dachte sie und verlieh ihrem Gedanken Ausdruck, indem sie eine ihrer hübschen Augenbrauen nach oben rutschen ließ.

Honoria errötete leicht und biß sich auf die Lippen.

Endlich wurde der Tee serviert. Miss Weedie goß ihn ein, und Tabby, ihre Haushaltshilfe, die die Weedies sich mit Miss Pine teilten, reichte den Anwesenden die Tassen und Teller weiter.

»Sie ist nicht besonders helle, aber sehr bemüht«, hatte Miss Weedie dem Pfarrer einmal anvertraut.

Einige Minuten lang herrschte Stille in dem kleinen Raum, weil alle damit beschäftigt waren, ihre Kuchenstücke zu vertilgen. Gerade als Christy vorhatte, ein x-beliebiges Thema anzuschneiden, brach Anne das merkwürdige Schweigen.

»Erzählen Sie mir ein bißchen über Wyckerley«, wandte sie sich an ihre Gastgeberin. »Leben Sie schon immer hier?«

»Gewiß, ich bin in diesem Haus hier geboren, wie mein Vater übrigens auch. Meine Mutter kam allerdings von außerhalb. Aus Mares Head.«

»Das ist ein Nachbarort«, erklärte Mrs. Thoroughgood und drückte Tabby ihren leeren Teller in die Hand. »Mein Vater war auch ein Fremder. Er kam aus Crediton, das ist auf der anderen Seite des Moors. Er ist vor einigen Jahren gestorben.«

»Ich bin ebenfalls hier geboren«, ließ Miss Pine verlauten, »genau wie meine Eltern.«

Sie war eine kleine alte Frau, mit tausend Runzeln im Gesicht, schwarzen Augen und Händen, die immer in Bewegung waren. Sie beschränkte sich nur auf zwei Zimmer in ihrem Haus, die beiden anderen hatte sie vermietet.

»Wir alle sind Freunde«, meinte Mrs. Weedie plötzlich. »Wie lange kennen wir uns jetzt schon, Miss Pine?«

»Einundfünfzig Jahre, Mrs. Weedie. Wir haben uns an dem Tag kennengelernt, als Sie nach Wyckerley kamen, um Mr. Weedie zu heiraten.«

»Ja, wir vier sind wirklich richtig gute Freunde«, betonte Mrs. Thoroughgood, die sich für das Thema erwärmte. »Jessica ist unser Baby, sagen wir immer. Mindestens dreimal in der Woche treffen wir uns nachmittags. Zum Tee, zum Nähen oder einfach für einen hübschen kleinen Plausch. Ich glaube nicht, daß wir je ein Treffen ausgelassen haben.«

»Aber ja doch! Den dritten und fünften Februar im Jahr zweiundfünfzig. Erinnern Sie sich denn nicht?« warf Miss Pine ein. »Jessie hatte Grippe, und wir hatten Angst, uns anzustecken.«

Die anderen Damen nickten zustimmend. Ihre Zuneigung zueinander war offensichtlich. Christy wußte, daß die vier Damen arm waren wie Kirchenmäuse. Sie lebten von den lächerlich kleinen Renten, die ihnen ihre Männer hinterlassen hatten. Doch über dieses heikle Thema wurde nie geredet.

»Haben Sie vor, Lynton Great Hall zu renovieren?« erkundigte sich Honoria, die es langweilte, nicht im Mittelpunkt zu stehen. »Der Vater Ihres Mannes hat Papa und mich letzte Weihnachten zum Tee zu sich gebeten«, fuhr sie beinahe stolz fort, weil diese Ehre keinem der Anwesenden, ausgenommen Hochwürden, je zuteil geworden war. »Also ich muß sagen, da ist mir aufgefallen, wie ... wie ...« Sie hielt verlegen inne, weil ihr bewußt wurde, wie taktlos sie war.

»Wie heruntergewirtschaftet alles ist«, beendete Anne den Satz und lächelte unbestimmt. »Das ist leider richtig. Der alte Viscount hat sich nicht allzusehr um den Haushalt gekümmert. Mein Mann und ich haben allerdings noch nicht darüber geredet, welche Veränderungen wir an dem Haus vornehmen werden. Es gibt so viele wichtigere Dinge, um die wir uns zuerst werden kümmern müssen. Wenn ich an all das denke, was Mr. Holyoake zur Sprache brachte . . .«

Der Bürgermeister packte diese einmalige Gelegenheit beim Schopf, um auf die von ihm geplanten Projekte hinzuweisen, und unterbreitete die von ihm ausgearbeiteten Verbesserungsvorschläge, die nicht nur dem Wohl der Gemeinde dienten, sondern unumgänglich notwendig waren. Anne hörte gezwungenermaßen zu, und Christy beobachtete sie aufmerksam über den Rand seiner Teetasse hinweg.

Was genau an ihr verwirrte ihn so? Geoffrey hatte ihm erzählt, daß sie einen Großteil ihres Lebens mit ihrem Vater in Italien verbracht hatte, der sich dort als Maler seinen bescheidenen Lebensunterhalt verdient hatte. Das erklärte die für eine Engländerin untypischen Merkmale, die ihm bereits früher aufgefallen waren. Das verhältnismäßig kurzgeschnittene Haar, den ungewohnten Schnitt ihres Kleides, den Mangel jeglicher Überheblichkeit und Affektiertheit. Kurz, sie entsprach Christys vielleicht unbedarfter Vorstellung kontinentaler Boheme. Seltsam, daß ausgerechnet Geoffrey eine solche Frau geheiratet hatte.

Liebten sie sich? Er mußte sich eingestehen, daß ihn diese Frage sehr beschäftigte, obwohl ihn die Sache im Grunde ja nichts anging. Schuld war daran wahrscheinlich die Tatsache, daß ihm das gespannte Verhältnis zwischen Anne und ihrem Mann schon am ersten Tag aufgefallen war. So lieb und teuer ihm Geoffrey immer gewesen war, für einen besonders einfühlsamen und rücksichtsvollen Mann hatte er ihn nie gehalten. Christy war auch der einzige in Wyckerley, den Geoffreys Karriere als Söldner nicht wirklich überraschte. Davon abgesehen hatte der Freund bereits als Sechzehnjähriger seine Vorliebe für anspruchslose und ungebildete Frauen gezeigt. Warum hatte er dann ausgerechnet eine Frau wie Anne geheiratet? Sie war zwar ausgesprochen hübsch, doch ohne jede Sinnlichkeit. Was mochte Geoffrey an ihr gereizt haben? Wenn sie lächelte, geschah dies meist aus Höflichkeit. Christy hatte sie noch nie richtig lachen gehört. Je länger er sie kannte, desto weniger konnte er sie sich herzlich ausgelassen oder gar albern vorstellen. Auf ihn wirkte sie fast wie eine Figur aus einem Trauerspiel, und er ahnte, daß sich hinter ihrer grenzenlosen Selbstbeherrschung eine kranke Seele verbarg, die ihr Leben nicht in den Griff bekam.

»Haben Sie mit Lady D'Aubrey schon eine Führung durch die Kirche gemacht, Hochwürden?« erkundigte sich Mrs. Thoroughgood und riß ihn damit aus seinen Gedanken.

Christy verneinte.

»Sie stammt nämlich aus der Zeit der Normannen«, erklärte sie Anne, die ihr aufmerksam zuhörte. »Besonders gut sieht man das an den Bildhauerarbeiten. Das meiste wurde allerdings später hinzugefügt.«

»Der Name unseres Dorfes entstand im siebzehnten Jahrhundert«, fügte Miss Pine hinzu.

»›Why‹ ist der altenglische Ausdruck für Weiler«, warf Mrs. Thoroughgood ein. »Hochwürden Morrell muß Ihnen auch unbedingt das alte Pfarrhaus zeigen, es kann sich wirklich sehen lassen.«

»Ich freue mich schon darauf«, sagte Anne und lächelte Christy zu.

Die alte Mrs. Weedie, die dieser Unterhaltung nur bedingt folgte, stand plötzlich auf und machte sich auf den Weg in die Küche, wobei sie Christy im Vorbeigehen die Hand auf die Schulter legte.

»Folgen Sie mir bitte«, glaubte er sie murmeln zu hören.

Da sie beinahe verschwörerisch geklungen hatte, blieb er sitzen, bis Honoria die einst wunderschönen Gärten von Lynton Great Hall ins Gespräch brachte und die sich heute in einem jämmerlichen Zustand befanden. Erst dann stand er so unauffällig wie möglich auf und folgte Mrs. Weedie, die er in der an der Küche angrenzenden Speisekammer fand.

Mit gekrümmtem Rücken stand sie vor den Regalen und ließ ihre Hand suchend über die Gläser mit Eingemachtem und anderen Vorräten gleiten.

»Ah, hier ist es ja«, sagte sie und zog ein gefaltetes Stück Papier heraus, das zwischen zwei Gläsern mit Mehl gesteckt hatte. »Könnten Sie bitte diesen Brief für mich aufgeben? Dann weiß ich wenigstens, daß er ihn wirklich bekommt.«

Mit einer fahrigen Geste drückte sie ihm das Papier in die Hand.

»Wer ist Robert James Weedie?« erkundigte sich Christy erstaunt, als er den Namen des Empfängers las.

»Mein Sohn«, flüsterte sie. »Ich habe ihm bisher noch nie geschrieben. Aber das war ein Fehler. In diesem Alter braucht man seine Mutter. Bobby . . .«

»Mutter?« hörten sie in diesem Augenblick Miss Weedie ängstlich rufen.

Die alte Dame legte den Finger auf ihre Lippen. »Sagen Sie nichts zu Jessie. Ihr ist es nicht recht, wenn ich das tue. Noch etwas Tee, Hochwürden?« fügte sie laut hinzu, und drängte ihn an ihrer Tochter vorbei.

Christy lächelte Miss Weedie zu. Im Augenblick wußte er noch nicht, ob er ihr mitteilen würde, daß ihre Mutter Briefe an den Sohn schrieb, der seit über dreißig Jahren tot war.

Kurze Zeit danach brach Lady D'Aubrey auf, und Christy erbot sich, sie heimzubegleiten, was sie dankend annahm.

5

16. April — Ostersonntag

In meinem Leben habe ich nicht die Bekanntschaft sehr vieler Priester gemacht. Hochwürden Morrell ist jedoch der erste, der lieber zuhört, als selbst zu reden. Ich vermute, er ist sich offenbar nicht der Wirkung bewußt, die er auf Menschen ausübt, wenn er spricht. Es war faszinierend zu beobachten, wie die vier alten Damen (so nenne ich sie, obwohl Miss Weedie ja noch gar nicht so alt ist) an seinen Lippen hingen. Er ist so unglaublich nett zu ihnen. Kein Wunder, daß sie ihn lieben. Auf dem Heimweg hat er mir ein paar Geschichten über sie erzählt. In seinem Gesicht konnte ich die echte Zuneigung erkennen, die er für die vier alten Damen empfindet. Ich mag sie auch. Besonders Jessica. Sie ist eine nervöse, aber sehr freundliche Frau, immer ängstlich darauf bedacht, alles richtig zu machen. Ich frage mich, ob sie sich je nach der Gesellschaft eines Mannes gesehnt hat. Wenn ja, dann scheint sie es vergessen zu haben.

Ich kann mir aber nicht vorstellen, daß sie meine Freundin wird. Auch wenn ich mir noch so viel Mühe gäbe, den gesellschaftlichen Unterschied zu überbrücken, der in Wahrheit gar nicht besteht. Der Unterschied zwischen den vier alten Damen und mir besteht vielmehr in ihrer Güte und Einfachheit und meiner Nichtigkeit und Langeweile. Honoria Vanstone hingegen würde sofort meine Freundin werden, wenn ich es wollte. Aber ich mag sie nicht. Sie erinnert mich an Mademoiselle Bected, eine Geliebte, die Papa in Aix-en-Provence hatte. Ich nannte sie immer die aufgeblasene Gans. Ganz so schlimm ist Miss Vanstone vielleicht nicht, aber ich mag sie trotzdem nicht. Der Erzengel würde ihre eingebildete Art wahrscheinlich damit entschuldigen, daß sie unter dem Einfluß ihres Vaters, der sich schrecklich wichtig nimmt, und ohne starke Frauenhand großgeworden ist. Ich kann nicht so milde sein. Für mich ist sie eine halsstarrige, humorlose Zicke, die mich nicht ausstehen kann und mir mißtraut. Trotzdem versucht sie mich für sich zu gewinnen. Bei ihr wird es mir gelegentlich Spaß machen, Lady D'Aubrey herauszukehren, denke ich.

Was würde der Erzengel von mir denken, wenn er von meinen gemeinen Gefühlen gegenüber einem Schäfchen seiner Herde wüßte? Ich weiß, daß er mich heimlich beobachtet. Für was für eine Frau er mich wohl hält? Für eine, die gerettet werden muß? Wahrscheinlich. Aber mich können selbst die Bemühungen Morrells nicht retten.

Ich soll ihn Christy nennen, hat er gesagt. Er ist meistens so blaß, daß ich immer gleich sehe, wenn er errötet. Sein Kopf sieht aus wie gemeißelt. Die blauen Augen wirken trotz ihrer Farbe nicht kalt, sondern sanft. Sein sehr ausdrucksvoller Mund verrät Gutmütigkeit. Auf mich wirkt er wie ein Mann, dem es nicht schwerfällt, anderen zu vergeben, der mit sich selbst aber sehr streng ist. Ich mußte heute an dieses Gemälde von Rubens denken, ›Daniel in der Löwengrube‹.

Christy sah nicht etwa aus wie Daniel, sondern wie der Löwe in der Mitte, der diesen stolzen, aber besorgten Ausdruck in seinen gelben Augen hat.

Als ich heute seiner nicht enden wollenden Predigt zuhörte, hätte ich am liebsten geweint. Er hielt sie mit so herzergreifendem Ernst. Diese Regung ist für mich sehr ungewöhnlich, und ich kann sie mir auch nicht erklären. Wie würde er reagieren, wenn er wüßte, daß ich in keinster Weise religiös bin? Würde er versuchen, mich zu bekehren? Sehr amüsant, sich das vorzustellen. In Aix gehörte zu Papas Künstlerkreis ein Heilmagnetiseur, der mich einmal erfolglos zu hypnotisieren versuchte. Trotz aller seiner Bemühungen blieb ich hellwach. Ich fürchte, so würde es mir auch bei Hochwürdens Bekehrungsversuchen gehen. Schade eigentlich. Der Glaube an Gott ist sicher ein Trost. Eine Arznei für Seelenleid.

5. Mai

Heute ist Geoffreys Pferd geliefert worden. Er hat den schwarzen Hengst mit der weißen Blesse auf der Nase und den weißen Fesseln Satan genannt, obwohl das nicht sein richtiger Name ist. Inzwischen ist es bei Geoffrey zur fixen Idee geworden, mit seinem alten Freund Christy ein Pferderennen zu veranstalten. Dürfen Priester so etwas? Ich kann es mir nicht vorstellen.

Geoffreys Einberufung ist noch nicht gekommen, und er langweilt sich. Das ist wahrscheinlich auch der Grund, warum er den unschuldigen Priester zu sündigen Unternehmungen überreden will. Die englische Armee war seit dreißig Jahren in keinen richtigen Krieg verwickelt, und die Männer an der Spitze sind alles senile Greise, sagt Geoffrey. Im stillen bin ich der Auffassung, daß dies für ihn von Vorteil ist, denn ich kann mir vorstellen, daß nur senile alte Männer ihm erlauben werden, in ihren Reihen zu kämpfen. In letzter Zeit sieht er allerdings gesünder aus, und er trinkt nicht mehr so viel. Wenn er gesund ist, ist er sicher ein guter Soldat, und er liebt diesen Beruf über alles. Sein Gesicht beginnt zu leuchten, wenn er auf die schrecklichen Einzelheiten eingeht, die er bei seinen Schlachten erlebt hat. Ungeduldig erwartet er jede Postsendung, und ich versuche ihn zu trösten, wenn der besagte Brief wieder nicht gekommen ist. Es ist wohl besser, wenn nur einer von uns beiden richtig unglücklich ist. Im Augenblick hat Geoffrey die größere Chance, dieser Hölle unseres gemeinsamen Lebens zu entrinnen.

Ich vergehe heute vor Selbstmitleid. Das ist kein sehr angenehmer Charakterzug. Ich werde versuchen müssen, mich zu bessern.

Mr. Holyoake scheint zu ahnen, daß der neue Hausherr, auf den er so große Hoffnungen gesetzt hat, nicht viel besser ist als der alte. Armer Geoffrey. Ohne die geringsten Kenntnisse muß er sich plötzlich mit landwirtschaftlichen Fragen befassen. Getreideanbau, Rinder- und Schafzucht, Apfelbaumplantagen, ganz zu schweigen von der Verantwortung für die Frauen und Männer, die für ihn arbeiten. Was hier wirklich benötigt wird, ist ein Viscount, der gerne arbeitet. Und das ist Geoffrey nun mal auf keinen Fall. Anfangs kam Mr. Holyoake, unbedarft wie er ist, mit seinen das Gut betreffenden Fragen zu ihm. Das tut er inzwischen nicht mehr. Statt dessen wendet er sich nun an mich, ausgerechnet mich, um Auskunft darüber zu erhalten, welchen Preis wir für unser Getreide verlangen sollen, ob wir dieses oder jenes Dach richten oder diese oder jene Maschine anschaffen sollen. Ich höre mir seine Meinung an, gebe vor, angestrengt zu überlegen, und stimme ihm schließlich zu. Es ist ein merkwürdiges Ritual der Höflichkeit, das wir da vollziehen.

Unerwarteterweise habe ich mich in die landschaftliche Schönheit dieser Gegend verliebt und in die Menschen, die hier leben und deren Freundlichkeit eine Wohltat ist. Natürlich habe ich auch schon früher in vergleichsweise schönen und friedlichen Landstrichen gelebt, aber als Besucherin, als Tochter meines Vaters. Seltsamerweise haben die Ölgemälde meines Vaters die Liebe zur Natur nicht gefördert. Im Gegenteil, durch ihn wurde für mich eine Landschaft zu einem Objekt, das man studierte und dann auf die Leinwand zauberte. Jetzt jedoch trage ich plötzlich die Verantwortung für ein Stück Land, und das macht mir beinahe Angst. Wie soll ich damit fertigwerden, wenn Geoffrey mich tatsächlich allein zurückläßt? Einerseits sehne ich diesen Augenblick herbei, andererseits jagt mir schon der Gedanke daran einen heillosen Schrecken ein. Wenn ich wenigstens an Gott glauben würde, dann könnte ich ihn bitten, mir die nötige Kraft zu geben und mir beizustehen. So kann ich einfach nur versuchen, mein Bestes zu tun, in der Hoffnung, daß es zum Wohl dieser guten Menschen sein wird.

Gestern hat uns der Bürgermeister besucht. Eustace Vanstone erinnert mich mit seinem silbergrauen Haar und dem ausgemergelten Gesicht an einen mageren grauen Fuchs. Er ist ein ehrgeiziger Politiker, und es würde mich nicht überraschen, wenn er es sich zum Ziel gesetzt hat, eines Tages mehr zu sein als nur ein einfacher Bürgermeister. Es belustigt mich, wie er Geoffrey um den Bart geht, während er mit seinem Daumen und Zeigefinger an seinem eleganten Schnurrbart zwirbelt, der über seine Oberlippe hängt. Zu Zeiten des alten Viscount hat er Wyckerley sozusagen allein regiert. Nun fürchtet er natürlich, daß sich dies ändern wird. Eine grundlose Furcht, wie er bald erkennen wird, aber in der Zwischenzeit sind seine Bemühungen wie gesagt recht amüsant ...

In diesem Augenblick hörte Anne schwere Schritte auf der Treppe. Sie sah von ihrem Schreibtisch auf und lauschte angespannt.

»Anne? Bist du da oben?« hörte sie Geoffrey rufen.

Hastig griff sie nach einem leeren Blatt Papier und schob es über ihre geheimen Aufzeichnungen. Ihre Finger umklammerten immer noch den Federhalter.

»Ja, ich bin hier«, rief sie.

Geoffrey erschien in der Tür. Er trug Reitkleidung und stank nach Pferd und Schweiß. In seiner Hand hielt er ein Glas, aber sie war sich nicht sicher, ob er bereits betrunken war.

»Hier versteckst du dich also!«

Er ging zum Südfenster, sah hinaus, kam dann zurück zum Kamin und fuhr mit dem Finger über die Bücher, die sich auf dem Sims befanden. Seine Rastlosigkeit verriet ihr seine momentane Stimmung. Offenbar langweilte er sich mal wieder.

»Ich möchte, daß du Christy Morrell zum Abendessen einlädst«, sagte er unvermittelt und blieb vor ihr stehen.

»Wann? Meinst du heute abend?«

»Ja. Warum nicht? Laß ihm eine Nachricht schicken, in der du ihn zu kommen bittest.«

»Wenn du meinst«, sagte Anne zögernd. »Aber vielleicht hat er schon etwas anderes vor. Ich meine damit, unsere Einladung kommt sehr kurzfristig . . .«

»Das weiß ich«, meinte Geoffrey. »Lade ihn trotzdem ein. Ich habe Lust, ihn zu sehen.«

Seit ihrer Abreise von London klang seine Stimme manchmal wie die eines aufsässigen Kindes. Ob ihm das bewußt war? In den letzten Tagen hatte er etwas an Gewicht zugenommen. Tatsächlich stürzte er sich bei den wenigen Mahlzeiten, die sie gemeinsam einnahmen, mit der Gier eines Verhungerten auf die Speisen. Manchmal stopfte er sich das Essen so hastig in den Mund, ohne sich Zeit zum Kauen zu nehmen, daß er einen Hustenanfall bekam.

»Geoffrey, nimmst du noch deine Pillen?« fragte Anne, bemüht, ihre Stimme normal klingen zu lassen.

Geoffrey stellte sich hinter ihren Stuhl, und Anne hielt den Atem an. Er konnte gefährlich werden, wenn er in dieser Laune war.

»Die kleinen blauen Pillen, die kleinen grauen Pillen ...« sang er und lehnte gegen die Lehne ihres Stuhles, der unter seinem Gewicht etwas nach vorn rutschte. »Was schreibst du da?« fragte er dann.

»Nichts. Ich schreibe nichts«, antwortete sie und sah

auf das vor kurzem noch leere Blatt. Der Buchstabe X, willkürlich aneinandergereiht, leuchtete ihr schwarz und feindlich entgegen.

Abrupt stand sie auf, als er ihr seine Hand auf das Haar legte. Ihr kleines Schreibpult krachte zu Boden, die darauf liegenden Papiere flatterten durch die Luft. Anne errötete verlegen. Ihr Herz klopfte wild. Geoffrey versuchte zu lächeln, während er mit den dunklen Augen ihr Gesicht betrachtete, aber seine Lippen zitterten.

Anne drehte sich um und starrte zum Fenster hinaus. Die orangerote Sonne begann eben auf die dunklen Baumwipfel herunterzusinken. Geoffrey stellte sich neben sie, und es kostete sie unglaubliche Überwindung, nicht davonzulaufen.

»Anne, weißt du, wie hübsch du aussiehst, wenn die Sonne auf dein Haar fällt?« seufzte er. »Welch ein Glück, daß sie wenigstens hübsch ist, habe ich mir gedacht, als wir uns kennenlernten.«

Anne versuchte zu lachen, aber es wollte ihr nicht gelingen.

»Du hast dich sehr verändert seit damals, Liebling. Früher warst du nur hübsch, heute bist du eine Schönheit. Dein wundervolles Haar, ich habe es von Anfang an geliebt. Dieses herrliche Rot, das golden zu schimmern beginnt, wenn die Sonne darauffällt.«

»Hör auf ... bitte ...« flüsterte Anne.

»Und ich erinnere mich an deine zarte Hand, an das Gefühl, wenn meine Finger darüberstreichelten ...«, flüsterte er heiser und hob die Hand.

Angewidert wich Anne zurück.

Seine Hände fielen schwer auf ihre Schultern, und mit erstaunlicher Kraft drängte er sie mit dem Rücken an die Wand. Fluchend griff er nach ihren Brüsten. »Du bist meine Frau, du bist meine Frau ...«, stieß er hervor, während sie sich verzweifelt gegen ihn zu wehren versuchte.

Seine Finger verkrallten sich in ihrem Haar. Er riß ihren Kopf gewaltsam nach hinten und preßte seine Lippen auf die ihren.

Sein Atem roch schlecht, und Anne würgte.

Er ließ sie sofort los. Sein verzerrtes Gesicht verriet ihr, wie sehr er litt, wie verletzt er war.

»Es tut mir leid«, sagten sie beide gleichzeitig.

Anne streckte ihre Hand aus, ein verzweifelter Versuch, ihre erste Reaktion wiedergutzumachen, aber er wich entsetzt zurück. Mitleid war etwas, was er auf den Tod nicht ausstehen konnte.

Bewegungslos lauschte Anne den sich entfernenden Schritten. Ihre Blicke wanderten über die vertrauten Dinge in dem nun fast dunklen Zimmer. Ihr Nähkörbchen auf dem Tisch, der grünblaue Teppich, den sie aus London mitgebracht hatte, das Selbstporträt ihres Vaters, die erst heute morgen gepflückten Gänseblümchen.

»Es ist immer noch mein Zimmer«, sagte sie laut, um sich selbst zu trösten. »Meine Zuflucht. Und es ist nichts passiert. Nichts, was diesen mir heiligen Ort entweiht hätte.«

Sie bückte sich, hob ihr kleines Schreibpult auf und stellte es an seinen ursprünglichen Platz. Dann sammelte sie die herumliegenden Papiere ein, setzte sich und schrieb mit zitternder Hand die Einladung für Hochwürden Morrell.

6

»Hochwürden, Charlie stößt mich dauernd mit seinem Ellbogen.«

»Jungs, ihr habt nur noch fünf Minuten, um eure Aufsätze fertig zu schreiben«, sagte Christy, ohne von dem

Entwurf der Predigt aufzusehen, den er versuchte auszuarbeiten.

»Hochwürden, jetzt rüttelt Charlie am Tisch.«

Christy legte den Federhalter nieder und zog seine Taschenuhr heraus, die ihm sein Vater zu seinem zwanzigsten Geburtstag geschenkt hatte. In diesem Augenblick klingelte die Schulglocke fünfmal. Sofort knallten Charles und Walter Wooten ihre Bücher zu und standen auf.

»Habt ihr eure Aufsätze fertig?« fragte Christy und warf einen Blick auf die mit Tintenklecksen übersäten Blätter Papier, die sie ihm auf den Schreibtisch legten.

»Ja, Sir«, versicherten die beiden einstimmig.

Charles war dreizehn, sein Bruder Walter erst zwölf. In einem Jahr würden sie die Schule in Exeter besuchen, wenn Christys Bemühungen, ihnen Latein, Geographie und Mathematik beizubringen, erfolgreich sein würden. Er mochte seine beiden durchschnittlich begabten Schüler, hätte aber auf das mühselige Vergnügen, sie zu unterrichten, verzichtet, wenn ihm Mr. und Mrs. Wooten nicht monatlich drei Pfund dafür bezahlt hätten.

»Wißt ihr noch, welche Aufgaben ihr bis zum nächsten Mal machen müßt?«

»Ja, Sir.«

»Gut, dann könnt ihr jetzt gehen. Gehen, sagte ich, und nicht rennen!«

Im Gang hörte er Mrs. Ludd mit ihnen schimpfen, dann knallte eine Tür zu. Christy griff, dankbar über die nun eingetretene Stille, wieder nach seinem Federhalter und machte sich erneut an seine Predigt.

»Warden Nineways ist hier und möchte Sie gerne sprechen, Hochwürden«, meinte Mrs. Ludd von der Tür her.

»Aber heute ist Freitag«, protestierte Christy ärgerlich. »Üblicherweise kommt er doch am ...«

»Er ist aber jetzt hier«, meinte Mrs. Ludd unbeeindruckt.

»Er hat sein großes Buch unterm Arm und sieht aus wie Petrus persönlich. Ich kann ja schließlich nichts dafür.«

»Also gut«, seufzte Christy. »Führen Sie ihn herein. Aber bringen Sie uns um Gottes willen keinen Tee, sonst kriege ich ihn überhaupt nicht mehr los.«

Mrs. Ludd lächelte verständnisvoll.

»Ach ja, und noch etwas ... die Swan-Schwestern waren hier, als Sie den Wootens versucht haben, was beizubringen.«

Christy seufzte erneut.

»Möchten Sie nicht wissen, was sie diesmal vorbeigebracht haben?« fragte Mrs. Ludd grinsend.

»Nein«, stöhnte Christy und ordnete die Papiere auf seinem Schreibtisch. »Also gut, was denn?« brummte er dann.

»Kleine Deckchen, die sie selbst gehäkelt haben. Für die Stühle in Ihrem Arbeitszimmer. Das sei nicht nur zweckmäßig, sondern wirke auch so gemütlich, haben sie gesagt. Natürlich habe ich ihnen versichert, daß Sie vor Freude außer sich sein würden und bestimmt noch mehr von den Dingern haben wollen.«

»Wie aufmerksam von Ihnen!« meinte Christy und rollte mit den Augen.

Er wußte, wie sehr sich Mrs. Ludd über die zahlreichen Geschenke seiner weiblichen Pfarrkinder amüsierte.

Die Haushälterin verschwand kichernd, um den Kirchenvorsteher hereinzuholen.

Thomas Nineways war ein kleiner rundlicher Mann, der seine Pflichten todernst nahm. Von den jüngeren Knaben wurde er ständig wegen seines Aussehens gehänselt. Seine Ähnlichkeit mit einem Frosch war unübersehbar. Zum Großteil lag das an seinen hervorspringenden Augen. Er legte sein dickes Kirchenbuch auf Christys Schreibtisch und setzte sich in den ihm angebotenen Stuhl.

»Bevor wir uns die Einträge der letzten Woche ansehen, möchte ich gerne etwas mit Ihnen besprechen, Hochwürden.«

»Aber gewiß«, meinte Christy und hoffte inständig, daß es sich nicht um die Restaurierung des Fensters handelte, auf dem die heilige Katharina dargestellt war. Er wußte, wie sehr sich der Kirchenvorsteher darüber ärgerte, daß dafür so geringfügige Spenden eingegangen waren.

»Eigentlich sind es zwei Dinge, die ich gern zur Sprache bringen möchte. Einmal betrifft das den Gründonnerstag. Offenbar besteht ein reges Interesse daran, die alte Tradition der Fußwaschung wieder aufleben zu lassen.«

»Welche Tradition?« fragte Christy und kaute nervös an seinem Federhalter.

»Die der Fußwaschung.«

»Eine Sitte, die längst ...«

»Richtig, eine Sitte, die mit William III. ausstarb, weil er keinen Wert darauf legte.«

»Genau, und ich persönlich ...«

»Nun, einige scheinen zu denken, daß es an der Zeit sei, diese Tradition wieder aufleben zu lassen. Das betrifft natürlich nur die Männer. Für Frauen wäre es wohl kaum schicklich.«

Christy seufzte innerlich. Was für eine unsinnige Vorstellung, wenn sich Barfüßige vor dem Altar niederließen und sich gegenseitig die Füße wuschen.

»Wer hat denn diesen Vorschlag gemacht?« erkundigte er sich.

»Das kann ich nicht genau sagen, aber die Zahl der Befürworter wächst von Tag zu Tag.«

Du und Pitt, ihr steckt dahinter. Gib es doch zu! dachte Christy ärgerlich.

»Nun, Brakey Pitt, um nur einen zu nennen. Und der setzt sich sehr lautstark dafür ein. Dann gibt es noch andere, aber die sind sozusagen etwas zurückhaltender.«

Das kann ich mir denken!

»Also gut, ich werde mir die Sache durch den Kopf gehen lassen, Thomas. Was gibt es sonst noch?«

»Da ist dann noch die Sache mit Tranter Fox. Aus sicherer Quelle weiß ich, daß er am letzten Samstag betrunken war.«

»Ach wirklich? Ich wußte nicht, daß Tranter sehr viel trinkt. Aus welchem Anlaß denn?«

»Das weiß ich nicht. Aber es war am Sabbat, und nun wollen einige Leute wissen, was Sie zu unternehmen gedenken.«

»Was *ich* zu unternehmen gedenke?«

»Ja, Sie sind doch hier der Pfarrer.«

»Das ist wahr. Der Pfarrer und nicht ein Polizist!«

»Aber am Sabbat betrunken zu sein, ist doch ein kirchliches Vergehen. Aber das ist ja auch noch nicht alles. Beim Ostergottesdienst mußte ich ihn dreimal wecken.«

»Doch nicht während meiner Predigt, oder?« scherzte Christy.

»Ich kenne Ihre Einstellung, solche Dinge nicht allzu wichtig zu nehmen«, meinte der Kirchenvorsteher tadelnd. »Und ich nehme an, Sie werden in dieser Angelegenheit nichts unternehmen. Aber ich wollte Sie doch zumindest darauf aufmerksam machen. Das ist schließlich meine Pflicht.«

»Sie sind ein pflichtbewußter Mann, Thomas, das weiß ich. Aber lassen Sie mich Ihnen eine Frage stellen. Wann war Tranter Fox zum letzten Mal sonntags in der Kirche? Ich meine vor dem besagten Ostergottesdienst.«

»Ich bin mir nicht sicher«, sagte Nineways und strich sich über den grauen Bürstenhaarschnitt. »Vor einem Monat, vor zwei Monaten? Ich kann mich wirklich nicht daran erinnern . . .«

»Dann werde ich es Ihnen sagen . . . am Heiligen Abend.«

»So lange ist das schon her? Das ist ja ... das zeigt doch deutlich ...«

»Und Sie wissen, daß ich seit über einem Jahr alles versuche, ihn dazu zu bewegen, daß er öfter kommt. Und nun, nachdem er vier Monate lang die Kirche nicht betreten hat und Ostersonntag zum ersten Mal wieder da war, da soll ich jetzt etwa anfangen, ihm Vorwürfe zu machen? Glauben Sie, das wäre richtig?«

Der Kirchenvorsteher legte die Stirn in Falten.

»Dazu kann ich nichts sagen. Ich finde nur, wir sollten ihn im Auge behalten. Ja, das finde ich.«

»Ich weiß, daß ich mich da völlig auf Sie verlassen kann. So, und jetzt sehen wir uns die Eintragungen an, ja?«

Kurz danach erschien Mrs. Ludd zum zweitenmal.

»Entschuldigen Sie, daß ich schon wieder störe. Aber ein Bote von Lynton Great Hall hat gerade diese Nachricht abgegeben.«

Die Froschaugen von Thomas funkelten neugierig, während Christy das Kuvert öffnete und das darin befindliche Blatt herausnahm.

Geoffrey und ich würden uns freuen, wenn Sie heute Abend mit uns essen könnten. Wir richten uns ganz nach Ihrem Zeitplan. Anne Verlaine.

»Wartet der Bote auf eine Antwort?« erkundigte sich Christy bei seiner Haushälterin.

Als Mrs. Ludd nickte, kritzelte er hastig eine Nachricht auf ein Blatt Papier.

Danke für Ihre Einladung. Ich bin um halb sieben da.

Christian Morrell.

Dann wandte er sich mit tiefstem Bedauern an den Kirchenvorsteher. »Es tut mir wirklich entsetzlich leid, Thomas, aber ich fürchte, wir müssen unser Gespräch abbrechen.«

Lynton Great Hall lag, wenn man vom Pfarrhaus kam, ungefähr eine halbe Meile vom letzten Haus der Hauptstraße entfernt, eingebettet in ein kleines Tal in der Nähe des Flusses. Jeder im Dorf sagte, ›er ginge hinauf‹, wenn er dort etwas zu tun hatte, obwohl das von den Gegebenheiten unmöglich war. Denn in Wirklichkeit lag das Herrenhaus tiefer als der Ort selbst. Christy kannte jeden Baum, der den lehmfarbigen Weg säumte, jede Kurve und den dahinter zu erwartenden Ausblick. Kein Wunder, denn er war ja hier aufgewachsen. Schon von weitem erkannte er den Mann, der ihm mit einem schwarzen Hund entgegenkam. Als sie aufeinandertrafen, zog William Holyoake seinen Hut, der auf seinem dicken, sandfarbenen Haar eine kreisrunde Druckstelle hinterließ.

»N'Abend, Hochwürden«, begrüßte er den Pfarrer mit seiner reinen Tenorstimme, die jeden Sonntag klar aus dem Kirchenchor herausklang.

»Na, wie geht's, William?«

»Ganz gut, Sir. Sind Sie auf dem Weg nach oben?«

»Ja, ich bin zum Abendessen eingeladen.«

Beide wußten, daß dies ein Ereignis war, das zu Lebzeiten des alten Viscount nie stattgefunden hatte.

»Und wie kommen Sie mit unserem neuen Viscount zurecht, William?« erkundigte sich Christy, obwohl er wußte, daß der Gutsverwalter ein sehr verschwiegener Mann war. Aber irgendwie konnte er sich des Gefühls nicht erwehren, daß William vielleicht gerade jetzt einen Freund brauchte.

»Nun, Sir ...«, meinte dieser zögernd und blinzelte in die untergehende Sonne, als sei dort möglicherweise die Antwort zu finden. »Ich halte es für möglich, daß er nicht einer der besten Gutsbesitzer ist.«

Christy unterdrückte ein Lächeln. William war taktvoll wie immer.

»Das ist gut möglich«, stimmt er vorsichtig zu. »Fällt

Ihnen irgend etwas ein, wobei ich Ihnen vielleicht behilflich sein kann?«

»Ich weiß nicht so recht. Um die Wahrheit zu sagen ... In letzter Zeit habe ich mich meist an die Lady um Rat gewandt. Das ist vielleicht etwas ungewöhnlich, aber sie hat einen gesunden Menschenverstand, und sie gibt sich die allergrößte Mühe. Man erzählt sich, daß der Viscount bald in den Krieg ziehen wird. Und in diesem Fall ... Nun, es könnte jedenfalls viel schlimmer sein. Viel schlimmer, wenn Sie verstehen, was ich damit sagen will.«

»Ich weiß, was Sie meinen.«

»Aber ich wäre Ihnen trotzdem ungemein dankbar, wenn Sie dann Mylady ...«

»Beraten würden?« beendete Christy den Satz des Gutsverwalters. »Ich verspreche Ihnen, ich werde mein Bestes tun.«

»Vielen Dank, Sir.«

»Keine Ursache, William. Lassen Sie mich einfach wissen, wenn Sie mich brauchen.«

»Übrigens ... Haben Sie schon den schwarzen Hengst gesehen, den Mylord in Exeter gekauft hat?«

»Das habe ich. Ein außerordentlich schönes Tier, finden Sie nicht auch?«

»Ich kann mich Ihrem Urteil nur anschließen.«

»Wußten Sie, daß Geoffrey sehr daran liegt, mir zu beweisen, daß sein Hengst schneller ist als mein Doncaster?«

»Ich habe davon gehört, Sir. Haben Sie vor ...?«

»Ich glaube nicht«, sagte Christy mit echtem Bedauern in der Stimme. »So etwas schickt sich für mich wohl nicht, oder?«

»Wahrscheinlich nicht, Sir. Und, um offen zu sein, das finde ich verdammt schade! Oh, Verzeihung, Hochwürden, das ist mir so rausgerutscht ... tut mir leid ...«

»Ist schon gut, William ...«

»Also, dann wünsche ich Ihnen einen schönen Abend«, meinte der Gutsverwalter und setzte seinen Hut auf. »Es war wie immer eine Freude, sich mit Ihnen zu unterhalten, Hochwürden Morrell.«

Christy nickte ihm freundlich zu und setzte seinen Weg fort. Hinter dem frischen Laub der uralten Eichen, die an der Ostseite des Herrenhauses standen, konnte er bereits die roten, aus Ziegelsteinen gemauerten Kamine von Lynton Great Hall erkennen. Nach der nächsten Biegung des Weges lag das dreistöckige, E-förmige Gebäude vor ihm. Die inzwischen vom Wetter ausgebleichten Granitsteine, aus denen es erbaut worden war, hatte man einst von Dartmoor herbeigeschafft. Er schritt durch den Torbogen neben dem Pförtnerhäuschen und strebte dem gepflasterten Hof zu, der dank des zwischen den Steinen wachsenden Grases freundlicher wirkte als die Einfahrt selbst. Wieder einmal fiel Christy auf, wie wohltuend die Stille hier draußen war. Das einzige Geräusch war das Krächzen der Krähen, die auf dem Dachfirst der nicht mehr genutzten Kapelle saßen. In dem Granitblock oberhalb des schweren Eichenportals bewies das dort eingemeißelte Datum ›A.D. 1490‹ die jahrhundertealte Existenz dieses Hauses.

Mrs. Fruit mußte ihn gesehen haben, denn sie öffnete die Tür in dem Augenblick, als er klopfte. Er nickte ihr freundlich zur Begrüßung zu und reichte ihr seinen Hut. Dann führte sie ihn in den grünen Salon und bat ihn Platz zu nehmen, während sie Mylady von seiner Ankunft benachrichtigen würde.

Der Salon wirkte sehr viel wärmer und bewohnter, als Christy ihn in Erinnerung hatte. Einige Möbelstücke waren entfernt worden, was den Raum größer erscheinen ließ. Auf den Tischen standen liebevoll arrangierte Blumensträuße, und die schweren Samtvorhänge vor den hohen Fenstern waren verschwunden. Im Gegensatz zu früher hatte man jetzt das wohltuende Gefühl, daß sich Licht und Luft nun ungehindert Eintritt verschaffen konnten in dem einst so tristen und düsteren Raum.

»Guten Abend.«

Anne Verlaine stand bei der Tür, und er hatte fast den Eindruck, daß sie ihn schon geraume Zeit betrachtete. Ihre übliche Trauerkleidung hatte sie heute durch ein dunkelgrünes Kleid ersetzt, dessen weiches Material sich an ihre schlanke Figur schmiegte. Es betonte ihre schmale Taille, und der tiefe Ausschnitt lenkte die Aufmerksamkeit des Betrachters auf ihren hübschen Busen. Das Haar hatte sie hochgesteckt, und um den zarten Hals trug sie keinerlei Schmuck.

»Guten Abend«, sagte Christy, als sie auf ihn zukam.

»Geoffrey wird gleich hier sein.«

Eine Spur von Zweifel klang in ihrer Stimme mit. Jetzt, als sie ihm gegenüberstand, fiel ihm auf, wie müde und angespannt ihr Gesicht wirkte.

»Setzen Sie sich doch«, forderte sie ihn auf. »Es freut mich, daß Sie kommen konnten, obwohl unsere Einladung so kurzfristig erfolgte.«

»Sie können sich nicht vorstellen, wie erfreut ich über Ihre Nachricht war«, meinte er lächelnd und steckte die Hände in die Taschen. »Sie haben mich gerettet, müssen Sie wissen. Ich hätte mich sonst noch mindestens eine Stunde Mr. Nineways widmen müssen. Er ist eine Seele von Mensch, aber er wäre besser vor zweihundert Jahren auf die Welt gekommen. Unter Cromwell hätte er einen ausgezeichneten Kirchenvorsteher abgegeben.«

»Ach, Sie sind ein Liberaler?«

»Verglichen mit Mr. Nineways ist sogar der russische Zar ein Liberaler.«

Anne lächelte. »Macht es Ihnen etwas aus, wenn ich Sie frage, warum Sie Priester geworden sind?«

Christy spielte mit den Münzen in seiner Tasche und überlegte, was er darauf antworten sollte. In diesem Augenblick erschien das Mädchen mit einem Tablett.

»Guten Abend, Susan«, begrüßte er sie überrascht, weil er vergessen hatte, daß sie hier arbeitete.

Susan Hatsch lächelte ihm zu und knickste. Er kannte ihre Eltern, überzeugte irische Protestanten, die keinen seiner Sonntagsgottesdienste ausließen.

»Danke, Susan«, meinte Anne und näherte sich dem auf einem Tisch abgestellten Tablett. »Mal sehen, was ich Ihnen anbieten kann, Hochwürden ... Wein, Sherry, und ich glaube, das hier ist Whiskey«, meinte sie und betrachtete skeptisch den Inhalt einer dritten Karaffe. »Aber möglicherweise trinken Sie keinen Alkohol. Vielleicht bevorzugen Sie ein Glas Wasser. In diesem Fall lasse ich es sofort von Susan bringen.«

Machte sie sich lustig über ihn? Oder wollte sie ihn einfach nur auf die Probe stellen? Er hatte sie gebeten, ihn bei seinem Vornamen zu nennen, aber die formelle Anrede schien ihr Spaß zu machen. Aus ihrem Mund klang sein Titel ein bißchen lächerlich.

»Ein kleiner Sherry wird mir nicht schaden«, meinte er. »Das Schlimmste, was passieren kann ... Ich raste aus und hole mein Pferd ins Haus.«

Verwirrt sah sie ihn an, dann lächelte sie. Die Veränderung, die dabei in ihrem Gesicht vorging und dieses noch sehr viel hübscher machte, als es ohnehin schon war, faszinierte ihn. Gleichzeitig verspürte er die gewohnte Hilflosigkeit, die ihn jedesmal überkam, wenn jemand überrascht war herauszufinden, daß er trotz allem ein Mensch war, der überdies noch Humor hatte.

»Wenn dem so ist, werde ich mich vorsehen und Ihnen das Glas nicht zu voll schenken«, meinte sie, reichte ihm sein Glas und goß sich selbst eines ein.

Diese ungewöhnliche Geste überraschte ihn. Eine vornehme englische Lady würde niemals selbst einem Herrn in ihrem Salon einen Drink servieren. Diese Aufgabe überließ man seinem Personal, oder in Ermangelung dessen, dem männlichen Gast selbst.

Erst jetzt schien ihr einzufallen, daß er sich nicht setzen würde, bevor sie nicht ebenfalls Platz nahm. Folglich ließ sie sich in dem Schaukelstuhl nieder, der gegenüber des Sofas stand, auf das Christy sich nun setzte.

»Sie haben nur meine Frage noch nicht beantwortet, Hochwürden. Aber vielleicht ist sie auch zu persönlich. Ich möchte natürlich auf keinen Fall ...«

»Das ist sie ganz und gar nicht«, versicherte er ihr, obwohl er in Wirklichkeit der Antwort lieber aus dem Weg gegangen wäre. Er spürte, daß sie sich ein Urteil über ihn bilden wollte. Warum lag ihm überhaupt so viel daran, daß sie eine gute Meinung von ihm hatte?

»Vor mir war mein Vater der Pfarrer von Wyckerley«, begann er zu erklären. »Achtundzwanzig Jahre lang. Er ...«

»Ach so«, unterbrach sie ihn sanft, als sei dies die erwartete Erklärung. »Oh, es tut mir leid«, murmelte sie dann, »Ich habe Sie unterbrochen.«

»Mein Vater war ein tief religiöser Mann. Ein Heiliger, könnte man fast sagen.«

»Was für eine Belastung das für Sie gewesen sein muß.«

»Das war es auch«, stimmte er lächelnd zu. »Als Knabe hat mich seine Frömmigkeit häufig in Verlegenheit gebracht. Geoffrey und ich ... Na, Sie können sich sicher vorstellen, daß wir Witze über ihn gemacht haben.«

Ihr Gesichtsausdruck verriet ihm, daß sie sich das ohne weiteres vorstellen konnte.

»Nachdem Geoffrey aus Wyckerley verschwand, wußte ich nicht so recht, was ich mit mir anfangen sollte. Da war ich plötzlich allein in diesem langweiligen Nest in der Provinz, sechzehn Jahre alt und unsicher, was meinen Werdegang betraf.«

»Was wollten Sie denn werden?«

»Jockey oder Künstler.«

Anne lachte.

»Für einen Jockey war ich allerdings zu groß. Folglich entschloß ich mich, Maler zu werden. Ich gebe zu, ich habe dabei völlig vergessen, die Tatsache in Betracht zu ziehen, daß ich alles andere als wirklich begabt war.«

»Ach herrje, was hat denn Ihr Vater dazu gesagt?«

»Er hat mir niemals nahegelegt, Priester zu werden. Meine Mutter hingegen ... Das ist eine andere Geschichte. Im Gegensatz zu meinem Vater war sie eine Kämpfernatur und stand mit beiden Beinen fest auf dem Boden dieser Welt. Das soll nicht heißen, daß sie keine gute Frau war, aber ein christliches Leben zu führen, war für sie schwerer als für ihn. Trotzdem war sie eine von Herzen freundliche Frau. Jedenfalls war es ihr Wunsch, daß ich Priester werde. Für sie schien das eine beschlossene Sache zu sein. Bemerkungen wie ›wenn du erst mal Priester bist‹ oder ›wenn du erst deine eigene Herde hast‹ oder ›wenn du erst mal das Vorbild des ganzen Dorfes sein mußt‹ ließ sie fast jeden Tag einfließen.«

»Welche Belastung für Sie«, meinte Anne mitfühlend.

»Schwerer als ein Sack mit Steinen«, gab Christy zu, der sich daran erinnerte, daß das engelgleiche Verhalten seines Vaters in Wirklichkeit viel belastender gewesen war, als die Entschlossenheit seiner Mutter.

»Und ...?«

»Mit achtzehn habe ich mein Elternhaus verlassen. Ich hatte vor, mir irgendeine Arbeit zu besorgen, Geld zu sparen und dann eine Schule zu besuchen, in der man mir das Malen beibringen würde. Leider kenne ich die Arbeiten Ihres Vaters nicht. Ich stelle mir aber vor, er war in Europa bekannter als bei uns.«

»Es hielt sich in Grenzen. Erzählen Sie weiter. Wo haben Sie studiert?«

»Von den besseren Schulen wollte mich keine aufnehmen, da ich keinerlei Vorbildung aufweisen konnte. Folglich lebte ich drei Jahre in Paris, und zwei in Amsterdam. Zu jener Zeit wäre ich fast verhungert. Wirklich, ich übertreibe nicht. Es war mehr als einmal hart an der Grenze.«

Anne nickte verständnisvoll. »Und dann?«

»Dann starb meine Mutter. Zu ihrem Begräbnis kam ich zurück nach Wyckerley. Und da machte ich eine schreckliche Entdeckung. Zum ersten Mal in seinem Leben war mein Vater hilflos. Mit ein Grund, warum ich von zu Hause weggegangen war, war die Macht, die meine Eltern über mich hatten, und ich versuchte gewissermaßen davor zu fliehen. Und nun hatte Gott meine Mutter zu sich gerufen, und meinen Vater überkam tiefe Hoffnungslosigkeit. Ich fühlte mich wie ein Kind, und war doch derjenige, der Stärke zeigen mußte.«

Christy trank einen Schluck von dem bisher unberührten Sherry. Anne hatte seiner Geschichte aufmerksam und erstaunt gelauscht. Wahrscheinlich war sie auf diese ausführliche Antwort auf ihre im Grunde einfache Frage nicht gefaßt gewesen. Aber Christy wäre es nie im Traum eingefallen, ihr etwas anderes zu erzählen als die reine Wahrheit, oder zumindest das, was er dafür hielt.

»Mein Vater begann zu kränkeln«, fuhr er fort, »und da es meine Mutter nicht mehr gab, war ich nun derjenige, dem er sich anvertraute. Es war wie eine Offenbarung, die Gott mir zuteil werden ließ. So empfand ich es jedenfalls. Plötzlich erkannte ich, wie ähnlich ich im Grunde meinem Vater war. Bisher hatte ich nur auf Wesenszüge geachtet, die uns voneinander unterschieden. Endlich konnte ich seine Begeisterung teilen, da zwischen uns nur noch Liebe und Freundlichkeit herrschte, und mich darüber freuen, sein Sohn zu sein. Und alles, was er nun zu mir sagte, wurde so wichtig für mich, daß ich es nicht länger übergehen konnte. Manchmal frage ich mich allerdings, ob meine Berufswahl die richtige Entscheidung war, oder ob ich mich dazu nur hinreißen ließ, weil ich in jener Zeit, kurz vor seinem Tod, eine ungeheure Zärtlichkeit für ihn empfand. Dann wieder kommt es mir so vor, als habe der Heilige Geist mich erleuchtet. Wer weiß, ob ich je wissen werde, was der wirkliche Grund für meine Entscheidung war.«

Anne schwieg. Die einzige Regung, die er erkennen konnte, war ein seltsamer Ausdruck in ihren Augen, den er nicht zu deuten vermochte.

»Wahrscheinlich fragen Sie sich jetzt, was Gott mit all dem zu tun hat«, meinte er und stand auf. »Ich bin mir selbst nicht ganz sicher, aber meistens glaube ich fest daran, daß er mir die Entscheidung abgenommen hat.«

Anne schwieg noch immer.

»Ich nehme an, Ihre Frage ist damit beantwortet?« Ihr langes Schweigen beunruhigte ihn etwas. »Was denken Sie?« platzte er schließlich heraus.

»Ich denke daran, daß Sie und ich etwas gemeinsam haben.«

Lächelnd nahm sie sein Erstaunen zur Kenntnis. Offenbar hatte er alles andere als diese Antwort erwartet.

»Sie müssen wissen, daß ich ebenfalls Künstlerin werden wollte. Und wie Sie meinte auch ich, nicht genügend Talent zu besitzen. Das war eine der Tragödien meiner Jugend«, fügte sie mit einem winzigen Lachen hinzu.

Plötzlich erkannte Christy die Traurigkeit, von der ihr ganzes Wesen erfüllt schien. Ihre Blicke trafen sich für einen kurzen Augenblick, dann zog sie fast ärgerlich die Augenbrauen zusammen.

»Wagen Sie es ja nicht, Mitleid mit mir zu haben!«

»Aber nein ...«

Aufmerksam betrachtete sie sein Gesicht. Dann senkte sie verlegen den Kopf. »Es tut mir leid. Ich habe mich etwas im Ton vergriffen.«

»Ganz und gar nicht.«

»Doch ...«

»Also gut, wenn Sie es so sehen wollen.«

»Wissen Sie«, meinte sie nun wieder lächelnd, »ich habe das Gefühl, daß Sie dennoch mehr aus sich gemacht haben, als ich.«

»Vielleicht ist der Vorgang bei Ihnen noch nicht abgeschlossen, Lady D'Aubrey«, meinte er sanft.

»Oh, das glaube ich schon. Zumindest fast. Würden Sie mich bitte Anne nennen?«

»Sehr gern ... Anne.«

»Na, wenn das keine angenehme Überraschung ist. Anne und Christy haben sich angefreundet«, rief Geoffrey, strebte zielstrebig den Getränken zu und goß sich ein Glas Wein ein.

»Geoffrey! Schön, dich zu sehen.«

»Es freut mich, daß du kommen konntest. Ich habe dich vermißt, weißt du.« Er kippte den Wein hinunter und goß sich sofort ein zweites Glas ein. »Darf das denn wahr sein? Du trägst ja heute nicht deine heilige schwarze Kluft. Ist das denn erlaubt, Christy?«

Christy lächelte. So hatten sie als Jungs immer die Kleidung seines Vaters genannt.

»Meine heilige schwarze Kluft trage ich nur bei besonderen Anlässen«, meinte er gutgelaunt. »Das soll natürlich keine Beleidigung sein«, fügte er lächelnd hinzu und sah Anne an.

Ihr Gesicht hatte sich in Sekunden völlig verändert. Jeglicher Humor und jede Freundlichkeit war daraus verschwunden. Es wirkte, als habe sie sich eine Maske aufgesetzt, die allerdings ihre plötzliche Reserviertheit nicht ganz zu verbergen vermochte. Von diesem Augenblick an ging Christy durch die Hölle. Geoffreys Witze waren kaum zu ertragen. Wie Anne zweifellos auch, empfand er die zur Schau gestellte gute Laune seines Freundes als unerträglich. Gegen seinen Willen begann er die Gläser zu zählen, die Geoffrey im Lauf des sich in die Länge ziehenden Essens hinunterkippte. Anne wurde von Minute zu Minute schweigsamer, und das Ehepaar tauschte nicht einen einzigen Blick. Was war nur los mit den beiden? Was war der Grund für die Anspannung zwischen Anne und Geoffrey? Noch nie hatte Christy ein so seltsames Ehepaar erlebt, obwohl er häufiger zu helfen versuchte, wenn sich zerstrittene Eheleute an ihn wandten. Anne und Geoffrey schienen sich, aus welchem geheimnisvollen Grund auch immer, völlig auseinandergelebt zu haben. Und gerade er würde ihnen nicht helfen können, da er nicht mehr unparteiisch war, wie er sich zu seinem eigenen Erstaunen eingestehen mußte.

»Leistest du uns beiden Männern Gesellschaft, während wir noch ein Glas Cognac trinken?« wandte sich Geoffrey an seine Frau, als das Essen endlich vorbei war. »Oder möchtest du lieber allein sein, Liebling?«

Für Christy war es offensichtlich, daß sie nach eine höflichen Ausrede suchte, um sich zurückziehen zu können.

»Bitte bleiben Sie«, bat er sie rasch.

Geoffreys Blick wanderte von einem zum anderen. Dann lachte er.

»Also gut«, murmelte Anne schließlich.

Gemeinsam gingen sie in den Salon. Geoffrey begann sofort wieder in Erinnerungen zu schwelgen, die die gemeinsame Jugend mit Christy heraufbeschwörten. Er tat dies in einem zynischen Ton, den er fälschlicherweise für besonders witzig zu halten schien. Christy fragte sich, was zu dieser auffallenden Veränderung seines alten Freundes geführt haben mochte. Doch sein Versuch, Geoffrey über seine Erfahrungen bei der Armee oder sein Leben in den vergangenen zwölf Jahren auszufragen, schlug fehl.

Geoffrey begann sich zu wiederholen. Immer wieder

kam er auf das Pferderennen zurück, zu dem er Christy unbedingt überreden wollte. Je später es wurde, desto herausfordernder wurde er.

»Du hast Angst, stimmt's?« brüllte er. »Du hast Angst, daß ich gewinnen könnte. Daß mein Hengst schneller ist als dein dämlicher Doncaster.«

Christy zwang sich ruhig zu bleiben und schüttelte verneinend den Kopf.

»Ich wette hundert Pfund. Schlag schon ein, alter Freund. Hundert Pfund, die kannst du doch mit Sicherheit gebrauchen, um dein Taschengeld als Pfarrer aufzubessern, oder?« lachte er. »Die Wahrheit ist, ich besitze keine hundert Pfund. Ich könnte sie dir nicht einmal geben, falls du gewinnst.«

Unruhig wanderte er zum Kamin hinüber und blieb breitbeinig davor stehen.

»Also gut, vergessen wir die Sache mit dem Geld. Wir machen das Rennen einfach so aus Spaß. Nur um die Schnelligkeit unserer Pferde zu messen. Im Grunde spielt es gar keine Rolle, wer von uns beiden gewinnt.«

Christy wurde langsam ungeduldig. Geoffrey ging ihm wirklich auf die Nerven mit seiner fixen Idee.

»Hör zu, Geoffrey ...«

»Ihr könntet doch auch um etwas anderes wetten!« ließ Anne sich plötzlich vernehmen, die seit einer halben Stunde kein Wort mehr gesagt hatte.

»Zum Beispiel?« erkundigte sich Christy.

»Nun, wenn Sie gewinnen, muß Geoffrey die hundert Pfund für einen wohltätigen Zweck Ihrer Wahl stiften.«

»Und wenn ich verliere?«

»Wenn Sie verlieren, dann müssen Sie am nächsten Sonntag eine Predigt halten, die gegen die teuflische Leidenschaft des Wettens wettert.«

Geoffrey klopfte sich laut lachend auf die Schenkel.

»Was für ein hervorragender Vorschlag, Liebling! Na,

Christy, was sagst du dazu? Dann reitest du sozusagen für einen wohltätigen Zweck. Das kannst du einfach nicht ablehnen. Nun komm schon, schlag ein ...«

Anne beobachtete Christy vom Fenster her und wartete offenbar gespannt auf seine Antwort. In diesem Augenblick wirkte sie wie ein verspieltes Kind auf ihn, und das gab den Ausschlag.

»Also gut, einverstanden, wir machen das Rennen.«

»Fantastisch! Einfach fantastisch!« rief Geoffrey und spülte seine Freude mit einem neuen Glas Wein hinunter. »Wann also?« fragte er erregt.

»Warte, laß mich mal überlegen ... morgen ist Samstag, da habe ich um zwölf eine Trauung. Mindestens bis drei werde ich bei dem anschließenden Hochzeitsessen bleiben müssen, aber danach ...«

»Also gut, sagen wir um halb vier. Abgemacht?«

»Halb vier, das wird gehen. Und wo?«

»Warum nicht unsere alte Rennstrecke? Wir starten hier, dann durch den Park bis zur Guelder Mine und wieder zurück. Wie findest du das?«

Christy schwieg betreten. Geoffreys Vorschlag machte seine Hoffnung auf ein möglichst unauffälliges Rennen zunichte. Resigniert stimmte er zu.

»Gut, um halb vier also. Und jetzt werde ich aufbrechen, es ist schon spät ...«

»Bleib doch noch, es ist gerade mal zehn Uhr ...«

»Spät genug für mich. Ich bedanke mich sehr für das gute Abendessen, es war mir ein Vergnügen, hiersein zu dürfen.«

»In Gottes Namen, dann begleite ich dich hinaus«, meinte Geoffrey.

»Gute Nacht«, sagte Christy zu Anne, die ebenfalls aufgestanden war.

»Gute Nacht, Hochwürden. Es war schön, daß Sie da waren.«

Bevor sie dem noch etwas hinzufügen konnte, was offenbar ihre Absicht gewesen war, legte Geoffrey den Arm um Christys Schulter und geleitete ihn zur Tür.

7

An diesem Nachmittag war es warm, auch wenn die Wolken am Himmel darauf schließen ließen, daß es später vielleicht regnen würde. Für das bevorstehende Rennen war es jedenfalls das ideale Wetter. ›Ein schneller Tag‹, pflegten die Pferdenarren zu sagen, wenn der Boden trocken und der Himmel bedeckt war.

Christy ritt auf Doncaster in Richtung der Ställe, als er plötzlich Anne entdeckte, die ihm vom Hof her zuwinkte. Er wendete und ritt langsam auf sie zu.

Sie trug ein blaues geblümtes Kleid und eine weiße Schürze darüber und sah so frisch aus wie dieser herrliche Frühlingstag. Lächelnd wischte sie sich ihre von der Gartenarbeit schmutzigen Hände an der Schürze ab und blies eine vorwitzige Locke aus ihrer Stirn.

»Seien Sie gegrüßt, Hochwürden«, meinte sie fröhlich und unterzog sein Äußeres einer eingehenden Betrachtung, denn er trug Reithosen und Stiefel und keine Jacke über seinem ältesten weißen Hemd, nicht einmal den Priesterkragen. »Wie war die Hochzeit?«

»Ergreifend«, antwortete Christy und nahm seinen Hut ab. »Die Braut war die einzige, die nicht geweint hat.«

»Wie erstaunlich. Dabei hat sie doch den meisten Grund dazu. Werden die beiden glücklich miteinander, was denken Sie, Hochwürden?« fügte sie zweifelnd hinzu.

»Das hoffe ich doch sehr. Ich werde für die beiden jedenfalls beten.«

»Ein schönes Pferd haben Sie da. Wie heißt es denn?« fragte Anne und streichelte den Hals des Tieres.

»Doncaster.«

»Doncaster«, wiederholte sie und rieb mit der Handfläche zärtlich über die weichen Nüstern des Pferdes. »Geoffrey hat seinem neuen Hengst den Namen Satan verpaßt. Sie sollten sich also in acht nehmen und nicht etwa verlieren, Hochwürden«, lachte sie.

»Wo ist Geoffrey?« erkundigte Christy sich hastig, weil er zu seinem Entsetzen errötete.

»Er wartet im Stall auf Sie.«

»Werden Sie uns beim Start zusehen?«

»Nein, ich glaube nicht. Ich werde in der Zwischenzeit Verbandszeug herrichten«, sagte sie und zwinkerte ihm grinsend zu.

Christy lachte. »Also bis später dann.«

»Viel Glück!« rief sie ihm nach.

Geoffrey wartete bereits ungeduldig auf ihn. Als er Christy kommen sah, schwang er sich auf seinen Hengst und trabte auf den Freund zu.

»Da bist du ja endlich!« rief er gereizt.

William Holyoake und der ältliche Stallknecht Collie Harrocks winkten Christy zu. Abrupt hob Geoffrey seine Gerte und schlug seinem Hengst auf das muskulöse Hinterteil. Satan schnaubte wütend und bäumte sich auf. Dann fügte er sich dem Schenkeldruck seines Reiters und galoppierte los.

Christy blieb keine Zeit, sich von seiner Überraschung zu erholen. Er drückte seine Stiefelabsätze in die Flanken seines Pferdes. Hinter sich hörte er das herzliche Lachen der beiden Männer, die ihm belustigt nachsahen.

Die Guelder-Mine lag etwa zweieinhalb Meilen von Lynton Great Hall entfernt. Christy war zwar seit unendlichen Zeiten hier nicht mehr geritten, aber er erinnerte sich genau an die Rennstrecke ihrer Jugendzeit. In einiger

Entfernung konnte er Geoffrey sehen, der mit seiner Peitsche den Hengst zu noch schnellerem Galopp anfeuerte. Satans eleganter Körperbau verriet die arabische Herkunft. Christy hatte allerdings bemerkt, daß er wohl von seinem Herrn zu hart trainiert wurde, was man versucht hatte, mit zuviel Futter auszugleichen. Doncaster, ein englisches Vollblutpferd, war weder so leicht gebaut noch so schön wie Satan. Er hatte einen größeren Kopf und sehr viel schwerere Knochen. Zwischen Christy und seinem Pferd herrschte aber eine Übereinstimmung, wie sie selten zwischen Mensch und Tier vorkam.

Erst als Christy die Schornsteingruppe der Guelderschen Dampfmaschinen hinter den hohen Bäumen erspähte, verringerte sich die Distanz zwischen Satan und Doncaster. Dann verschwand Geoffrey hinter einer Biegung des steil abfallenden Weges. Christy verlangsamte sein Tempo, um sein Pferd in der rutschigen Kurve nicht in Gefahr zu bringen. Dahinter empfing sie lautes Gebrüll. Etwa ein Dutzend Minenarbeiter standen bei Guelders Maschinenhäuschen. Sie winkten aufgeregt mit ihren Hüten, und aufmunternde Zurufe drangen an Christys Ohr.

»Zeigen Sie's ihm, Hochwürden! Machen Sie ihn zur Schnecke!«

Geoffrey hatte bereits das Maschinenhaus umrundet und kam geradewegs auf ihn zu galoppiert. Christy erkannte erschrocken, daß Geoffrey offenbar nicht gewillt war, ihm auszuweichen. Mit einer scharfen Zügelhilfe riß er Doncaster beiseite. Gerade noch rechtzeitig, bevor Geoffrey wild kichernd an ihm vorüberflog.

Christy galoppierte nun ebenfalls um das Häuschen. Tranter Fox hüpfte aufgeregt auf und ab.

»Schneller, Pfarrer, schneller. Machen Sie ihm die Hölle heiß!«

Kein Wunder, der Minenarbeiter mit dem dreckverschmierten Gesicht hatte natürlich auf ihn gewettet. Mit einem grimmigen Lachen ritt Christy an den Männern vorbei.

Kaum hatte er die gefährlich steile Kurve hinter sich gebracht, sah er Geoffrey wieder vor sich. Ein Blick nach hinten veranlaßte den Jugendfreund, wieder seine Peitsche einzusetzen. Sein Vorsprung war nur noch gering. Christy beugte sich tief über den Hals seines Pferdes und feuerte es mit sanfter Stimme an. Die zärtlichen und beruhigenden Worte spornten Doncaster erneut an. Nicht die geringste Müdigkeit war dem Pferd anzumerken, während um Satans dunkle Nüstern bereits Schaumfetzen flogen.

Christy war sich jetzt sicher, daß er gewinnen würde. Er hob sein Gewicht aus dem Sattel, um Doncaster den Sprung über die steinige Furt zu erleichtern. Geoffrey sah sich gehetzt nach ihnen um und verzog seinen Mund zu einem unangenehmen Grinsen. Christys Mitleid hielt sich in Grenzen. Hals an Hals galoppierten die Pferde nun über das offene Feld, das auf den Park zuführte. Sekunden später überholte Christy den Freund und winkte ihm mit der rechten Hand lachend zu. Geoffreys Gesichtsausdruck hätte ihn warnen sollen. Hart riß er am linken Zügel, und Satan gehorchte.

Christy hatte keine Chance auszuweichen. Neben dem Weg zog sich eine dichte Dornenhecke entlang, vor ihm lag ein vom Blitz getroffener Baum.

Um sein Pferd zu retten, riß er es nach links zur Hecke hin. Das undurchdringliche Hindernis brachte Dorncaster zum Stolpern. Ein spitzer Ast bohrte sich in Christys Schulter, aber er spürte keinerlei Schmerz. Er war bereits ohnmächtig.

Stimmengewirr holte ihn aus der Dunkelheit. Unfähig, sich zu bewegen, öffnete er langsam die Augen. Das

Affengesicht von Tranter Fox schob sich zwischen den Himmel und ihn.

»Verdammte Scheiße!« hörte Christy ihn sagen.

Jemand tastete seine Beine und Arme ab. Als er die Hände an seinen Rippen spürte, schrie er auf.

»Bleiben Sie liegen, Hochwürden«, röhrte William Holyoake. »Ihre Schulter blutet und ...«

»Wo ist mein Pferd?« murmelte Christy schwach und schlug nach den Händen, die ihn festhalten wollten. »Wo ist Don?«

Mühsam richtete er sich halb auf und sah sich erschrokken um. Geoffrey stand neben seinem erschöpften schwarzen Hengst. Sein Gesicht war aschgrau, und seine schwarzen Augen waren ängstlich auf ihn gerichtet.

»Keine Sorge, Doncaster ist nichts passiert. Er ist mir nachgerannt. Horrocks kümmert sich um ihn«, meinte Geoffrey.

Christy schloß erleichtert die Augen und ließ sich von William wieder zu Boden drücken.

»Ich habe nicht gesehen, daß du gestürzt bist, Christy. Ich schwöre es. Ich hätte doch sofort angehalten. Ich wußte nicht einmal, daß du nicht mehr hinter mir bist. Das merkte ich erst am Ende des Parks. Da sah ich Doncaster, und niemand saß im Sattel. Der Schreck fuhr mir in alle Glieder. Zum Glück war William da ... Wir sind so schnell wir konnten zurückgeritten.«

Christy untersuchte mit seinen Fingern die eigroße Beule oberhalb seines Ohrs. Ungläubig lauschte er mit geschlossenen Augen den Worten seines Freundes. Geoffrey log, oder etwa nicht? Er mußte seinen Sturz gesehen haben. Aber das Bedauern und die Sorge in seinem Gesicht schienen echt zu sein.

»Wie ist es denn passiert?« fragte Holyoake, während er sein Taschentuch auf die blutende Wunde an Christys Schulter drückte.

Geoffrey bearbeitete seine Stiefel mit der Reitpeitsche. Christy sah ihn scharf an.

»Mein Pferd hat gescheut«, meinte er dann langsam. »Deswegen bin ich gestürzt.«

»Sie sind *gestürzt*?« wiederholte Tranter ungläubig. »*Sie* sind gestürzt?«

»Ja«, wiederholte Christy, der sich vornahm, mit Geoffrey zu reden, wenn keine Zeugen dabei waren. »Helft mir auf, es geht schon wieder.«

Man half ihm hoch. Holyoakes kräftiger Arm stützte ihn, als er schwankte.

»Nimm mein Pferd«, drängte Geoffrey.

»Nein, ich gehe zu Fuß«, meinte Christy und betrachtete besorgt den sehr in Mitleidenschaft gezogenen Hengst, der zitternd Luft in seine Lungen pumpte.

»Sei doch nicht so stur . . .«

»Ich sagte, ich gehe zu Fuß.«

Holyoake und Tranter wechselten einen Blick. Geoffreys eingefallen Wangen färbten sich rot, aber er beherrschte sich.

»Na gut, wie du willst, Kumpel. Dann reite ich jetzt nach Hause. Holyoake sagte mir, daß ich Besuch habe. Londoner Freunde, die völlig unerwartet hier aufgetaucht sind. Ich werde Anne sagen, daß du kommst. Sie ist eine verdammt gute Krankenschwester. Du wirst sehen, die kriegt dich im Handumdrehen wieder hin.«

Nach einem kurzen Zögern bestieg Geoffrey sein Pferd und trabte davon.

Tranter und William stützten Christy. Mit ihrer Hilfe bewegte er sich langsam vorwärts. Tranter konnte es nicht unterlassen, ihn zu necken.

»Ich kann es kaum erwarten, morgen zur Kirche zu gehen, Hochwürden. Kann mir sogar vorstellen, daß ich ausnahmsweise nicht zu spät komme. Will ja doch nichts verpassen.«

Holyoake gab einen seltsamen Laut von sich, der sich in ein Husten verwandelte, als Christy ihn ansah.

»Ich nehme an, alle wissen von dieser Wette«, murmelte Christy.

Keiner von beiden widersprach.

»Na ja, das ganze Dorf weiß es«, meinte Tranter dann.

Christy und Tranter fochten seit Jahren einen gutmütigen Kampf aus. Immer wieder versuchte er dem Minenarbeiter nahezulegen, Kneipen zu vermeiden, Damen aus dem Weg zu gehen und statt dessen häufiger die Kirche zu besuchen.

Als untadeliger Pfarrer war er bisher im Vorteil gewesen. Nach dieser dummen Wette jedoch ...

»Was machen Sie überhaupt hier?« erkundigte er sich ärgerlich. »Warum sind Sie nicht bei der Arbeit?«

»Ich kam gerade von meiner Schicht hoch, als ich Hochwürden und den neuen Viscount hoch zu Roß vorbeifliegen sah. Meine Kumpels haben mich als Beobachter eingesetzt, wegen unserer privaten Wetten. Was mich angeht, ich habe acht Schilling verloren ... wegen Ihrer Ungeschicklichkeit, Hochwürden.«

»Nichts Schlimmes«, hatte Geoffrey ihr gesagt. »Eine Beule und eine aufgeschürfte Schulter.«

Als Anne jetzt Christy zwischen Holyoake und einem Mann, den sie nicht kannte, langsam über den Hof schwanken sah, fiel sie fast in Ohnmacht.

»O Gott«, rief sie und eilte auf ihn zu.

Christy lächelte ihr beruhigend zu, aber sie erschrak trotzdem, denn der Ärmel und das Vorderteil seines weißen Hemdes waren blutgetränkt.

»Es geht mir gut«, versicherte er ihr. »Es sieht schlimmer aus, als es ist. Wirklich.«

»Kommen Sie schnell herein«, bat sie ihn und ging zur Küchentür voraus.

Christy wandte sich an den ihr unbekannten Mann und streckte ihm seine linke Hand hin.

»Ich danke Ihnen, Tranter. Ohne Sie ...«

»Nicht der Rede wert, Hochwürden.« Er machte eine gekonnte Verbeugung vor Anne und schlenderte davon.

»So kommen Sie doch«, drängte Anne und ging in den Flur, der zur Küche führte.

Ärgerlich blieb sie in der Küchentür stehen. Sie hatte völlig vergessen, daß das gesamte Personal damit beschäftigt war, Geoffreys unerwarteten Gästen Erfrischungen anzubieten, Essen vorzubereiten, Zimmer herzurichten. In der Küche herrschte ein ziemliches Chaos, und Mrs. Fruit fuchtelte nervös mit den Armen durch die Luft und brüllte Anweisungen.

»Oh, verdammt!« murmelte Anne und drehte sich um.

Als sie Hochwürdens erstaunt hochgezogene Augenbraue sah, senkte sie den Blick.

»Tut mir leid ... eine zu dumme Angewohnheit von mir ... verzeihen Sie ... wenn Sie mir bitte hier lang folgen.«

Sie führte Christy und William zurück und dann in die Speisekammer.

»Setzen Sie sich«, befahl sie und deutete auf einen Stuhl. »Ich bin gleich wieder da.«

Sie eilte in die Küche, um heißes Wasser und Handtücher zu holen.

»Violet, hol bitte ein sauberes Hemd aus Lord D'Aubreys Schrank und bringe es in die Speisekammer.«

»In die Speisekammer, Mylady?«

»Ja doch. Mach schnell.«

Violet knickste auf ihre unverschämt lässige Art und eilte davon.

Als Anne in die Speisekammer zurückkam, erkundigte sich William, ob sie ihn noch brauchte, was sie jedoch verneinte.

»Ein Glück, daß nicht mehr passiert ist, Hochwürden«,

brummte William. »Sie haben mir einen ganz schönen Schrecken eingejagt.«

»Machen Sie sich keine Sorgen, William, ich bin schneller wieder auf den Beinen, als Sie denken. Und danke für alles.«

»So«, meinte Anne, als Holyoake gegangen war. »Und jetzt runter mit dem Hemd, damit ich die Wunde säubern kann. Soll ich Ihnen helfen?«

»Es geht schon, danke«, sagte Christy, knöpfte sich das blutdurchtränkte Hemd auf und zog es vorsichtig aus. Gemeinsam untersuchten sie die Wunde an seiner Schulter. Sie war groß, aber nicht zu tief und blutete kaum mehr.

»Hätte schlimmer ausgehen können«, murmelte er.

»Ich werde sie gleich reinigen. Und jetzt zeigen Sie mir Ihren Kopf.«

Christy beugte den Kopf nach vorn, um ihr die Untersuchung zu erleichtern.

»Was für eine schöne Beule wir da haben«, meinte sie, als ihre Finger die Schwellung unter seinem sandfarbenen Haar betasteten. »Tut es weh?«

»Überhaupt nicht.«

Sein Haar war weicher, als sie vermutet hatte. Wieder fiel ihr das Bild von Rubens ein.

»Sie werden es überleben, glaube ich«, sagte sie und lächelte.

Als er hochsah, trafen sich ihre Blicke. Seine leuchtend blauen Augen fixierten sie auf seltsame Weise, als habe er gerade eine unglaubliche Entdeckung gemacht. Verlegen wandte sie sich ab.

Sie tauchte eines der Handtücher in das noch warme Wasser in der Schüssel und tupfte damit die Wunde so vorsichtig wie möglich sauber. Bei der ersten Berührung zuckte er zusammen, dann ließ er die Prozedur mannhaft über sich ergehen.

»Was ist eigentlich passiert?« fragte sie, um ihn abzulenken. »Geoffrey hat mir erzählt, daß Sie direkt hinter ihm ritten.«

»Meine Stute scheute, und ich stürzte«, erklärte Christy betont lässig.

Es ist ihm peinlich, dachte Anne. *Geoffrey hat gewonnen, und das scheint ihm ganz und gar nicht zu gefallen.* Christys Brusthaare waren heller als die auf seinem Kopf. Verglichen mit Geoffrey war er ein breitschultriger, muskulöser Riese. Seine Haut fühlte sich zart an. *Es muß schön sein, sich eng an ihn zu schmiegen,* dachte Anne und war entsetzt über sich selbst.

Als sie das Handtuch in die tiefste Stelle der Wunde drückte, um auch die letzten Schmutzreste herauszuholen, wurde er blaß und hielt den Atem an. Dann schien er sich einen Ruck zu geben.

»Anne, Sie sind doch ... Sie haben doch ... ich meine, Geoffrey würde doch niemals ... Ihre Ehe und mögliche Schwierigkeiten zwischen Ihnen gehen mich ja nichts an, darüber will ich auch nichts wissen, aber ...«

Ihre Hände hatten aufgehört, sich zu bewegen. Seine Frage mußte einen bestimmten Grund haben, oder etwa nicht?

»Was ist passiert? Was hat er getan? Sagen Sie es mir!«

»Nichts. Ich weiß nicht, was Sie meinen.«

In diesem Augenblick erschien Violet mit dem sauberen Hemd, und Anne bedankte sich bei ihr.

»Brauchen Sie mich noch?« fragte das Mädchen und starrte fasziniert auf den halbnackten Priester.

»Nein, danke. Am besten, du hilfst jetzt Susan.«

Violet warf ihr einen giftigen Blick zu, bevor sie ging.

Anne weichte das schmutzige Handtuch in der Schüssel ein und zwang sich, Christy kühl zu mustern.

»Er hat etwas getan, nicht wahr? Er hat Ihnen weh getan. Warum wollen Sie es mir nicht sagen?«

»Wie kommen Sie darauf?« fragte er sanft und stand auf. »Dafür muß es einen Grund geben. Hat er etwa Ihnen weh getan? Hat er das?«

»Nein«, sagte sie mit zusammengepreßten Lippen.

Christy errötete. Doch diesmal war es weniger aus Verlegenheit, sondern eher aus Enttäuschung.

»Geoffrey trinkt zuviel!« stellte er fest.

»Manchmal«, gab sie zu. »Heute hat er allerdings noch nichts getrunken. Also ... hat er Ihnen weh getan? Sie können es mir ruhig sagen.«

»Warum denken Sie, daß er das getan hat?«

Anne schwieg. Weder sie noch er waren offenbar bereit, die Wahrheit zu sagen. Zu gerne hätte sie gewußt, was wirklich vorgefallen war. Aber sie würde nicht auf seiner Antwort bestehen, wenn dies andererseits bedeutete, ihm Einblick in ihre Privatsphäre zu geben. Sie war es schließlich seit langem gewöhnt, sich niemandem anzuvertrauen.

Als sie sich umdrehte, wurde ihr schlagartig klar, daß er ebenfalls bemüht war, seine Gefühle nicht an die Oberfläche dringen zu lassen. Armer Pfarrer. Ihm mangelte es an Erfahrung. Wie ein Anfänger stellte er sich an.

»Lady D'Aubrey ...«

»Lieber Himmel, lassen Sie doch diese förmliche Anrede!«

»Nur, wenn Sie mich auch bei meinem Vornamen nennen«, stieß er hervor.

»Also gut. Ich habe einfach nicht daran gedacht, Christy«, sagte sie und hielt ihm das Hemd hin.

Er zog es ohne ihre Hilfe an. *Mit seinem steifen Arm schafft er es nie, es zuzuknöpfen,* dachte sie. Ohne zu zögern, war sie ihm dabei behilflich.

»Hören Sie zu«, sagte er unvermittelt und beobachtete sie mit seinen blauen Augen. »Wenn Sie je Hilfe brauchen, dann kommen Sie bitte zu mir, ja? Sie wissen doch, daß Sie jederzeit zu mir kommen können? Ich kann Ihnen helfen, Anne. Ich verspreche Ihnen zu helfen.«

Anne nickte. War dies die Möglichkeit, die sich ihr bisher noch nie geboten hatte? War es möglich, daß sie in ihm einen Freund hatte, jemanden, dem sie trauen konnte, jemanden, der ihr vielleicht wirklich helfen konnte? Was für ein ungewohntes und doch so außergewöhnlich schönes Gefühl, einen Freund zu haben ...

»Danke«, flüsterte sie bewegt. »Warum bleiben Sie nicht zum Abendessen?« fügte sie mit ihrer gewohnten Stimme hinzu. »Dann lernen Sie Geoffreys Freunde kennen ...«

»So wohl fühle ich mich nun auch wieder nicht«, gab er zu.

»Haben Sie Schmerzen?«

»Nein, das nicht, ich ...«

»Bitte, bleiben Sie doch«, drängte sie. »Es würde mich freuen.«

»Ich weiß nicht ...«

»Und wenn ich Sie nun beim Wort nehme und Sie bitte mir zu helfen, indem Sie bleiben?« scherzte sie. »Ich kenne Geoffreys Freunde und ... Nun, ich wäre Ihnen wirklich dankbar, sehr dankbar sogar ...«

»Also gut, Sie haben mich überredet.«

7. Mai — Mitternacht

Ich finde keinen Schlaf. Nicht etwa wegen des starken Regens, der ans Fenster klatscht, es sind meine wirren Gedanken, die mich nicht einschlafen lassen. Und Schuldgefühle.

Ich habe heute abend einen entsetzlichen Fehler gemacht. Ich hatte tatsächlich vergessen, wie verabscheuungswürdig Claude Sully und die anderen Freunde Geoffreys sind. Um die Wahrheit zu gestehen, ich hatte es natürlich nicht vergessen. Ich habe Christy Morrell aus Feigheit und Selbstsucht gebeten zu bleiben, weil ich fürchtete, sonst den Abend nicht zu überstehen. Allerdings konnte ich nicht voraussehen, wie sie ihn behandeln würden. Hätte ich das geahnt, hätte ich niemals seine grenzenlose Gutmütigkeit ausgenutzt. Ich schäme mich, ich bin wütend auf Christy und angewidert von Geoffrey.

Ich *war* wütend auf Christy. Ich hätte ihn am liebsten geschüttelt und ihm ins Gesicht gebrüllt: »So, tun Sie doch etwas! Wehren Sie sich, verdammt noch mal!« Wenn ich an all die Dinge denke, die Sie zu ihm gesagt haben, spüre ich, wie mich wieder grenzenloser Zorn überkommt. Meine Hände ballen sich zu Fäusten. Ich sehne mich förmlich danach, sie jemandem ins Gesicht zu schlagen. Am liebsten Sully.

Es waren drei. Sully, Brooke und Bingham. Drei verkommene Subjekte, Männer, zu denen Geoffrey sich hingezogen fühlt und deren Gesellschaft er schätzt, weil das seinem Ego guttut. Allerdings haben sie mehr Geld und auch mehr Energie als er. Ihr Hauptvergnügen besteht darin, sich gegenseitig aufzuwiegeln, um dann mit ihren ›Streichen‹ jemandem übel mitzuspielen. Claude Sully ist der schlimmste. Weil es nicht zu meinen Angewohnheiten gehört, mich Geoffrey anzuvertrauen, habe ich ihm niemals von dem Vorfall erzählt, der sich ereignete, als er in Afrika war. Damals hat Sully mich besucht und auf die schleimigste Art zu verführen versucht. Es endete schließlich damit, daß ich ihm eine Ohrfeige verpaßt habe. Ich fürchte allerdings, daß er das mochte. Meine Reaktion wird ihn wahrscheinlich amüsiert haben. So wußte er wenigstens, daß ich ihn verabscheue. Und nicht nur ihn, sondern auch mich.

Und diesen hassenswerten Männern habe ich den Erzengel zum Fraß vorgeworfen, und er muß sich vorgekommen sein wie ein Märtyrer inmitten von Löwen. Zuerst verstand er gar nicht, was sie im Schilde führten. Niemals werde ich sein fassungsloses Gesicht vergessen, als ihm die Wahrheit endlich dämmerte. Warum ist er nicht früher darauf gekommen? Als Priester muß er doch um die Existenz des Teufels wissen. Als die Witze von Geoffreys Freunden begannen, grausam zu werden, warum stand er da nicht einfach auf und ging? Oder warum warf er nicht mit irgendwelchen Gegenständen nach ihnen? Nein, seine Verwirrung darüber, wie sie ihn behandelten, verwandelte sich in wahrhaft übermenschliche Geduld. *Er hielt ihnen seine zweite Wange hin.* Das einzig gute daran war, daß Sully merkte, daß diese Haltung seinen Plan durchkreuzte. Natürlich wollte er sich keine Blöße geben. Mit unendlicher Freude sah ich, wie seine sanfte, schmierige, einschmeichelnde Fassade zerbröckelte und dahinter der schlecht gelaunte Knabe zum Vorschein kam. Zu diesem Zeitpunkt hätte ich sie am liebsten alle verprügelt. Ohne Ausnahme. Jegliche Spur von christlicher Empfindung ist mir fremd. Im Grunde bin ich froh darüber. Auf diese Weise kann ich meinen Haß auf Geoffrey auskosten und zur Strafe nicht mit ihm reden. Aber ich werde dieses Schweigen wahrscheinlich doch brechen. Denn ich will, daß er weiß, wie abscheulich ich seine Teilnahmslosigkeit fand. Christy sei sein bester Freund, betont er immer wieder. Wenn das stimmt, dann kann ich seine Feinde nur bemitleiden.

Ich werde die Dinge, die sie zu Christy sagten, nicht aufschreiben. Man konnte den Eindruck gewinnen, daß bereits seine Anwesenheit sie in Rage brachte. In seinen Reitstiefeln und Geoffreys weißem Hemd, das über seinem breiten Brustkorb spannte, sah er weiß Gott nicht aus wie ein Geistlicher. Eher wie ein ... Es will mir nicht einfallen. Jedenfalls nicht, wie man sich allgemein einen Landpfarrer vorstellt. Und doch ist er genau das. Sully und die anderen konnten es kaum erwarten, sich über ihn lustig zu machen, ihn als wandelndes Überbleibsel vergangener Zeiten zu beschimpfen. Sie bestürmten ihn mit Fragen über seine ›Berufung‹ und lachten sich hinter seinem Rücken halb tot, als er ihnen ernsthaft antwortete. Noch jetzt schäme ich mich, daß ich selbst ihn bei verschiedenen Gelegenheiten deswegen geneckt habe. Christy, dieser Narr, versuchte allen Ernstes, mit ihnen vernünftig zu reden. Natürlich war das sinnlos. Solche Männer sind außerstande, ein ernstes Gespräch zu führen. Sie haben lediglich die Fähigkeit, zu verletzen und dann feige davonzurennen.

Nicht ein einziges Mal hat Christy die Beherrschung verloren. Das wird sie wohl am meisten aufgeregt haben. Als er sich schließlich verabschiedete, waren sie heilfroh. Gott weiß, wie erleichtert ich war. Aber ich hatte das Gefühl, ihn nicht so gehen lassen zu können. Ich wollte wissen, welche wirklichen Gefühle sich hinter seiner übermenschlichen Geduld verbargen. Mit der Entschuldigung, mich zurückziehen zu wollen, bin ich ihm heimlich gefolgt. Etwas außer Atem holte ich ihn schließlich bei der Brücke ein. Seinem Gesicht sah ich an, daß er glaubte, es sei etwas passiert, und er machte sich deswegen Sorgen um mich. Ich gebe zu, ich habe ihn mit Vorwürfen überschüttet, ich konnte einfach nicht anders. »Warum haben Sie sich all diese Gemeinheiten gefallen lassen? Was für ein Mann sind Sie überhaupt?« Derartiges und vieles mehr habe ich ihm gesagt. Als ob ich das Recht dazu hätte! Was hatte es schließlich mit mir zu tun, welche Sorte von Mann er war? Aber ich konnte mich einfach nicht beherrschen. »Haben Sie denn nicht zugehört? Haben Sie nicht gemerkt, daß sie sich nur lustig über Sie gemacht haben?« Doch selbst meine dummen Vorwürfe hatten nicht mehr Erfolg als Sullys Versuche, ihn zu einem Wutanfall herauszufordern. »Ich hasse diese Demut! In meinen Augen ist Demut keine Tugend, sondern ein Zeichen von Schwäche«, sagte ich abfällig.

»Halten Sie mich für schwach?« fragte er mich erstaunt. Ich erinnere mich nicht, was ich darauf antwortete. Natürlich ist er alles andere als schwach, mir war nur nichts Besseres eingefallen, um ihn zu provozieren. »Glauben Sie wirklich, ich weiß nicht, was diese Männer von mir denken, Anne?« fuhr er fort. »Glauben Sie, ich saß auf meinem Stuhl, ohne die Ausmaße ihres Hasses zu erkennen?«

»Warum haben Sie dann nicht reagiert?« empörte ich mich. »Selbst Jesus hat sich gegenüber den Geldwechslern zu einem Wutanfall hinreißen lassen!« Klang das nicht, als ob ich die Bibel in- und auswendig kenne? Wenn es nicht so neblig gewesen wäre, hätte er mich erröten sehen können. »Die Geldverleiher«, verbesserte er mich leise lachend.

Inzwischen hatte ich mich wieder einigermaßen beruhigt. Wir spazierten gemeinsam über die Brücke und nahmen den Weg am Ufer entlang. Nichts war zu hören außer dem Geräusch des Wassers. Was für eine Wohltat nach dem verrauchten Zimmer und den betrunkenen lauten Stimmen im Haus. Unter einer Gruppe von Bäumen blieben wir stehen.

»Was mir am schwersten fällt, an meinem Amt zu akzeptieren, das ist die Einsamkeit. Sie können sich nicht vorstellen, wie sehr es mich erleichtern würde, wenn meine Pfarrkinder mir ihre Zweifel offen anvertrauen würden, wenn sie mit mir über die Momente sprechen würden, in denen es ihnen nicht gelingt, an Gott zu glauben. Diese Geständnisse würden mich nicht entsetzen. Im Gegenteil, wie gerne würde ich mit ihnen darüber sprechen. Der Glaube an Gott, das ist keine Auseinandersetzung, die ich gewinnen muß. Vielmehr ist es eine Möglichkeit, einander zu verstehen.«

Ich weiß wirklich nicht, was ich sagen soll, wenn er so spricht. Seine natürliche Einfachheit verwirrt mich.

»Es stimmt mich traurig, wenn die Leute mich nicht als menschliches Wesen betrachten«, fuhr er fort. »Gewöhnlich fällt es ihnen dann irgendwann mal auf, bevorzugterweise bei einem völlig unwichtigen Anlaß. Verstehen Sie, was ich damit sagen will? Ich hasse es, als Symbol zu gelten und nicht als Person. Ich bin der Priester, ich bin Hochwürden. Und je nach Hoffnungen oder Vorurteilen macht mich das entweder zum Heiligen oder zum Heuchler. Und eines muß ich Ihnen gestehen ... es ist schwerer, bewundert zu werden, als als Narr verurteilt zu werden.«

Er sagte noch, daß der Vorfall im Haus ihm weniger ausmache als mir, weil dies zumindest beweise, daß Sully und die anderen ihn wenigstens als *irgend etwas* betrachteten. Dabei spiele es keine Rolle, daß sie ihn nicht gerade mit besonderer Höflichkeit behandelt hatten. Verwunderlich, aber ich glaube, er ist ein einsamer Mensch.

»Sie sind wütend auf mich, weil ich so beschränkt war, und was das betrifft, da haben Sie recht. Ich wollte diese Männer unbedingt in ein richtiges Gespräch verwickeln, sie zwingen, ihre Meinung zum besten zu geben ... Das war naiv von mir. Oder, um es noch unverblümter zu sagen ... ich war ein Dummkopf.«

Das nenne ich *wahre* Demut. Und plötzlich mußten wir beide lachen. Zwanglos und ohne jeden Vorbehalt. Oh, wie gut dieses Lachen tat! Es verleitete mich dazu, ihm zu gestehen, daß ich nicht an Gott glaube. Um ihn nicht allzusehr zu schockieren, schwächte ich den Hieb etwas ab und bezeichnete mich als Freidenker.

Ich weiß nicht, ob ihn dieses Geständnis überraschte oder nicht. Nach einem kurzen Schweigen ließ er mich wissen, daß er für mich beten würde. Nun, diese Antwort war typisch für ihn. Was konnte ich anderes erwarten? Ich lachte zwar nicht, verspürte aber in meinem Inneren eine seltsame Enttäuschung, die natürlich völlig unangebracht war. Dann spürte ich seine Hand auf meinem Arm. Wie würde er reagieren, wenn ich jetzt einen Annäherungsversuch machen würde? Ich weiß, daß er mich anziehend findet. Bei unserem gestrigen Gespräch über seinen Vater, seine Mutter und seine Entscheidung, Priester zu werden, konnte ich an mir selbst die Anzeichen erkennen, daß ich mich zu ihm hingezogen fühle. Ich frage mich in diesem Augenblick, als sein Arm auf meinem Arm ruhte, was eigentlich geschehen würde, wenn ich etwas tun oder sagen würde, was einer Verführung gleichkäme. Wenn ich ihn nun ebenfalls berühren würde ...

Ich habe es nicht getan, und ich habe auch nichts Verfängliches gesagt. Weil es nichts weiter als ein Test gewesen wäre. Und ein solches Verhalten hätte mich in dieselbe Kategorie eingereiht wie Geoffrey und seine verdammten Freunde.

Oder hatte ich einfach Angst, daß er versuchen würde, mich auf den ›rechten Weg‹ zurückzuführen? Eher übereilt verabschiedete ich mich von ihm.

Und nun kann ich nicht einschlafen. Ich hätte ihm sagen sollen, daß ich ihn bewundere, für seine Geduld mit Sully, meine ich. Es war richtig von ihm, nicht auf ihre Herausforderungen einzugehen. Es hätte niemandem geholfen, oder? Allenfalls mir vielleicht. Es hätte mir meinen Zorn erspart. Aber das ist schließlich kein Grund. Er ist viel besser als ich, Hochwürden Morrell. Und der Grund dafür ist nicht Gott, sondern weil der Erzengel so auf die Welt gekommen ist.

8

»Nun, Christy«, meinte Mrs. Ludd, die mit der Teekanne hinter ihm stand, bis er die Lektüre über den Krimkrieg sinken ließ und sie ansah. »Um wieviel Uhr sind Sie denn gestern schließlich nach Hause gekommen?«

»Nicht allzu spät. Kurz nach Mitternacht, denke ich.«

»Ach ja, denken Sie das? Es war halb drei! Ich habe die Kirchturmuhr schlagen hören, nachdem Sie Ihr Pferd in den Stall gebracht haben.«

Christy hielt ihr seine Tasse entgegen, und sie goß den kochendheißen Tee hinein.

»Warum fragen Sie mich, wenn Sie es offenbar so genau wissen?«

»Weil ich auf Ihre Antwort neugierig war.«

Christy schüttelte den Kopf und beugte sich wieder über seine Zeitung.

»Ich habe nämlich Arthur geweckt. Arthur, habe ich zu ihm gesagt, der Pfarrer ist gerade von den Bonesteels zurückgekommen. Und es ist schon halb drei, habe ich gesagt. Die alte Dame muß wohl doch gestorben sein.«

»Ich bin sicher, Arthur war entzückt, geweckt zu werden.«

Mrs. Ludd stellte die Teekanne nieder und schob ihm die frischgebackenen Muffins hin.

»Nun? Ist sie oder ist sie nicht?«

Christy legte seufzend die Zeitung beiseite.

»Um ungefähr ein Uhr begann Mrs. Bonesteel sich besser zu fühlen. Offenbar war nicht ihr Herz schuld an ihrem Unwohlsein, sondern die eingelegten Sardinen, die sie gestern zum Abendessen verspeist hat.«

»Das ist ja unglaublich. Die ganze Aufregung für nichts und wieder nichts ...«

»Mir wäre auch lieber, sie wäre gestorben, dann hätte ich meinen Abend nicht umsonst vertrödelt.«

Mrs. Ludd starrte ihn mit offenem Mund an, dann kicherte sie fröhlich.

»Und wie schmecken Ihnen die Rosinen-Muffins heute morgen, Hochwürden?« erkundigte sie sich dann.

»Gut. Warum?«

»Weil ich Miss Margaret Mareton erzählen werde, daß Sie die Dinger vorzüglich fanden. Diese besondere Art der Zubereitung hat sie nämlich von ihrer Großmutter gelernt, darauf hat sie mich ausdrücklich hingewiesen. Natürlich in der Absicht, daß ich's Ihnen weitersage. Ich werde sie wissen lassen, daß Sie ganz verrückt auf ihre Muffins sind.«

»Das ist nicht halb so witzig, wie Sie denken.«

»Aber ja doch, das ist es«, lachte Mrs. Ludd und machte sich auf den Weg in die Küche. Dabei sah sie durch das Eßzimmerfenster nach draußen. »Bei allen Heiligen! Christy! Unser neuer Viscount wird gleich an die Tür klopfen.«

»Geoffrey?« fragte Christy erstaunt, stellte seine Tasse ab und stand auf.

»Soll ich ihn hier hereinführen oder ins Wohnzimmer?«

»Ist schon gut, ich mache das selbst.«

Noch bevor er die Tür erreichte, klopfte es bereits. Christy hatte Geoffrey seit dem Abend nach dem Rennen nicht mehr gesehen, und das war beinahe zwei Wochen her. Tag für Tag hatte er gehofft, daß der Freund vorbeischauen würde, um sein merkwürdiges Verhalten zu erklären. Und nun war er endlich doch noch gekommen.

Christy öffnete die Tür und erhaschte einen kurzen Blick in das besorgte Gesicht Geoffreys, bevor dieser es zu einem Grinsen verzog.

»O la la, der Pfarrer selbst! Was soll ich denn davon halten, daß Hochwürden sich jetzt schon selbst zur Tür bemüht? Das schickt sich aber nicht. Wo bleibt denn da die Würde, die ein solches Amt verlangt? Warum läßt du das nicht dein Personal erledigen, dazu ist es doch schließlich da.«

Christy ließ das dumme Geschwätz geduldig über sich ergehen.

»Ich bin froh, daß du gekommen bist, Geoffrey«, sagte er dann.

»Ich weiß, ich hätte früher hier auftauchen sollen«, murmelte Geoffrey und schüttelte ihm die Hand. »Darf ich reinkommen?«

Christy führte ihn ins Eßzimmer. Mrs. Ludd brachte eine Kanne Tee und goß den beiden Mannern schweigend ein, bevor sie sich zurückzog. Ihr respektvolles Benehmen erinnerte Christy daran, daß sie Geoffrey nicht als Junge gekannt hatte, da sie erst seit ungefähr zehn Jahren in Wyckerley wohnte. Nur die Anwesenheit des Viscount konnte für ihre ungewohnte Zurückhaltung verantwortlich sein.

Durch die offenen Fenster leuchtete die Morgensonne herein und gab Christy die Gelegenheit zu der Feststellung, daß Geoffrey nicht nur nüchtern war, er sah auch sehr viel gesünder und zufriedener aus als das letztemal. Anstelle seiner Ruhelosigkeit war eine Art Pflichtbewußtsein getreten.

»Meine Einberufung ist da«, sagte er selbstzufrieden. »Zwar nur als Captain, aber mir soll's recht sein. Und zwar bei der Infanterie. Keine Frage also, daß es hoch hergehen wird.«

Christy nickte erfreut, obwohl er in Wirklichkeit Geoffreys Begeisterung für das Militär nie verstanden hatte.

»Gratuliere. Ich freue mich für dich. Genau das wolltest du ja.«

»Um ehrlich zu sein, dieser Krieg kommt mir gerade recht. Die Zeiten sind inzwischen so verdammt friedlich geworden ... Es ist wahrscheinlich meine letzte Chance, eine richtige Schlacht mitzuerleben.«

»Warum bist du darauf so versessen?« fragte Christy wider Willen. »Aus Patriotismus?«

»Patriotismus?« bellte Geoffrey und lachte. »Bist du verrückt? Ich mag es, das ist alles. Und ich weiß, verdammt noch mal, genau, was ich tue. Davon abgesehen, es ist das einzige, worin ich wirklich gut bin. Du wirst es vielleicht nicht glauben, aber es gibt so manch einen, der mich dafür respektiert.«

»Natürlich glaube ich das. Wann reist du ab?«

»In drei Wochen segelt das Schiff von Southampton ins Schwarze Meer. Ich hoffe nur, daß sich bis dahin die Russen nicht wieder an das andere Ufer der Donau zurückgezogen haben.«

»Das wäre doch sicherlich nicht das Ende . . .«

»Nein, das nicht. Die Alliierten wären wohl kaum zufrieden, in Ruhe den nächsten Versuch des Zaren abzuwarten. Ich gebe dir mein Wort, sie werden versuchen, die russische Flotte bei Sewastopol zu erledigen. Und da möchte ich dabei sein.«

»Sinnlos, dich zu bitten, vorsichtig zu sein, nehme ich an.«

»Ich bin immer vorsichtig«, meinte Geoffrey, doch die Lüge war zu offensichtlich.

»Du wirst mir fehlen.«

»Ich wüßte nicht, warum. Ich habe mich dir gegenüber doch wie ein Schwein benommen. Tut mir leid.«

»Hat es dir denn so viel bedeutet, dieses Rennen zu gewinnen?«

»Nein!« behauptete Geoffrey eine Spur zu schnell. »Ehrlich, ich weiß auch nicht, was mich überkam. Ich wollte nicht, daß dir etwas geschieht, ich schwöre es.«

»Ich glaube dir. Tatsache aber ist, du hast . . .«

»Rückgängig machen kann ich es nicht. Wenn das ginge, würde ich es tun. Manchmal reitet mich der Teufel, nehme ich an. Ich weiß nicht, warum ich es getan habe.

Es war dumm. Und es hätte schlimmer ausgehen können. Aber du wirst mir verzeihen müssen. Du bist schließlich Priester!«

»Anfangs war ich entsetzlich wütend auf dich. Und verwirrt und verletzt. Ich konnte einfach nicht verstehen, warum du so etwas getan hast. Aber es ist mir niemals in den Sinn gekommen, dir nicht zu verzeihen.«

Geoffrey errötete. Verlegen schob er seinen Stuhl nach hinten und stand auf. Doch bevor er sich abwandte, glaubte Christy in seinem Gesichtsausdruck den alten geliebten Jugendfreund wiederzuerkennen. Dieses Bild verschwand so schnell, wie es gekommen war, aber es erfüllte sein Herz mit wohltuender Freude.

»Eigentlich bin ich gekommen, um dich zu bitten, dich um Anne zu kümmern«, meinte Geoffrey wie beiläufig, während er zur offenen Haustür schlenderte.

Überwältigt betrachtete er die vor dem Pfarrhaus stehenden Eichen und den grünen Dorfanger dahinter, auf dem nur ein paar Mütter mit ihren Babies saßen und die Sonne genossen.

»Ich könnte dich fast beneiden«, meinte Geoffrey unvermittelt.

»Mich? Warum denn?«

»Du hast ein Zuhause.«

»Aber du hast ...«

»Ich besitze ein Haus, aber ich bin froh, es endlich verlassen zu können. Mein Vater hat mir die Freude daran verdorben«, meinte er unendlich bitter. »Ich würde verrückt, wenn ich hier bliebe. Erinnerst du dich daran, als ich zum ersten Mal davonrannte?«

»Natürlich erinnere ich mich daran. Merkwürdig, ich mußte gerade daran denken.«

Eigentlich hatte er weiterreden wollen, aber Geoffrey wirkte jetzt wieder so verschlossen und abweisend, daß er es bleiben ließ. Christy erinnerte sich genau an jene

Nacht, die etwas mehr als zwanzig Jahre zurücklag. Zu jener Zeit war er höchstens sieben oder acht Jahre alt und spielte im Arbeitszimmer seines Vaters auf dem Fußboden. Es war ein kalter, regnerischer Abend. Als es klopfte, war er seinem Vater zur Tür gefolgt.

Unter dem Vordach stand ein völlig durchnäßter Geoffrey, dem die Tränen über die Wangen liefen. Christy konnte sich zwar nicht an die wütenden, fast weinerlichen Worte erinnern, die aus seinem Mund hervorsprudelten, aber es war ihm unauslöschlich im Gedächtnis geblieben, wie Geoffrey sich an die Beine seines Vaters schmiegte und sie verzweifelt umklammerte. Er war von zu Hause davongelaufen, weil er seinen Vater haßte, und er bat inständig darum, bei den Morrells im Pfarrhaus bleiben zu dürfen. Sein Vater hatte ihn schließlich in sein Arbeitszimmer mitgenommen und Christy die Tür vor der Nase zugemacht. Dann war seine Mutter ebenfalls im Arbeitszimmer verschwunden, und Christy hatte aufgeregt versucht zu lauschen. Noch jetzt erinnerte er sich an die nasse Spur, die Geoffreys Stiefel auf den Eichendielen im Flur hinterlassen hatten.

Geoffrey war nicht zu ihnen ins Pfarrhaus gezogen. Und er war anders geworden nach diesem Vorfall. In den restlichen neun Jahren ihrer Freundschaft hatte er ihn jedenfalls nie mehr weinen gesehen.

»Hör zu, Christy. Würdest du dich um Anne kümmern? Würdest du das für mich tun?«

»Wie meinst du das?« fragte Christy verwirrt. »Du kommst doch zurück.«

»Das weiß auch nur der liebe Herrgott. Darauf kommt es auch nicht an. Wirst du dich ihrer annehmen? Ohne mich ist sie sowieso besser dran, und in geschäftlichen Dingen kann ich mich auf Holyoake verlassen. Aber ... Sie wird sich einsam fühlen. Meine Abwesenheit ist nichts Neues für sie, aber ich möchte, daß jemand auf sie aufpaßt, dem ich vertrauen kann. Wirst du das für mich tun?«

»Natürlich.«

»Das ist gut. Und dann habe ich an dich noch eine letzte Bitte. Ich kann es verstehen, wenn du sie mir abschlägst ...«

»Um was geht es denn?«

»Ist es zuviel verlangt, wenn ich dich bitte, ab und zu meinen Satan zu reiten? Jemand anderem möchte ich ihn nicht anvertrauen.«

Christy lachte, und nach einigem Zögern tat Geoffrey dies ebenfalls.

»Du bist ein echter Freund, Christy. Nicht jedem Mann würde ich meine Frau *und* mein Pferd anvertrauen.«

»Ich bin gerührt, mein Lieber«, meinte Christy und sah Geoffrey nach. »Ich sehe dich doch noch, bevor du abreist?« rief er ihm nach.

Geoffrey winkte zustimmend.

»Grüße deine Frau von mir ... *und* dein Pferd.«

16. Juni

Seit einiger Zeit träume ich seltsamerweise nur noch selten. Heute nacht allerdings bin ich durch einen Traum aufgewacht. Ich wanderte durch ein schulterhohes Farndickicht und kam zu einem Tor, hinter dem eine Blumenwiese lag. Neben mir ging plötzlich ein Mann. Seine Stiefel leuchteten ganz gelb vom Blütenstaub der Butterblumen. Ich weiß nicht, wer dieser Mann gewesen ist, obgleich ich ihn während des Traumes zu erkennen glaubte. Nach einer Weile veränderte sich die Wiese in ein Feld, auf dem Marcus Timms, einer unserer Pächter, und andere Männer den Weizen mähten und dann mit ihren Dreschflegeln bearbeiteten.

Der Mann neben mir hielt meine Hand und zwang mich, langsam mit ihm auf einen riesigen Heuhaufen am Ende des Feldes zuzugehen.

Von hier an begann sich der Traum zu wiederholen, immer wieder, bis ich vor Ungeduld fast wahnsinnig wurde. Denn ich wußte mit Bestimmtheit, hatten wir erst einmal den Heuhaufen erreicht, würden wir uns lieben. William Holyoake, ich glaube, er war es, hielt uns an und begann mit uns über die Ernte und die Gehälter der Arbeiter zu sprechen. Ich war jetzt halbwach, wollte aber auf keinen Fall aufhören zu träumen. Und wie es einem dann immer geht, der Traum verlor seine Unschuld. Endlich erreichten wir den Heuhaufen, warfen uns hinein, mein mysteriöser Liebhaber und ich, und wälzten uns in den staubigen und pieksenden Halmen. Unsere Kleider verschwanden, und meine Sehnsucht nach Liebe wurde immer unerträglicher. Dann wachte ich auf. Alle Mühe, wieder hineinzufallen in diesen Traum, war vergebens. Ich lag da in meinem naßgeschwitzten Nachthemd und mußte sogar ein bißchen weinen, so enttäuscht war ich.

Wer war dieser Mann? Vielleicht war es nicht einmal ein bestimmter Mann, sondern nur ein Sinnbild für Männer im allgemeinen, ohne die ich fast mein gesamtes Leben verbracht zu haben meine. Wahrscheinlich sind solche Träume normal. Schließlich bin ich noch nicht sehr alt und lebe seit vier Jahren enthaltsam. Das letzte Mal wurde ich in unseren kurzen Flitterwochen begleitet. Würde ich noch immer in Italien leben, nähme ich mir vielleicht einen Liebhaber. Aber hier kommt so etwas nicht in Frage. Ich werde etwas anderes finden müssen, um mich zu beschäftigen.

21. Juni

Fast ein Monat ist vergangen, und von Geoffrey habe ich immer noch nichts gehört. Ich müßte es gewohnt sein. Aber ich nahm zumindest an, daß er Christy Morrell eine seiner unleserlichen Nachrichten zukommen lassen würde, doch dieser hat meine dementsprechende Frage verneint. Ich mußte den Globus in der düsteren Bibliothek des alten D'Aubrey zu Rate ziehen, um zu erfahren, daß Varna in Bulgarien ist. Im Nordosten befindet sich eine Insel oder eine Halbinsel, ich bin mir da nicht ganz sicher, denn der Globus ist uralt und an vielen Stellen beschädigt. Dort an der Krim würde, laut Geoffrey, die richtige Schlacht stattfinden. Um auf dem laufenden zu sein, habe ich die Zeitung gelesen. Das gute alte England gibt sich ein bißchen blutdürstig. Es scheint wieder Mode zu sein, in einem guten altmodischen Krieg zu sterben. Seit Waterloo war ja keine Gelegenheit mehr. Die Einwohner von Wyckerley sind stolz auf ihren Viscount, der versucht, die Türkei vor den Russen zu retten, und fragen mich immer wieder, was für Neuigkeiten er mir mitgeteilt habe. Ich rede mich damit heraus, daß die Post sehr unverläßlich sei, was ja auch stimmt, und wechsle das Thema.

Geld, vielmehr der Mangel dessen, wird langsam zu einem Problem. Tatsächlich ist die jetzige Lady D'Aubrey gegenwärtig fast genauso arm, wie sie es damals, als von ihrem Mann verlassene Frau, in Holborn war. Die Anwälte behaupten, es handle sich um eine Übergangsphase, ein zeitlich begrenztes Problem also. Folglich mache ich mir nicht allzuviel Sorgen deswegen. Aber ich gebe zu, daß mir die englischen Erbgesetze furchtbar auf die Nerven gehen.

26. Juni

Von Tag zu Tag verliebe ich mich ein klein wenig mehr in die Schönheit dieser Gegend. Ich erforsche sie bei meinen ausgedehnten Spaziergängen, über die die Dorfbewohner den Kopf schütteln, weil ich sie allein, ohne Anstandsdame oder männlichen Begleiter, unternehme. Aber sobald ich draußen das Gesumme der Bienen und das lustige Vogelgezwitscher höre, hält mich nichts mehr im Haus. Bevor ich mich versehe, wandere ich einen der rotfarbenen Wege entlang, die so schmal sind, daß darauf nur eine Kutsche Platz hat und die im Schatten der überhängenden Äste liegen. Manchmal nehme ich Williams Hund mit. Wenn er keine Lust hat, gehe ich allein. Mir war gar nicht bewußt, wie sehr ich in dem schmutzigen lauten London die Natur vermißt habe. Einer meiner Lieblingsplätze ist die Ruine eines Klosters, nur eine halbe Meile von unserem Haus entfernt. Dort, zwischen den verwitterten Steinen, kann ich stundenlang sitzen und die wilden Blumen oder die Wolken am Himmel betrachten. In dieser friedlichen Stille habe ich das Gefühl, wieder aufzuleben. Manchmal wandere ich zu dem alten, nicht mehr benutzten Kanal. Ein stilles, verwunschenes Plätzchen, das ich schon mehrfach versucht habe zu skizzieren, aber es will mir nicht so recht gelingen.

Der für die Gärten zuständige Mann, ein weißhaariger Schotte namens McCurdy, hält nicht viel von meinen Fähigkeiten. Ich darf jetzt nur noch Unkraut zupfen. Richtig ist sicherlich, daß ich keinen ›grünen Daumen‹ habe, obwohl ich Blumen über alles liebe. Im Grunde sollte ich mir Mr. McCurdys unverschämtes Benehmen nicht bieten lassen, denn eigentlich müßte sich jemand um die verwaisten Gärten kümmern. Er tut es nicht, und mir ist es nicht erlaubt.

Im Haus dagegen kann ich mich manchmal nützlich

machen. Mrs. Fruit ist offenbar froh, mir mehr und mehr ihrer Haushaltspflichten aufhalsen zu können. Allzuviel gibt es ohnehin nicht zu tun, abgesehen von den Dachreparaturen und der Instandsetzung der qualmenden Kamine. Für mehr ist im Augenblick kein Geld da. Davon abgesehen, lebe ich ja allein hier. Ich mache kaum Schmutz und bin nicht übermäßig anspruchsvoll. Andererseits muß das Personal beschäftigt werden. Also gebe ich Anweisung, die Bibliothek zu säubern und die dort stehenden Bücher abzustauben, die in den letzten fünfzig Jahren wohl kein Mensch mehr in die Hand genommen hat. Keiner der hier Beschäftigten scheint es übelzunehmen, wenn es um drei Uhr nachmittags nichts mehr zu tun gibt. Ich habe den Eindruck, daß sie schon seit einiger Zeit an diesen lässigen Rhythmus gewöhnt sind.

Gerade war Mr. Holyoake da und hat mich wieder einmal um meinen Rat gebeten und mir mit ausgesuchter Höflichkeit vorgemacht, daß er sich daran halten würde. Jetzt fühle ich mich frei, meine Zeit einzuteilen. Ich sitze in der Sonne, wandere am Flußufer entlang, fertige einige Skizzen an oder schreibe in mein Tagebuch. Die Dorfbewohner sind höflich zu mir, behandeln mich aber mit einem Respekt, der mir eher unangenehm ist. Sie nennen mich ›Mylady‹. Ich selbst verhalte mich, zugegebenermaßen, ziemlich zurückhaltend. Ich mache weder Besuche, noch hinterlasse ich irgendwo meine Visitenkarte, Dinge, die das Gesellschaftsleben selbst in diesem Provinznest, vorschreibt, wenn man sich Freunde machen will. Die Vanstones haben mich einmal hier besucht, doch die Förmlichkeit, mit der wir einander begegneten, war wohl für alle Beteiligten eine Qual. Sie ist furchtbar langweilig, und er will Karriere machen. Im Ganzen mag ich ihn lieber. Hinter seiner umgänglichen Bürgermeister-Art verbirgt sich zumindest ein scharfer Verstand. Er ist ein recht gutaussehender, intelligenter Mann und wahrscheinlich ein unterhaltsamer Gesprächspartner, wenn man einmal den Standesunterschied außer acht läßt. Miss Vanstone (»Nennen Sie mich doch Honoria, meine Liebe!«) hat das ehrgeizige Denken ihres Vaters geerbt. Da sie aber eine Frau ist, äußert sich dies lediglich in der Jagd nach einem Ehemann und der Gier, ihre gesellschaftliche Position aufzuwerten.

Honorias Kusine, Sophie Deene, ist ein liebenswürdiges und hübsches Mädchen, neben der ich mir wie eine alte Frau vorkomme. Nach dem Gottesdienst am letzten Sonntag sah ich sie vor der Kirche mit einem alten Schulfreund herumalbern, der aus Devenport zu Besuch gekommen war. Ich gebe zu, ich war neidisch. Zu Hause angekommen, überkam mich grenzenloses Selbstmitleid. Der Wunsch, wieder zwanzig zu sein und die letzten vier Jahre aus meinem Leben zu streichen, war nicht neu und bedrückend wie immer.

Der einzige weitere Besucher, der seinen Weg hierher findet, ist Christy. Dreimal war er hier, zweimal hat er mich zum Tee ins Pfarrhaus eingeladen. Ich bin fast sicher, Geoffrey hat ihn gebeten, sich um mich zu kümmern. Doch selbst wenn dies der Grund seines Kommens sein sollte, es ändert nichts daran, daß ich seinen Besuchen ungeduldig entgegensehe, weil ich mich in seiner Gesellschaft so außerordentlich wohl fühle. In seiner Gegenwart kann ich mich geben, wie ich bin. Mit ihm kann ich über alles sprechen. Bisher hat er nicht versucht, mich zu bekehren, aber ihm ist offenbar sehr daran gelegen, mehr über mein Leben herauszufinden. Natürlich erzähle ich ihm nur von den wenigen glücklichen Momenten, die ich erleben durfte, und er geht dann darauf ein, vorsichtig, nachdenklich und ohne zu verurteilen. Er hat zugegeben, und zwar ohne zu erröten, daß er für mich betet. Das seltsame Gefühl, das ich dabei empfand, verbarg ich hinter einem nervösen Lachen. Was mag er Gott von mir erzählen? Wie gerne würde ich diesen Zwiegesprächen mit dem Allmächtigen zuhören. Ich glaube allerdings nicht, daß er Mitleid für mich empfindet. Ich habe eher das Gefühl, daß er mich bewundert. Ein Mann wie Christian Morrell hat mich bisher nie bewundert. Ich weiß nicht, was ich davon halten soll, obwohl ich viel darüber nachdenke. Die Offenheit, mit der er über sein eigenes Leben berichtet, ist entwaffnend. Bisher hatte ich noch nie Gelegenheit, jemanden wie ihn kennenzulernen. Er fasziniert mich. Sein Haus gefällt mir sehr. Es wurde gegen Ende des fünfzehnten Jahrhunderts erbaut und ist nicht so alt wie die sehr beeindruckende Kirche. Für den später hinzugefügten Turm hat man Sandstein verwendet und nicht den harten Dartmoor-Granit. Das kleine Haus wirkt gemütlich und romantisch. An den Wänden in Christys Arbeitszimmer befinden sich dichtgefüllte Bücherregale. In Ermanglung von Platz findet man jedoch auch welche in der Eingangshalle und im Treppenhaus. Ich bin sicher, daß er bis spät in die Nacht an seinem Schreibtisch sitzt und im Licht der Lampe über seinen Predigten brütet. Er liest sehr viel, aber er ist nicht einer jener Geistlichen, die ihr Leben damit verbringen, theologische Abhandlungen zu schreiben und dabei das Umsetzen in die Praxis vernachlässigen. Jeder einzelne seiner Gemeinde ist ihm wichtig, und er scheut nicht davor zurück, das auch zu zeigen. Seine Schäfchen lieben ihn. Die Männer bewundern ihn, die Frauen verwöhnen ihn und die Mädchen würden ihn alle gerne heiraten. Das kann ich jeden Sonntag beobachten, wenn er nach dem Gottesdienst auf der Treppe vor der Kirche steht und sie sich um ihn scharen. Auf gewisse Weise amüsieren mich ihre Bemühungen, andererseits würde es mich zugegebenermaßen verärgern, wenn er eines dieser Mädchen zur Frau wählen würde. Er ist zu gut für sie. Selbst für die niedliche Sophie Deene, mit Sicherheit aber für eine der dummen Swan-Schwestern oder gar Miss Mareton.

Klingt das etwa mütterlich besorgt? Oder gar besitzergreifend? Letzteres wahrscheinlich. Die Beziehung zwischen Christy und mir ist etwas so besonderes, daß mir schon der Gedanke unangenehm ist, er könnte eine andere Frau — eine andere Person — ins Vertrauen ziehen und mit ihr ebenfalls über seine Hoffnungen und seine Ängste vor dem Versagen reden, wie er es mit mir tut. Es käme mir vor wie ein Betrug. Diese Regung beweist das Verrückte an unserer Beziehung.

Christian Morrell ist so ganz anders als ich. Offen, einfühlsam und rücksichtsvoll. Wahrscheinlich lasse ich mich deswegen zu diesen egoistischen Gefühlen hinreißen, ihn nur für mich beanspruchen zu wollen.

Wenn ich darüber nachdenke, kommt mir die Lächerlichkeit meiner Ansprüche zu Bewußtsein. Darum schreibe ich jetzt nicht weiter.

Nur eine Kleinigkeit möchte ich noch hinzufügen. Dieses Tagebuch erfüllt einen guten Zweck. Es hilft mir dabei, früher zu Papier gebrachte Ansichten zu überdenken. Ohne Zweifel erspart mir das eine Menge Schwierigkeiten.

9

Der 1. August fiel auf einen Dienstag. Die Arbeiter des Lynton-Gutes bekamen einen halben Tag frei, und Christy nahm erfreut zur Kenntnis, daß ihre Herrin mit gutem Beispiel voranging und die kurze Mittagsmesse besuchte. Sie reihte sich in die Prozession der Opferbringenden ein, die sich zum Altar begab, um dort frisch geerntete Weizenbündel abzulegen. Nachdem er diese gesegnet hatte, wies er in einer kurzen Ansprache auf die Bedeutung dieses Tages hin. Etwas unkonzentriert, wie immer, wenn Anne die Kirche mit ihrer Anwesenheit beehrte. Nach dem Gottesdienst bat er sie, auf ihn zu warten, da er sie gerne um einen Gefallen bitten würde, aber noch kurz mit dem Kurator sprechen müsse.

Von der Küste her zogen graue, Regen versprechende Wolken über den Himmel. Trotz des warmen Windes war das Wetter angenehm mild, und nichts deutete auf den bevorstehenden Herbst hin. Kaum hatte Christy sein Gespräch mit Hochwürden Woodsworth beendet, machte er sich auf die Suche nach Anne. Er fand sie auf dem kleinen Friedhof, wo sie zwischen den alten Grabsteinen herumspazierte. Beim Quietschen des schmiedeeisernen Tors sah sie auf und lächelte ihm entgegen. Sie trug ein dunkelbraunes Cape, und der Wind zauste in ihren Haaren. Erfreut stellte er fest, daß sie von Tag zu Tag entzückender aussah. Nichts erinnerte mehr an die blasse, einsilbige Frau, die er vor vier Monaten zum ersten Mal im Zimmer ihres verstorbenen Schwiegervaters gesehen hatte.

»Es schickt sich sicher nicht, aber ich liebe Friedhöfe«, meinte sie, nachdem sie sich begrüßt hatten, und ließ ihre weiße schmale Hand über die Stirn eines Steinengels wandern. »Ich besuche oft die Familiengruft der D'Aubreys, und zwar genau dann, wenn die Sonne im Begriff ist unterzugehen. Dieses Licht verleiht dem Ganzen eine eigenartig schöne Stimmung, die sich schwer beschreiben läßt.«

Es war schwer für ihn zu erkennen, in welcher Laune sie gerade war. Ihr Lächeln war entweder weich oder unaussprechlich traurig und bezog fast nie ihre Augen mit ein. Sie konnte bittere Dinge sagen und dabei sanft lächeln oder verletzliche Dinge sagen und dabei spröde lächeln. Im Grunde wußte er nie genau, woran er war.

»Ich mag Friedhöfe ebenfalls sehr gern«, meinte er nun. »Manchmal komme ich sogar nachts hierher und finde das keineswegs schaurig.«

»Das ist mehr als verständlich. Die Seelen dieser verblichenen Gläubigen sind da, wo Gerechtigkeit auf sie gewartet hat. Dort geht es ihnen wahrscheinlich besser als zu jener Zeit, als sie noch unter uns weilten ... zumindest den guten Seelen, oder etwa nicht?«

Es machte ihr riesigen Spaß, ihn mit seinem Glauben aufzuziehen. Ihm machte das nichts aus. Er glaubte zu ahnen, daß sie sich gleichzeitig über sich selbst lustig machte.

»Das mag stimmen, ich muß jedoch zugeben, daß ich diese verblichenen Gläubigen niemals wirklich beneidet habe. Und das bedeutet wohl, daß mein Glaube an das nach dem Tod zu erwartende Heil nicht so groß ist, wie es sein sollte.«

Anne lächelte ihm zu. Es war ihr schon mehrfach aufgefallen, daß er ihre Gedanken lesen konnte und somit in der Lage war, ihre noch nicht ausgesprochenen Argumente vorwegzunehmen.

»Sie verdammen mich also nicht, weil ich an dem ziemlich heidnischen Ritual teilgenommen habe, dem Sie gerade Ihren Segen zuteil werden ließen?«

»Das ist eine Tradition und kein heidnischer Brauch«, berichtigte er sanft. »Ich hoffe sogar, daß Sie im Januar auch am Tag des Pfluges teilnehmen werden.«

»Tag des Pfluges? Wollen Sie damit andeuten, daß Sie einen Pflug segnen?«

»Genau das tue ich. Die Bauern bringen ihn, schmutzig wie er ist, in die Kirche.«

»Allmächtiger!«

»Genau!«

Anne lachte, und Christy spürte eine unglaubliche Freude in seinem Herzen. Ihr Lachen war entzückend.

»Um welchen Gefallen wollen Sie mich denn nun bitten?«

»Eigentlich geht es um zwei Dinge. Haben Sie schon von unseren Penny-Lesungen gehört?«

»Von was bitte?«

»Im Grunde ist das eine völlig falsche Bezeichnung. Diese Lesungen kosten nämlich keinen Penny, der Eintritt ist frei. Es verwundert mich nicht, daß Sie noch nichts davon gehört haben, denn seit einigen Jahren schon finden sie nicht mehr statt. Früher wurden sie jeden Freitag abgehalten und dauerten meist ein oder zwei Stunden. Mrs. Vanstone war diejenige, die meistens vorgelesen hat. Gedichte, Klassiker oder aus historischen oder zeitgenössischen Romanen, je nachdem, woran ihr Herz gerade hing, so lange die Texte nicht zu schwierig waren, da es sich bei den Zuhörern in der Hauptsache um Arbeiter handelte.«

»Mrs. Vanstone? Die Frau des Bürgermeisters?«

Christy nickte. »Sie starb vor etwa drei Jahren, und von diesem Zeitpunkt an gab es keine Lesungen mehr.«

»Sie werden doch nicht von mir verlangen ...?« meinte Anne erschrocken.

»Ich könnte mir vorstellen, daß Sie das sehr gut machen würden.«

»Warum macht das nicht Miss Vanstone? *Ich* könnte mir vorstellen, daß sie sich wunderbar dafür eignet.«

»Sie hat es versucht«, gab er zu. »Aber ... nun, fast niemand wollte sie hören.«

»Aha!«

Ihr Ton reizte ihn, Honoria zu verteidigen.

»Ihre Art ist so ganz anders als die ihrer Mutter. Ich denke, das war der Grund ihres Mißerfolges. Sie ...«

»Sie war wohl anmaßend und herablassend und daher unbeliebt?«

»Sie war nicht ganz so natürlich und eifrig wie ihre

Mutter«, sagte er streng. »Ich wollte Sie also fragen, ob Sie vielleicht ...«

»Ich ...?«

»Ich bin sicher, daß es ein Erfolg wäre ...«

»Ja, sicher, die Leute würden aus Neugier kommen, um die Frau ihres neuen Viscounts zu begaffen. Und sobald der Reiz des Neuen verflogen wäre, wären meine Bemühungen wahrscheinlich genauso erfolglos wie die von Miss Vanstone.«

»Wie kommen Sie denn darauf?«

»Nun, ich bin nicht begabt im Umgang mit Menschen. Besonders nicht, wenn sie in Gruppen auftreten.«

»Woher wollen Sie das wissen?« fragte er lachend.

»Ich weiß es eben!«

»Haben Sie schon Erfahrungen mit Gruppen sammeln können?«

»Das ist nicht notwendig.«

»Dann ist Ihre Antwort also nein«, seufzte Christy und fügte hinzu: »Wissen Sie, man tut sich von Mal zu Mal leichter. Ein bißchen wenigstens.«

»Mögen Sie es auch nicht?« fragte sie neugierig.

»Es ist nicht eine Frage des Mögens. Es gehört zu meinem Amt. Nur ein guter Prediger ist auch ein guter Priester.«

»Aber Ihre Predigten sind ausgezeichnet, Christy.«

»Das sind sie nicht«, meinte er betrübt. »Aber meine Person steht hier gar nicht zur Debatte. Bitte überlegen Sie sich die Sache mit den Lesungen, Anne. Sie könnten es doch zumindest einmal versuchen. Und wenn es gutgeht ...«

»Warum muß es denn immer dieselbe Person sein, die vorliest? Wäre es nicht gescheiter, sich abzuwechseln?«

»Das ist eine hervorragende Idee! Wir haben diesen Freitag ein Treffen, warum kommen Sie nicht und unterbreiten Ihren Vorschlag? Unnötig zu erwähnen, daß Ihr

Erscheinen dankbar zur Kenntnis genommen würde. Man könnte eine Art Komitee bilden, das die Planung für die Lesungen übernimmt. Das wäre viel besser als diese unregelmäßigen Zusammenkünfte. Wirklich, Ihr Vorschlag ist ganz ausgezeichet. Ich weiß nicht, warum mir das nicht längst eingefallen ist. Vielen Dank.«

Anne kam sich irgendwie überrumpelt vor, doch dann lachte sie.

»Sie sind nicht halb so schlau, wie Sie glauben. Tatsächlich durchschaut man Sie auf der Stelle.«

Christy grinste fast spitzbübisch. Welche Freude, sie zum Lachen zu bringen.

»Werden Sie kommen?«

»Aber, Christy ...«

»Bitte!«

»Also gut«, murmelte sie schließlich.

»Wunderbar! Ich verspreche Ihnen, Sie werden es nicht bereuen.«

»Ich bereue meine Zusage schon jetzt«, sagte sie lächelnd. »Und ich habe geradezu Angst davor, Sie zu fragen, was Sie noch von mir wollen.«

»Nicht ganz zu Unrecht, vielleicht«, gab er zu.

»Also rücken Sie schon raus mit der Sprache.«

»Können Sie noch ein paar Minuten bleiben? Ich möchte Ihnen gerne etwas zeigen.«

Anne nickte, und sie verließen den Friedhof. Bei dem kleinen Garten, der auf der Rückseite des Pfarrhauses lag, blieb Anne bewundernd stehen.

»Wissen Sie, was für ein Glück Sie haben, einen so schönen Garten zu besitzen?«

»Vor allem habe ich das Glück, daß sich Arthur Ludd um ihn kümmert«, lächelte Christy.

»Mir hat Mr. Curdy jegliche Gartenarbeit verboten, abgesehen vom Unkrautzupfen, meine ich.«

»Verboten? Warum das denn?«

»Ich mache alles kaputt, sagt *er.* Er hält sich nämlich für den Größten.«

»Ich weiß nicht, warum, aber in diesem Moment fällt mir ein, was ich schon die ganze Zeit fragen wollte ... Haben Sie Nachricht von Geoffrey?«

»Nein. Aber das hat nichts zu bedeuten. Er schreibt mir fast nie.«

»Aber Sie schreiben ihm?«

»Selbstverständlich«, sagte Anne und schenkte ihm ihr sprödes Lächeln. »Jede Woche einmal. Ich mag viele Fehler haben, aber eine pflichtbewußte Ehefrau bin ich auf alle Fälle, Hochwürden!«

Christy schwieg. Wenn sie in dieser Laune war, war es besser, nichts zu sagen. Er nahm sie am Arm, weil sie im Begriff war, über einen Stein zu stolpern. Selbst diese harmlose Berührung schien ihm jedoch plötzlich zu intim zu sein. Abrupt ließ er sie los.

»Man hat mir gesagt, daß die Arbeiten an den Pächterhäuschen gut vorangehen.«

»Ja, es ist immerhin ein Anfang. Leider haben wir im Augenblick nicht genügend Geld, um mehr zu tun. Von Holyoake weiß ich aber, daß wir dieses Jahr auf eine gute Ernte hoffen können. Das wird die Reparaturen erleichtern. Warum nur hat Edward Verlaine alles so vernachlässigt und verkommen lassen? Teilweise wohnen unsere Pächter unter Bedingungen, die jeder Beschreibung spotten. Unwürdig wäre vielleicht das richtige Wort.«

»Edward war immer der Ansicht, daß an den Unterkünften vorgenommene Verbesserungen einen Zuzug von noch mehr Familien zur Folge hätten, und er fürchtete, das würde die Armenquote erhöhen. Also entschied er sich freiwillig dafür, sich neue Arme vom Leib zu halten und die bereits hier Lebenden weiterhin in ihren feuchten, ungemütlichen und vorsintflutlichen Behausungen wohnen zu lassen.«

»Das finde ich unmenschlich. Gibt es denn gegen so etwas kein Gesetz?«

»Er hielt es für ein gutes Geschäft.«

»Ist diese Gemeinde denn wirklich arm? Bisher hatte ich keine Gelegenheit, das festzustellen. Aber das liegt vielleicht daran, daß man mich absichtlich davon fernhält.«

»Natürlich gibt es auch hier Armut. In schlechten Jahren verhindert nur die Wohltätigkeit einiger Menschen meines Amtsbezirks, daß einige dieser armen Leutchen im Arbeitshaus enden. Die verschiedenen kirchlichen Vereine veranstalten dann Geld-, Kleider- und Nahrungsmittelsammlungen, womit wir den Ärmsten über das Schlimmste hinweghelfen. Ich war immer der Ansicht, daß aber noch weitaus mehr unternommen werden müßte.«

Er geleitete sie durch die Tür des Zauns, der die Kircheneinfriedung von einem riesigen blaßgelben Feld trennte.

»Weiter brauchen wir nicht zu gehen, das Gras ist ganz naß«, meinte er und blieb stehen.

Anne sah sich überrascht um. Dann sah sie ihn fragend an.

»Das ist Land, das der Kirche gehört«, erklärte er. »Fast neunhundert Morgen unbestelltes Land. Es liegt seit langem brach. Um genau zu sein, seit D'Aubrey dem Sechsten ... Geoffrey ist der Achte.«

»Ja und?«

»Ich habe da eine Idee. Die ärmsten Landarbeiter unserer Gemeinde könnten auf diesem Feld das anbauen, was sie brauchen, um in den schlechten Jahren zu überleben.«

»Das ist eine ausgezeichnete Idee«, stimmte Anne zu. »Das hätte längst gemacht werden sollen.«

»Da gebe ich Ihnen recht.«

»Und warum wurde es nicht getan?«

»Weil nicht genügend Geld für Saatgut vorhanden ist.

Um es kurz zu machen ... ich wollte Sie bitten ... wenigstens für das erste Jahr ...«

Anne sah ihn erstaunt an. Schweigend erwiderte er ihren Blick. Dann schien sie nachzudenken.

»Ich müßte das mit William besprechen«, sagte sie schließlich.

»Natürlich.«

»Wenn er der Meinung ist, das ist machbar und er keine Einwände hat ...«

»Ich muß gestehen, ich habe bereits mit ihm gesprochen.«

»Ach ja?«

»Er ist einverstanden.«

»Tatsächlich? Dann soll es geschehen ...«, lächelte sie.

»Wirklich?«

»Warum denn nicht? Geoffrey wird nichts dagegen haben. Natürlich werde ich ihm über diesen Plan schreiben, aber ich bin schon jetzt sicher, daß ihm das völlig gleichgültig ist. Wie schön, daß ich endlich eine Aufgabe habe. Ich kam mir manchmal schon so entsetzlich nutzlos vor und wußte einfach nicht, wie ich helfen kann. Hier haben wir die Lösung meines Problems.«

»Das klingt, als seien Sie diejenige, die davon profitiert, dabei sind es in Wirklichkeit doch die anderen.«

Anne zuckte mit den Schultern und lehnte sich an den Zaun. Sie ließ ihre Blicke nachdenklich über das Feld wandern. Für Christy war das die Gelegenheit, sie einmal mehr heimlich zu beobachten. Er führte sich selbst an der Nase herum, das wußte er. Sie hatte sein ruhiges Leben nicht nur mit ihrer Freundschaft und den offenen Gesprächen bereichert. Dagegen sprach, daß er viel zu oft an sie dachte. Dagegen sprach auch, daß ihm die Tage, an denen er sie nicht sah, entsetzlich lang wurden. Manchmal erwischte er sich dabei, daß er Geschichten ersann, um sie ihr beim nächsten Treffen zu erzählen. Anne war immer gegenwärtig. Er sah die Welt mit ihren Augen und dachte häufig: *Darüber wird sie lachen, das wird sie überraschen.*

»Christy, gibt es denn so viele arme Leute hier, daß die ganzen neunhundert Morgen Land bebaut werden könnten?« fragte sie ihn plötzlich und sah ihn an.

»Nein, um Himmels willen, nicht das gesamte Land.«

»Der Rest würde also weiterhin brachliegen?«

»Das nehme ich an.«

Anne überlegte angestrengt. Dann schien sie eine Idee zu haben.

»Und wenn meine Pächter das restliche Land in ihrer freien Zeit bebauen würden? Wenn ich ihnen einen halben Tag pro Woche dafür frei gäbe?«

»Das würden Sie wirklich tun?«

»Ich müßte natürlich mit Holyoake reden, und vielleicht den Rat von Geoffreys Anwälten einholen. Selbstverständlich bin ich in erster Linie für mein eigenes Gut verantwortlich. Aber wenn man hier Getreide und Gemüse anbauen würde und der Erlös in wichtige Gemeindeprojekte gesteckt würde ... Wäre das nicht eine Lösung von der jeder Nutzen hätte? Das Leben der Bauern würde sich mit der Zeit verbessern, und der Landadel müßte weniger Steuern bezahlen. Oder stimmt das etwa nicht?«

»Davon wollten erst mein Vater und dann ich Edward überzeugen, aber es ist uns beiden leider nicht gelungen. Das Erstaunliche ist, Sie sind erst seit ein paar Monaten bei uns und haben bereits den Kern des Problems erkannt.«

Verwirrt wandte Anne sich ab. Ihre offene Art und ihre von Herzen kommende Freundlichkeit rührten ihn beinahe.

»Ach, Unsinn! Es ist einfach vernünftig, das ist alles. Vielleicht läßt sich die Idee nicht in die Tat umsetzen. Sollte es aber gelingen, dann möchte ich ... möchten wir,

Geoffrey und ich — daraus ebensoviel Nutzen ziehen wie jeder andere. Oder vielleicht sogar mehr.«

»Ich hoffe es. Was mich besonders freut, ist, daß Sie ganz von allein auf diese Idee gekommen sind. Die Wahrheit ist nämlich, daß ich Ihnen selbst diesen Vorschlag machen wollte, wenn auch noch nicht heute. Meine Absicht war es, Sie langsam für diesen Plan zu erwärmen, kurz, nach und nach ihr Herz zu erweichen.«

»Ich habe das Gefühl, daß Sie das seit dem Tag tun, an dem wir uns kennenlernten«, meinte sie sanft.

Warum gingen ihm diese vielleicht völlig harmlos gemeinten Worte so nahe? Anne sah ihn schweigend an. In ihre Augen trat ein gespannter Ausdruck. Christy wagte nicht, sich zu bewegen, um diese stille Nähe nicht zu gefährden.

Dann hob sie ihren Kopf und sah wie zufällig zum Himmel hinauf.

»Es sieht nach Regen aus«, bemerkte sie, als sei diese Entdeckung im Augenblick das wichtigste auf der Welt.

Christy gab vor, ihrem Beispiel zu folgen, konnte in Wirklichkeit jedoch nicht seinen Blick von ihr lösen.

»Wir sollten uns besser auf den Heimweg machen, bevor es richtig los geht.«

Er nickte fast automatisch. Dann streckte sie ihm ihre Hand hin, damit er ihr über die Schwelle half. Ahnte sie in ihrem Herzen wirklich nicht, was diese Berührung bei ihm auslöste? Spürte sie nicht das leichte Zittern seiner Hand, als habe er in eine offene Flamme gelangt? Offenbar nicht. Nichts in ihrem Gesichtsausdruck ließ darauf schließen.

Dem Himmel sei Dank, dachte er unwillkürlich. Doch dann verbesserte er sich sofort. Besser, den lieben Gott nicht in diese Sache hineinzuziehen. Sonst würde sich der Himmel vielleicht wirklich öffnen? Und dann? Eine neue Sintflut?

Unsinn! Was hatte er denn getan? Gesündigt etwa? Mitnichten. Es gab nichts, was er sich hätte vorwerfen müssen. Jedenfalls nicht in diesem Augenblick.

11. August

In mein Tagebuch zu schreiben, fällt mir leichter, wenn es mir nicht gut geht oder ich mich langweile. Offenbar war in letzter Zeit weder das eine noch das andere der Fall. Ich bin glücklich und rund um die Uhr beschäftigt. Kann das wirklich sein? Ich kann mich nicht erinnern, diesen Zustand je erlebt zu haben. Vielleicht bin ich auch nur einigermaßen zufrieden.

Der Plan, neunhundert Morgen brachliegendes Land in ertragreiche Felder zu verwandeln, ist schwerer, als ich angenommen habe. Man hat mir versichert, daß die Anschaffung landwirtschaftlicher Geräte und der Kauf von Saatgut einen nur sehr geringen Kapitalaufwand erfordern. Ein Teil des Landes wird bereits gepflügt, um durch den Anbau von Saubohnen den Boden für die späteren Weizenfelder vorzubereiten. Weitaus schwieriger ist es, die Zustimmung all jener zu bekommen, die irgend etwas mit diesem Projekt zu tun haben. Es sind sehr viel mehr Menschen, die bei dieser Sache ein Wörtchen mitzureden haben, als ich dachte. Anwälte, Banken, politische Gesinnungsfreunde des alten Viscount, Vertreter der Kirche oder selbst der Bürgermeister unseres Dorfes. Bei den Besprechungen mit dieser großen Anzahl von Männern fällt mir auf, daß ich immer in der ersten Person spreche, als sei ich die Eigentümerin von Lynton Great Hall. Niemand, dem ich zum erstenmal den Plan unterbreite, ist davon angetan. Diese mangelnde Begeisterung hält mich jedoch nicht davon ab, mich dafür stark zu machen und den Verantwortlichen mit meinen Erklärungen so lange auf die Nerven zu gehen, bis man mir schließlich versichert, über die Angelegenheit zumindest nachzudenken. Ich bin inzwischen derart fest von den Vorteilen dieses Plans, in moralischer, sozialer und steuerlicher Hinsicht, überzeugt, daß ich nicht aufgeben werde, bis er verwirklicht wird.

Heute abend werde ich zum ersten Mal vorlesen. Es ist mir ein Rätsel, wie Christy es geschafft hat, mich zu diesem völlig abwegigen Unterfangen zu überreden. Das von mir gewählte Buch ist *David Copperfield.* Ich habe fest vor, die gesamte Geschichte vorzulesen, ohne Rücksicht darauf, wieviel Zeit ich dafür brauche, wenn man mich nicht mit faulem Obst bewirft und mich damit zwingt, vorher aufzuhören.

Ich gebe zu, ich habe entsetzliches Lampenfieber. William hat mir empfohlen, vorher ein Gläschen zu kippen, und ich habe ihn ausgelacht. Doch jetzt, zwei Stunden vor Beginn der Lesung, schiele ich in immer kürzer werdenden Abständen zu der Karaffe mit dem Sherry hinüber. Die Verlockung ist groß, aber ich werde mir Mühe geben, ihr zu widerstehen. Ich will diese Sache aus eigener Kraft hinter mich bringen und mögliche Folgen standhaft ertragen.

12. August

Meine Lesung war ein unglaublicher Erfolg, und um diesen zu feiern, genehmige ich mir nun endlich ein Glas Sherry. Christy sah überaus glücklich aus, und der Bürgermeister ließ sich zu einem ›überwältigend‹ hinreißen. Dreiundzwanzig Zuhörer hatten sich eingefunden, ein Rekord, wie man mir versichert. Stumm wie die Fische saßen sie auf ihren Stühlen und hörten mir zu. Anfangs war ich mir nicht sicher, ob ich das als gutes Zeichen werten sollte. Als ich jedoch das erste herzliche Gelächter hörte, war ich beruhigt. Die Zeit verging wie im Flug, und ich durfte erst nach dem fünften Kapitel aufhören.

Mag sein, daß die meisten gekommen waren, um in Ruhe Lady D'Aubrey begaffen zu können, aber es wird die brillante Erzählweise von Dickens sein, die sie nächste Woche wiederkommen läßt. Heute bin ich Christy dankbar, daß er mich dazu überredet hat. Das Publikum bestand aus meist erwachsenen Männern und Frauen, die es gewöhnt sind, hart zu arbeiten, deren Benehmen etwas ungeschliffen ist, die nicht gebildet, aber lernbegierig sind. Es fällt mir schwer, mir Honoria Vanstone in ihrer Mitte vorzustellen. Ich denke, ich werde mir eine dementsprechende Bemerkung Christy gegenüber nicht verkneifen können. Sehr gut gefällt mir Tranter Fox, ein kleiner drolliger Mann, dessen heftiger Dialekt verrät, daß er aus Cornwall stammt. Er nennt Christy immer ›Euer Gnaden‹, und mich hat er heute abend als ›Ihre Hoheit‹ tituliert. Ich bin sicher, das macht er absichtlich. Das lustige Funkeln in seinen Augen spricht dafür. Nach der Lesung hat er mich mit Komplimenten überhäuft und mich dann eingeladen, mit ihm und seinen Kumpels in seiner Stammkneipe einen zu *kippen*, worüber alle Anwesenden lauthals lachen mußten — auch ich. Ich gebe zu, daß ich die Würde meines Standes nicht genügend ernst nehme. Miss Vanstone wäre mit Sicherheit eine angemessenere Lady D'Aubrey.

Es ist schon ein Uhr morgens, und ich sitze hier allein in meinem Zimmer, immer noch verwundert, warum mich dieser winzigkleine Sieg, den ich heute davongetragen habe, so glücklich macht.

19. August

Auch bei der zweiten Lesung ging zum Glück alles gut. Danach hat Christy mich gebeten, mit ihm in seinem Arbeitszimmer eine Tasse Tee zu trinken. Mrs. Ludd, seine Haushälterin, war so rücksichtsvoll, früh zu Bett zu gehen. Mir ist klar, daß sich das nicht schickt, was wir getan haben, aber mit wem soll eine einsame Frau denn sonst Tee trinken, wenn nicht mit ihrem Pfarrer?

Christy hat mich dann nach Hause begleitet. Um elf Uhr lagen wir beide im Bett. Jeder in dem seinen, das ist wohl unnötig zu erwähnen. Und warum habe ich es dann getan?

26. August

Endlich habe ich von Geoffrey einen Brief erhalten, in dem er mitteilt, daß es ihm gutgeht. Es bleibt mir nichts anderes übrig, als es zu glauben.

Lord Raglan ist der Befehlshabende der englischen Truppen; bei den französischen ist es Saint-Arnaud. Die Vorbereitungen für die Belagerung Sewastopols gehen weiter, und Geoffrey glaubt, daß in einem Monat alles vorbei sein wird. Ich habe das Gefühl, daß er die Chance, Soldat zu spielen, genießt, schon aus dem Grund, weil es wahrscheinlich zum letzten Mal sein wird.

Für ihn beten kann ich nicht, das überlasse ich lieber Hochwürden Morrell. Aber ich hoffe, daß er gesund bleibt (bei den Franzosen wütet die Cholera), und ich hoffe, daß er so etwas wie Frieden bei seiner seltsamen Lieblingsbeschäftigung findet.

2. September

Gestern war wieder eine Lesung. Es ist uns jetzt zur Gewohnheit geworden, danach bei Christy Tee zu trinken. Ich weiß nicht, wie er darüber denkt, aber für mich sind diese Abende zu zweit ein Jungbrunnen. Niemals hätte ich geglaubt, daß ich, gottlos wie ich bin, ausgerechnet in der Gegenwart eines Geistlichen so sehr ich selbst sein kann. Es ist erstaunlich.

10. September

Gestern war Erntedankfest. Dieser uralte Brauch beinhaltet, daß der Gutsherr, in diesem Fall ich, nach vollbrachter Einfuhr des Getreides seinen Arbeitern ein Fest ausrichtet. Das Lustige dabei ist, daß ich nicht nur für genügend Bier und Essen zu sorgen habe, ich muß auch bei Tisch servieren und für das Wohl meiner Gäste sorgen, die an den anderen dreihundertvierundsechzig Tagen nichts weiter sind als meine mir ergebenen Arbeiter.

Ich denke, daß ich diese Aufgabe ganz gut gemeistert habe. Weder kann man mir vorwerfen, daß ich mir zu fein war, die ›Bedienung‹ zu spielen, noch den Durst und Appetit meiner Leute unterschätzt zu haben. Es ist ein besonders milder Herbst, und wir konnten abends draußen sitzen, an den langen Tischen, die im Hof gedeckt worden waren. Die vielen Laternen und Kerzen sorgten für eine sehr festliche Stimmung. Es wurde viel gelacht, gesungen, getanzt und natürlich maßlos viel getrunken. Immer wieder mußte meine Klugheit, meine Freundlichkeit, meine Großzügigkeit und meine Schönheit als Vorwand herhalten, um mit großem Hurra auf mich anzustoßen. Um elf hatte ich dann doch das Gefühl, daß es besser sei, mich zurückzuziehen, um meinen Gästen die

Möglichkeit zu geben, sich bis Mitternacht völlig zwanglos zu vergnügen. Meine Versuche, Christy ins Haus zu locken, um ein letztes Glas mit mir zu trinken, waren erfolglos. Merkwürdigerweise hatte er es heute sehr eilig, nach Hause zu kommen. Um ein Uhr waren auch die hartnäckigsten Gäste endlich gegangen, und im Hof trat Stille ein.

Heute fühle ich mich matt und unausgeschlafen, und meine Beine tun mir weh vom vielen Hin- und Herlaufen. Aber ich bin sehr zufrieden. Das Fest war ein voller Erfolg und eine angemessene Belohnung für das hartarbeitende Personal des Gutes.

29. September

William Holyoake war heue in Tavistock. Wie wir es vorher besprochen hatten, hat er lediglich einen neuen Schafhirten und einen Hilfsarbeiter angeheuert. Das bedeutet zwar, daß Collie Horrocks mehr in den Ställen zu tun haben wird als vorher, aber er muß eben sehen, wie er mit der Arbeit zurechtkommt.

10. Oktober

Ich erinnere mich nicht, je einen so schönen Herbst erlebt zu haben. Von dem Fenster meines Salons aus sieht die Landschaft aus wie ein holländisches Gemälde. Die Leuchtkraft der Farben ist überwältigend. Gestern nacht hatten wir den ersten Frost, aber heute ist es wieder warm. Ich fühle mich wie eine Katze, die sich behaglich schnurrend zusammenrollt, um die letzten Sonnenstrahlen zu genießen.

17. Oktober

Die arme Mrs. Weedie ist gestern in ihrem Garten gestürzt und hat sich den Hüftknochen gebrochen. Miss Weedie ist einem Nervenzusammenbruch nahe. Ich habe den beiden Damen frischgebackenes Brot und Apfelmost vorbeigebracht und ihnen meine Hilfe angeboten. Doch davon wollten sie nichts wissen. Ich fürchte, das liegt daran, daß ich einem anderen Stand angehöre. Dann kam auch Christy vorbei, und es ist erstaunlich, mit anzusehen, welchen Trost allein seine Gegenwart spendet.

Dr. Hesselius ist der Auffassung, daß der Bruch mit der Zeit wieder heilen wird, befürchtet jedoch, daß sie nie wieder gehen kann. Das wäre furchtbar. Die arme Miss Weedie hat das nicht verdient — ihre Mutter selbstverständlich auch nicht, aber ich kann mir nicht helfen, mir kommt es so vor, als seien die Folgen dieses Unglücks für die Tochter schwerer zu ertragen als für die Mutter. Zärtlichkeit bestimmt die Beziehung zwischen den beiden. Wie schön es sein muß, eine solche Mutter zu haben. Wie schön zu wissen, bedingungslos um seiner selbst willen geliebt zu werden. Was wird Miss Weedie tun, wenn sie einmal allein sein wird? Wem soll sie dann all ihre Liebe schenken? Die ganze Geschichte geht mir sehr zu Herzen.

Ich frage mich, wie Christy das aushält. Jeden Tag, den Gott werden läßt, wird er mit diesen oder jenen traurigen Lebensumständen konfrontiert.

3. November

In letzter Zeit habe ich mein Tagebuch vernachlässigt. Wahrscheinlich liegt das daran, daß ich nur den Drang zu schreiben verspürte, wenn ich heftigen Gefühlen — tiefe

Niedergeschlagenheit, übersprudelnde Freude — ausgesetzt bin.

In diesem Augenblick sitze ich an meinem Schreibtisch, weil Miss Weedie wegen des starken Regens nicht zum Tee kommt, obwohl ich ihr angeboten habe, sie mit meiner Kutsche holen zu lassen. Der gesellschaftliche Unterschied macht es ihr unmöglich, meine Freundin zu sein. Aufgrund meines Standes kann es zwischen uns nichts anderes geben als pure Höflichkeit und förmliche Korrektheit. Das tut weh, aber ich denke, ich habe es inzwischen begriffen.

Christy hat vor ein paar Tagen einen Brief von Geoffrey erhalten, den er mir zu lesen gab. Die Landung der Westmächte in der Bucht von Eupatoria wurde am 14. September bewerkstelligt, das russische Heer am 20. September an der Alma von den Franzosen und Türken geschlagen. Aber die Überrumpelung Sewastopols mißlang, weil die Russen durch Versenkung der Flotte den Hafen gesperrt und die Nordseite gut befestigt hatten. Am 29. September ist Saint-Arnaud gefallen. Am 9. Oktober begann unter dem Oberbefehl seines Nachfolgers und Raglan die Belagerung Sewastopols. Geoffreys Regiment befindet sich jetzt in Balaklawa.

Eigentlich weiß ich die Details über diesen Krieg aus den Zeitungen. Aus Geoffreys Briefen läßt sich nie herauslesen, in welchem Geistes- und Gesundheitszustand er ist. Da er seit diesem fürchterlichen Abend mit Sully aufgehört hatte zu trinken, ging es ihm vor seiner Abreise sehr viel besser, aber wirklich gesund war er keineswegs, wird es auch nie mehr sein. Meiner Ansicht nach hat man ihm darum erlaubt, in diesem Krieg zu kämpfen.

Schon sechs Uhr! Ich muß mich beeilen. Die heutige Lesung findet eine halbe Stunde früher als sonst statt, um das Ende der Geschichte zu erfahren, auf das alle sehr gespannt sind.

Was wird Christy mir wohl heute zum Tee servieren? Letztes Mal war es ein von Miss Jane Luce gebackener Speckkuchen. Davor gab es ein Spinatsoufflé, das die Swan-Schwestern zubereitet hatten. Ich kann es mir nicht verkneifen, Christy wegen seiner Verehrerinnen aufzuziehen.

»Ich hoffe, Sie kommen nächste Woche wieder«, sagte Anne zu Tranter Fox und lächelte. »Wir beginnen dann die Geschichte von *Ivanhoe.*«

»Also, das weiß ich noch nicht ...«

»Aber wieso denn nicht?«

»Ich will ja niemanden beleidigen, aber ... selbst, wenn *Ivan der Schreckliche* auf dem Programm stünde, würde ich nur dann kommen, wenn *Sie* die Geschichte vorlesen.«

»Ich fühle mich geschmeichelt«, meinte Anne.

Tranter Fox war der letzte, der den Raum verließ. Christy verabschiedete sich von ihm an der Tür und sah ihm nach.

Endlich allein, dachte Anne.

»Dem Himmel sei Dank, das hätte ich geschafft«, sagte sie laut. Als Christy schwieg, fügte sie schnell hinzu: »Das war ein Scherz. In Wirklichkeit freue ich mich darüber, daß Sie mich gebeten haben, diese Lesungen zu machen, Christy. Trotzdem bin ich erleichtert, die Fackel weitergeben zu können. Wissen Sie, daß Mrs. Armstrong mit Sophie getauscht hat? Sophie verbringt die Weihnachtsferien in Exeter, was bedeutet, daß sie ihre Geschichte in der Mitte hätte unterbrechen müssen, und das wollte sie nicht.«

Hörte ihr Christy überhaupt zu? Er war schon den ganzen Abend so merkwürdig schweigsam gewesen.

Durch den leeren Raum ging sie auf ihn zu. Er trug seine ›heilige schwarze Kluft‹, weil er gerade von einem

Begräbnis in Princetown kam. Sein hellblondes Haar bildete einen wunderschönen Gegensatz zu der schwarzen Kleidung.

»Nun? Wie steht es mit unserem Imbiß? Ich sterbe fast vor Neugier, was Ihre letzte Eroberung zubereitet hat.«

Der überaus ernste Ausdruck in seinen Augen wunderte sie.

»Oder vielleicht lieber ein anderes Mal«, sagte sie schnell. »Sie sehen müde aus. Kein Wunder, Ihre Tage sind so lang. Ehrlich gesagt, ich bin auch ziemlich müde ...«

»Ich muß aber mit Ihnen reden, Anne«, stieß er hervor.

Verwirrt stieg Anne die Treppe zu seinem Arbeitszimmer hinauf.

Mrs. Ludd servierte ihnen Tee und zog sich dann sofort zurück. Christy nippte schweigend an seiner Tasse, während Anne vergeblich versuchte, ihn mit witzigen Bemerkungen aufzuheitern.

»Sie haben irgend etwas auf dem Herzen, nicht wahr?« erkundigte sie sich schließlich, als sie merkte, daß sie nicht weiter kam. »Raus mit der Sprache, Christy. Bringen wir es hinter uns.«

»Es fällt mir ungemein schwer ...«, begann er und sah sie an.

»Das merke ich. Haben Sie etwa herausgefunden, daß ich meine Seele dem Teufel verkauft habe?«

Christy lächelte nicht. Er stand auf und lehnte sich mit dem Rücken an seinen Schreibtisch, als suche er einerseits Abstand und andererseits Halt.

Anne bekam es mit der Angst zu tun. Sie schrumpfte in ihrem Stuhl zusammen und wartete.

»Wir können uns nicht mehr sehen.«

»Was?« fragte sie enttäuscht.

»Was ich meine, ist ... Alleine können wir uns nicht mehr sehen.«

Anne brauchte einige Zeit, um den Sinn dieser Worte zu begreifen. Dann sah sie ihn ruhig an.

»Man klatscht also über uns? Das war wohl zu erwarten, und ich hätte es wissen müssen. Ich habe ja zeitweise in kleinen Städten gewohnt, allerdings nicht in *englischen* Kleinstädten, und das macht wohl einen Riesenunterschied, nicht wahr? Trotzdem, ich muß Ihnen sagen ... Es ist wirklich lächerlich, wenn irgend jemand an unseren harmlosen Teestunden Anstoß nimmt. Und um ehrlich zu sein, es wundert mich, daß Sie das so ernst nehmen.«

Christy sagte nichts. Er schloß die Augen und massierte seine Schläfen, als quäle ihn eine furchtbare Migräne.

»Oh ... Ich glaube, jetzt verstehe ich«, rief sie plötzlich aus. »Sie tun das für mich, nicht wahr? Sie sind um *meinen* Ruf besorgt, nicht um den Ihren!« lachte sie zutiefst erleichtert. »Aber mein lieber Freund, Sie müßten mich in der Zwischenzeit doch gut genug kennen ...«

»Es hat nichts mit Ihrem oder meinem Ruf zu tun«, unterbrach er sie verzweifelt. »Es hat nichts damit zu tun, was andere Menschen über uns denken. Und es hat nichts mit Ihnen zu tun, Anne. Es ... es betrifft mich allein.«

»Sie? Was meinen Sie damit, Christy?«

Und dann, ganz plötzlich, wußte sie es. Und er sah ihr an, daß sie es wußte.

»Ich liebe Sie«, stieß er hervor, um nicht das geringste Mißverständnis aufkommen zu lassen.

Anne schloß die Augen, um das überwältigende Gefühl, das seine Worte auslösten, zu verkraften. *Er liebt mich,* dachte sie dann, als sein Geständnis bis zu ihrem Verstand vorgedrungen war. Ahnte sie es nicht schon seit langem?

Eine seltsame Erregung ergriff von ihr Besitz. Eine Mischung aus Angst und Freude, etwas so Starkes, das nicht von einem Augenblick zum anderen begriffen werden konnte. *Später,* dachte sie, *später* ...

Sie stand auf. Christy wandte ihr sein Profil zu. Wie gerne hätte sie ihn berührt, ihn in ihre Arme genommen. Doch die Entschlossenheit seines Gesichtsausdruckes hielt sie ab. Er war gewillt, ihre Freundschaft zu beenden, erkannte sie entsetzt.

»Christy, ich muß Ihnen etwas sagen. Meine Ehe ... meine Ehe ist nichts weiter als eine armselige Farce. Das ist die reine Wahrheit, ich schwöre es. Und Sie wissen es, es muß Ihnen aufgefallen sein ...«

»Trotzdem, Anne ... die Tatsache, daß Sie verheiratet sind ... steht zwischen uns, muß zwischen uns stehen ...«

Panik schlich sich in Annes Herz. Sie sah den Rettungsring, den er ihr zu Beginn ihrer Freundschaft zugeworfen hatte, in unerreichbare Nähe abtrudeln. Ihr Schicksal war besiegelt. Sie würde jetzt wieder in ihre Einsamkeit versinken.

»O nein!« flüsterte sie. »Wie kann Ihr Gott so gnadenlos sein, verdammt noch mal!«

»Es ist das einzige, was ich tun kann. Glauben Sie mir, Anne, ich habe ...«

Gebetet, vollendete Anne lautlos seinen Satz. Das hatte er doch sagen wollen. Er hatte gebetet! Es war lächerlich. Armer Christy.

»Bitte, Anne, seien Sie nicht böse auf mich.«

»Ich bin nicht böse auf Sie. Oder doch, ich bin es. Ich habe nichts getan, was unrecht wäre, Sie haben nichts Unrechtes getan ... und trotzdem sagen Sie mir, daß wir uns nicht mehr sehen können. Wie, glauben Sie, ist mir zumute?«

Er antwortete mit einem hoffnungslosen Kopfschütteln.

»Ist es eine Sünde, mich zu lieben? Ist es das, was Ihre Religion Sie lehrt?«

»Wenn es das ist, dann brauche ich nicht auf den Tag des höchsten Gerichts zu warten. Die Strafe hat mich bereits ereilt.«

»Was heißt das?«

Christy lächelte und legte seine Hand auf die Brust. »Der Schmerz hier drinnen, er ist da.«

Anne hätte am liebsten geweint, aber sie beherrschte sich. Nicht jetzt, befahl sie sich. Und obwohl sie sich danach sehnte zu erfahren, warum er sie liebte, wann er angefangen habe, sie zu lieben, schwieg sie. Ein einziges Wort darüber, und sie würde ihn für immer verlieren. Ihre einzige Chance bestand darin, ihre Gefühle zu verdrängen, ruhig zu bleiben und sich den Anschein zu geben, vernünftig zu sein.

»Glauben Sie im Ernst, ich könnte Ihnen bewußt weh tun?« fragte sie leise.

»Nein, das glaube ich nicht. Natürlich nicht. Es geht auch nicht darum, was Sie getan haben ... Es geht um mich, Anne.«

»Also gut. Wenn Sie darunter leiden, mich zu sehen, dann werde ich mich von Ihnen fernhalten. Ich schwöre es. Bevor ich Ihnen Leid zufüge, ziehe ich es vor, mir selbst weh zu tun. Aber warum sollten wir nicht weiterhin Freunde sein, Christy? Freunde, nichts weiter. Es liegt schließlich an uns, nicht mehr aus dieser Freundschaft werden zu lassen, oder etwa nicht? Wir sind beide stark. Sie sind der stärkste Mann, den ich je kennengelernt habe. Und mir können Sie vertrauen. Ich würde niemals etwas zwischen uns geschehen lassen ... ich meine ... ach, Sie wissen schon, was ich meine.«

»Ich glaube dennoch, daß es besser wird, wenn wir ...«

»Aber Christy, was soll ich ohne Sie anfangen? Mit wem reden? Wer würde mich schon ertragen?«

»Das ist blanker Unsinn. Und das wissen Sie!«

»Nein, das weiß ich nicht. Was ich aber weiß, ist ... Sie

sind der einzige, in dessen Gesellschaft ich so sein kann, wie ich bin. Ob Sie es mögen oder nicht, Sie sind mein bester Freund hier in England. Wenn ich nicht mehr mit Ihnen zusammensein kann, dann . . .«

Die Verzweiflung in ihrer Stimme machte Christy unglücklich, das war offensichtlich. Was war wichtiger, sein eigenes Unglücklichsein oder ihres? Es dauerte nicht lange, und der Priester in ihm siegte.

»Also gut«, meinte er.

»Was heißt das? Können wir Freunde bleiben?« fragte Anne.

Christy nickte und lächelte. Das zärtliche Lächeln eines glücklichen Verlierers.

»Versprochen?« lächelte sie zurück, und ihre Augen schimmerten feucht.

»Ja, ich verspreche es.«

Nur mit Mühe verbarg Anne ihre grenzenlose Erleichterung. Dem Glücksgefühl, einer Katastrophe entronnen zu sein, mußte sie sich später hingeben, wenn sie allein war.

»Es wird Ihnen nicht leid tun«, schwor sie.

Der skeptische Ausdruck in seinen Augen verwirrte sie. War sie wirklich sicher? *Er wird darüber hinwegkommen,* dachte sie. *Wenn du mich wirklich kennen würdest, Christy, dann würdest du mich ohnehin nicht lieben.* Aber das würde sie ihm nicht sagen. Dieses Thema war ein für alle Mal tabu zwischen ihnen. Und sie würde versuchen, sich an diesen Handel zu halten.

»Ich gehe jetzt besser ... bevor Sie womöglich Ihre Meinung ändern!« sagte sie leichthin.

Umständlich klaubte sie ihre Sachen zusammen. Bewußt vermied sie es, ihn anzusehen. Sein Angebot, sie nach Hause zu begleiten, lehnte sie mit der Ausrede ab, allein sein zu wollen. In Wirklichkeit war ihr daran gelegen, die angespannte Stimmung, in der sie sich beide in diesem Augenblick befanden, nicht noch zu verschlimmern.

Auf ihrem Nachhauseweg schwor sie sich, nichts zu tun, was dazu führen konnte, daß Christy seine selbstlose Entscheidung, die er ihr zuliebe getroffen hatte, bereute.

Später, als sie die heutigen Ereignisse in ihr Tagebuch geschrieben hatte, wurde ihr erst richtig bewußt, wie verwerflich ihr Tun war.

Was für eine selbstsüchtige Person ich bin! Als guter Mensch und wahrer Freund hätte ich Mitleid mit ihm haben und ihn in Ruhe lassen müssen. Und was habe ich statt dessen getan? Ich habe ihn angefleht, auf einen Pakt einzugehen, bei dem ich ihm weiterhin weh tun werde. Liegt das an den Rollen, die uns das Schicksal zugewiesen hat? Christy, der Heilige, und Anne, die Sünderin?

Ich wußte von Anfang an, daß er nachgeben würde. Nicht etwa aus Schwäche, o nein! Sondern meiner grenzenlosen Gemeinheit wegen, mit der ich *ihn* zum Sünder machte, wenn er mich allein ließ. Welch egoistisches Denken! Es darf nicht mehr geben zwischen uns als reine Freundschaft. Und dieses Versprechen muß ich halten, koste es, was es wolle.

Aber … er liebt mich! Wie soll ich diese Worte je vergessen können? Sie haben sich wie ein Stempel in mein Herz gedrückt. Ich werde dieses Geschenk verstecken müssen, wie ein Kind, das im Wald ein Hundebaby gefunden hat und nicht behalten darf. Ich werde es hin und wieder heimlich herausholen, es in meinen Händen halten und ansehen und streicheln und mit ihm flüstern. Was für ein herrliches Geschenk. Oh, Christy, dafür werde ich dir immer dankbar sein.

10

Am darauffolgenden Freitag erschien Christy nicht zu der Lesung, bei der nun Mrs. Armstrong die Geschichte von *Ivanhoe* vortrug. Anne hingegen fand sich ein, obwohl sie die Bücher von Sir Walter Scott alle mehrfach gelesen hatte. Der wahre Grund für ihre Anwesenheit war wohl die Hoffnung, Christy zu begegnen, den sie am Mittwoch zwar in der Kirche gesehen, mit dem sie aber seit einer Woche nicht gesprochen hatte. Davon abgesehen, gaben ihr die wöchentlichen Zusammenkünfte die Gelegenheit, die Dorfbewohner zu treffen, was trotz deren Einsilbigkeit eine Abwechslung für sie bedeutete. Nur dem redseligen Charmeur Tranter Fox schien der zwischen ihnen herrschende Standesunterschied nichts auszumachen.

Nach der Lesung beglückwünschte sie Mrs. Armstrong, plauderte ein wenig mit Lily Hesselius und sprach mit John Swan über die Sämaschine, die sie bei ihm bestellt hatte. Unauffällig behielt sie dabei die Tür im Auge, um Christys Ankunft nicht zu verpassen. Von Arthur Ludd erfuhr sie, daß der Pfarrer nicht einmal zu den abendlichen Gebeten erschienen war und daß er vielleicht einen Krankenbesuch machte. Wahrscheinlich hatte Arthur recht, denn auch Dr. Hesselius war abwesend.

Anne schluckte ihre Enttäuschung hinunter und fühlte sich dabei, als habe sie ein Glas Essig geleert. Dann machte sie sich Vorwürfe, weil es ihr nicht gelang, Mitgefühl für den unbekannten Kranken aufzubringen. Doch sie konnte an nichts anderes denken, als daran, Christy nicht zu verpassen. Ihre erste Begegnung würde zweifellos für sie beide etwas merkwürdig sein, aber das war ihr egal. Die Sehnsucht, ihn zu sehen, war größer, als sie es für möglich gehalten hatte.

Nachdem sie sich von den anderen verabschiedet hatte, verweilte sie einen Moment, unentschieden, was sie machen sollte. Zurückgehen, klopfen und Mrs. Ludd bitten, im Arbeitszimmer auf ihn warten zu dürfen? Warum eigentlich nicht? Kein Mensch würde es wagen, Lady D'Aubrey etwas abzuschlagen. Andererseits würde er ihr ein derartiges Verhalten vielleicht übelnehmen.

Solle sie sich doch auf den Weg nach Hause machen, eine Tasse Tee aufgießen, sie nach oben in ihr einsames Zimmer tragen und sie dort verbittert trinken?

Dazu hatte sie erst recht keine Lust. Nein, sie würde auf ihn warten. Nur, um zu sehen, wie es ihm geht. Nur, um ihm gute Nacht zu wünschen.

Langsam näherte sie sich dem kleinen Friedhof. Vor den Toten, die dort friedlich im Mondschein lagen, fürchtete sie sich nicht. Vor zwei Tagen, an Allerheiligen, hatten sich die Kinder die Kleider ihrer Eltern angezogen und waren mit ihren ausgehöhlten und mit einer Kerze erleuchteten Fratzenkürbissen laut schreiend durch das Dorf gerannt. Die alten heidnischen Bräuche waren gewiß eine Herausforderung für einen modernen Priester. Sie ging jetzt jeden Sonntag zur Messe, weil sie ihn so gerne predigen hörte. Seinen Worten zu lauschen, erlaubte ihr einen Blick in seine Gedankenwelt, die sie faszinierte.

Sie setzte sich auf einen niedrigen Grabstein, von dem aus sie Christys Schritte hören würde, wenn er auf seine Tür zuging.

Ihre Mutter war in Reims begraben, ihr Vater in London. Andere Verwandte hatte sie nicht, wenn man von ein paar Kusinen mütterlicherseits absah, zu denen sie keinen Kontakt hatte. Seit dem Tod ihres Vaters war sie auf sich selbst gestellt gewesen. Geoffrey war also der einzige, der ihr wegsterben konnte.

Sie seufzte und sah zum hellen Mond hinauf. Die Kirchturmuhr schlug gerade zehnmal. Es war ihr nicht aufgefallen, wie lange sie schon hier saß. Hinter der hohen Friedhofsmauer sah sie im zweiten Stock des Pfarrhauses ein Licht. Christys Schlafzimmer? Vielleicht. Mrs. Ludd ließ es immer brennen, wenn sie wußte, daß es spät werden würde. Wahrscheinlich freute er sich darüber, wenn er todmüde nach Hause kam.

Plötzlich hörte sie Schritte. Rasch stand sie auf, glättete ihre Röcke, strich sich über das Haar. Durch das in seinen Angeln quietschende Friedhofstor kam Christy. Er konnte sie nicht sehen. Mit nach vorn gebeugten Schultern strebte er der Eisenbank unter der riesigen Trauerweide zu und setzte sich. Im Licht des Mondes wirkte er mehr denn je wie ein Erzengel. Plötzlich lehnte er sich vor und ließ den Kopf schwer in seine Hände sinken.

Weinte er etwa? War das Ausmaß seines Kummers so groß? Vorsichtig bewegte sie sich auf ihn zu. Der Kies knirschte bei jedem ihrer Schritte, aber er schien es nicht zu hören. Verzweifelt raufte er sich die Haare, und die Mutlosigkeit, die diese Geste bestimmte, brach ihr fast das Herz.

»Christy«, flüsterte sie schließlich, um auf ihre Gegenwart aufmerksam zu machen.

Langsam hob er den Kopf. Er weinte zwar nicht, aber der leidgeprüfte Ausdruck seines Gesichts erschreckte sie. Nur einmal hatte sie ihn bisher so gesehen, am Tag ihrer Ankunft, als er betend neben dem Bett von Geoffreys Vater kniete.

»Anne«, meinte er verwundert und stand auf.

Seine Arme hingen schlaff herunter, und die Hände wirkten viel zu groß. Wie gerne hätte sie sie in die ihren genommen und sie gestreichelt. Doch das durfte sie nicht.

»Was ist passiert?«

»Haben Sie auf mich gewartet?« frage er in dem immer noch verwunderten Ton.

»Ja. Ich . . . was ist los, Christy?«

»Tolliver Deene ist tot«, murmelte er.

»O nein ...«

»Kein Mensch hat damit gerechnet ... nichts deutete darauf hin, daß er ... Am Spätnachmittag brach er im Büro der Mine zusammen und starb ein paar Stunden später.«

Anne nahm nun doch seine Hand, führte ihn zu der Bank zurück und zog ihn neben sich. Er lehnte sich mit dem Kopf an den Stamm der Trauerweide und schloß für einen Moment die Augen.

Dann starrte er gedankenverloren zum Himmel hinauf.

»Wie hat Sophie diese schreckliche Nachricht aufgenommen?«

»Sie ist völlig am Ende ... es ist ...«

Hilflos schüttelte er den Kopf, als sei der Versuch, nach Worten zu suchen, sinnlos.

»War er bei Bewußtsein?«

»Ja, er wußte genau, daß er sterben würde. Ich habe mich bemüht, ihn zu trösten, ihm beizustehen, aber ... Meine Worte waren wohl keine Hilfe für ihn.«

»Ich bin sicher, Ihr Trost hat es ihm erleichtert ...«

»Er hatte Angst. Er wollte nicht sterben. Warum gerade ich? hat er mich gefragt. Und ich habe ihm die Antwort gegeben, die ich kenne ... Gottes Wille, der für uns häufig unverständlich ist, die Gnade, in sein Himmelreich aufgenommen zu werden, all das ... Da hat er mich nichts mehr gefragt. Aus Höflichkeit.«

Anne schwieg erschüttert.

»Und dann ist er gestorben. Und als Sophie kam, konnte ich auch ihr nicht helfen, nichts sagen, was sie wirklich getröstet hätte.«

Spontan legte Anne ihre Hand auf seine Schulter, und ein winziges dankbares Lächeln schlich sich in sein verhärmtes Gesicht.

»Sie haben Ihr Bestes getan«, versicherte sie ihm und wußte gleichzeitig, wie abgegriffen ihre Worte waren.

Wieder lächelte er, ein müdes, trauriges Lächeln.

»Sehen Sie? Selbst meine dummen, alltäglichen Worte haben Sie ein klein wenig getröstet. Ich bin sicher, Sie haben Mr. Deene und auch Sophie geholfen. Es ist Ihnen nur nicht aufgefallen. Allein die Tatsache, daß Sie bei ihnen geblieben sind, anstatt wegzurennen, wie es wohl die meisten getan hätten, hat ihnen den schwierigen Augenblick erleichtert. Ich hätte es nicht ertragen können, ich wäre mit einer dummen Entschuldigung gegangen. Und so reagieren die meisten Menschen. Sie nicht, Christy, Sie bleiben, Sie helfen.«

»Weil es mein Beruf ist.«

»Weil es Ihr Beruf ist, weil Sie diesen Beruf lieben, weil Sie ein guter Priester sind. Es gibt keine Worte, die über den Verlust eines geliebten Menschen hinwegtrösten können, es ist die Gegenwart einer mitfühlenden Seele, die in solchen Situationen hilft. Sie können weder Krankheit, noch Leid, noch den Tod verhindern, Christy.«

»Nein, Anne. Von mir wird mehr erwartet, denn ich bin Priester. Meine Aufgabe ist es, den Verzweifelten Hoffnung zu machen, den Sterbenden den Tod zu erleichtern, ihnen den Frieden zu vermitteln, der sie erwartet. Gott hat mich dazu bestimmt, sein Helfer auf Erden zu sein. Doch wenn es mir an der Kraft fehlt, die richtigen Worte zu finden, die richtigen Dinge zu tun ...«

»Aber das tun Sie doch!« beharrte Anne. »So glauben Sie mir doch. Ich sehe es jeden Tag. Sie helfen allen Menschen, denen Sie begegnen. Ich selbst habe es beobachtet. Sie brauchen nur einen Raum zu betreten, und den darin Befindlichen geht es schon besser. Und in der Kirche sind die Augen aller bewundernd auf Sie gerichtet. Ich meine nicht nur diese dummen Gänschen, die sich Hoffnungen machen, ich meine alle. Ich kann einfach nicht begreifen, warum Sie daran zweifeln, daß alle Sie lieben.«

Christy senkte den Kopf, um seine Rührung zu verbergen, und schwieg.

»Was denken Sie?« fragte Anne.

»Ich denke ... eigentlich wäre es an mir zu sagen ›Was denken Sie?‹. Diese Frage stelle ich immer, um die Menschen zum Reden zu bringen.«

»Keine schlechte Taktik«, stimmte Anne lächelnd zu. »Und ich wette, Sie haben noch mehr auf Lager. Mag sein, ohne es zu wissen.«

Sie legte ihre Hand über die seine. Ein leichter Wind kam auf, und es rauschte in den Bäumen. Der Mondschein tanzte ab und zu über sein helles Haar. Sie spürte die Wärme seiner Haut an ihrer Hand, und erstaunt wurde ihr bewußt, wie natürlich ihr diese Berührung vorkam. Am liebsten hätte sie ihre Wange an ihre vereinten Hände geschmiegt und bis in alle Ewigkeit so verharrt. In diesem Augenblick jedoch stand er plötzlich auf und entfernte sich ein paar Schritte.

Anne beobachtete ihn schweigend. Sein Verhalten irritierte sie. Lag es daran, daß sie ihr Versprechen gebrochen hatte? Empfand er die unschuldige Geste, mit der sie ihn hatte trösten wollen, etwa so?

»Ist es mir vielleicht nicht erlaubt, die Hand meines Freundes zu halten, wenn er in Schwierigkeiten ist?« fragte sie unsicher.

Christy drehte sich um. Der Ausdruck in seinem Gesicht war von hier nicht genau zu erkennen. Dann lächelte er.

»Kommen Sie, Christy. Setzen Sie sich wieder hin. Ich habe mich entschlossen, Ihnen meine Lebensgeschichte zu erzählen. Das kann ich jedoch nicht, wenn Sie über mir thronen wie ... wie Gott«, neckte sie ihn.

Lachend nahm er wieder neben ihr Platz.

Sein Arm ruhte auf der niedrigen Rückenlehne der Bank.

»Ist Ihnen nicht kalt?« erkundigte er sich fürsorglich.

»Nein, mir ist nicht kalt. Ihnen?«

»Nein.«

»Gut, mit dieser Entschuldigung können Sie sich also nicht entfernen, wenn meine Geschichte Sie langweilen sollte.«

Christy lächelte. Noch vor nicht allzu langer Zeit hätte er mit einer witzigen Bemerkung geantwortet, um *sie damit* zum Lachen zu bringen. Nun war er aber auf der Hut, verunsichert durch die neue Situation, und sie konnte ihm keinen Vorwurf machen, so sehr es sie schmerzte.

»Was ich Ihnen erzählen möchte, ist die Geschichte, wie es dazu kam, daß ich Geoffrey geheiratet habe.«

Eigentlich deutete nichts auf seine Abwehr hin, doch sie wußte, was er dachte. Das Thema war ihm zu verfänglich, zu gefährlich. Er hielt es nicht für klug, sich auf dieses Terrain zu begeben.

»Keine Angst«, fügte sie deshalb rasch hinzu. »Es ist eine völlig harmlose Geschichte, die niemandem weh tun wird.«

»Gut, dann erzählen Sie. Haben Sie Geoffrey in England kennengelernt?«

»Ja, in London. Der Bruder meines Vaters war gerade verstorben, und wir waren nach England gekommen, um den Nachlaß zu regeln. Zu jener Zeit lebten wir in Venedig und Padua, weil mein Vater dort einen neuen Auftraggeber hatte. Und eine neue Geliebte.«

»Ihre Mutter ...?«

»Starb, als ich sieben war. Sie ist bei einem Schiffsunglück ertrunken. Die Familie meines Vaters war reich, aber er bekam keinen Penny, nachdem er meine Mutter geheiratet hatte. Daran änderte sich auch nichts, als sie tot war. Inzwischen haßte er seine Familie. Ich glaube nicht, daß er irgendwelches Geld genommen hätte, selbst wenn es ihm nun angeboten worden wäre.«

»Haben Sie immer auf dem Kontinent gelebt?«

»Bis zum Tod meiner Mutter lebten wir in Ravenna. Eine wunderschöne Stadt, die ich sehr liebe. Trotzdem bin ich in den letzten achtzehn Jahren nur einmal dorthin zurückgekehrt. Danach lebten wir meistens in Italien, Frankreich, manchmal in den Niederlanden.«

»War Ihr Vater ein guter Maler? Ich kenne seine Arbeiten nicht.«

»Das kann ich schlecht beurteilen, weil ich voreingenommen bin. Aber ich denke, er war nicht so gut, wie er es gerne gewesen wäre. Zumindest war er nicht sehr erfolgreich.«

»Sie hatten also nicht viel Geld?«

»Manchmal nicht. Aber ich hatte nie das Gefühl, arm zu sein. Vaters Freunde waren alles Künstler, die ebenfalls nicht viel Geld hatten.«

»Waren Sie glücklich?« erkundigte er sich und betrachtete sie aufmerksam.

»Nun, meine Erziehung war alles andere als konventionell, müssen Sie wissen. Mein Vater hatte unzählige Geliebte und ... und ich war immer ... ich war ...«

»Eifersüchtig auf sie?«

»Ja, das war ich wohl«, gab sie zu, und es tat weniger weh, als sie angenommen hatte. »Vater ging in seiner Kunst auf, ob sie nun gut oder nicht so gut gewesen sein mag. Man könnte sagen, er war besessen davon. Verständlich, daß ein kleines Mädchen da eine Belastung für ihn darstellte — und ein Ärgernis.« Anne schwieg einen Moment, dann fuhr sie fort. »Aber er war auf seine Art auch stolz auf mich, besonders, als ich älter wurde. Es machte ihm Freude, mit mir anzugeben, mich vorzuzeigen. Da war ich sechzehn. Seine Freunde gehörten zur

›Boheme‹, das bedeutete für mich damals, daß sie untereinander ihre Frauen austauschten und es für eine Tugend hielten, keinen beruflichen Erfolg zu haben.«

»Das klingt sehr zynisch.«

»Stimmt. Ist Ihnen noch nie aufgefallen, daß ich eine Zynikerin bin? Wie dem auch sei, als ich zwanzig war, starb mein Onkel Donald, der Bruder meines Vaters. Da er keine Söhne hatte, erbte mein Vater sein Vermögen. Wir kamen nach England, und da lernte ich Geoffrey kennen.«

»Und wie?«

»Bei einem Künstlerfest. Ich kann mir vorstellen, wie erstaunt Sie sein müssen. Geoffrey auf einem Künstlerfest! Wie merkwürdig das war, wußte ich damals allerdings noch nicht. Vor allem aber war mir nicht klar, daß ich das Opfer einer kaltblütigen Verführung werden sollte. Wie lange haben Sie Geoffrey nicht gesehen? Ich meine, vor dem Tod des alten Viscount?«

»Zwölf Jahre. Zwölf Jahre habe ich nichts von ihm gehört.«

»Dann wissen Sie sicher nicht, daß er sein gesamtes Geld nur für Vergnügungen ausgab, wenn er nicht gerade irgendwo in der Welt an undurchsichtigen Kriegen teilnahm. Geld war ihm das Wichtigste überhaupt, und er scheute nicht davor zurück, seine Freunde und auch seinen Vater auszuquetschen wie einen Schwamm. Viel war es ohnehin nicht, und bald waren die Mittel erschöpft. Die finanzielle Misere, in der er sich dann befand, brachte ihn zur Verzweiflung. Der übliche Ausweg für bankrotte Adlige aus einer solchen Situation, nämlich die Heirat mit einer reichen Erbin, kam für ihn nicht in Frage, da er seines unsteten Charakters wegen aus allen respektablen englischen Häusern verbannt wurde. Er mußte sich also in einem anderen sozialen Milieu umsehen. Ein Abstieg, nehme ich an, aber Bettler haben nun einmal nicht die

Wahl. Geoffrey wußte, daß mein Vater gerade ein ziemlich großes Vermögen geerbt hatte. Deshalb hat er mich als Opfer auserkoren.«

»Was ist passiert?«

»Er machte mir den Hof. Aber wie! Ich hatte so etwas noch nie erlebt, und ich war überwältigt. Er eroberte mich sozusagen im Sturm. Ich war so naiv, Sie können sich nicht vorstellen, wie naiv ich war. Oder vielleicht nur dumm, das mag auch sein. Jedenfalls verlor ich jeglichen festen Boden unter den Füßen, und schon zwei Wochen nach unserem Kennenlernen machte er bereits seinen Heiratsantrag.«

»War Ihr Vater denn mit der Heirat einverstanden?«

»Im Grunde nicht. Aber zu jener Zeit wurde er herumgereicht wie eine Sehenswürdigkeit, von einem Salon zum anderen. Er war der Held des Tages, leider mehr deswegen, weil man ihn als ›Neuling‹, als reichen Neuling interessant fand und nicht, weil ihn irgend jemand wirklich für einen guten Künstler hielt. Er war also sehr mit seinen eigenen Dingen beschäftigt. Geoffrey kann einen Charme an den Tag legen, der ihn unwiderstehlich macht. Aber das wissen Sie sicher. Und vor vier Jahren, als er noch gesund und tatendurstig war, war er in Hochform. Sein Charme betörte mich. Ich fand es unmöglich, ihm zu widerstehen. Er schaffte es, mich davon zu überzeugen, daß ich die außergewöhnlichste Frau war, daß er sterben würde, wenn wir nicht zusammenkämen, daß wir füreinander bestimmt seien. Heute kann ich es kaum verstehen, wie ich je glauben konnte, daß wir zusammenpassen. Wir sind so verschieden voneinander, wie man es sich kaum vorstellen kann. Und dennoch ... Damals habe ich es geglaubt. Er hat mich überrumpelt wie ein unerwartetes Feuer, dessen lodernde Flammen mich verbrannten, ehe ich mich versah.«

»Und so haben Sie ihn also geheiratet.«

»Er bestand auf einer Heirat. Etwas anderes kam für ihn nicht in Frage. Heute weiß ich, warum, doch damals war ich über alle Maßen geschmeichelt. Ich hätte mich auch auf eine Affäre mit ihm eingelassen, tatsächlich habe ich ihm das mehrmals vorgeschlagen, aber nein, davon wollte er nichts wissen. Sind Sie schockiert?«

»Möchten Sie das gerne?«

»Es würde mir nichts ausmachen. Ich muß mich nicht rechtfertigen.«

»Natürlich nicht.«

»Ich könnte allerdings die Tatsache hervorheben, daß ich in einer Welt groß geworden bin, wo dergleichen an der Tagesordnung war.«

»Das ist sicher wahr.«

»Geoffrey jedenfalls wollte keine Affäre, sondern eine ›Hochzeit in allen Ehren‹, wie er das nannte, und ich glaubte ihm. So sind wir also ausgerissen, was ich höchst romantisch fand, und haben in Schottland geheiratet. Es ging alles so schnell, ich kam gar nicht zu Sinnen.«

»Liebten Sie ihn?«

»Ich würde es gern so sehen«, meinte sie nachdenklich. »Der Gedanke, daß ich ihn nur geheiratet habe, weil er mich betört hatte und ich ihm dankbar dafür war, gefällt mir nicht. Schließlich war ich zwanzig, also kein Kind mehr. Wie hätte ich ihn lieben können? Ich kannte ihn ja kaum vier Wochen. Ich glaube eher, daß ich ganz einfach dumm war. Aber ich habe meine Dummheit so teuer bezahlt, daß ich mir längst verziehen habe.«

Sie lehnte den Kopf erschöpft an den Stamm der Trauerweide, wie Christy es zuvor getan hatte. Warum hatte sie ihm diese Geschichte überhaupt erzählt?

»Möchten Sie den Rest auch noch wissen?« fragte sie leise. »Aber ich warne Sie, besser wird die Geschichte nicht.«

»Nur, wenn Sie es mir wirklich erzählen wollen.«

Warum hält er nicht meine Hand? Sophies, aber nicht meine? Bin ich nicht ebenfalls ein verzweifeltes Pfarrkind? dachte sie.

»Um es kurz zu machen ... Als wir eine Woche nach unserer Hochzeit nach London zurückkehrten, war mein Vater gestorben. Ich hatte sein Begräbnis verpaßt, weil man mich nicht finden konnte.«

»Anne.«

Die Folgen dieses einen Wortes waren verheerend. Sie spürte, wie ein Schluchzen tief in ihrer Kehle langsam den Weg nach oben suchte und schluckte heftig, um es rechtzeitig loszuwerden.

»Es war einer dieser dummen, absurden Unfälle, die man nicht glaubt, wenn man sie nicht selbst erlebt. Vater war auf dem Weg zu der Kneipe an der Ecke. Es war sechs Uhr abends, als ihm ein Blumentopf auf den Kopf fiel, den eine wütende Frau aus dem vierten Stock warf, um ihren unten stehenden Mann zu treffen.«

»O Gott!« stöhnte Christy.

»Lustig, nicht wahr? Das dachte Geoffrey wenigstens. Allerdings nur so lange, bis er erfuhr, daß er keineswegs eine Erbin geehelicht hatte. Mein Vater hatte nämlich noch nicht die Zeit gefunden, um ein Testament zu meinen Gunsten aufzusetzen. Das Vermögen bekam ein Großneffe, der in Kanada lebt. Ich selbst ging leer aus.«

Müde schloß sie für einen kurzen Augenblick die Augen.

»Unnötig zu erwähnen, daß damit unsere Flitterwochen vorbei waren. Eines Nachts war Geoffrey so betrunken, daß er mir die Wahrheit gestand. Er liebte mich nicht, er hatte mich nur wegen des Geldes geheiratet, und nun würde er mich verlassen, weil ich arm wie eine Kirchenmaus war. Und das hat er getan. Ich sah ihn erst nach zwei Jahren wieder.«

Anne stand abrupt auf.

»Ich ... Ich kann nicht mehr weiter erzählen.«

»Es ist Ihre Entscheidung«, sagte er.

»Sie sollten versuchen, mich dazu zu überreden. Oder finden Sie meine Lebensgeschichte so langweilig, daß der Schluß Sie nicht interessiert?«

»Ich finde Ihre Geschichte nicht langweilig, und der Schluß interessiert mich brennend«, sagte Christy und stand ebenfalls auf.

Indem er ihre dummen Worte wiederholte, wurde ihr bewußt, wie kindisch sie war.

»Es ist schon spät. Sie müssen todmüde sein, und ich habe Sie schon viel zu lange aufgehalten.«

»Das macht nichts.«

Als sie versuchte, ihren Schal umzulegen, rutschte er ihr aus der Hand. Christy bückte sich, hob ihn auf und entfernte ein Blatt, das sich in den Fransen verfangen hatte. Dann legte er ihn ihr sanft um die Schultern.

»Ich werde Sie jetzt nach Hause begleiten, Anne.«

»Das ist lieb von Ihnen, aber völlig unnötig.«

»Es ist spät. Sie sollten nicht allein unterwegs sein.«

»Ich habe Ihre Zeit lange genug in Anspruch genommen, Christy. Ich weiß nicht einmal, warum ich Ihnen das alles erzählt habe.«

»Ich bin froh, daß Sie es getan haben. Bedauern Sie es etwa?«

»Bedauern empfinde ich lediglich, weil ich so egoistisch war. Eigentlich waren Sie derjenige, der heute Abend einen Zuhörer gebraucht hätte. Statt dessen habe ich Sie mit meinen Problemen belastet.«

»Aber Sie wissen doch, daß mir das nichts ausmacht.«

»Eben! Sie sind es gewohnt, sich die Sorgen Ihrer Schäfchen anzuhören, Hochwürden Morrell. Sie sollten besser auf sich aufpassen, sonst werden Sie davon noch erdrückt.«

»Erinnern Sie sich an das Versprechen, das ich Ihnen gab? Ich werde es halten, obwohl es mir, offen gesagt, nicht leicht fällt. Wenn Sie je Hilfe brauchen, geistlichen Beistand oder einen einfachen Rat ... auch wenn ich fürchte, daß ich unter den gegebenen Umständen gewiß der falsche Mann dafür bin ...«

»Oder genau der Richtige«, konterte sie. »Aber machen Sie sich keine Sorgen. Ich bin bestimmt keine Frau, die jemals geistlichen Beistand braucht ... weder von Ihnen, noch von jemand anderem. Sie brauchen sich also keine Vorwürfe zu machen. Und jetzt wünsche ich Ihnen eine gute Nacht. Und vielen Dank für Ihre Geduld.«

»Anne ...«

»Und für Ihre Freundschaft.«

Bevor er antworten konnte, eilte sie auf das Tor zu.

»Sehe ich Sie nächsten Freitag?« rief sie ihm über die Schulter zu, und nichts in ihrer Stimme verriet, wie wichtig ihr seine Antwort war.

Es schien ewig zu dauern, bis er endlich antwortete.

»Ja«, rief er ihr nach.

In diesem Augenblick schlug die Kirchturmuhr zwölfmal, und das Geräusch verschluckte den dankbaren Seufzer, der aus Annes Kehle drang.

11

Christy saß in seinem Arbeitszimmer und betrachtete müde die vor ihm liegende Liste, auf der er gerade einen Posten durchgestrichen hatte, die aber trotzdem nicht kürzer zu werden schien. Er streckte und dehnte sich, um seine verspannten Schultern zu lockern. In einer Stunde mußte er die Wooten-Brüder unterrichten, danach kamen Sophie Deene und ihr Onkel, der Bürgermeister, zum Abendessen, bei dem er versuchen würde, die beiden zu einem Kompromiß zu überreden. Sophie Deene war die alleinige Erbin ihres Vaters, wurde jedoch erst in neun Monaten volljährig. Eustace hatte sich erboten, sich in dieser Übergangszeit um die Guelder-Mine zu kümmern, doch Sophie war fest entschlossen, von diesem Angebot keinen Gebrauch zu machen.

Es gab genügend zu tun, was Christy bis zur Ankunft seiner Schüler hätte erledigen können. Er mußte sich schriftlich bei Captain Carnock bedanken, der sich großzügig bereit erklärt hatte, seine Arbeiter bei der nächsten Ernte des der Kirche gehörenden Landes zur Verfügung zu stellen. Er konnte sich eine taktvolle Ausrede überlegen, mit der er Nineways idiotischen Vorschlag ablehnen würde, während der Messe eingeschlafene Kirchgänger damit zu bestrafen, daß sie nach dem Gottesdienst laut den Inhalt seiner Predigt wiederholen mußten. Er konnte die immer wieder aufgeschobene Unterredung mit Mrs. Ludd führen, die Anweisungen erwartete, was den bevorstehenden zweitägigen Besuch des Dekans betraf. Aber Christy fühlte sich im Augenblick nicht in der Lage, sich gedanklich mit einer dieser Angelegenheiten auseinanderzusetzen. Er stand auf, ging zum Fenster hinüber und starrte in den Regen hinaus.

Annes Salon befand sich im dritten Stock des großen Herrenhauses. Er wußte, daß sie sich dorthin zurückzog, um Briefe zu schreiben, zu lesen oder einfach nur aus dem Fenster zu sehen. Vielleicht saß sie gerade in diesem Augenblick dort und fühlte dieselbe Traurigkeit wie er, während sie die Regentropfen beobachtete, die gegen die Scheiben klopften. Oder sie versuchte durch die Schwaden des Novembernebels die Kirchturmspitze von Wykkerley zu erkennen. Und vielleicht dachte sie sogar an ihn.

Er hatte den Versuch, nicht an sie zu denken, aufgegeben. Er war zwar in vieler Hinsicht ein willensstarker Mann, aber in diesem Fall nicht Herr seiner Gedanken.

Manchmal glaubte er, daß es doch besser gewesen wäre, sie nicht mehr zu sehen. Vielleicht würde es ihm dann leichterfallen, sich auf seine Arbeit zu konzentrieren. Vielleicht auch nicht.

Er liebte sie. Zwar war sie die Frau seines besten Freundes, aber das schien keinerlei Bedeutung zu haben. Er hatte in stundenlangen Gebeten Hilfe bei seinem Gott gesucht, doch nichts hatte sich geändert. Er liebte sie.

Gottes Wille geschehe. Abe was wollte Gott? Ihn prüfen? Ihn leiden lassen? Wie hätte sein Vater sich in einer solchen Situation verhalten?

Wie dumm diese Frage war. Sein Vater wäre niemals in ein solches Dilemma hineingeschlittert. Warum dann also er? Er hatte nicht darum gebeten. Gott wußte es. Noch nie hatte Christy sich so allein gefühlt. Es gab keinen Menschen, keinen Freund oder Mentor, dem er sich hätte anvertrauen können.

Er dachte an den Abend, an dem ihm bewußt geworden war, daß er mehr für Anne empfand als nur Bewunderung und Zuneigung. Das Erntedankfest. Sie trug ein blaues Kleid und hatte ein rotes Tuch um ihre schmale Taille geschlungen. In ihren Ohren glitzerten Goldreifen, auf ihrem Busen ein Medaillon. Sie eilte von Tisch zu Tisch, schenkte Bier aus, schleppte Brot und Essen herbei, servierte köstliche Desserts. Ihr mit Kämmen ordentlich hochgestecktes Haar löste sich im Lauf des Abends, ihre Wangen röteten sich, und ihr leises tiefes Lachen erfreute die Gäste.

Eigentlich sah sie aus wie eine Zigeunerin, der man zugetraut hätte, einen wilden Tanz aufzuführen, hätte es ein Lagerfeuer gegeben.

Bis zu diesem Augenblick waren seine Gefühle für sie verhältnismäßig unschuldig und etwas wirr. Doch dann fiel es ihm plötzlich wie Schuppen von den Augen. Er liebte sie, er begehrte sie. Als sie ihn gebeten hatte, mit ihm im Haus noch ein Glas zu trinken, war er überstürzt aufgebrochen. Er hatte keine andere Wahl.

War es ein Fehler gewesen, ihr die Wahrheit zu gestehen? Zum Zeitpunkt seines Geständnisses war ihm diese Lösung vernünftig vorgekommen. Doch gleich nach seiner Liebeserklärung hatte sie ihn dazu überredet, seine Entscheidung, sie nicht mehr zu sehen, rückgängig zu machen. Trotzdem war es sein Problem und nicht das ihre, ganz abgesehen von der Verantwortung, die er als ihr Priester für sie hatte.

Wenn sie seine Gedanken lesen könnte, würde sie jetzt herzlich lachen. Die Vorstellung, daß er tatsächlich glaubte, sich für ihre Seele verantwortlich zu fühlen, würde sie köstlich amüsieren. Aber es stimmte, er hätte es als Sünde empfunden, sich überhaupt nicht mehr um sie zu kümmern als einen groben Verstoß gegen die Menschlichkeit, die er mit seinen priesterlichen Pflichten im Lauf der Zeit erworben hatte. Und das war die reine Wahrheit, nicht etwa eine Entschuldigung, sie weiterhin zu sehen. Dessen war er sich ganz sicher, denn er kannte genau dieses schmerzhafte Gefühl, das ihre Gegenwart in ihm auslöste.

Anne würde ihr Wort halten, daran bestand kein Zweifel für ihn. Mag sein, daß sie nicht an Gott glaubte, aber sie hatte eine sehr genaue Vorstellung von Ehre. Und überdies keinerlei Grund, ein unehrenhaftes Verhalten an den Tag zu legen.

Stimmte das? Nicht ganz, denn sie empfand ebenfalls etwas für ihn. Und das war der schönste, aber auch gefährlichste Aspekt dieser ganzen Angelegenheit. Der Teufel war bereits an der Arbeit, und er mußte sich vorsehen, nicht in dessen Fänge zu geraten.

Mit dem Kopf an die kalte Scheibe gepreßt, betete Christy um die Stärke, die er brauchen würde, der verbotenen Verlockung zu widerstehen.

Im Flur draußen waren Schritte zu hören. War es etwa schon fünf Uhr? Aber es waren nicht die Jungs, die in sein Arbeitszimmer stürmten, es war William Holyoake.

»Gut, daß Sie hier sind, Hochwürden!« rief er aus.

Von seinem Hut, den er in den Händen hielt, tropfte Regenwasser, und um seine Stiefel bildete sich eine Pfütze. Williams von der Kälte gerötetes Gesicht sah besorgt aus.

»Was ist los?« wollte Christy erschrocken wissen. »Ist etwas passiert?«

»Nun ...«

»Mit Anne?«

»Nein.« William schüttelte den Kopf. »Sie ist bei den Vanstones zum Tee.«

»Was ist es dann?«

»Hier, sehen Sie selbst«, meinte William und holte ein Kuvert aus der Tasche seines nassen Mantels. »Ein Bote vom Yelverton-Regiment hat diesen Brief abgegeben, vom Kriegsministerium. Ich kenne seinen Inhalt, denn der Bote hat es mir gesagt. Der Viscount ist tot.«

Christy wartete unter seinem schwarzen Regenschirm, während der Gutsverwalter zur Pforte des zweistöckigen Tudor-Hauses des Bürgermeisters eilte. Sie waren übereingekommen, daß Holyoake hineingehen würde, um Anne zu holen, damit Christy ihr die traurige Nachricht mitteilen konnte.

Die Straße war menschenleer, die Fensterläden der meisten Häuser geschlossen. Aus John Swans Schmiede qualmte es, und die Tür der Kneipe stand offen wie immer. Wie würden die Dorfbewohner reagieren, wenn sie vom Tod Geoffreys erfuhren, nachdem sie erst vor sieben Monaten seinen Vater beerdigt hatten? Harte Zeiten standen ihnen bevor.

Anne kam mit fliegenden Röcken auf ihn zugeeilt, und

Holyoake folgte ihr auf den Fersen. Christy trat aus dem Schutz des Baumes, unter dem er gewartet hatte. Bei seinem Anblick sagte sie etwas zu William, der unglücklich den Kopf schüttelte. Da sie zu Fuß nach Wyckerley gekommen war, trug sie über ihrem schwarzen Kleid nur das Cape, denn um drei Uhr nachmittags hatte es noch nicht nach Regen ausgesehen. Gott, wie er sie liebte.

»Was ist los, Christy? William wollte es mir nicht sagen.«

»Lassen Sie uns ins Pfarrhaus gehen«, meinte Christy.

»Nein! Ich will es jetzt gleich wissen.«

Christy wechselte einen unruhigen Blick mit William, dessen Pflichtbewußtsein ihn davon abhielt, das Weite zu suchen, obwohl Christy dafür das allergrößte Verständnis gehabt hätte.

Dennoch blieb an Christy die unangenehme Aufgabe hängen, wie immer.

»Ich habe schlechte Nachrichten, Anne. Vom Kriegsministerium ist ein Brief gekommen.«

»Geoffrey!«

»Es ist am vierzehnten dieses Monats passiert«, nickte Christy. »Geoffrey befand sich auf einem Hospital-Schiff im Hafen, irgendwo in der Nähe von Balaklava, als ein furchtbarer Sturm aufkam. Dreißig Schiffe sind dabei gesunken.«

Annes Augen füllten sich mit Tränen, und sie riß die Hände vors Gesicht. Christy und Holyoake holten gleichzeitig ihre Taschentücher hervor und hielten sie ihr hin. Dann tauschten sie einen grimmigen Blick männlichen Trostes, während Anne still und erstarrt dastand.

»Kommen Sie«, sagte Christy sanft und nahm sie am Arm. »Kommen Sie mit mir heim. Wir können uns am Kaminfeuer aufwärmen. Lassen Sie uns heimgehen.«

Anne nickte, während sie mit zitternden Lippen das Wort ›heim‹ flüsterte.

Die beiden Männer nahmen sie in ihre Mitte, ergriffen gleichzeitig den Griff von Christys Regenschirm, damit sie nicht noch nasser wurde, und überquerten zu dritt den feuchten Dorfanger.

»Trinken Sie das«, sagte Christy und reichte ihr eine Tasse.

Annes Blick wanderte vom prasselnden Kaminfeuer zu dem milchig-braunen Inhalt der Tasse, die sie auf ihrem Schoß abgestellt hatte.

»Trinken Sie«, wiederholte er.

Sie nippte, verzog das Gesicht und schloß die Augen.

»Ich bin sicher, ich habe in den letzten sechs Monaten mehr Tee getrunken, als je zuvor in meinem Leben.«

Christy lächelte, weil er erfreut war, daß sie überhaupt etwas sagte, und setzte sich ihr gegenüber. Er betrachtete seine Schuhe und suchte nach den richtigen Worten.

»Anne. Der Tod eines geliebten Menschen scheint, besonders wenn es so unerwartet geschieht, etwas Grausames, Ungerechtes zu sein ...«

»Hören Sie auf!« unterbrach ihn Anne mit immer noch geschlossenen Augen. »Um Himmels willen, hören Sie auf damit!«

»Möchten Sie im Augenblick nicht darüber reden? Na gut, dann ...«

»Ich brauche Ihren christlichen Trost nicht. Und Sie brauchen sich auch keine Sorgen zu machen, daß ich Ihrem Gott die Schuld gebe, wenn mir Geoffreys Tod grausam oder ungerecht vorkommt, denn ich glaube nicht an Gott. Und wagen Sie es ja nicht, mir jetzt noch zu sagen, daß er sich an einem besseren Ort befindet.«

Christy nickte zustimmend, was sie aber nicht sehen konnte.

»Gut, Anne, dann sprechen wir über Ihre Empfindungen.«

»Was glauben Sie wohl, was ich in diesem Augenblick empfinde?«

»Sagen sie es mir.«

»Lieber nicht.«

Christy beschäftigte sich mit dem Kaminfeuer, was völlig unnötig gewesen wäre.

Anne stellte ihre noch fast volle Tasse auf dem kleinen Tischchen neben ihrem Stuhl ab.

»Es tut mir leid. Aber mir ist noch unklar, was ich empfinde. Ich fühle mich wie betäubt.«

»Das ist in einer solchen Situation durchaus verständlich.«

»Wahrscheinlich.«

»Sie können es noch nicht glauben. Ich übrigens auch nicht. Man kann keine Trauer empfinden, solange die Tatsachen noch nicht ins Bewußtsein vorgedrungen sind. Wenn Sie möchten, kümmere ich mich um alles, was den Gedenkgottesdienst betrifft.«

»Gedenkgottesdienst«, wiederholte sie abwesend. »Tun Sie, was Sie für richtig halten. Egal was.«

»Vielleicht sollten Sie an unsere Dorfbewohner denken«, meinte er sanft. »Sie haben nun schon wieder ihren Herrn verloren und werden sich Sorgen um die Zukunft machen ...«

»Mag sein, obwohl ich mir nicht vorstellen kann, daß sie ihn vermissen werden. Geoffrey war kein guter Gutsherr.«

»Das stimmt leider. Auch Edward war das nicht. Aber ihre Gegenwart hat zumindest eine gewisse Beständigkeit vermittelt, und wenn nichts anderes da ist, dann ist es oft diese allein, die die Gemeinde zusammenhält.«

»Sie halten diese Gemeinde zusammen«, meinte sie. »Tun Sie, was Ihnen richtig erscheint, Christy. Sorgen Sie dafür, daß Geoffrey das spektakulärste Begräbnis bekommt, das je in diesem Dorf stattgefunden hat. Es ist mir egal, das sagte ich doch schon. Ich kann hier nicht länger bleiben.«

»Was meinen sie damit?« fragte er erschrocken, als er die Tragweite ihrer Bemerkung begriff. »Wo wollen Sie denn hin?«

Anne zuckte mit den Schultern.

»Aber hier ist doch jetzt Ihr Zuhause.«

»Unsinn. Hier hat man mich nie akzeptiert.«

»Das ist nicht wahr. Sie sind . . .«

»Sebastian Verlaine wird den Titel erben. Und das Gut ebenfalls, nehme ich an. Er ist ein Vetter Geoffreys. Wo er sich aufhält, weiß ich allerdings nicht.«

Sie stand auf und trat vor den Kamin. Er konnte ihr zartes Profil vor den brennenden Scheiten sehen. Dann fing sie an zu weinen und wandte sich ab, damit er es nicht sah.

Christy trat neben sie und legte seine Hand zwischen ihre Schulterblätter.

»Anne . . .«

»Hören Sie auf, hören Sie endlich auf . . .«

»Ganz ruhig, Anne«, flüsterte er. Vorsichtig verstärkte er den Druck seiner Hand. »Alles wird gut. Alles wird gut, Anne.«

Zitternd barg sie ihren Kopf an seiner Brust und ließ ihn dankbar beruhigend auf sie einflüstern.

28. November

Heute kam ein Brief von Geoffrey, den er noch an Bord des Hospital-Schiffes geschrieben hat, vier Tage, bevor er im Sturm umgekommen ist. Seine Tapferkeit vor dem Feind hat ihm eine Wunde an der Schulter und eine an der Hüfte beschert. Er nimmt mit Sicherheit an, eine Auszeichnung zu bekommen.

29. November

Letzte Nacht habe ich von Ravenna geträumt. Ich war ein Kind, und meine Mutter brachte mir das Schwimmen bei. Bin schluchzend aufgewacht.

30. November

Geoffeys Begräbnis war weitaus besser besucht, als das seines Vaters. Christy behauptet, aus Sympathie für mich. Daran zweifle ich allerdings.

2. Dezember

Ich mußte an die Nacht zurückdenken, in der Geoffrey und ich uns zum erstenmal sahen. Es war im Frühling, bei einer Party in Surrey, die Mrs. Wade gab, die Mäzenin eines hungernden Künstlers. Schon am zweiten Tag langweilte ich mich zu Tode. Ich kannte keine Menschenseele, und Papa, der irgendeiner verheirateten Frau den Hof machte, hatte mich völlig vergessen.

Geoffrey fiel mir auf, bevor er mich überhaupt bemerkte. Dachte ich wenigstens. Wie sich später herausstellte, war das nicht der Fall. Jahre später hat er mir gestanden, daß ihn sein Freund Symington schon früher auf mich aufmerksam gemacht hatte. Natürlich wußte er von Papas Erbschaft. Nur deswegen hat er überhaupt seinen Freund dazu überredet, ihm eine Einladung zu beschaffen. Was mir sofort an ihm gefiel, war, daß er nicht im geringsten aussah wie ein Künstler. Seine Kleidung war modisch, er sah gesund und guternährt aus, war ein guter Beobachter und wirkte wie ein Mann, der es gewohnt ist zu handeln. Seine Energie und körperliche Kraft waren die beiden Dinge, die mich zuerst an ihm betörten. Als unsere Blicke sich trafen und er mir zulächelte, hatte ich nicht das Gefühl, daß er versuchte mit mir zu flirten. Sein Lächeln wirkte auf mich eher wie der Gruß einer verwandten Seele. Gott, war ich dumm.

An seine ersten Worte kann ich mich nicht erinnern. Aber ohne Zweifel waren sie wohlüberlegt. Hingegen ist mir seine Ungeduld mit den anderen Hausgästen im Gedächtnis haften geblieben. Beschämt muß ich gestehen, wie sehr mir seine witzigen, abfälligen Bemerkungen über die Anwesenden gefallen haben. Für ihn war es selbstverständlich, daß ich nichts mit dieser Gruppe gemeinsam hatte, sondern ein Außenseiter war wie er. Dank unseres gesunden Menschenverstands waren wir diesem armseligen Pack bei weitem überlegen. Die versteckten Hinweise auf seine außerordentliche Potenz zweifelte ich nicht im geringsten an. Ich war zwanzig und bereit.

Ja, ich begehrte ihn. Aber deswegen hab' ich ihn nicht geheiratet. Ausschlaggebend war seine Behauptung mich zu lieben. Ich habe ihm alles vergeben, aber diese eine Lüge kann ich ihm nicht verzeihen. Auch heute noch nicht.

5. Dezember

Ich komme mir vor wie eine Gefangene. Bin ich bereit, das Haus freiwillig zu verlassen? Ich denke schon. Ich sehne mich nach der Gesellschaft von Menschen. Abgesehen von Christy habe ich in letzter Zeit niemanden gesehen. Und auch ihn nur einmal, sehr kurz, weil er darauf bestand. Jetzt wünsche ich mir, er würde mich besuchen kommen. Soll ich ihm eine Nachricht schicken? Besser nicht. Aber der Wunsch, ihn zu sehen, wird übermächtig. Ich kann an nichts anderes mehr denken.

6. Dezember

Meine Gefühle sind mir fremd, meine Gedanken ebenfalls. Ist dies das Ende oder ein neuer Beginn? Ich bin hin- und hergerissen und fühle mich schutzlos. Ich bin frei. Frei von was? Frei wofür?

7. Dezember

Ich habe Geld, aber kein Zuhause.

Das weiß ich von den drei Anwälten, die heute morgen aus Tavistock kamen und mich sehr höflich über mein Schicksal aufgeklärt haben. Ich bekomme zweitausend Pfund pro Jahr, das sind die Zinsen der Summe, die mir als Erbe zusteht, bis an mein Lebensende, unabhängig davon, ob ich mich wieder verheirate oder nicht. Lynton Great Hall gehört jetzt Sebastian Verlaine, und ich wurde gebeten, mir so bald wie möglich eine andere Bleibe zu suchen.

Allein der Gedanke an einen Umzug macht mich so müde, daß ich eigentlich nicht weiterschreiben kann. Jahrelang habe ich davon geträumt, in Ravenna zu leben, wo ich meine glückliche Kindheit verbrachte, wenn ich einmal reich und unabhängig sein sollte, Könnte ich heute dort glücklich sein? Vielleicht. Aber ich bin so müde. Ich kann den Gedanken, von hier wegzuziehen, einfach nicht ertragen.

8. Dezember

Ich werde nicht umziehen müssen. Jedenfalls nicht so bald. Sebastian Verlaine, der neue Viscount D'Aubrey, hat mir geschrieben. Von dem Tod seines Vetters hat er durch seine Anwälte erfahren, nur wenige Tage vor seiner Abreise nach Frankreich, wo er einen längeren Aufenthalt plant. »Ich werde wahrscheinlich mindestens sechs Monate dort bleiben. Es reicht, wenn Sie erst bei meiner Rückkehr ausziehen. Und sollten Sie bis dahin keine Bleibe gefunden haben, werde ich Sie auch nicht auf die Straße setzen. Ich fühle mich in meiner Londoner Unterkunft sehr wohl und würde nicht im Traum daran denken, Sie von einem Tag zum anderen Ihres bisherigen Zuhauses zu berauben.«

Des weiteren bedauert er den Verlust, den ich erlitten habe, ohne vorzugeben, daß er Geoffrey vermissen würde. Ich glaube, die beiden kannten sich kaum. Leider kann ich mich nicht erinnern, was Geoffrey mir über ihn erzählt hat. Vielleicht hatte es etwas mit Geld zu tun. Der Grund für Sebastians Geduld und Liebenswürdigkeit kann ich mir nur damit erklären, daß er es sich leisten kann, so großzügig zu sein. Christy nennt mich eine Zynikerin. Zu Recht?

9. Dezember

Ich kenne mich selbst nicht mehr. Meine Stimmungen schwanken zwischen Niedergeschlagenheit und Euphorie. Beides ist unnatürlich, und beides läßt sich nicht kontrollieren.

Ich habe den Eindruck, seit Geoffreys Tod nicht mehr zu wissen, wer ich bin. Im Guten wie im Bösen hat er mich geformt. Ich war seine Frau, auch wenn unsere Ehe bitter und ohne Illusionen war. Und was bin ich jetzt? Christy sagt, ich kann alles sein, und ahnt nicht, daß dies für mich gleichbedeutend mit ›nichts‹ ist. Die Freiheit ist offenbar etwas, was häufig überschätzt wird. Mich hat sie gelähmt.

Ich dachte, ich hätte mich in all den Jahren an das Alleinsein gewöhnt. Jetzt habe ich das Gefühl zu sterben, wenn ich nicht noch heute mit jemandem sprechen kann.

Tatsächlich habe ich den ganzen Tag an Christy gedacht. Am Abend kam er vorbei. Wir haben uns mit erstaunlicher Offenheit über Geoffrey unterhalten. Immer wieder mußte ich an den Augenblick denken, als Christy mich vor dem Kamin in die Arme genommen hat, damit ich mich an seiner Brust ausweinen konnte. Ich versuchte mich daran zu erinnern, was ich dabei empfunden habe.

Nach einer Weile haben wir über andere Dinge geredet. Wie zwei normale Menschen, wie zwei Freunde. Dieses harmlos freundliche Gespräch hat mir viel gegeben. Ich beginne wieder zu mir selbst zu finden. Die Möglichkeit, daß es auch nach Geoffrey ein Leben für mich gibt, reizt mich. Heute fürchte ich mich nicht vor einer schlaflosen Nacht. Mit Freude erwarte ich den morgigen Tag.

Wird das so bleiben?

12

Über den abgeernteten Feldern und den stillen Wäldern hing ein grauer, milchiger Dezemberhimmel, als Christy in Richtung Herrenhaus marschierte. Die Natur hielt ihren Winterschlaf. Nur ein einsamer grauer Fuchs trottete in einiger Entfernung über ein stoppliges Kornfeld. Zwischen den tiefhängenden kahlen Ästen der alten Weiden am Ufer des Wyck entdeckte Christy Anne, die offenbar von einem Spaziergang zurückkam.

Im Vorbeigehen hatte Christy im Garten der Weedies ein paar Chrysanthemen geklaut, um Anne eine Freude zu machen. Erst jetzt wurde ihm bewußt, daß er einer Frau den Hof machte, deren Mann erst seit vier Wochen tot war. Beschämt betrachtete er den Strauß in seiner Hand, dann warf er ihn mit einer fast wütenden Bewegung weit von sich.

Anne hatte reglos auf der Brücke verharrt und auf das schmutzige Wasser gestarrt, auf dem das von den Bäumen gefallene Laub schwamm, und sein Kommen nur durch Zufall bemerkt. Die Augen in ihrem blassen, traurigen Gesicht leuchteten vor Freude auf, während sie ihn erwartete. Jetzt wünschte sich Christy, den Strauß nicht weggeworfen zu haben. Vier Tage hatten sie sich nicht gesehen, vier Tage, die ihm wie eine Ewigkeit vorgekommen waren.

Am liebsten wäre er auf sie zugerannt und hätte sie in seine Arme gerissen. Nur mit Mühe gelang es ihm, langsam auf sie zuzugehen und sie ganz unbefangen zu begrüßen.

»Wie ist es Ihnen ergangen, Anne?« erkundigte er sich in freundschaftlichem Ton und lehnte sich neben sie an das steinerne Geländer der alten Brücke.

»Oh, mir geht es schon viel besser«, versicherte sie ihm. »Und wie geht es Ihnen?«

»Mir? Gut. Viel Arbeit, wie immer.«

Sie unterhielten sich ein Weilchen über den bevorstehenden Winter, von dem die Dorfbewohner meinten, daß er besonders streng werden würde, und die weihnachtlichen Vorbereitungen in der Kirche. Erst dann kam Christy auf das zu sprechen, was ihm als Vorwand für seinen Besuch gedient hatte.

»Ich wollte Sie etwas fragen, aber ich erwarte eine vollkommen ehrliche Antwort, die nicht von Ihrem Pflichtbewußtsein beeinflußt sein darf. Einverstanden?«

»Mein Pflichtbewußtsein?« lachte Anne skeptisch. »Sie machen mich neugierig. Um was geht es denn?«

»Um eine alte Tradition.« Er lachte. »Und ich meine nicht etwa die Art Bräuche, die Nineways mir immer vorschlägt. So lange ich mich erinnern kann, wurde am ersten Weihnachtstag in Lynton Great Hall ein Fest für die Dorfkinder und deren Familien veranstaltet. Edward verabscheute diesen Trubel in seinem Haus, aber da er Traditionen jeglicher Art liebte, fanden diese Feiern trotzdem statt. Er pflegte eine kurze Begrüßungsrede zu halten und dann nach oben zu verschwinden, wo er blieb, bis alles vorbei war.«

»Und Sie möchten . . .?«

»Ich kann verstehen, wenn das Fest dieses Jahr nicht stattfindet. Schließlich trauern Sie um Ihren erst kürzlich verstorbenen Mann. Kein Mensch würde es Ihnen übelnehmen, wenn Sie nicht in die Rolle der Gastgeberin schlüpfen wollen. Tatsächlich kann ich mir sogar vorstellen, daß manch einer die Nase rümpfen würde, wenn Sie es tun.«

»Aber, wenn ich richtig verstanden habe, dann ist es doch ein Fest für die Kinder! Stellen Sie sich vor, wie enttäuscht die wären. Ich finde, wir sollten es unbedingt machen. Und natürlich wird es ein paar Leute geben, die mich dafür verdammen werden, daß ich mich nicht wie eine Witwe benehme. Aber dieses Risiko nehme ich gerne auf mich. Sie kennen mich ja . . . Die Meinung anderer ist mir ziemlich gleichgültig.«

Christy lächelte. Sie hatte nie ein Hehl aus ihrer Einstellung gemacht. Davon abgesehen, sah sie heute gar nicht wie eine Witwe aus. Unter ihrem offenstehenden Mantel trug sie ein dunkelrotes Samtkleid, das mit einem weißen Spitzenkragen verziert war. Honoria Vanstone würde empört sein, wenn sie Anne so sehen könnte.

»Wie geht das Fest vonstatten? Was muß ich tun? Sagen Sie es mir.«

»Oh, es ist nicht aufwendig. Die Kinder haben meist ein Theaterstück eingeübt, und dann wird auch gesungen, und es gibt ein paar kleine Geschenke, die von Mrs.

Fruit gekauft und vom weiblichen Personal eingepackt werden.«

»Gibt es nichts zu essen?«

»Kuchen, wenn ich mich recht erinnere. Und Fruchtpunsch. Wie gesagt, nichts, was viel Arbeit macht oder besonders viel kostet.«

»Und das findet in der großen Halle statt? Wie kriegt man die denn je warm?«

»Also, sehr warm ist es meistens nicht«, gab er zu. »Ich erinnere mich an Jahre, in denen die Kinder ihre Mäntel und Hüte anbehalten mußten.«

»Du lieber Himmel!« rief Anne. »Das müßte man doch in den Griff kriegen.«

»Sind Sie sicher, daß Sie diese Mühe auf sich nehmen wollen?«

»Natürlich bin ich sicher. Dieses Fest darf auf keinen Fall ausfallen. Ich werde nachher mit Mrs. Fruit darüber sprechen ... Das heißt, ich werde mit ihr brüllen müssen! Weihnachten ist ja schon in knapp zwei Wochen. Da bleibt uns nicht viel Zeit, um alles vorzubereiten.«

Mit Freude sah er, wie sie sich für den Plan erwärmte. Ihre Wangen röteten sich aufgeregt, und ihre Augen leuchteten. Er griff nach ihrer Hand.

»Ich bin so unendlich froh, daß Ihre Entscheidung so ausgefallen ist. Die Kinder werden vor Freude ganz aus dem Häuschen sein. Und Ihnen wird es auch guttun, denke ich.«

Glücklich lächelnd sah sie ihn an. In diesem Augenblick sah sie selbst fast aus wie ein aufgeregtes Kind.

»Oh, Christy ... Beinahe hätte ich es vergessen. Erinnern Sie sich an Molly? Geoffrey hat sie geritten, bevor er den schwarzen Hengst kaufte. Sie hat letzte Nacht gefohlt.«

»Ich erinnere mich sehr gut an Molly.«

»Möchten Sie das Fohlen sehen? Eine ganz niedliche winzige Stute?«

»Gerne.«

In der Stalltür begegneten sie Collie Horrocks, der auf dem Weg zu Swans Schmiede war.

»Unserem Fohlen geht es prächtig. Ein ganz schön lebhaftes Ding, muß ich sagen. Ist eine Wucht, das Kleine. Und der Mutter geht es auch schon wieder gut.«

»Und der schwarze Hengst, Collie? Wie geht es ihm?« erkundigte sich Christy.

»Na ja, der bräuchte ein bißchen Auslauf, Hochwürden. Reite ihn zwar manchmal selbst, wenn ich Zeit hab' ... aber das ist nicht genug für den Kerl. Der hat so viel Feuer im ... na da, wo's diese Araber eben haben ...«

Christy lachte herzlich über die offene Art des Stallmeisters.

Der Stall war ein altes Gemäuer, in dem nicht allzu viele Pferde standen, denn Edward war in dieser Beziehung ziemlich geizig gewesen. Allerdings hatte er beim Kauf oder bei der Zucht immer auf Qualität geachtet.

Im Stall selbst war es warm und gemütlich, und durch die kleinen, mit Spinnweben verhangenen Fenster drang das schwache Dezemberlicht. Christy war erstaunt, wie wenig sich hier verändert hatte.

Molly und ihr Fohlen waren in einer Box am Ende des langen Mittelgangs untergebracht.

»Sind die beiden nicht schön?« murmelte Anne, als sie den hölzernen Riegel löste und mit langsamen, vorsichtigen Schritten hineinging.

Schmatzende Geräusche verrieten das Wohlbefinden des Fohlens, während es an den Zitzen seiner Mutter saugte. Molly drehte den hübschen Kopf zu Anne hinüber und wieherte zur Begrüßung.

Anne streichelte zärtlich ihren langen, schlanken Hals.

»Na, Molly? Wie fühlst du dich als Mutter? Haben Sie je ein entzückendes Fohlen gesehen, Christy?« flüsterte sie ganz aufgeregt.

»Collie hat recht«, meinte Christy. »Es ist eine Wucht. Haben Sie schon einen Namen für die Kleine?«

»Collie nennt sie ›Patch‹.«

»Also ich finde, sie hat eigentlich einen hübscheren Namen verdient.«

»Da gebe ich Ihnen völlig recht. Aber sie gehört mir ja nicht. Ich glaube nicht, daß ich das Recht habe, einen Namen auszusuchen. Schließlich bin ich hier sozusagen nur noch zu Besuch.«

»Haben Sie schon eine Idee, wo Sie hinziehen werden?«

»Nein, eigentlich nicht«, gab Anne zu, nahm ihren Hut ab und fuhr sich mit den Fingern durchs Haar. »Möchten Sie den Schwarzen sehen?«

Satans Box war fast ebenso groß wie die von Molly und ihrem Fohlen. Der Hengst scharrte ungeduldig mit den Vorderhufen und warf den schönen Kopf ruhelos hin und her.

»O je, ich sehe schon ... Collie hat recht«, meinte Christy. »Und ich habe ein schlechtes Gewissen. Geoffrey hat mich gebeten, mich um das Tier zu kümmern. Natürlich war ich ständig beschäftigt, aber das ist keine Entschuldigung. Ich verspreche Dir, mein Junge, mir von nun an die Zeit zu nehmen.«

»Dann nennen Sie ihn besser wieder Tandem, wie er eigentlich heißt. Es schickt sich wohl kaum für einen Priester, auf dem Satan über die Felder zu jagen«, sagte Anne lächelnd. Dann sah sie ihn forschend an. »Was ist eigentlich wirklich vorgefallen an dem Tag des Rennens?«

»Ich verstehe Sie nicht. Ich bin vom Pferd gefallen, das habe ich ihnen doch gesagt.«

»Da ist noch etwas, das spüre ich. Nun sagen Sie es schon. Keine Angst, nichts im Zusammenhang mit Geoffrey kann mich schockieren. Glauben Sie mir.«

»Geoffrey hat mich absichtlich vom Weg gedrängt, als

meine Stute und ich ihn gerade überholen wollten«, sagte Christy langsam.

»Das hätte für Sie tödlich ausgehen können«, sagte sie entsetzt, aber nicht überrascht.

»Oder für mein Pferd. Geoffreys Verhalten ist mir bis heute unerklärlich. Früher, als wir Jungs waren, da hätte er so etwas nie gemacht. Nie.«

»Er hat sich verändert.«

»Warum?«

Anne zuckte hilflos mit den Schultern. Schweigend verließ sie die Box und ging wieder zu Molly und ihrem Fohlen. Christy folgte ihr, zog im Gehen seine Jacke aus und warf sie auf eine Bank. Anne lehnte sich an Mollys Schulter und wandte ihm den Rücken zu. In einer Ecke hatte sich das Fohlen gesättigt auf einen Strohhaufen fallen gelassen und schlief tief und fest. Christy trat hinter Anne.

»Was meinen Sie mit Ihrer Bemerkung Geoffrey betreffend, Anne?« fragte er und betrachtete ihr goldschimmerndes Haar. »Hat er Ihnen je weh getan? Antworten Sie mir, Anne.«

»Vor etwa einem Jahr ... hat er mich geschlagen, und ich bin die Treppe hinuntergefallen. Wir hatten einen Streit. Er hat die Beherrschung verloren. Mein Handgelenk war gebrochen. Danach hat er mich nie wieder ... danach war er nie mehr gewalttätig.«

Unwillkürlich ergriff Christy die Hand, mit der sie Molly streichelte.

»War es diese?«

Anne nickte, ohne sich umzudrehen.

»War das der einzige Vorfall dieser Art?«

»O Christy, hören Sie auf mit dieser Fragerei.«

»Es tut mir so leid, Anne. Wenn ich Sie doch nur damals schon gekannt hätte. Dann hätte ich Ihnen helfen können.«

Anne drehte sich halb um. Es fehlten nur Millimeter, und ihre Körper hätten sich berührt. Schweigend sah sie ihn an.

»Wäre es eine Sünde, wenn Sie mich küßten?« flüsterte sie dann.

Christy ließ die Frage unbeantwortet. Er beugte sich vor und preßte seinen Mund leicht auf den ihren. Sein Kuß war sanft und eher scheu, als wolle er ihr Zeit lassen, die richtige Entscheidung zu treffen. Anne legte ihm ihre Arme um den Hals.

»Anne«, murmelte er und zog sie an sich.

Dann küßten sie sich innig. Molly hob den Kopf und sah die beiden erstaunt an, worauf sie gleichzeitig lachen mußten.

Ohne sich loszulassen, bewegten sie sich auf die Bank zu und ließen sich darauf nieder.

»Ich habe mich so danach gesehnt, dich zu berühren«, gestand er flüsternd, während seine Lippen über die zarte Haut ihres Halses huschten.

»Und ich habe sehnsüchtig darauf gewartet.«

»Aber ...«

»Es gibt kein aber, Christy ...«

Seine Hände wanderten unter ihren Wollmantel, umfaßten ihre Taille. Er zog sie an sich, bis er ihre Brüste spürte. Dann küßte er sie leidenschaftlich, und sie begann zu zittern.

»Das habe ich lange nicht getan«, flüsterte sie heiser. »Ich hatte Angst, es würde mir nicht gefallen. Wie sehr man sich irren kann.«

Er küßte sie mit der Ungeduld eines Jünglings beim ersten Rendezvous. Sie wehrte sich nicht, als seine Hände ihre Brüste liebkosten. Wie in Trance näherten sich seine Finger dem weißen Spitzenkragen ihres Kleides und den darunter versteckten Knöpfen. Dann lachte er verlegen.

»Was machen wir hier eigentlich?«

»Ich weiß es nicht, aber es ist wundervoll«, murmelte sie.

Nur mit größter Anstrengung gelang es Christy, seine Hände von ihren Brüsten zu nehmen. Liebevoll betrachtete er sie. Sie sah entzückend aus. Ihre Wangen waren gerötet, und in ihrem zerzausten Haar hatte sich ein Strohhalm verfangen. Vorsichtig zog er ihn heraus und nahm ihre beiden Hände in die seinen.

»Anne, meine liebste Anne«, sagte er.

Sie beugte den Kopf, um seine Finger zu küssen. Als sie ihn dann ansah, entdeckte er Tränen in ihren wunderschönen Augen.

»Ich liebe dich, mein Liebling. Von ganzem Herzen. Es mag etwas verfrüht sein, dir das zu sagen, aber ich kann nicht anders. Ich liebe dich. Und wenn du mich haben willst, dann verspreche ich dir, dich glücklich zu machen.«

»Ich bin schon glücklich«, wisperte sie, und Tränen rannen über ihre Wangen.

»Unsere Verlobung wird ein Geheimnis bleiben müssen«, sagte er nach einem langen Kuß. »Mindestens ein Jahr. Und selbst dann werden wir uns noch ein paar Monate gedulden müssen, bevor wir heiraten, wenn wir nicht riskieren wollen . . .«

»Christy . . . ich kann dich nicht heiraten!«

»Du kannst mich nicht heiraten?« wiederholte er verwirrt.

»Nein. Es tut mir leid. Mir war nicht bewußt, daß du . . . daß du mir einen Antrag machen würdest. Ich habe nicht die Absicht, je wieder zu heiraten. Und dich schon gar nicht.«

Sie stand auf und knöpfte mit zitternden Fingern ihr Kleid zu.

»Warum denn nicht?« fragte er.

»Weil . . . weil du ein Priester bist!«

»Das ist doch kein Grund. Es ist mir schließlich nicht verboten, mir eine Frau zu nehmen«, beharrte er.

»Christy, du weißt, ich glaube nicht an Gott. Du bist ein Geistlicher, und ich bin Atheistin. Dich zu heiraten, das käme mir vor, als würde Jesus Maria Magdalena ehelichen. Wie bist du nur auf diese aberwitzige Idee gekommen? Wir können nicht als Mann und Frau zusammen leben, das ist unmöglich.«

»Sondern?«

Anne ging unruhig auf und ab.

»Ich gebe zu, es ist ein Wagnis. Mehr für dich, als für mich. Wenn die Sache herauskommt, kann das schlimme Folgen für dich haben, nehme ich an.«

»Wovon sprichst du eigentlich?« fragte er ahnungsvoll.

»Ich spreche über eine Affäre zwischen uns beiden«, sagte sie und sah ihn an.

»Eine Affäre.«

»Richtig.«

»Das kommt für mich nicht in Frage.«

»Und warum nicht?«

»Fragst du das im Ernst. Es wäre eine ...«

»Eine Sünde? Warum? Es ist kein Ehebruch, denn wir sind nicht verheiratet. Wir würden in keinster Weise gegen die zehn Gebote verstoßen. Du sollst nicht begehren eines anderen Weib ... Auch das trifft auf dich nicht zu.«

»Du sollst nicht Unzucht treiben ... Hast du von dieser Sünde schon einmal was gehört?«

»Für mich ist das keine Sünde.«

»Ach so? Wie viele Affären hast du denn schon gehabt?«

»Das ist nicht der springende Punkt. Wenn ich bisher keine hatte, dann nicht, weil ich es für unmoralisch hielt, sondern weil ich es nicht wollte.«

»Anne, hast du je ernsthaft über diese Sache nachgedacht?«

»Du?«

»Ja, das habe ich. Ganz allgemein und auch im Besonderen.«

»Und mit wem im Besonderen, Hochwürden?« erkundigte sie sich kokett.

»Willst du ein Geständnis hören?«

»Vielleicht«, lächelte sie. »Du begehrst mich, nicht wahr?«

»Ich möchte dich heiraten.«

»Das geht nicht, das habe ich dir schon gesagt.«

»Mit der Zeit wirst du anders darüber denken. Wahrscheinlich ist der Augenblick verfrüht, du bist immer noch in ...«

»Nein, du hast unrecht. Ich wollte auch Geoffrey nicht heiraten. Und ich hätte es auch nie tun sollen.«

»Die Ehe mit Geoffrey war ein Fehler«, stimmte er zu. »Mich zu heiraten hingegen ...«

»... käme einer Katastrophe gleich. Nein, Christy, eine Ehe kommt für uns nicht in Betracht. Und nicht nur wegen unserer unterschiedlichen Auffassung, was Gott betrifft. Wir sind so verschieden, Christy ... Ich möchte nicht den Rest meines Lebens in Wyckerley verbringen. Erst recht nicht als Frau eines Geistlichen. Ausgerechnet ich. Ich eigne mich nicht dafür, Arme und Kranke zu besuchen und zu trösten, Einladungen zu geben, dem Bischof um den Bart zu streichen ... Na, all diesen Quatsch eben.«

»Ich kann mir dich sehr gut in dieser Rolle vorstellen.«

»Ich bin hier nicht zu Hause, Christy. Ich werde nach Ravenna ziehen, an den Ort meiner Kindheit.«

»Nach Ravenna? Hast du denn Verwandte dort?«

»Ich war glücklich in Ravenna. Wir sind zwar fortgezogen, als meine Mutter starb, aber meine Erinnerungen ...«

»Zu diesem Zeitpunkt warst du sieben Jahre alt, Anne!«

»O Christy ... Ich bin nicht die richtige Frau für dich.

Und wenn du ehrlich mit dir selbst bist, dann weißt du das auch. Aber wir könnten doch trotzdem zusammensein. Wir könnten trotzdem glücklich sein«, sagte Anne beschwörend und liebkoste seine Lippen mit ihren Fingerspitzen. »Christy«, flüsterte sie und küßte ihn auf den Mund.

Christy schob sie sanft, aber bestimmt von sich. Anne errötete verlegen, und ihre Augen funkelten.

»Ist es plötzlich doch eine Sünde, mich zu küssen? Du behauptest, mich zu lieben, aber mein Geliebter willst du nicht sein. Kann Liebe je eine Sünde sein? Oh, es ist alles so hoffnungslos. Verzeih mir, Christy. Ich habe mich geirrt. In Wahrheit bist du ein Provinzler. Mir wird erst jetzt klar, wie wenig wir zusammenpassen.«

Sie drehte sich um und ging Richtung Tür. Langsam genug, damit er sie einholen konnte, wenn er es nur wollte. Ein mieser Trick, aber ihre einzige Chance. Und es klappte. Christy eilte ihr nach, riß sie in seine Arme und drückte sie an eine der Boxen.

»Damit du merkst, wie wir Provinzler küssen«, rief er und preßte seinen Mund leidenschaftlich auf den ihren.

Anne griff mit beiden Händen um seine Hüften und preßte ihn an sich. Erregt huschte seine warme Zunge über ihren Hals, während seine Finger nach ihren Brustwarzen tasteten.

»Heirate mich«, murmelte er heiser. »Heirate mich, Anne.«

Und während sein Mund erneut den ihren suchte, wurde ihm plötzlich bewußt, daß sein unbeherrschtes Verhalten mit Sicherheit nicht die Lösung seines Problems war. Allenfalls des ihrigen, denn sie wollte, daß er sie verführte.

Enttäuscht ließ er von ihrem Mund ab und sah sie an. Ihr Busen hob und senkte sich im schnellen Rhythmus ihres Atems. Sie war genauso erregt wie er, aber das war im Augenblick beileibe kein Trost.

»Und wenn wir nicht ein ganzes Jahr warten? Wenn wir ... schon nach sechs Monaten ...«, meinte er entgegenkommend.

»Nein, und abermals nein«, sagte sie und schüttelte heftig mit dem Kopf.

»Ich werde dich schon noch rumkriegen.«

»Im Gegenteil, ich kriege dich, ich werde dich verführen.«

»Das wirst du nicht.«

»O doch. Und wenn ich dafür in der Hölle lande.« Sie lächelte. »Stell dir nur vor, Christy, wir beide ganz allein in der Hölle ... wäre das nicht das Paradies?«

Christy trat einen Schritt zurück. Für einen Augenblick hatte er das Gefühl, dem Leibhaftigen begegnet zu sein.

»Hast du Angst vor mir, Christy?« neckte sie ihn. »Du wirst schon merken, ich kriege dich, auch wenn du noch so schnell davonläufst.«

»Je größer die Sünde ist, desto furchtbarer ist die Strafe«, drohte er.

In diesem Augenblick hörten sie beide ein Geräusch vor dem Stall.

»Collie ist zurück«, flüsterte Anne.

Christy griff nach seiner Jacke. »Den hat der Himmel geschickt«, murmelte er.

13

Der Himmel freue sich, und die Erde sei fröhlich;
das Meer brause und was darinnen ist.
Das Feld sei fröhlich und alles, was darauf ist;
und lasset rühmen alle Bäume im Walde

vor dem Herrn; denn er kommt, denn er kommt
zu richten das Erdreich.
Er wird den Erdboden richten mit Gerechtigkeit
und die Völker mit seiner Wahrheit.

Anne betrachtete Christy, der den 96. Psalm las, die Bibel in der linken Hand, während er mit der rechten, mit langsamen hypnotischen Bewegungen, die Worte unterstrich. Im Licht der Kerzen auf dem Altar glitzerte die weiße bestickte Robe, die er zum Weihnachtsfest angelegt hatte, und mit seinem goldblonden Haar sah er aus wie ein Engel. Keiner der Kirchenbesucher hätte sich gewundert, wenn er plötzlich Flügel ausgebreitet und sich in die Luft geschwungen hätte, dessen war sie sicher.

Und sie hatte versucht ihn zu verführen. Die Erinnerung an jenen Nachmittag begleitete sie bei allem, was sie tat. Hatte sie allen Ernstes geglaubt, den Pfarrer von Wyckerley verführen zu können? Jenen Mann, der so vollkommen überzeugt war von dem, was er predigte? Der fest daran glaubte, daß eine Jungfrau Gottes einzigen Sohn geboren hatte? Wie hatte sie es wagen können, einen solchen Mann zur Unzucht anstiften zu wollen? Verwirrt und beschämt senkte Anne den Kopf über ihr Gebetbuch. Sollte sie Gott um Vergebung bitten? Aber wie bat man jemanden um Vergebung, wenn man nicht an ihn glaubte?

Anne hatte den Erzengel seit jenem Vorfall im Stall nicht mehr allein gesehen. Schriftlich hatte er sie gebeten, beim Adventsingen mitzumachen, und das hatte sie auch getan. Erwartungsvoll war sie hingegangen und enttäuscht nach Hause zurückgekehrt. Denn schon gleich danach war er, ohne ein Wort mit ihr zu wechseln, verschwunden. Einmal war er nach Lynton Great Hall gekommen, um auf Satan auszureiten, hatte jedoch keinerlei Versuch unternommen, sie zu sehen. Wenn William

Holyoake nicht seinen Besuch erwähnt hätte, wüßte sie bis heute nichts davon.

Offenbar hatte seine Vernunft den Sieg davongetragen. Um so besser. Und warum fühlte sie sich dann so elend? Weil ihr glühender Körper sich mit jeder Faser nach ihm sehnte und sie gleichzeitig wußte, daß alles zu Ende war, bevor es überhaupt begonnen hatte. Quälten ihn nicht dieselben Gefühle? Oder hatte er beschlossen, daß sie das Risiko nicht wert war? Glaubte er, daß es besser war, jede Gelegenheit zu meiden, bei der er in Versuchung geraten könnte? Dieser Gedanke erschien ihr wie eine bittere Pille, die aus Versehen im Hals steckengeblieben war. Einerseits bewunderte sie zwar seine Willensstärke, andererseits hatte sie nicht die geringste Lust, zu seinen erfolgreich bekämpften Versuchungen zu gehören.

Hatte er nicht behauptet, sie zu lieben? Der Grund hierfür war zweifelsohne, daß er sie nicht wirklich kannte. Würde er es tun, könnte er sie nicht lieben. Und dennoch glaubte sie ihm, da er zu einer Lüge unfähig war.

Offenbar hatte er gegen die verbotene Leidenschaft angekämpft und gewonnen. Eigentlich sollte sie sich freuen, daß ihm das gelungen war. Aber das war ihr einfach unmöglich. Denkbar schlechter Laune lauschte sie seiner Predigt über das Wunder von Christi Geburt. Im Gegensatz zu ihm fand sie seine Predigten gut. Es gelang ihm, Gottes Lehren in die Tat umzusetzen, indem er selbst mit gutem Beispiel voranging. Sollte er tatsächlich manchmal von Zweifeln geplagt sein, ein Geständnis, das er ihr einmal gemacht und das sie fasziniert und gleichzeitig erschreckt hatte, dann war von diesen Zweifeln nichts zu merken. Denn der Vorzug seiner Predigten bestand darin, daß er vollkommen ernsthaft an jedes seiner Worte glaubte.

›Ihr Kinderlein kommet‹ sang der Kirchenchor unter der Leitung von Sophie Deene, die trotz der schwarzen

Trauerkleidung sehr hübsch aussah. Als alle zur heiligen Kommunion nach vorne zum Altar gingen, blieb Anne sitzen. Das war der Augenblick, in dem sie die Menschen um ihren Glauben am meisten beneidete. Christy betonte immer wieder, daß der Glaube ein Geschenk Gottes sei. Doch wie sollte sie das trösten, da er offenbar vergessen hatte, ihr dieses Geschenk zu machen. Ob sich die Dorfbewohner darüber wunderten, daß Lady D'Aubrey niemals nach vorne ging, um den Leib Christi zu empfangen? Ohne Zweifel! Und wahrscheinlich würden sie sie lynchen, wenn sie wüßten, was sie vor zwei Wochen mit ihrem Pfarrer hatte anstellen wollen.

Christy segnete die Anwesenden, und Anne schloß ihr Gebetbuch, erleichtert, daß der Gottesdienst vorbei war. Sie war sich unschlüssig, wie sie sich Christy gegenüber verhalten sollte. Ihn nicht mehr zu sehen, war wahrscheinlich die einzige Möglichkeit, ihn zu vergessen.

Ein dummer Vorsatz, denn schon in zwei Stunden würde er mit vierzig Dorfkindern und deren Eltern nach Lynton Great Hall kommen.

Die riesige Halle des Herrenhauses wirkte, trotz aller Bemühungen des gesamten Personals, alles andere als gemütlich. Hingegen sorgte die aufgebaute Krippe mit den lebendigen Schäfchen, der hohe, bis zur Decke reichende Christbaum mit den entzündeten Kerzen und das lustig prasselnde Kaminfeuer für eine gewisse Festlichkeit. Der feine Unterschied spielte ohnehin keine Rolle, sobald die Kinder lärmend hereinstürmten.

»Wie kann ich mich nützlich machen?« rief Miss Weedie, als sie Anne entdeckte. »Die schlimmste Arbeit ist mir gerade recht.«

Miss Weedie trug ein pflaumenfarbenes Kleid, das ihr nicht stand und wahrscheinlich ursprünglich ihrer Mutter gehört hatte. Aber ihr scheues Lächeln strahlte eine Freundlichkeit aus, die umwerfend war.

Anne sah sich hilflos um. Mochten die erwachsenen Dorfbewohner sich in ihrer Gegenwart einer einsilbigen Zurückhaltung befleißigen, ihre Kinder übten sich im Gegenteil. Sie benahmen sich so ungezwungen wie beim Maifest auf dem Dorfanger. In diesem Augenblick wurde Anne von einem kleinen, etwa vierjährigen Mädchen angerempelt, das sie in ihrer Aufregung nicht gesehen hatte. Das Kind geriet dabei aus dem Gleichgewicht und landete auf seinem Hintern. Bevor es jedoch zu weinen anfangen konnte, kniete sich Anne hin und nahm es in die Arme.

»Ach herrje, wie ist das denn passiert?« rief sie aus und zog eine lustige Grimasse. »Wie heißt du denn?« erkundigte sie sich und drückte einen Kuß auf die klebrige Wange der Kleinen.

»Birdie«, murmelte das Mädchen und lächelte scheu.

»Birdie? Was für ein hübscher Name. Und weißt du, wie ich heiße?«

»Nein.«

»Nein?« meinte Anne und verzog wieder ihr Gesicht. »Du weißt also nicht, wer ich bin?«

»Das schon. Wir sollen doch vor Ihnen knicksen, wenn wir Sie sehen. Jetzt weiß ich, wie Sie heißen. Mylady!«, rief die Kleine und sah sie strahlend an.

»Das stimmt wohl«, lachte Anne und stand auf. »Und jetzt lauf zu den anderen.«

Dann wandte sie sich an Miss Weedie.

»Wie lieb von Ihnen zu kommen. Wie geht es Ihrer Mutter?«

»Besser, danke. Sie bat mich, Ihnen zu sagen, wie köstlich ihr die Kürbissuppe geschmeckt hat. Miss Pine hat sich bereit erklärt, bei ihr zu bleiben, damit ich das Fest hier nicht verpasse.«

»Wie nett von Miss Pine.«

»Also, was kann ich tun?« fragte Miss Weedie.

»Sie können mir verraten, wer diese dumme Idee hatte, den Jungs diese fürchterlichen Pfeifen zu schenken, und wer ihnen erlaubt hat, die Pakete zu öffnen, bevor das Fest überhaupt angefangen hat.«

Miss Weedie, die immer alles wörtlich nahm, sah erst verwirrt, dann besorgt drein.

»Es war meine Idee«, lachte Anne. »Collie Horrock schnitzt so gerne in seiner Freizeit, also habe ich ihn vor zwei Wochen gebeten, fünfundzwanzig Pfeifen anzufertigen. Jetzt allerdings frage ich mich, ob ich sie den Jungs nicht lieber zum Abschied hätte schenken sollen. Dann wären sie wenigstens nur ihren Eltern mit dem Höllenlärm auf die Nerven gegangen. So, wenn Sie sich wirklich nützlich machen wollen, dann helfen Sie am besten Miss Mareton beim Fertigmachen der Kleinen für das Krippenspiel.«

»Gerne, Mylady«, meinte Miss Weedie und marschierte los, um der Bitte nachzukommen.

Christy stand beim Christbaum und unterhielt sich mit Captain Carnock, während er an seinem heißen Apfelmost nippte. Ein Dreijähriger umklammerte sein Bein und versuchte eben hinaufzuklettern. Christy hob ihn lachend auf seinen Arm.

»Ich muß schon sagen, Sie haben hier ein Wunder vollbracht, Lady D'Aubrey.«

Anne drehte sich um. Es war der Bürgermeister, der ihr dieses Kompliment gemacht hatte.

»Es sind die Kinder, die für die gute Stimmung sorgen. Ich freue mich, daß Sie und Miss Vanstone kommen konnten.«

»Nichts hätte uns daran hindern können. Das ganze Dorf ist Ihnen unendlich dankbar, daß Sie trotz Ihres Verlustes die Tradition aufrechterhalten.«

»Glauben Sie das wirklich? Ich hatte mich schon gefragt, ob man mir nicht einen Vorwurf daraus macht.«

Es war Anne nämlich zu Ohren gekommen, daß Honoria sich nicht hatte verkneifen können, eine solche Bemerkung zu machen.

»Aber nein«, bestritt der Bürgermeister. »Es ist doch ein Fest zur Freude der Kinder. Nur eine äußerst dumme Person würde auf die Idee kommen, Ihre Bemühungen so zu verkennen.«

Da konnte sie ihm nur stumm zustimmen. Honoria war dumm.

Christy war eben dabei, Miss Mareton und Miss Weedie hilfreich dabei zu unterstützen, die Kinder an die Plätze zu bugsieren, die sie bei der Aufführung einnehmen würden. Anne sah mit Vergnügen, wie er es mit Leichtigkeit schaffte, die lärmenden Ungeheuer zu bändigen.

»Entschuldigung?« meinte sie rasch, als sie merkte, daß der Bürgermeister eine Frage gestellt hatte.

»Ich sagte eben, ob Sie wohl an einem der Abende der nächsten Woche Zeit hätten. Honoria hofft, daß Sie zu uns zum Essen kommen. Unnötig zu erwähnen, daß ich das auch hoffe. Ein ruhiger, gemütlicher Abend en famille, nichts Aufregendes also, was sich nicht mit Ihrer Trauer vereinbaren ließe. Oder vielleicht sollte ich besser sagen, mit unser aller Trauer.«

»Wie freundlich von Ihnen. Die Einladung klingt sehr verlockend«, log Anne, die sich nichts Schlimmeres vorstellen konnte, als ein paar Stunden in Gesellschaft Honorias zu verbringen.

Aber Vanstone war immerhin der Bürgermeister, und als Noch-Gutsherrin fühlte sie sich verpflichtet, die Einladung anzunehmen, obwohl sie ahnte, daß mehr dahinter steckte als die Absicht, mit ihr seine zukünftigen Vorhaben zum Wohle Wyckerleys zu erörtern. Ihr war aufgefallen, daß ihr Eustace Vanstone seit dem Tod Geoffreys auf seine förmliche steife Art den Hof machte. Wenn sie sich nicht völlig täuschte, machte sich der Bürgermeister Hoffnungen, die vollkommen abwegig waren. Wie sollte sie ihm das beibringen, ohne ihn in Verlegenheit zu stürzen? Selbst wenn sie in ihn verliebt gewesen wäre, sähe sie sich gezwungen, seinen Heiratsantrag abzulehnen, schon allein aus dem Grund, weil sie nicht im Traum daran dachte, Honorias Stiefmutter zu werden.

In diesem Augenblick begann die Aufführung des Krippenspiels. Tommy Nineways spielte den Josef, und schon nach wenigen Minuten war klar, daß er sie nicht seines schauspielerischen Talents wegen bekommen hatte. Maria hingegen wurde sehr überzeugend von Sally Wooten gespielt. Im ganzen war es eine rührende und sehr lustige Aufführung. Manch ein Erwachsener griff zu seinem Taschentuch, um einen vorgetäuschten Hustenanfall darin zu ersticken.

Annes Freude an der Aufführung wurde durch den Anblick Margaret Maretons gedämpft, die neben Christy stand, ungehörig nahe, und mit ihm flüsternd schäkerte. Margaret war ein hübsches Ding mit glänzendem schwarzen Haar und großen und ernsten braunen Augen. Ärgerlich beobachtete Anne die beiden. Was fiel dieser Lehrerin eigentlich ein, in aller Öffentlichkeit mit dem Pfarrer zu flirten?

Nach dem Krippenspiel drängten sich alle um den Christbaum, und die Kinder sangen Weihnachtslieder. So ausgelassen die Stimmung der Kinder wegen war, Anne fiel auf, daß die meisten Erwachsenen versuchten, ihre Trauer zu respektieren, indem sie ihr mit beinahe scheuer Höflichkeit begegneten. Offenbar wußten sie nicht, worüber sie sich mit Geoffreys Witwe unterhalten sollten.

Und Christy träumte davon, sie zu seiner Frau zu machen! Wie schrecklich naiv von ihm. Annes Blicke wanderten über die Singenden. Von Mrs. Nineways zu Mrs. Woodworth, die ihr beide, über die Köpfe der Kinder hinweg, zulächelten. Laura Woodworth war eine kleine, rundliche und quirlige Frau, deren Lieblingsbeschäftigung es war, die Kranken der Gemeinde zu besuchen. Emmaline Nineways versäumte nicht einen einzigen Gottesdienst und saß in derart demütiger Haltung auf der harten Kirchenbank, daß man nicht umhin konnte, sie für eine sehr religiöse Frau zu halten.

Anne war weder demütig noch religiös. Wie sollte sie je das Vertrauen der Dorfbewohner gewinnen? Merkte Christy nicht, daß sie ihm als seine Frau mehr eine Belastung als eine Hilfe wäre? Ein Glück für ihn, daß sie eine Heirat mit ihm gar nicht in Erwägung zog.

Nach dem Singen der Weihnachtslieder durften die Kinder ihre Geschenke auspacken, und Miss Mareton hatte ihre liebe Not, ein größeres Chaos zu vermeiden. Abgesehen von den Pfeifen für die Jungs und winzigen Püppchen für die Mädchen hatte Anne aus Tavistock Stifte und Papier kommen lassen. Captain Carnock hatte einige Körbe Äpfel gespendet, und Mr. Farnsworth, der Besitzer der einzigen Herberge Wyckerleys, war auf die gute Idee gekommen, ein Fäßchen Apfelmost mitzubringen. Das Geschenk des Bürgermeisters war ein Baum, der im kommenden Frühling im Namen der Kinder auf dem Dorfanger gepflanzt werden würde. Der größte Erfolg jedoch waren die Kuchen und Kekse, die die Küchenmädchen von Lynton Great Hall in tagelanger Arbeit zubereitet hatten.

»Ich hätte ihnen den süßen Kram nach Hause mitgeben sollen«, lachte Anne und zwinkerte Miss Weedie zu. »Sie verderben sich ja den Appetit aufs Abendessen.«

Ihre Befürchtungen waren grundlos. Die Kinder stürzten sich mit solch einem Heißhunger auf die Speisen, daß für Christy nicht einmal Zeit blieb, vorher ein Gebet zu sprechen. Amüsiert betrachtete er die Meute, während er sich wieder mit Captain Carnock unterhielt. Anne hörte nur mit halbem Ohr zu, was Honoria eben zu ihr sagte, denn in diesem Augenblick sah Christy ihr direkt in die Augen. Die stumme Botschaft, die sein Blick enthielt, erfüllte Anne mit grimmiger Erleichterung. Christy ignorierte sie nicht etwa deshalb, weil er sie aufgegeben hatte. Nichts zwischen ihnen hatte sich geändert. Ihre Leidenschaft füreinander glühte weiter, wenn auch im verborgenen.

Annes in der Kirche gefaßter fester Vorsatz, ihm aus dem Weg zu gehen, löste sich in Luft auf, als habe er nie existiert. Sie hatte es satt, so zu tun, als sei nichts zwischen ihnen passiert. Sie war es leid, von ihm in der Öffentlichkeit mit dieser nichtssagenden Höflichkeit behandelt zu werden, während Frauen wie Margaret Mareton ungeniert mit ihm flirteten.

»Oh, mir fällt gerade ein, daß ich etwas Wichtiges mit dem Pfarrer zu besprechen habe«, unterbrach sie Honoria mitten im Satz. »Sie entschuldigen mich sicher, nicht wahr?«

Ohne deren Antwort abzuwarten, drückte sie einem vorbeieilenden Diener ihr Punschglas in die Hand und eilte davon.

Bis zu diesem Augenblick hatte sie nicht die geringste Ahnung, was sie zu Christy sagen würde. Doch als sie dann vor ihm stand, fielen ihr die Worte wie von selbst ein.

»Hochwürden, stellen Sie sich vor, ich habe in unserer Bibliothek ein hübsches altes Buch gefunden, von dem ich annehme, daß es Sie interessieren wird. Es handelt sich um eine Sammlung von Predigten, die ... Vielleicht möchten Sie einen Blick hineinwerfen?«

»Furchtbar gerne«, meinte Christy und fügte an Captain Carnock gewandt hinzu: »Meine Lieblingslektüre, müssen Sie wissen. Sie entschuldigen mich doch sicher einen Augenblick?«

»Aber natürlich«, erwiderte der Captain und verbeugte sich vor beiden.

Anne ging den Gang entlang voraus, der zur Bibliothek führte. Würde Christy enttäuscht sein, wenn er herausfand, daß sie gelogen hatte?

Sie öffnete die Tür zur Bibliothek und ließ ihm den Vortritt. Dann schloß sie die Tür hinter sich und lehnte sich dagegen. Christy drehte sich um und sah sie erwartungsvoll an.

»Ich habe gelogen!« sagte sie.

Lächelnd kam er auf sie zu. Mit einer besitzergreifenden Geste griff er unter die kleine Jacke, die sie über ihrem Trauerkleid trug, und zog sie an sich. Ein leises Stöhnen entrang sich ihrer Kehle, als sie seinen muskulösen Körper an dem ihren fühlte. Dann sah sie ihn vorwurfsvoll an.

»Mir ist nicht aufgefallen, daß du dir die geringste Mühe gibst, mich zu kriegen.«

»Mach dir keine Sorgen, ich kriege dich schon noch. Und was ist mit dir? Wolltest du mich nicht verführen?«

»Alles zu seiner Zeit.«

Christy küßte sie mit einer Leidenschaft, die ihr den Wind aus den Segeln nahm. Wie sollte sie unter diesen Umständen diejenige sein, die die Situation im Griff hatte? Anne schloß die Augen und vergaß alles um sich herum. Nichts zählte in diesem Augenblick außer diesem überwältigenden Gefühl, mit dem ihr Körper auf seinen Kuß reagierte. In Christys Umarmung schien alles von ihr abzufallen, was ein Hindernis hätte bedeuten können. Sie fühlte sich wie Eva im Paradies. Nackt und schamlos.

Als sich seine Lippen von den ihren lösten, kam sie sich vor wie eine Süchtige, der man die Droge entzog.

»Fröhliche Weihnachten«, flüsterte er.

»Fröhliche Weihnachten«, flüsterte sie zurück.

»Wir können nicht länger hierbleiben ...«, warnte er.

»Dann bleib doch zum Essen, wenn alle anderen gegangen sind.«

»Das kann ich nicht.«

»Und warum nicht?«

»Weil mich die Maretons eingeladen haben.«

»Margarete Mareton?«

»Ihre Familie.«

»Du ziehst also die Gesellschaft dieser Lehrerin vor, die ganz verrückt nach dir ist? Magst du sie? Nun, sag schon ...«

»Ja, ich mag sie«, meinte Christy belustigt.

»*Sie* würde dich heiraten, da wette ich ...«

»Die Wette würdest du wahrscheinlich gewinnen.«

»Du weißt, daß ich vor Eifersucht vergehe ...«

»Ja, das weiß ich«, bestätigte Christy und streichelte zärtlich ihre Wange. »Und es ist das Schönste, was mir seit Tagen passiert ist. Seitdem wir uns das letzte Mal sahen.«

»Und warum hast du nicht versucht mich wiederzusehen?«

»Ich wollte es ja, aber ich hatte unglaublich viel zu tun. Ich konnte einfach nicht weg. An den meisten Tagen jedenfalls nicht.«

»Und an den anderen Tagen?«

»Da hatte ich Angst«, gab er ehrlich zu.

»Ich hatte auch Angst, trotzdem hoffte ich, du würdest kommen ...«

Mit einem zärtlichen Kuß hinderte er sie am Weiterreden.

»O Christy, ich möchte dir keine Angst einjagen, ich will mit dir zusammen sein.«

»Wir können uns morgen zu einem Spaziergang treffen, Anne.«

»Wie schön. Wann denn?«

»Um drei? Ist dir das recht? Wir treffen uns an der Kreuzung.«

»Abgemacht. Um drei.«

»Vergiß nicht zu beten, daß es nicht regnet«, scherzte er.

»Das werde ich vielleicht tun«, erwiderte sie völlig ernst.

14

1. Januar 1855

Der Erzengel ist meinetwegen zum Dichter geworden. In unserem geheimen Versteck habe ich wieder einen seiner poetischen Ergüsse gefunden, die keinen Kritiker der Welt zu Lobeshymnen hinreißen würden. Ich persönlich finde seine Gedichte wunderschön und muß jedesmal weinen wie ein Kind, wenn ich sie lese. Offenbar hat er mich verzaubert, denn meine Reaktionen sind vollkommen.

Ich räche mich, indem ich ihm Traktate von agnostischen Philosophen zukommen lasse. Wider Erwarten habe ich in unserer Bibliothek einige solcher Ausgaben gefunden, als wir saubermachten. Sie standen in einem der obersten Regale. Ich fürchte allerdings, daß Christy bei ihrer Lektüre nicht in Tränen ausbricht.

Letztendlich ist es ein Glück, daß der Beginn unserer Liebesaffäre in den Winter fällt. Würde es sich nämlich nicht um die scheuen Anfänge, sondern bereits um den Vollzug einer Affäre handeln, dann wären wir wahrscheinlich bereits an Lungenentzündung gestorben, denn Christy besteht darauf, daß unsere Treffen in der freien Natur stattfinden. Natürlich könnten wir in dem verlassenen Pförtnerhäuschen Zuflucht suchen, wo wir es warm hätten und allein wären, aber davon will er nichts wissen. Ich kann ihm daraus keinen Vorwurf machen, denn meine Absichten sind absolut unehrenhaft.

Gestern habe ich bei dem alten Kanal auf ihn gewartet, der in dem Augenblick all seine Melancholie verlor, als Christy auftauchte. Die unangenehme Winterkälte hat nur einen einzigen Vorteil. Er muß mich unter seinem weiten Mantel an sich pressen, damit ich aufhöre, mit den Zähnen zu klappern.

Ich denke an nichts anderes als daran, ihn zu verführen. Wenn nicht bald etwas passiert, werde ich noch verrückt. Ist dieser Zustand normal? Ich habe niemanden, den ich fragen könnte. Ehrlich gesagt, würde ich mich nicht einmal meiner Schwester anvertrauen, wenn ich eine hätte.

Manchmal kommt es mir vor, als litte ich an einer unbekannten Krankheit. Ich kann nicht schlafen, weil ich ständig an ihn denken muß. Ich verspüre keinen Hunger, ich vergesse vieles, ich höre nicht, was andere zu mir sagen. Und ich lebe in den Tag hinein, ohne ein schlechtes Gewissen dabei zu haben.

Dabei weiß ich genau, was ich will, und mein Körper weiß es ebenfalls. Ich bin schließlich keine Jungfrau mehr. Zumindest das habe ich Geoffrey zu verdanken.

Hat Christy mehr sexuelle Erfahrung als ich? Ich erinnere mich daran, daß er gemeinsam mit Geoffrey ein Bordell besucht hat. Doch daran möchte ich lieber nicht denken.

Ich werde Christy verführen. Er muß mein Liebhaber werden. In Gedanken haben wir ja bereits gesündigt, weil wir es uns beide so sehr wünschen. Ich denke, ich ziehe es vor, den Wolf zu spielen, als das Lämmchen.

12. *Januar*

In unserem Versteck habe ich ein Geschenk von Christy gefunden. Es war gut verpackt, damit es nicht naß wird, und ich habe es ganz vorsichtig aufgemacht. Es ist ein mit Wasserfarben gemaltes Bild. Ein Porträt von mir, das er nach einer Skizze angefertigt hat, für die ich ihm letzte Woche bei der alten Klosterruine unwissentlich Modell gestanden habe, als wir dort ein kleines Picknick veranstalteten.

Mir ist jetzt klar, was er geworden wäre, hätte er nicht den Beruf des Priesters ergriffen. Wenn ich ehrlich bin, muß ich zugeben, daß ich ein bißchen eifersüchtig bin. Seit meiner frühesten Kindheit war es mein Wunsch, Malerin zu werden. Leider habe ich nicht das Talent meines Vaters geerbt, das wurde mir nach verhältnismäßig kurzer Zeit klar. Doch all diejenigen, die Christy entmutigt haben, Maler zu werden, gehören gefoltert, erschossen oder gehängt.

Es kann natürlich sein, daß ich voreingenommen bin. Vor allen Dingen, weil es sich bei dem Bild um *mein* Porträt handelt. Andere Arbeiten von ihm habe ich noch nicht gesehen. Vielleicht bin ich der Quell seiner Inspiration! Darüber muß ich allerdings selbst lachen. Christy gelingt es, mich in ein ausgelassenes, albernes Kind zu verwandeln.

Immer wieder muß ich das Bild betrachten. Es zeigt mich im Halbprofil, mit leicht geöffneten Lippen und leidenschaftlich glühenden Augen. Ich habe das Gefühl, das Porträt bin ich und auch wieder nicht. Vielleicht zeigt es die Frau, in die ich im Begriff bin, mich zu verwandeln. Ein mir bisher unbekanntes Wesen. Merkwürdig, daß Christy sie schon so gut kennt.

Wenn er nicht bald mein wird, sterbe ich.

14. Januar

Wie kann er es wagen, mich ›eine günstige Gelegenheit zur Sünde‹ zu nennen? Ich glaube nicht, daß ich jemals so beleidigt worden bin. Und das habe ich ihm auch gesagt. Das und vieles mehr. Als einen langweiligen Frömmler habe ich ihn sogar beschimpft. Soll er doch sehen, wie er damit fertig wird!

15. Januar

Er hat sich entschuldigt. Mit einem Gedicht. Ich habe ihm natürlich verziehen.

16. Januar

Jedes Mal, wenn wir uns sehen, sagt er mir, daß er mich liebt. Mir will es nicht gelingen, diese Worte auszusprechen. Ich weiß, daß ich ihm damit weh tue, und ich leide unter meiner Feigheit.

Ich liebe ihn.

Jetzt habe ich es zumindest aufgeschrieben. Das Ergebnis ist, daß ich weinen muß und die herunterfallenden Tränen häßliche Spuren in meinem Tagebuch verursachen. Warum ist mir so traurig zumute? Ich weiß es nicht, aber mir bricht schier das Herz.

Ich weiß, in dem Moment, in dem ich ihm gestehe, daß ich ihn liebe, verliere ich jegliche Beherrschung. Die Situation würde sich zu seinem Vorteil wenden. Aber ich kann ihn nicht gewinnen lassen.

Immer wieder zähle ich ihm die Gründe auf, warum für mich eine Heirat nicht in Frage kommt, aber er macht sich nur lustig darüber.

Die Gründe, die dagegen sprechen:

1. Mein Traum ist endlich in Erfüllung gegangen. Ich bin frei und finanziell unabhängig. Ich kann tun und lassen, was ich will. Ich bin reich. Warum sollte ich in einem Nest wie Wyckerley bleiben? Als Frau eines Geistlichen?

2. Ich wäre eine schreckliche Frau für ihn. Ich bin keine Person, die sich in den Dienst der Öffentlichkeit stellen kann. Kranke pflegen, Verzweifelte aufmuntern, dem Bischof um den Bart streichen . . . Ich könnte es einfach nicht.

3. Bisher ist es mir nicht gelungen, das Vertrauen und die Zuneigung der Menschen hier zu gewinnen. Und die wenigen, die mich gern haben, fühlen sich durch meine Gegenwart eingeschüchtert. Warum, ist mir ein Rätsel. Ich passe nicht hierher.

4. Ich hasse das hiesige Wetter. Ich sehne mich nach Italien, wo es selbst im Winter angenehm mild ist.

5. Die Frau eines Geistlichen sollte an Gott glauben. Mindestens diese Voraussetzung sollte sie mitbringen.

»Anne, mein Liebling, du bist ein Feigling«, schreibt Christy in seinem letzten Brief. »Du erfindest alle möglichen Vorwände, weil du ganz einfach Angst hast. Du warst nie wirklich zu Hause in Italien. Und nicht alle Männer sind wie Geoffrey oder dein Vater. Die Menschen in Wyckerley trifft keine Schuld, wenn du das Gefühl hast, nicht hierher zu passen. Verantwortlich für deine Empfindungen ist deine eigene Angst. Doch diese Angst läßt sich überwinden, indem du bleibst und meine Frau wirst. Du würdest glücklich sein.«

Er ist ein Träumer, nicht ich. Doch davon will er nichts wissen. Geschickt weicht er meinen Einwänden aus, als handle es sich um die Klagen einer besorgten alten Jungfer. Er muß blind sein, denn die Antwort liegt auf der

Hand. Wenn er nicht bald nachgibt, werde ich noch verrückt.

17. Januar

»Ich, Christy, nehme dich, Anne, zu meiner Frau, um dich in guten wie in schlechten Zeiten zu lieben und zu ehren, bis daß der Tod uns scheidet.« Denke über diese Worte nach, schreibt er.

Ich empfinde es als Kriegserklärung.

19. Januar

Heute haben wir uns wieder bei dem alten Kanal getroffen. Es regnete in Strömen. Unter seinem großen Schirm begann er mich zu küssen und zu liebkosen. Allein die Erinnerung daran läßt mich noch jetzt erzittern. Seine Hand auf meiner teilweise entblößten Haut ... oh, ich begehre ihn.

Christy kämpfte sich durch das feuchte Schneegestöber und sah sehnsüchtig zu dem seit zwei Jahren leerstehenden Pförtnerhäuschen hinüber, in dem früher William Holyoake gewohnt hatte, bevor er ins Erdgeschoß des Herrenhauses umgezogen war. Doch mit zusammengebissenen Zähnen setzte er seinen Weg fort, um so schnell wie möglich den Familienfriedhof der D'Aubreys zu erreichen, wo er mit Anne verabredet war. Auf seinen Vorschlag hatte sie nicht nur ungläubig, sondern wütend reagiert, und er bedauerte jetzt beinahe, darauf bestanden zu haben. Andererseits würden sie dort ungestört sein, und das war zum Zeitpunkt der Verabredung sein hauptsächlichstes Bestreben gewesen.

Punkt vier erreichte er sein Ziel und öffnete die schmiedeeiserne Tür, die in der niedrigen Mauer eingelassen war. Von Anne war weit und breit nichts zu sehen. Meistens war er derjenige, der sich verspätete, und Anne pflegte ihn damit aufzuziehen, weil man doch den Frauen im allgemeinen chronische Unpünktlichkeit vorwarf. Christy strebte dem größten Grabstein zu, um dort einigermaßen windgeschützt auf Anne zu warten.

Früher hatte er häufig versucht, sich mit den Fragen auseinanderzusetzen, ob Gott wirklich existiert, und wenn ja, warum es dann so viel Leid auf dieser Welt gibt und wie er die Aufgabe bewältigen sollte, diese hartgeprüften Menschen zu trösten. Seitdem er Anne kannte, war die Fragestellung eine andere. Eine scharfe Trennungslinie schien sein Denken zu beeinflussen. Da gab es die Zeit vor Anne und die Zeit nach Anne.

Jetzt stellte er Überlegungen an, die ihn früher nie beschäftigt hatten, weil sie ihn persönlich nicht betrafen. Das siebte Gebot zum Beispiel, und alles was dazu gehörte wie die Fleischeslust, Ehebruch, Unzucht, sexuelle Moral und dergleichen, hatte er zwar als interessanteste Sünde empfunden, war aber nie gezwungen gewesen, sich wirklich damit auseinanderzusetzen. Seit seiner Berufung zum Geistlichen lebte er enthaltsam und bedauerte aufrichtig frühere Ausrutscher. Hin und wieder war es passiert, daß eines seiner Schäfchen ihm errötend einen Verstoß gegen das siebte Gebot gebeichtet hatte, aber im festen Glauben an Gottes verzeihende Güte hatte er nicht gezögert, die Absolution zu erteilen. Sein eigenes enthaltsames Leben versüßte er mit dem Gedanken, daß er eines Tages eines der jungen Mädchen seiner Gemeinde heiraten und dann mit viel Enthusiasmus nachholen würde, was ihm so lange gefehlt hatte.

Manchmal glaubte er, daß Anne ihm von Gott geschickt worden war, um ihn zu prüfen. War sie der Apfel, der zu seiner Verdammung führen würde? Warum empfand er sie dann als Erlösung?

Bald würde es dunkel sein. Wo blieb Anne? Der Gedanke, nach Hause gehen zu müssen, ohne sie gesehen zu haben, war unerträglich. Ohne Schwierigkeiten rief er sich ihr letztes Treffen ins Gedächtnis. An jenem Tag hatten sie mit dem Feuer gespielt. Nur der eiskalte Regen auf ihrer bloßen Haut hatte sie im letzten Moment zur Vernunft gebracht.

So konnte es nicht weitergehen. Bisher war es ihm gelungen, seine Begierde zu zügeln, aber es wurde von Mal zu Mal schwieriger, den Bedürfnissen des eigenen Körpers zu widerstehen. Um so mehr, weil er inzwischen zu der Einsicht gekommen war, daß ihre Vereinigung keine Sünde war. Es hatte ihn nie moralisch entrüstet, wenn Unverheiratete den Liebesakt vollzogen. Für Ehebrecher hingegen konnte er kein Mitgefühl und keine Milde aufkommen lassen.

Wo blieb Anne? Er hatte sich einen Plan ausgedacht, den er ihr heute zu unterbreiten gedachte. Er war sich ziemlich sicher, daß er sie dazu überreden könnte. Aller Wahrscheinlichkeit nach sah sie darin eine Möglichkeit, ihn endlich zu verführen. Und diese Aussicht würde sie dazu verleiten, sich einverstanden zu erklären. Natürlich konnte sie nicht ahnen, daß er in Wirklichkeit etwas ganz anderes beabsichtigte.

Halb fünf. Christy trat frierend von einem Fuß auf den anderen. Wo blieb sie nur? Unzählige Gründe konnten sie abgehalten haben zu kommen.

Er würde ihr eine Nachricht hinterlassen. Heute war Dienstag. Folglich blieben ihr drei Tage, um die notwendigen Vorbereitungen zu treffen, die wichtig für das Gelingen seines Plans waren. Drei Tage sollten eigentlich reichen, um sich eine wirklich überzeugende Ausrede, eine gute Lüge einfallen zu lassen.

So weit war es also mit ihm gekommen. Er zwang nicht nur Anne zu lügen, er würde selbst Lügen erzählen müssen, um seinen Plan in die Tat umzusetzen, mit dem sich aber letztendlich, so beruhigte er sich, eine ganze Anzahl weitaus schlimmerer Sünden vermeiden ließen. Der gute Ausgang rechtfertigte also die böse Absicht? In diesem Fall gewiß.

Er zog sein Notizbuch und einen Bleistift aus der Tasche und kritzelte mit steifen Fingern rasch eine Nachricht für die Geliebte.

Diese fand Anne, fein säuberlich in ein Taschentuch gewickelt, am Griff des schmiedeeisernen Tors.

Anne, mein Liebling!

Ich kann nicht länger auf dich warten, weil ich um 5.30 Uhr zurückerwartet werde. Das Übliche. Ich muß noch heute wissen, ob es dir gutgeht, also laß mir bitte eine Nachricht zukommen, auch wenn wir übereingekommen waren, daß du eigentlich keinen Boten ins Pfarrhaus schicken sollst.

Und dann noch eine Bitte. Überlege dir eine Ausrede, die dir gestattet, am nächsten Freitag abend (nach Einbruch der Dunkelheit) zu mir ins Pfarrhaus zu kommen, um mit mir zu essen. Die beiden Ludds sind in Bath, um dort ihren Sohn und ihre Schwiegertochter zu besuchen. Welch glücklicher Zufall. Du mußt kommen, Anne, ich bitte dich darum. Stell dir nur vor, wir werden es warm haben und allein sein. Ist das nicht herrlich?

In aufrichtiger Liebe
Christy

15

Anne näherte sich mit leisen Schritten dem Pfarrhaus, aus dem kein Licht drang, weil offenbar die Vorhänge zugezogen worden waren. In ihre Nase drang der wundervoll aromatische Geruch eines Holzfeuers, der Weg zur Haustür war frisch gefegt worden, damit ein nächtlicher Besucher keine Spuren im frischgefallenen Schnee hinterließ. Leise klopfte sie an die Tür, und als niemand kam, um ihr zu öffnen, probierte sie es noch einmal. Sekunden später wurde die Tür aufgerissen, eine Hand griff nach ihrer und zog sie ins Innere des Hauses.

»Da bist du ja endlich«, flüsterte Christy glücklich.

»Ich komme mir vor wie ein Dieb«, gestand sie. »Warum flüstern wir eigentlich?«

»Ich weiß es nicht, es ist keiner da außer mir, außer uns beiden«, lachte Christy und küßte ihre kalten Finger.

Dann half er ihr aus dem Mantel und hängte ihn auf.

»Komm in den Salon, Anne. Dort brennt ein herrliches Feuer und wir können ...«

»Christy.«

»Ja?«

»Sind wir allein im Haus oder nicht?«

»Das sagte ich doch schon, wir sind allein.«

»Warum, zum Teufel, küßt du mich dann nicht endlich?«

Christy zog sie in seine Arme und preßte seinen Mund auf ihre kalten Lippen, die sich bei dem Kuß schnell erwärmten.

»Weißt du was?« murmelte Anne. »Ich liebe die Art, wie man hier in der Provinz küßt.«

Lachend nahm er sie an der Hand und führte sie in den Salon. Das war neu für Anne, denn nach den Lesungen, die in den nächsten zwei Monaten übrigens ausfielen, weil es zu teuer war, den Gemeindesaal zu heizen, saßen sie in seinem Arbeitszimmer. Anne setzte sich auf das Sofa, dessen Brokatüberzug schon bessere Zeiten gesehen hatte. Christy reichte ihr lächelnd ein Glas Wein, setzte sich neben sie, und sie stießen an.

»Nun, mit welcher Ausrede hast du dich fortgeschlichen?«

Mit einer dramatischen Geste drückte sie ihre Hand gegen ihre Stirn.

»Ich habe eine solch entsetzliche Migräne. Unmöglich, auch nur einen Happen hinunterzuschlucken. Ich brauche absolute Ruhe und darf auf keinen Fall gestört werden ... nicht vor morgen früh jedenfalls. Ich bin sicher, man hat mir geglaubt. Und du? Wie hast du dieses Wunder zustande gebracht?«

»Als ich erfuhr, daß die Ludds übers Wochenende ihren Sohn besuchen wollten, habe ich betont, daß mir dies nichts ausmache, weil ich ohnehin vorhabe, nach Mares Head aufzubrechen, um meinen Dekan, Mr. Creighton, zu besuchen ... was ich auch tun muß, aber nicht heute, sondern erst morgen. Auf diese Weise wurde ich auch das Hausmädchen los, die es merkwürdig gefunden hätte, wenn ich ihr zwei Abende frei gegeben hätte. Zum Glück schneit es, da kann ich behaupten, daß ich die Reise deswegen verschoben habe«, erzählte Christy stolz.

»Wie klug von dir«, sagte Anne, die nach anfänglicher Verwunderung über das umständliche Getue einsah, daß das Hausmädchen nichts von ihrem Rendezvous wissen durfte, weil dies fatale Folgen für Christy haben konnte.

»Mrs. Ludd hat für mich in der Küche ein Abendessen bereitgestellt, das ich mir morgen aufwärmen soll. Es reicht mit Leichtigkeit für uns beide, weil ich behauptet habe, daß ich nach dem langen Tag in Mares Head ausgehungert wie ein Wolf nach Hause kommen würde.«

»Du hast ja an alles gedacht«, meinte Anne gerührt.

»Bist du hungrig?«

»Ja ... Aber es ist so schön, hier beim Feuer zu sitzen und zu reden. Laß uns mit dem Essen noch warten.«

Christy nahm ihr das Glas aus der Hand, stellte es auf dem niedrigen Tisch ab, griff nach ihrer Hand und zog sie hoch.

»Du kennst ja mein Haus noch gar nicht richtig. Komm, ich zeige es dir.«

»Das Haus? Jetzt?« fragte sie, etwas aus der Fassung gebracht.

»Möchtest du es denn nicht sehen?«

»Warum nicht? Warum sollen wir uns das Haus eigentlich nicht ansehen?«

Christy führte sie von Raum zu Raum, einen Leuchter mit drei Kerzen in der Hand, um kein Licht anmachen zu müssen, was man von der Straße aus hätte sehen können. Anne wunderte sich bereits geraume Zeit, was er eigentlich im Schilde führte. Doch dann, als sie seiner begeisterten Schilderung lauschte, mit der er die Vorteile des Hauses beschrieb, glaubte sie ihn zu durchschauen.

»Christy, du benimmst dich, wie wenn du mir dein Haus verkaufen willst, was soll das?« lachte sie.

»Was meinst du damit?« fragte er mit roten Ohren. »Ich zeige es dir, das ist alles. Ich dachte, es interessiert dich.«

»Dahinter steckt doch eine Absicht!« beschuldigte sie ihn lachend. »Gib es doch zu.«

»Ich weiß wirklich nicht, wovon du redest ...«

»Natürlich weißt du es. Du willst mir vor Augen führen, wie wohl ich mich als deine Frau in diesem Haus fühlen würde. Habe ich recht? Also wirklich, Christy, du erstaunst mich.«

»Gut, ich gebe es zu. Ist es schlimm? Wenn du es gewußt hättest, wärst du trotzdem gekommen?«

»Natürlich wäre ich trotzdem gekommen, das weißt du doch. Aber bitte, Christy, laß uns heute abend nicht wieder über dieses Thema streiten, ja?«

»Heute Abend wird über nichts gestritten, das verspreche ich dir.«

»Gut. Und was dein Haus betrifft, es hat sehr viel Atmosphäre. Ich mochte es von Anfang an.«

»Wirklich?«

»Wirklich. Aber ich möchte nicht darüber reden, wann ich für immer hier einziehe, verstehst du?«

»Also gut, reden wir nicht darüber. Aber ich bin sicher, du würdest dich hier wohl fühlen. Und ich hätte überhaupt nichts dagegen, wenn du etwas verändern möchtest. Und Mrs. Ludd ...«

»Christy!«

»Ich weiß, daß Mrs. Ludd dich mögen würde. Und Arthur kümmert sich um den Garten. Warte, ich zeige dir die Küche, sie ist riesengroß, und ...«

»Christy ...«

»Es hat genügend Platz hier, um noch mehr Personal unterzubringen. Und im Stall steht eine Kutsche, die Arthur für dich herrichten könnte ... Au, das tut weh!« rief er und rieb sich die Stelle, an der ihre kleine Faust ihn getroffen hatte.

Arm in Arm gingen sie in den Salon zurück. Christy schob die beiden Lehnstühle vor den Kamin. Dann erzählte er ihr den neuesten Dorfklatsch, und Anne war überrascht, daß sie sich dabei nicht langweilte. Die alte Mrs. Weedie wurde morgen im Krankenhaus von Tavistock von Dr. Hesselius operiert. Nicht an der Hüfte, die sie sich im letzten Sommer gebrochen hatte, sondern eine ›Frauensache‹, wie Christy es nannte. Anne wußte seit Tagen von dem chirurgischen Eingriff und hatte sogar ihre Kutsche angeboten.

»Captain Carnock hat die beiden heute mit seiner Kutsche nach Tavistock gefahren.«

»Captain Carnock«, rief sie erstaunt.

»Kann ich dir ein Geheimnis anvertrauen?«

»Ich werde schweigen wie ein Grab.«

»Captain Carnock kam mich letzte Woche besuchen, um mich um Rat zu fragen. Er wollte von mir wissen, ob ich sein Angebot, die Weedies nach Tavistock zu bringen, unschicklich fände.«

»Unschicklich?« fragte Anne mit großen Augen.

»Nun ja, wenn er Mutter und Tochter nach Tavistock bringt, dann bedeutet das in der Folge, daß er die Heimreise mit Miss Weedie *allein* antreten würde, da Mrs. Weedie ja im Krankenhaus bleibt.«

»Ja und? Was hast du ihm gesagt?«

»Ich habe ihm gesagt, daß ich nichts Unrechtes an seinem freundlichen, *scheinbar* selbstlosen Angebot finden würde.«

»Scheinbar?«

»Scheinbar.«

Anne verfiel in nachdenkliches Schweigen. Miss Weedie und Captain Carnock ... ja, warum eigentlich nicht? Wenn sie es beide wollten ... warum nicht. Anne sagte nichts weiter zu diesem Thema, um zu vermeiden, daß Christy sie für eine Klatschtante hielt.

Da es im ungeheizten Eßzimmer zu kalt war, beschlossen sie, gemütlich vor dem Kamin zu essen. Allerdings mußten sie vorher das von Mrs. Ludd vorbereitete Essen warm machen, eine Aufgabe, die ihre Küchen- und Kochkenntnisse auf eine harte Probe stellte.

»Ich habe keine Ahnung von solchen Sachen«, gestand Anne. »In London bin ich entweder in ein Restaurant gegangen oder ich habe mir was bringen lassen. Und zur Zeit meines Vaters hatten wir immer eine Köchin.«

»Mir geht es nicht anders als dir«, lachte Christy. »Bei uns hat sich unsere Haushälterin um das Essen gekümmert, allerdings nach den strikten Anweisungen meiner Mutter. Schade, daß du meine Mutter nicht kennengelernt hast, Anne. Manchmal erinnerst du mich an sie.«

»Ich erinnere dich an deine Mutter?«

»In gewisser Weise ja. Sie war eine kluge Frau. Manchmal etwas zu scharfzüngig, wenn sie es mit Dummköpfen zu tun hatte, aber sie hatte ein weiches Herz. Und sie war hübsch.«

Der Vergleich mit seiner Mutter verwirrte Anne etwas. Zwar schmeichelte es ihr, daß er sie für klug hielt, aber wie kam er darauf, daß sie ein weiches Herz hatte? Bisher war sie der Überzeugung gewesen, daß dies niemand ahnen konnte, denn an der Seite Geoffreys hatte sie sich angewöhnt, diese Schwäche nicht zu zeigen.

»Also ich erinnere mich nicht an meine Mutter, aber meinem Vater ähnelst du jedenfalls nicht. Ich kann das Kompliment, wenn es eines war, also nicht erwidern.»

»Ich denke, es war als Kompliment gemeint, allerdings habe ich es nicht gemacht, um dir zu schmeicheln.«

»Das kann ich mir denken. Du würdest so etwas nicht tun.«

»Ist das ein Vorwurf? Möchtest du vielleicht in Wirklichkeit, daß ich dir ständig schmeichelhafte Dinge sage?«

»Nein, das ist nicht nötig«, sagte Anne, die an seine gefühlsbetonten Gedichte denken mußte.

»Wie muß ich es anstellen, um dich von meinen ehrlichen Absichten zu überzeugen?« fragte er lächelnd.

»Christy, wir haben abgemacht, heute abend nicht über dieses Thema zu reden.«

»Ich habe ja nur eine Frage gestellt. Aber jetzt mal im Ernst ... Was kann ich tun, um dich zu erobern? Ich habe den Eindruck, in einer Sackgasse gelandet zu sein.«

O Christy, ich weiß ganz genau, was du tun müßtest, dachte Anne. Nun, versuchen konnte sie es immerhin.

»Du könntest mir den Rest des Hauses zeigen. Wir waren doch noch gar nicht im ersten Stock. Und dein Schlafzimmer habe ich auch noch nicht gesehen.«

»Aha. Es könnte also sein, daß du mich vielleicht heiratest, wenn dir mein Schlafzimmer gefällt?«

»Willst du es nicht auf einen Versuch ankommen lassen?« meinte sie kokett.

»Wenn ich damit bessere Chancen habe, warum nicht«, meinte Christy.

»Dann solltest du ein paar Vaterunser beten, bevor wir hinaufgehen, Hochwürden«, lachte sie.

Auf dem Weg nach oben zeigte ihr Christy sein früheres Kinderzimmer. Es fiel ihm schwer, sie nicht darauf hinzuweisen, wie glücklich ihre Kinder hier aufwachsen würden, er unterließ diese Bemerkung aber, weil er seinen Plan nicht damit gefährden wollte, daß sie plötzlich wütend davonlief.

Anne nahm ihm den Kerzenleuchter aus der Hand und betrat sein Schlafzimmer, während er an der Tür stehenblieb. Der dicke Teppich, der fast den gesamten Boden bedeckte, schluckte das Geräusch ihrer Schritte. Die Vorhänge vor den beiden Fenstern paßten im Ton genau zu der grün-weiß-gestreiften Tapete, vor der die alten schweren Möbel gut zur Geltung kamen. Auf dem massiven Bett lag eine hübsche weiße Überdecke. *Warum, zum Teufel, heirate ich ihn nicht. Dann kann ich jede Nacht in diesem Bett liegen,* dachte Anne.

»Ganz schön pompös, Hochwürden«, lachte Anne. »Ich habe mir dein Schlafzimmer ganz anders vorgestellt ... eine einfache, harte Bettstatt, religiöse Bilder an den Wänden ...«

Christy kreuzte die Arme vor der Brust und lächelte nachsichtig. Er trug ein weißes Hemd, schwarze Hosen und eine schwarze Jacke und sah gut aus wie immer. Sie liebte seinen muskulösen Körper, die breiten Schultern, die schmalen Hüften, sein blondes Haar und den fast immer ernsten Ausdruck in seinen Augen.

»Du verwechselst englische Priester mit katholischen

Mönchen«, erklärte er geduldig. »Wie du dich selbst überzeugen kannst, wir haben durchaus Sinn für Komfort und Gemütlichkeit.«

»Darf ich?« fragte sie und deutete auf den offenstehenden Kleiderschrank.

Auf sein zustimmendes Nicken hin untersuchte sie dessen Inhalt. Mrs. Ludd schien sich gut um ihn zu kümmern. Alle Sachen waren sauber und gebügelt. Die Schuhe und Reitstiefel standen ordentlich in einer Reihe und waren durch emsiges Bürsten auf Hochglanz gebracht worden.

Auf dem massiven Mahagony-Schreibtisch lagen Kamm und Bürste, ein kleiner Stapel Taschentücher und eine kleine Schatulle mit Manschettenknöpfen, zwei Krawattennadeln und einem schweren Siegelring.

»Deine Eltern?« erkundigte sie sich und deutete auf zwei kleine Porträts.

Das also war der berühmte alte Dorfpfarrer, über den sie noch nicht ein schlechtes Wort hatte sagen hören, seitdem sie in Wyckerley war. Entgegen ihrer Erwartung sah er ganz anders aus als Christy. Wie sein Sohn wirkte er auf Anhieb sympathisch, hatte jedoch dunkle Haare und wache, hellbraune Augen, die eine enorme Willensstärke verrieten. Es war leicht sich vorzustellen, wie sehr er auf seinen Sohn Einfluß genommen hatte.

Christys Mutter hübsch zu nennen, war eine maßlose Untertreibung. Mit ihrem blonden Haar und den eisblauen Augen, die den Betrachter liebevoll und zugleich ein wenig ironisch ansahen, war sie eine Schönheit. Wahrscheinlich hatte sie dem Künstler mit einer gewissen Ungeduld Modell gestanden.

»Hast du die Porträts gemalt?«

»Ja.«

»Ich hätte es wissen müssen, sie sind sehr schön. Wie alt warst du, als du sie gemacht hast?«

»Um die zwanzig.«

»Ich würde liebend gerne auch deine anderen Arbeiten sehen. Du hast sie doch aufbewahrt? Wirst du sie mir zeigen?«

»Eines Tages ... wenn du möchtest«, lächelte Christy.

»Natürlich möchte ich das«, sagte Anne und ging zu dem Tischchen hinüber, das neben dem Bett stand und mit Büchern und einzelnen Papierblättern bedeckt war.

»Du schreibst deine Predigten im Bett?« fragte sie ungläubig.

»Wenn ich nicht weiterkomme damit, ja ... und das ist meistens der Fall.«

»Ach, hier ist ja das philosophische Buch, das ich dir letzte Woche in unser Versteck gelegt habe. Liest du es tatsächlich?«

»Dachtest du denn, ich würde es nicht tun?«

Anne geriet einigermaßen in Verlegenheit. Sie selbst hatte es nämlich nicht gelesen.

»Und was denkst du darüber?« fragte sie kleinlaut.

»Ich bin noch nicht ganz fertig damit. Am meisten beeindruckt mich die düstere Vision dieses Mannes von einer Welt, in der es keinen Gott gibt.«

»Ach wirklich? Ich denke, wir sollten einen theologischen Disput auf einen anderen Tag verschieben«, meinte Anne rasch, denn ihr war der eigentliche Grund eingefallen, warum sie ihn hier heraufgelockt hatte.

»Einverstanden«, lächelte er geduldig.

Anne setzte sich auf die Bettkante und strich mit der Hand glättend über die Überdecke.

»Wie weich sie sich anfühlt. Willst du dich nicht neben mich setzen?«

Christy antwortete nicht, und sie hielt den Atem an. Schließlich kam er auf sie zu.

»Anne«, flüsterte er.

Sie schlang ihre Arme um seinen Nacken und zog ihn

neben sich aufs Bett. Christy küßte sie mit einer Zärtlichkeit, die sie erzittern ließ.

»Danach habe ich mich schon den ganzen Abend gesehnt«, flüsterte er.

»Ich auch«, gestand sie leise.

Ihre Hand rutschte unter seine Jacke und streichelte seinen Rücken, während er sie abwechselnd küßte und ihr Zärtlichkeiten ins Ohr flüsterte.

Dann folgte sein Finger den Konturen ihrer feuchten Lippen, die sich bereitwillig öffneten. Sie spürte seine warme, süße Zunge, die ihren Mund erforschte, und ihre Hand rutschte tiefer, umschlang seine Hüften, und sie preßte ihn wild an sich, als er begann, die Knöpfe ihres Kleides zu öffnen.

Seine Wangen waren leicht gerötet, sein Blick von durchdringender Intensität. Dann streichelte seine Hand über die bloße Haut, die der Ausschnitt ihres Spitzenhemdchens freigab, und sie stöhnte leise. Ungeduldig schob er das störende Stückchen Stoff beiseite und zog an ihrem Korsett, so daß ihre jungen, festen Brüste herausrutschten, die er besitzergreifend in seine Hände nahm.

»Mein Liebling, meine geliebte Anne«, flüsterte er, und dann senkten sich seine Lippen über ihre Brustwarzen, die sich ihm erregt entgegenreckten.

»Heirate mich, mein Liebling«, murmelte er heiser. »Heirate mich.«

Anne spürte, wie sie dahinschmolz, und schloß die Augen.

»Nein ... ich kann nicht ... bitte ...«

»Anne ...«

»Frag mich nicht, Christy, mein Liebster ...«

Vorsichtig zog er sie hoch und küßte sie wieder, zärtlich, liebevoll und doch mit einer gewissen Traurigkeit.

»Ich werde dich nicht mehr fragen«, murmelte er und

streichelte ihr über die Wange. »Ich werde jedenfalls versuchen, es nicht zu tun.«

Dann stand er abrupt auf. Anne sah ihn erschrocken und verwirrt an.

»Christy! Bitte ... Du wirst mir doch jetzt nicht sagen, daß wir uns nicht wiedersehen können ... ich meine, daß wir nicht ...«

Er sah sie an. Seine Wangen waren immer noch leicht gerötet, die blonden Haare völlig zerzaust.

»Es ist besser für uns beide. Ich bringe dich jetzt nach Hause.«

Anne sprang auf, hob ihre verstreut herumliegenden Kleidungsstücke auf und knüllte sie vor ihrem Busen zusammen.

»Warum hast du mich dann so ... Hast du etwa versucht, mich zu verführen? Und wenn, wie konntest du dann aufhören? Christy, das ist gemein. Wie kannst du mich erst in einen solchen Zustand versetzen, und dann einfach abbrechen ...«

»Es tut mir leid«, entschuldigte er sich. »Es wird nicht mehr vorkommen.«

»Es wird nicht mehr vorkommen? Na, hervorragend! Soll ich mich jetzt besser fühlen? Christy, wann sehen wir uns wieder? Sag ... ich will es jetzt sofort wissen. Morgen? So sag doch endlich was.«

»Morgen geht es nicht. Ich muß nach Mares Head.«

»Wann genau?«

»Am Nachmittag.«

»Dann können wir uns doch am Vormittag sehen. Sag mir, wo wir uns treffen können. Oder komm zu mir zum Frühstück. Niemand wird sich dabei was denken.«

»Ich kann nicht.«

»Warum nicht? Antworte, Christy. Warum nicht?«

»Wirklich, es geht nicht.«

»Dann sag mir wenigstens den Grund.«

»Du wirst mich auslachen«, meinte er verlegen.

Anne schüttelte heftig den Kopf.

»Also gut, dann verrate ich es dir. Du weißt ja, Mrs. Weedie wird morgen in Tavistock operiert. Gleich in der Früh. Und du kennst ja Miss Weedie. Sie macht sich so entsetzliche Sorgen und ist vor Angst ganz durcheinander. Also habe ich ihr etwas versprochen. Ich habe ihr gesagt, daß sie keine Angst zu haben braucht, weil ich für Mrs. Weedie beten werde. Etwa drei Stunden lang, denn so lange wird der Eingriff ungefähr dauern.«

Anne ließ sich auf das Bett fallen und lachte, bis ihr die Tränen über die Wangen liefen.

»Ich heirate dich!« rief sie und verschluckte sich beinahe. »Du hast gewonnen, Christy. Ich gebe auf. Ich kann nicht mehr.«

Christy stand bei der Tür und beobachtete sie mißtrauisch.

»Hast du nicht gehört, was ich gesagt habe? Ich heirate dich.«

»Ich weiß, wie gern du dich über mich lustig machst, Anne. Aber in diesem Augenblick ist mir nicht nach Witzen zumute«, sagte er ernst und wandte ihr den Rücken zu.

»So warte doch«, rief sie, rappelte sich vom Bett hoch, ging auf ihn zu und nahm seinen Arm. »Ich habe mich nicht lustig über dich gemacht, Christy. Mir ist es völlig ernst. Ich liebe dich. Ich liebe dich von ganzem Herzen. Ich möchte deine Frau werden, mit dir in diesem schönen Haus leben und Kinder mit dir haben.«

»Anne ...«

»Ich kann nicht schwören, daß ich mich besonders gut zur Frau eines Geistlichen eigne, aber mit dem Problem mußt du eben fertig werden. Ich liebe dich, Hochwürden Morell, und ich werde alles tun, um dich glücklich zu machen.«

Christy starrte in ihre noch feucht schimmernden grünen Augen. Meinte sie es wirklich ernst? Konnte er ihr glauben?

»Und du hast deine Meinung nur wegen der Sache mit den Weedies geändert?«

»Das hat mir den Rest gegeben«, gestand sie. »Es war der auslösende Moment.«

»Oh, Anne«, stammelte er und küßte sie leidenschaftlich. »Ich bin so glücklich.«

»Ich auch, Christy. Ich liebe dich.«

»Ich liebe dich auch.«

Christy hielt sie fest in seinen Armen und dankte Gott lautlos für dieses Wunder. Wie merkwürdig das Leben manchmal war. Vor Minuten noch lag sie halbnackt in seinem Bett und weigerte sich ihn zu heiraten. Und dann erzählte er ihr von den Weedies, und plötzlich war sie damit einverstanden, seine Frau zu werden. Nur ein Wunder konnte diesen Sinneswandel bewirkt haben.

»Oh, schau nur, wie wir aussehen!« rief sie lachend und deutete zum Spiegel des Kleiderschranks.

Christy schob sie näher zum Spiegel, stellte sich hinter sie und umfaßte ihre Taille. Verlegen versuchte sie, ihre Blöße mit den Händen zu bedecken, aber er ließ es nicht zu.

»Sieh dich an«, sagte er sanft.

Ihre Bluse und ihr Spitzenhemdchen waren bis zur Taille heruntergerutscht, und oben aus dem Korsett ragten frech zwei rosafarbene Brustwarzen.

»Du erinnerst mich an diese unzüchtigen Damen, die Hogarth so gerne malte.«

Lachend lehnte sie sich an seine Brust zurück und seufzte. »Ich nehme an, daß wir jetzt warten müssen, bis wir verheiratet sind ...«

Christys Lippen huschten über ihren Hals und ihre nackten Schultern. Ihre Haut roch wundervoll.

»Glaubst du wirklich, ich kann dich jetzt gehen lassen?« murmelte er. »Bleib bei mir heute nacht, Anne.«

Langsam drehte sie sich herum und sah ihn prüfend an.

»Bist du sicher? Wirst du hinterher keine Schuldgefühle haben?«

»Das laß nur meine Sorge sein«, lächelte er.

»Das ist keine Antwort. Wirst du dich danach schuldig fühlen?»

»Ich weiß es nicht«, gab er ehrlich zu.

Würde er sich Vorwürfe machen müssen, wenn sie sein Bett teilte, bevor sie Mann und Frau waren? Warum eigentlich? Sie wollten es doch beide. Das Spiel zwischen ihnen war längst beendet. Es gab keinen Sieger und keinen Besiegten.

»Ich begehre dich schon so lange, Anne. Und du willst es doch auch, oder nicht?«

»Ja, aber ich möchte nichts tun, was dir hinterher vielleicht leid tut. Das will ich auf keinen Fall, Christy.«

»Damit muß ich selbst klarkommen, Anne«, sagte er.

Christy wußte genau, daß ihn eines Tages eine Strafe erwartete, aber das würde er ihr nicht sagen.

Anne betrachtete prüfend sein Gesicht. Meinte er das, was er sagte? Wollte sie überhaupt die Wahrheit wissen? Wenn sie ehrlich sich selbst gegenüber war, dann wollte sie in diesem Augenblick in der Tat nichts von der Wahrheit wissen.

»Wenn das so ist ...«, meinte sie verlegen lächelnd und trat beiseite, um sich auszuziehen.

Christy half ihr nicht dabei, obwohl sie das eigentlich erwartet hatte. Er stand einfach nur da und beobachtete sie. Erst als sie mit dem Verschluß ihres Rockes nicht zurechtkam, griff er hilfreich ein. Als sie nackt war, begann er ihre nackte Haut mit seinen Lippen zu erforschen, Zentimeter um Zentimeter, Stück für Stück. Und während sie sich zitternd seinen Zärtlichkeiten überließ, mußte sie noch einmal kurz daran denken, daß die bevorstehende Vereinigung ihrer Körper für ihn nicht dasselbe bedeuten konnte, wie für sie. Seiner Erziehung und seinem Glauben entsprechend war es nicht richtig, worauf sie sich da einließen, da sie das heilige Sakrament der Ehe noch nicht empfangen hatten. In gewisser Weise tat er ihr deswegen leid, andererseits ... nichts in der Welt konnte sie jetzt noch davon abhalten.

»Es ist nicht falsch, was wir tun, Christy«, betonte sie noch einmal leise, als sie mit großen erregten Augen im Spiegel seine Hände beobachtete, die ihre festen Brüste umfaßten.

»Weißt du, wie schön du bist?« murmelte er. »Eines Tages werde ich dich malen. Dann wirst du es wissen.«

Nach einem langen Kuß begann auch er sich auszuziehen. Ohne Scheu, denn er wußte, er brauchte sich seines muskulösen und gesunden Körpers nicht zu schämen.

»O Gott!« stammelte sie fast tonlos.

Was meinte sie damit? Was bedeutete ihr glutäugiger Blick? Und welche Gefühle verbargen sich dahinter?

»Ich werde dir nicht weh tun«, beeilte er sich zu versichern.

»Oh, Christy ...«, flüsterte sie. »Ich kann es kaum erwarten.«

Mit einem erleichterten Lachen trug er sie zu dem Bett, in dem er bisher immer alleine geschlafen hatte. Welch paradiesisches Gefühl, über Annes zarte Haut zu streicheln, ihre Brustwarzen in seinem Mund zu fühlen, ihre Schamhaare an seinem Bauch zu spüren. Er war dabei, völlig den Kopf zu verlieren, bevor er noch ihren Körper ganz erforscht hatte. Nur mit äußerster Anstrengung gelang es ihm, seine Bewegungen zu verlangsamen und sich auf ihren flachen Bauch zu konzentrieren, der sich seiner Zunge entgegenreckte.

»Oh ... Christy ...«, hauchte Anne. »Bitte ... komm ... ich ...«

Doch Christy ließ sich von ihrem drängenden Gestammel nicht aus der Ruhe bringen. Mit bebender Stimme flüsterte er Zärtlichkeiten, seine Hände waren überall, seine Zunge tief in ihrem Mund.

Er liebt mich, er liebt mich, frohlockte es in Anne, deren Finger in seinem blonden Haar verkrallt waren, um ihn noch näher, noch dichter an sich zu ziehen.

Endlich legte er sich zwischen ihre bereitwillig geöffneten Schenkel und versank in ihr.

»Ich liebe dich«, stöhnte sie.

»Ich liebe dich«, stöhnte auch er.

Ihr Mund öffnete sich unter seinen Lippen, und sie spürte in sich ein beinahe schmerzhaftes Sehnen.

»Christy!« hörte sie sich wie in weiter Ferne aufschreien.

Und dann fühlte sie sich auf rauschenden Wogen davongeschwemmt.

»O Gott«, keuchte Christy, bevor er schweißüberströmt bewegungslos auf ihr liegenblieb.

16

Anne betrachtete liebevoll den Schlafenden. Christys Körper war fast überall mit feinem blonden Flaum bedeckt. Nur sein Bauch, sein Gesäß und die Innenseiten seiner Arme, wo sie ihn so gerne küßte, waren unbehaart.

Sein Anblick verleitete sie zu träumen. Sie stellte sich vor, daß er nackt in einer Sommerwiese lag, zwischen all den Blumen, und sie über ihm kniete. Lächelnd malte sie sich aus, wie sie die Blumen pflücken und ihn damit schmücken würde.

Doch jetzt war es Winter, und der Sommer schien so fern. Wider Willen mußte sie gähnen. Sie kuschelte sich neben ihn, zog die Decke über sie beide und seufzte zufrieden. Kurz darauf war sie tief und fest eingeschlafen.

Bevor er leise in die Küche geschlichen war, um etwas zu essen zu holen, hatte Christy noch das Feuer geschürt. Als er zurückkam, war es angenehm warm im Zimmer, und Anne hatte die Decke fortgestrampelt. Vorsichtig stellte er das Tablett auf den Nachttisch. Sie sah aus wie eine nackte Läuferin, die Ellbogen und Beine unterschiedlich angewinkelt. Nur mit Mühe unterdrückte er die Lust, sie zu berühren. Bevor er sie weckte, wollte er sie noch ein Weilchen betrachten. Sie war so unglaublich schön.

Das rotblonde Haar schlängelte sich wie Flammen über das Kissen, und im Licht der Kerze wirkte ihre nackte Haut wie Gold. Wenn er sie jetzt in dieser Pose malen würde, würde er ihren linken Arm etwas anheben, damit die rosafarbene Brustwarze zu sehen war. Oberhalb ihres entzückenden Hinterteils gab es zu beiden Seiten der Wirbelsäule eine kleine Vertiefung, gerade groß genug für seinen Daumen. Als er leicht dagegenpreßte, öffnete sie die Augen, wandte ihm den Kopf zu und lächelte ihn, noch schläfrig zwar, aber glücklich an.

»Ich werde dich in Öl malen, nicht mit Wasserfarben«, sagte er.

»Was sagst du?«

»Darf ich dich malen?«

Ihre Hand verschwand unter seinem Morgenmantel und streichelte seine Brust.

»Du meinst nackt, nehme ich an.«

»Natürlich nackt.«

»Würdest du nicht exkommuniziert werden, wenn du das tust?«

»Wir brauchen das Bild ja nicht dem Bischof zu zeigen«, meinte er lächelnd.

»Du darfst mich malen, wenn du mir erlaubst, eine Zeichnung von dir zu machen. Ich kann am besten mit dem Bleistift umgehen. Ich habe sogar schon eine Idee für mein Bild, so wie ich dich im Traum gesehen habe. Mit vielen, vielen Blumen.«

»Einverstanden.«

Sie zog ihn an sich und gab ihm einen innigen Kuß. Einen Kuß, wie ihn wohl ein Ehepaar tauschen würde, das sich liebte. Er konnte es kaum erwarten, mit ihr verheiratet zu sein. Der Gedanke, daß sie womöglich noch ein Jahr bis zu ihrer Hochzeit würden warten müssen, war entsetzlich.

»Ich sterbe vor Hunger«, sagte sie.

»Da hast du Glück, denn das habe ich mir gedacht«, lachte er und deutete auf das Tablett.

»Ich frage mich ernsthaft, ob du überhaupt irgendwelche Fehler hast.«

»Meinen schwachen Punkt wirst du herausfinden, wenn du kostest, was ich da fabriziert habe.«

Auf dicken Butterbroten lagen Schweinebratenscheiben, die mit geriebenem Meerrettich bestrichen waren. Dazu gab es Kartoffelbrei und Brunnenkresse, die das ganze Jahr über an den Ufern des Wyck wuchs. Aus dem Keller seines Vaters hatte er eine Flasche Chambertin besten Jahrgangs heraufgeholt.

Sie aßen nebeneinander sitzend im Bett. Anne hatte sich schnell eines seiner Hemden übergestreift und betonte immer wieder, daß es das Köstlichste war, was sie je gegessen hatte.

»Heißt das, ich habe gar keinen Fehler?« neckte er sie.

»Ich habe noch keinen entdeckt. Aber das gibt es nicht. Jeder hat Fehler. Ich werde sie in den nächsten fünfzig Jahren schon herausfinden, meinst du nicht auch?«

Gleichzeitig ließen sie ihre Gabeln sinken und küßten sich.

»Ich verdiene nicht sehr viel«, sagte Christy dann. »Ich sehe das Pfarrhaus zwar als mein Zuhause an, weil ich hier geboren und aufgewachsen bin, aber in Wirklichkeit wird mir eine Art Miete vom Gehalt abgezogen. Und mein Nachfolger wird es bewohnen, wenn ich nicht mehr hier bin.«

»Na, dann kann wenigstens niemand behaupten, ich hätte dich deines Geldes wegen geheiratet.«

»Im Gegenteil, eher wird man mir unterstellen, daß ich dich zur Frau genommen habe, weil du sehr reich bist.«

»Unsinn. Kein Mensch, der dich kennt, käme auf diese Idee.«

Christy schwieg. Er konnte sich vorstellen, daß die Leute eine Menge zu reden haben würden, wenn ihre Verlobung bekannt wurde. Aber mit diesen Ahnungen wollte er Anne nicht belasten.

»Außerdem wirst du in einigen Jahren Bischof sein, das nehme ich doch mit Sicherheit an«, meinte Anne und biß herzhaft in einen Apfel.

»Meinst du?«

»Ein Mann ohne Fehler ist dazu bestimmt, Karriere zu machen. Wie wird man eigentlich Bischof?«

»Der Premierminister schlägt einen Kandidaten vor, der dann von der Königin in das Amt eingesetzt wird.«

»Lieber Himmel, ich werde eine Menge lernen müssen, was diesen Kirchenkram betrifft. Wenn ich allein an die Unzahl von Heiligen denke, die das Jahr über gefeiert werden ...«

»Kennst du den heiligen Donald?« fragte Christy lachend. »Am 15. Juli wird er geehrt. Und wenn es an diesem Tag regnet, dann wird es weitere vierzig Tage regnen. Das wird jedenfalls behauptet.«

»Die Leute werden schon recht haben«, seufzte Anne. »Ich hasse diese langen Winter hier.«

»Ich fürchte, auf das Wetter habe ich keinen Einfluß.«

»Das weiß ich doch. Ich will dir auch nur klarmachen, welches Opfer ich für dich auf mich nehme.«

»Ich weiß es zu schätzen, mein Liebling, und ich verspreche dir, dich immer warm zu halten.«

Mit diesen Worten zog er sie ganz fest an sich und küßte sie, bis sie keine Luft mehr bekam.

»Wie spät ist es eigentlich?« fragte sie, als er endlich ihren Mund freigab.

»Spät.«

»Wie spät?«

»Kurz nach drei.«

»Erst? Wie schön. Im Winter steht in Lynton Great Hall keiner vor sechs Uhr auf. Wir haben also noch fast drei Stunden für uns«, lächelte sie.

»Zeit genug, um mir die Geschichte deines Lebens fertig zu erzählen.«

»Jetzt?«

»Nur, wenn du möchtest, natürlich. Wenn du dazu keine Lust hast ... Aber ich denke, einiges ahne ich. Ich weiß, daß deine Ehe mit Geoffrey nicht glücklich war. Aber ich habe das Gefühl, es waren nicht nur die üblichen Schwierigkeiten zwischen zwei Menschen, die nicht zusammenpassen und sich nicht lieben. Habe ich recht?«

Es schien Anne schwerzufallen, darüber zu sprechen. Sie schüttelte ihr Kissen zurecht, lehnte sich mit dem Rücken dagegen und zupfte unentschlossen an der Bettdecke.

»Du darfst nicht glauben, daß ich es dir verheimlichen wollte, nur ... Also, ich habe es immer wieder aufgeschoben, Vorwände gesucht, um es nicht zu tun. Aber da du mich nun darauf angesprochen hast ...«

»Ist es denn so schrecklich?«

»Schrecklich? Ja, gewiß ... und geschmacklos. Was hatte ich dir zuletzt erzählt? Ach ja, jetzt weiß ich es ... Geoffrey hat mich gerade zum ersten Mal verlassen.«

Christy wurde bewußt, daß in ihrer Stimme wieder dieser bittere Unterton mitschwang, wie immer, wenn sie von Geoffrey sprach. Am liebsten hätte er sie darauf hingewiesen, aber er unterließ es. Vielleicht war es für sie die einzige Möglichkeit, ihre furchtbaren Erfahrungen in Worte zu kleiden.

»Wovon hast du in London gelebt? Hat er dir Geld geschickt?«

»Manchmal. Ich wohnte in unserer Wohnung in Holburn, hatte einen Bediensteten und keine Freunde. Überdrüssig, immer allein zu sein, versuchte ich, in Künstlerkreisen Anschluß zu finden, was sich aber bald als unerfreulich herausstellte.«

»Warum das?«

»Weil die Männer nichts anderes im Kopf hatten, als mich verführen zu wollen, und die Frauen mir dementsprechend mißtrauten. Die ganze Situation war idiotisch und mißfiel mir sehr.«

»Was hast du also gemacht?«

»Hauptsächlich mußte ich mich darum kümmern, daß ich Geld verdiente, um die Miete bezahlen zu können. Ich versuchte es mit Malen, aber ich sagte dir ja schon, daß mein Talent sich in Grenzen hält. Dann fing ich an, eine Biographie über meinen Vater zu schreiben, aber es gab keinen Verleger, der sich dafür interessierte. Also habe ich Kurzgeschichten verfaßt, über das Leben mit Papa in der Provence und dergleichen, und hin und wieder wurde sogar eine angenommen, und ich bekam Geld dafür.«

»Und Geoffreys Vater? Hat er dich nicht finanziell unterstützt?«

»Du kanntest ihn besser als ich, Christy. Glaubst du im Ernst ...«

»Hast du ihn denn darum gebeten?«

»Das habe ich. Allerdings nur ein einziges Mal. Er hat mir daraufhin geschrieben und meine Bitte kurz und bündig abgelehnt. Wie man sich bettet, so liegt man! Das hat er mir sehr deutlich zu verstehen gegeben und mir geraten, ihn nicht mehr zu belästigen.«

Anne trank einen kleinen Schluck aus ihrem Glas, als könne sie mit dem Wein ihre wieder aufgelebte Wut hinunterkippen.

»Also warst du im Grunde vollkommen auf dich selbst angewiesen?«

»So kann man das sagen.«

»Und trotzdem hast du dir keinen Liebhaber zugelegt?«

»Nein, das sagte ich dir bereits.«

»Ich erinnere mich gut, aber ... ich hoffe, du verzeihst mir ... Aber das entspricht doch so gar nicht der Einstellung einer in der Stadt lebenden Dame. Mir kommt deine Haltung eher ziemlich provinziell vor.«

»Oh, meine diesbezügliche Bemerkung scheint dich aber ziemlich getroffen zu haben, mein Lieber«, lachte Anne.

»Nein, so ist das nicht. Ich hatte einfach angenommen, daß du, weil du viel in der Welt herumgekommen bist, dir Liebhaber nehmen würdest, während dein Mann nicht da ist. Aber du hast es nicht getan.«

»Ich hätte es natürlich tun können ...«

»Oh, dessen bin ich mir sicher.«

»Ich bekam mehrere Anträge dieser Art.«

»Und warum hast du dich nicht darauf eingelassen?«

»Bestimmt nicht aus moralischen Gründen ...«

»Das kann ich mir denken.«

»Oh, Christy, ich weiß es nicht«, seufzte Anne. »Vielleicht hat es mir an Entschlußfreudigkeit gefehlt. Ich fühlte mich hintergangen von Geoffrey. Er hat mir sehr weh getan.«

»Ein Grund mehr, sich auf eine Liaison einzulassen. Aus Rache gewissermaßen.«

»Ich gebe zu, manchmal haben mich solche Empfindungen überkommen.«

»Und trotzdem hast du es nicht getan«, beharrte er.

»Es gab da einen Mann«, gab sie zögernd zu. »In Wirklichkeit sogar zwei.«

»Vielleicht möchte ich doch nichts darüber wissen«, meinte Christy, dem es nun leid tat, das Thema angeschnitten zu haben.

»Zu spät, mein Lieber. Du hast mich gefragt, und du sollst eine Antwort bekommen. Also, es gab da einen alten Freund meines Vaters. Ich kannte ihn von Kindheit an. Im Grunde war er fast so etwas wie ein Onkel für mich. Nachdem Geoffrey mich hat sitzenlassen, habe ich diesen Mann aufgesucht und um Rat gebeten. Ohne im geringsten zu zögern, hat er mir Geld gegeben, ich glaube, es waren hundert Pfund. Ich denke, du kannst erraten, was dann passierte. Schon nach kurzem stellte sich heraus, daß er nicht daran interessiert schien, das Geld von mir zurückzubekommen. Er wollte mich. Ich weiß nicht, ob du dir vorstellen kannst, wie mir zumute war. Zum zweiten Mal fühlte ich mich hintergangen. Das war für mich sehr schwer zu verkraften. Ich hatte es satt, das Opfer scheinbar hilfreicher Männer zu werden. Also blieb ich allein und habe mir eine Katze angeschafft. Und ich freundete mich mit den Frauen in der Nachbarschaft an, die fast alle unter ähnlichen Umständen leben mußten wie ich. Wir haben uns gegenseitig geholfen, wenn es nötig war. Und gelegentlich kam etwas Geld von Geoffrey. Irgendwie habe ich überlebt. Und dann kam er heim und war krank ...«

»War da nicht von einem zweiten Mann die Rede?«

»Na gut, dann sollst du das auch hören. Ich war ein bißchen verliebt in ihn. Ein Bildhauer ... ich wußte ja nicht, wo Geoffrey sich aufhielt und ob ich ihn je wiedersehen würde ... Also, ich war drauf und dran, mich auf eine Affäre mit dem Bildhauer einzulassen. Doch dann ist es doch nicht dazugekommen, was ich nicht im geringsten bedauere. Ich kann nicht sagen, was mich eigentlich letztendlich davon abhielt ... manchmal fürchtete ich unfähig zu sein, eine sexuelle Beziehung einzugehen ... Aber das trifft ja offenbar nicht zu, und ich denke, ich weiß jetzt, warum ich ihn mir nicht als Liebhaber nahm.«

»Und warum?«

»Weil ich ihn nicht genug liebte. Das weiß ich jetzt, seitdem ich dich liebe. Es gibt keinen anderen, der für mich je in Frage kommt. Nur du.«

Sie fielen sich in die Arme und hielten sich ganz fest.

»O Anne, weißt du, wie glücklich du mich machst?«

»Hoffentlich«, meinte Anne. »Aber laß mich dir den Rest der Geschichte erzählen. Du wirst es nicht glauben, aber das Schrecklichste kommt noch.« Sie lachte bitter.

»Erzähl es mir.«

»Geoffrey kam also zurück. Nach mehr als zwei Jahren. Er sah aus ... Er hatte sich völlig verändert, es ist schwer zu beschreiben. In Burma hatte er sich die Malaria eingefangen, erzählte er mir. Die Haare waren ihm ausgegangen. Er wirkte wie ein alter Mann, der nur mühsam sprechen konnte, und sein Körper war mit Entzündungen und Geschwüren übersät. Seinen Arzt mochte ich nicht, ich hielt ihn für einen Quacksalber. Aber für einen besseren fehlte uns das Geld. Von den Medikamenten, die er bekam, wurde er noch kränker. Monate vergingen, aber ich war fast sicher, daß er sterben würde. Aber dann, es schien wie ein Wunder, erholte er sich langsam. Als er endlich wieder aufstehen konnte und fast so war wie früher, da erzählte mir dieser Quacksalber etwas, obwohl er Geoffrey versprochen hatte, es niemals zu verraten. Und obwohl ich diesen Menschen nicht ausstehen konnte, muß ich zugeben, daß er mir wahrscheinlich das Leben gerettet hat.«

Christy hielt den Atem an. Konnte es sein, daß sich seine Ahnung bestätigte?

»Geoffrey litt nicht an Malaria, sondern an Syphilis. Warum er mich belogen hat oder wie lange er vorhatte, mich weiter zu belügen, das weiß ich nicht und will es auch nicht wissen. Wann genau er sich angesteckt hat, konnte man nicht sagen. Da er jedoch bereits das zweite Stadium dieser Krankheit erreicht hatte und mir zum Glück nichts fehlte, nahm der Arzt an, daß es kurz nach dem Verlassen Londons geschehen sein muß.«

»Mein armer, armer Liebling«, murmelte Christy und hielt sie ganz fest.

»Dann fand ich heraus, warum es ihm nach Einnahme der Medizin immer so schlecht ging. Er nahm Quecksilber. Quecksilberkuren führen fast immer zu guten Heilerfolgen.«

»Du lieber Himmel!«

»Damit verschwanden immerhin die Ekzeme, und er schwor, er sei geheilt. Er machte sich sogar wieder auf in den Krieg. Diesmal in Indien. Dann wurde er wieder krank. Die Diagnose lautete Quecksilbervergiftung, und all die Symptome seiner Syphilis kehrten zurück. Deswegen quittierte er den Dienst in der Armee und kam nach Hause. Für immer. Das dachte ich jedenfalls.«

»Als ihr also nach Wyckerley kamt ...«

»In gewisser Weise erholte er sich, und wieder behauptete er, geheilt zu sein. Er nahm jetzt eine andere Medizin, die ihm zu helfen schien. Jodsalz, glaube ich. Vielleicht war er ja geheilt, ich weiß es nicht. Wir werden es niemals wissen.«

Anne machte eine Pause. Das Erzählen dieser furchtbaren Einzelheiten schien sie unendliche Mühe zu kosten.

»Als er das zweitemal nach Hause kam ... Es war die Hölle. Du kannst es dir nicht vorstellen. Die Krankheit in Verbindung mit seinem Alkoholismus ließen ihn manchmal wie einen Verrückten benehmen. Ich habe noch nie jemanden so entsetzlich leiden sehen. Körperlich, aber auch seelisch. Tiefe Hoffnungslosigkeit muß ihn gequält haben. Dieses verdammte Soldatenleben bedeutete ihm alles, und nicht einmal das war ihm geblieben. Er verlor völlig die Kontrolle über sich und seine Handlungen, und immer mehr seiner alten Freunde mieden ihn. Übrig blieben eigentlich nur so verkommene Subjekte wie Claude Sully. Es muß furchtbar für ihn gewesen sein zuzusehen, wie sein Körper von der Krankheit aufgefressen wurde. Manchmal geht es schnell, manchmal langsam. Bei Geoffrey ging es verhältnismäßig schnell. Über das Endstadium weiß ich nichts. Aber wenn ich es recht überlege, dann war sein Tod vielleicht eine Erlösung für ihn. Was mich wundert, ist, daß die Armee ihn in diesem Zustand wieder aufgenommen hat.«

Christy streichelte sie liebevoll und tröstend, während sie einige Minuten schweigend ins Feuer starrten.

»Ich wünschte, du hättest mir früher davon erzählt. Oder er hätte etwas gesagt. Ich weiß zwar nicht, wie ich hätte helfen können, aber ...«

»Ich konnte nicht früher darüber reden.«

»Das verstehe ich. Ich wollte dir auch keinen Vorwurf machen ...«

»Aber sicherlich hast du recht. Es wäre besser gewesen, wenn du davon gewußt hättest. Weißt du, auf seine Art hat Geoffrey dich geliebt.«

»Glaubst du das wirklich?«

»Ich weiß es. Und vielleicht hättest du ihm helfen können. Es war furchtbar, mit diesem Geheimnis zu leben. Ich weiß, daß du niemals danach fragen würdest ... also sage ich es dir von mir aus ... Nach unserer kurzen Hochzeitsreise haben wir nie mehr miteinander geschlafen. Ich weiß, daß er mich begehrte, aber ich konnte ihm nichts geben. Nicht meinen Körper und auch sonst nichts, denn ich liebte ihn nicht. Ich war seine Krankenschwester, das ist alles. Die zwischen uns herrschende Bitterkeit war wie ein Alptraum, und zuletzt hatte ich auch noch Schuldgefühle ...«

Anne holte tief Luft, um ein Schluchzen zu unterdrükken. Ihr Kopf sank an Christys Brust, und sie weinte bitterlich. »... Ich glaube, zum Schluß liebte er mich. Er hat es mir niemals gesagt, aber ich bin überzeugt davon ... oh, Christy ...«

Christy wiegte sie wie ein kleines Kind in seinen Armen und flüsterte beruhigend auf sie ein. Schließlich hörte sie auf zu weinen und wischte sich die Wangen mit seinem Taschentuch ab.

»Bis zu dieser Minute habe ich das nicht einmal mir selbst eingestanden. Ich glaube, ich habe bewußt versucht, nicht daran zu glauben, weil es alles noch schlimmer macht.«

»Das tut es nicht. Geoffreys Leben war ohne Zweifel die Hölle, aber ich nehme an, daß ihm seine Liebe zu dir geholfen hat, sein Schicksal zu ertragen. Auch wenn diese Liebe vielleicht hoffnungslos war ... Du solltest dankbar sein, daß ihm wenigstens das geblieben ist.«

»Ich liebe dich, Christy«, sagte sie und barg ihren Kopf an seinem Hals, während ihre Finger an den Knöpfen ihres Hemdes nestelten. »Ich möche, daß du mich liebst, jetzt.«

Barbusig griff sie nach dem Gürtel seine Morgenmantels, entkleidete ihn und kniete sich über ihn. Sie nahm seine Hände und legte sie auf ihre Brüste. Dann ließ sie ihr Becken kreisen, so daß er erregt wieder ihr Schamhaar berührte. Christy stöhnte laut, während seine Hände ihre Taille umfaßten, um sie auf sich niederzudrücken.

Doch Anne lachte nur und rutschte tiefer. Mit ihren weichen, rotblonden Haaren liebkoste sie seine Haut, dann beugte sie sich mit dem Mund über ihn. Christy bäumte sich keuchend unter ihr auf.

»Anne ... Liebling ...«

»Gefällt dir das, Christy?« lachte sie leise.

Mit einem Ruck setzte er sich halb auf und riß sie über sich. Seine Zunge war überall, in ihrem Mund, an ihrem Hals, an ihren harten kleinen Brustwarzen, an denen er sich festsaugte, bis sie vor Lust aufschrie. Ohne den warmen Ort zu verlassen, wälzte er sie auf den Rücken und stieß zu. Immer wieder. Ihr Kopf bewegte sich von einer Seite zur anderen, ihre Hände krallten sich in seinen Rücken, und ihre um seine Hüften geschlungenen Beine bestimmten den Rhythmus, der sie beide gleichzeitig das Paradies erreichen ließ.

Liebevoll betrachtete er danach ihr von Erschöpfung gezeichnetes Gesicht.

»O Anne, wie schön du bist! Und wie sehr ich dich liebe«, flüsterte er und küßte sie auf die geschlossenen Lider.

Milchigweißer Nebel schwebte über dem Fluß, und das winterliche Gras an den Ufern des Wyck war im Rauhreif erstarrt, als Christy sie im Morgengrauen nach Hause begleitete.

»Das Leben ist ungerecht«, lachte Anne. »Ich werde Mrs. Fruit sagen, daß meine Migräne sich nicht gebessert hat, in mein Bett kriechen und mich ausschlafen, während du für Mrs. Weedie beten und dann nach Mares Head reiten mußt, um ... warum eigentlich?«

»Um den Dekan zu treffen.«

»Armer Christy. Wie wirst du den Tag überstehen, nach dieser Nacht ...«

»Ich werde es schon irgendwie schaffen«, lachte Christy

und küßte ihre kleine Hand. »Wie kommst du denn ins Haus, ohne gesehen zu werden?«

»Ich habe die Haustür unverschlossen gelassen. Es müßte mir gelingen, ungesehen in mein Zimmer zu schleichen. Sollte ich aber doch jemandem begegnen, dann sage ich einfach, ich habe einen Spaziergang gemacht.«

»Um halb sechs Uhr morgens?«

»Kann sein, daß man mir nicht glaubt. Aber was ich in Wirklichkeit gemacht habe, darauf kommt kein Mensch«, lachte sie. »Du verabscheust diese Lügen, nicht wahr?« fragte sie, als sie den ernsten Ausdruck in seinem Gesicht entdeckte.

»Das stimmt. Ich würde es vorziehen, wenn diese Geheimniskrämerei nicht nötig wäre.«

»Ich kann mir nicht helfen«, meinte Anne. »Irgendwie genieße ich diesen Zustand. Es ist aufregend, aber ich kann dich natürlich verstehen. Und ich liebe dich um so mehr, weil du meinetwegen etwas tust, was dir im Grunde widerstrebt. Ich hoffe nur, du machst dir jetzt keine Vorwürfe, weil wir ... weil wir uns geliebt haben.«

»Ehrlich gesagt, ich weiß nicht, ob sich das ganz vermeiden lassen wird ...»

»Ich glaube nicht, daß Gott uns böse ist. Wir haben nichts Unrechtes getan, Liebling. Christy? Deine Schuldgefühle werden dich doch nicht davon abhalten, mich weiter zu lieben, oder?«

»Die Antwort kennst du.«

»Und du wirst zu mir kommen? Ins Pförtnerhäuschen? Ich werde mir schon irgendeine Entschuldigung einfallen lassen, warum ich plötzlich will, daß es saubergemacht wird. Wie ich allerdings meinen Wunsch nach frischer Bettwäsche erklären soll, das weiß ich noch nicht. Aber überlaß das nur mir«, fügte sie schnell hinzu, als sie merkte, daß ihm das Thema peinlich war. »Ich werde jetzt besser gehen«, seufzte sie.

Aber sie tat nichts dergleichen, und er ließ sie auch nicht los.

»Ich liebe dich, Christy. Denk daran, wenn dein Gewissen dich plagt«, flüsterte sie.

»Mach dir keine Sorgen um mich. Ich werde schon damit zurechtkommen.«

»Aber ...«

»Du machst mich glücklich, Anne, nicht unglücklich.«

»Küß mich, Christy«, bat sie und reckte sich ihm auf Zehenspitzen entgegen.

Er zog sie ein letztes Mal an sich und gab ihr einen innigen Abschiedskuß.

Auf der Brücke drehte sie sich noch einmal um.

»Schreib mir ein Gedicht«, rief sie leise, »und lege es in unser Versteck.«

»Einverstanden«, rief er zurück und fragte sich insgeheim, wie sie in Wirklichkeit über seine poetischen Ergüsse dachte.

Anne eilte über die Brücke auf das Haus zu.

Gütiger Gott im Himmel, was habe ich nur getan, dachte sie, während sie die Haustür aufdrückte.

17

2. Februar

Ich bin verliebt. Nur so läßt es sich erklären, warum mir das schreckliche Wetter hier nichts mehr ausmacht.

Ich sitze in meinem kleinen Salon am Fenster und beobachte die tiefhängenden Wolken, die fast die Wipfel der hohen alten Bäume berühren. Offenbar kommt es nur darauf an, wie man die Dinge betrachtet, und im Augenblick empfinde ich die trostlose Landschaft als wunderschön. Aber in meinem heutigen Zustand würde ich mich wahrscheinlich sogar in einer Zelle des Dartmoor-Gefängnisses wohl fühlen.

Trotzdem habe ich immer noch Zweifel und Ängste, was meine Heirat mit Christy betrifft. Aber sie sind kein Hinderungsgrund mehr, sondern eher eine Herausforderung.

Seitdem ich weiß, daß ich wahrscheinlich den Rest meines Lebens hier verbringen werde, sehe ich Wyckerley mit anderen Augen. Die engen Gassen und die niedrigen Häuser wirken auf einmal viel freundlicher auf mich als zuvor. Die Kirche des Dorfes erfüllt mich mit einem Stolz, als hätte ich sie selbst entworfen, und das Pfarrhaus hat sich in meinen Gedanken bereits in mein künftiges Zuhause verwandelt. Mrs. Ludd wird meine Haushälterin, ihr Mann mein Gärtner sein. Und obwohl ich Lynton Great Hall mit der Zeit liebgewonnen habe, habe ich es nie als mein wirkliches Heim betrachtet. Es gehörte Geoffrey, und der nächste Besitzer wird Sebastian Verlaine sein. Ganz anders ist es mit dem Pfarrhaus, das Christy unbedingt mit mir teilen will. Ich bin die glücklichste Frau der Welt.

Inzwischen habe ich auch eingesehen, daß mir der Glaube an Gott nur deswegen fehlt, weil ich es nie anders gelernt habe. Papa war in dieser Hinsicht das schlechteste Vorbild, das man sich denken kann, denn er haßte jegliche Religion und betrat eine Kirche nur, wenn er sie malen mußte. Meine daher rührenden Vorurteile gilt es abzubauen. Ich habe begonnen, Christy immer häufiger über seinen Glauben und seine Religion auszufragen. Dadurch lerne ich viel, aber noch weigert sich mein Verstand, sich vollständig damit anzufreunden. Ich warte also immer noch darauf, daß Gott mir sein Geschenk zuteil werden läßt.

Inzwischen bin ich der Meinung, daß Gläubige besser

dran sind, als diejenigen, deren Leben nur aus Eigennutz besteht. Die Religion richtet keinen Schaden an, soweit ich das beurteilen kann. Ich hoffe also, daß ich mit der Zeit lerne, sie nicht nur mit meinem Verstand, sondern auch mit meinem Herzen anzunehmen.

6. Februar

»Priester zu sein bedeutet zu lieben!« Das war die wichtigste Botschaft, die der alte Pfarrer Morell seinem Sohn vermittelt hat. Das bedeutet, auch in der Religion ist die Leidenschaft gegenwärtig.

8. Februar

Gerade war Christy bei mir, und jetzt weiß ich endlich den Grund, warum wir bis November warten müssen, um unsere Verlobung bekanntzugeben. Ich verstehe gar nicht, warum mir das nicht selbst eingefallen ist. Christy möchte meinetwegen einen Skandal vermeiden. Von diesem ehrenwerten Vorsatz will er sich durch nichts abbringen lassen. Aber ich werde alles versuchen, um ihn vielleicht doch noch umzustimmen.

14. Februar

Christy hat wieder ein Gedicht für mich gemacht.

Du bist schön, ach, so schön!
Deine Augen sind wie Taubenaugen;
Deine Lippen sind wie eine scharlachfarbene Schnur,
und deine Rede lieblich.

Deine Wangen sind wie der Ritz am Granatapfel.
Deine Brüste sind wie zwei junge Rehzwillinge,
die unter den Rosen weiden.
Deine Lippen, o meine Braut, sind wie triefender Honigseim;
Honig und Milch ist unter deiner Zunge,
und deiner Kleider Geruch ist wie der Geruch des Libanon.
Dein Schoß ist wie ein runder Becher, dem nimmer Getränk mangelt;
dein Leib ist wie ein Weizenhaufen, umsteckt mit Rosen.
Wie schön und wie lieblich bist du,
du Liebe voller Wonne.

Ich kann mir nicht vorstellen, daß er das Hohelied Salomons als sein eigenes Gedicht ausgeben will. Wahrscheinlich will er mich hereinlegen. Warten, bis ich es lobe und mir dann schadenfroh zurufen: »Das stammt aus der Bibel!«

Es ärgert mich ein bißchen, daß er meint, ich würde es nicht erkennen. Ich mag ja ungläubig sein, aber nicht unbelesen.

18. Februar

Wieder einmal haben wir uns gestritten. Nicht im üblichen Sinn, denn das ist mit Christy unmöglich. Mit unglaublicher Geduld und Fairneß zermürbt er mich. Es ging um seine Schuldgefühle. Er möchte im stillen darüber brüten, wenn er allein ist. Ich hingegen will darüber reden, so unerfreulich das Thema auch ist. Ich sage ihm nicht, wie weh es mir tut, daß ihn wegen unseres Tuns immer noch moralische Bedenken plagen — ich denke, er weiß es.

In einer Sache stimmt er mir zu. Unsere Liebe zueinander ist richtig. Geteilter Meinung sind wir über die körperlichen Beweise unserer Liebe. Ich nenne ihn zwar nicht mehr einen Provinzler, aber ich habe eingesehen, daß unser Elternhaus dafür verantwortlich ist, warum wir die Sache als solche aus verschiedenen Blickwinkeln betrachten. Er versäumt nie, mich darauf hinzuweisen, wie schwer es ihm fällt, seiner Gemeinde Keuschheit zu predigen, wenn sein eigenes Verhalten dagegen spricht. Wie soll er, so fragt er mich, einem heranwachsenden Knaben in die Augen sehen und ihn zurechtweisen, wenn dieser eine Jungfrau verführt, ein Bordell besucht oder mit seiner Liebsten vor der Hochzeit im Heuhaufen verschwindet? Wie soll er einem Bauern klarmachen, daß seine Affäre mit einer Witwe eine Sünde ist?

Ich bestehe darauf, daß all dies keine Sünde ist und daß mir jegliches Verständnis dafür fehlt, warum er den Leuten das Gegenteil einreden will. Christy wirft dann die Arme in die Luft und murmelt Dinge wie ›heidnisch‹ oder ›gottlos‹. Angenommen, der Bauer ist verheiratet, erwidere ich, dann ist es vielleicht nicht richtig, was er tut. Wenn aber beide Beteiligten frei sind, was soll dann der Blödsinn? Schließlich haben Christy und ich vor zu heiraten. Wo steht geschrieben, daß wir uns nicht körperlich lieben dürfen? In der Bibel nicht, das muß er immerhin zugeben. Sind wir nicht Menschen aus Fleisch und Blut? Gott wollte, daß wir einander begehren, oder etwa nicht? Folglich ist unser Liebesakt keine Sünde.

In einem Buch fand ich einen Spruch des heiligen Augustinus. Er sagt: »Liebe, und tue, was du willst.«

Christy hält sofort mit einem anderen Spruch des Heiligen dagegen. »Gib mir Keuschheit und Enthaltsamkeit, aber nicht jetzt.« Das heißt, der Heilige hielt ein moralisches, keusches Verhalten zwar für besser als Unkeuschheit, aber er war ganz offensichtlich kein Fanatiker. Ich glaube, Christy denkt so ähnlich, wenn ihm sein Gewissen dabei nicht im Wege steht. Manchmal möchte ich ihn beim Kragen nehmen und ihn so lange schütteln, bis seine Aufrichtigkeit, seine Gewissensregungen und seine Redlichkeit von ihm abfallen — obwohl ich all das an ihm liebe.

22. *Februar*

Heute haben wir uns gegenseitig versprochen, weder über die Zukunft zu reden noch zu streiten, sondern die kurzen Zeitspannen zu genießen, die wir beisammen sein können. Was für ein Nachmittag. Ich hätte in seinen Armen sterben können mit dem wunderbaren Wissen, daß mein Leben lebenswert gewesen ist.

Das Pförtnerhäuschen! Das Wort zergeht mir auf der Zunge. Wenn wir erst einmal verheiratet sind, dann sollten wir zumindest an den Geburtstagen in dieses Liebesnest zurückkehren, der guten alten Zeiten wegen. Welch ein Glück, welche Zufriedenheit mich überkommt. Noch als alte Dame werde ich mich an diese heimlichen Verabredungen am Nachmittag oder um Mitternacht erinnern.

Christy hat immer noch Schwierigkeiten damit, daß wir Ausreden erfinden müssen, um beisammen sein zu können. Wenn wir dann aber in unserem kleinen, gemütlichen Liebesnest sind, dann vergißt er alles andere und ist der beste Liebhaber der Welt. Ich selbst befinde mich in einem andauernden Zustand der Erregung. Ich nehme an, daß mein Körper mit der Zeit weniger heftig reagieren wird, wenn er sich erst einmal an diese unbeschreiblich schöne Erfahrung gewöhnt hat. Im Augenblick jedoch lebe ich nur für die wenigen Stunden, die ich mit Christy zusammen sein kann.

Merkwürdigerweise habe ich früher meine körperlichen Bedürfnisse nie sonderlich beachtet. Sex hat mich zwar interessiert, aber ich war nicht besessen davon. Allerdings widerte er mich auch nicht an, wie das bei vielen Engländerinnen der Fall sein soll. Papa war unersättlich in dieser Beziehung und hatte Geliebte wie Sand am Meer. Seine Affären waren meist von so kurzer Dauer, daß mir nicht einmal die Zeit blieb, mich an eine der Damen zu gewöhnen.

Inzwischen scheine ich mich völlig gewandelt zu haben. Ich erkenne mich selbst kaum wieder. Nicht, daß ich von Sinnen wäre. Im Gegenteil, ich habe das Gefühl, daß sich zwischen mir und der Welt ein Schleier gelüftet hat. Ich sehe, höre, fühle intensiver als vorher. Mein Körper meldet Bedürfnisse an und sehnt sich nach Leidenschaft, nach Erfüllung. Ich existiere als sexuelles Wesen. Und während ich ein Buch lese, aus dem Fenster sehe oder eine meiner einsamen Mahlzeiten einnehme, kann ich mich in eine Art Trance versetzen, in der ich nichts weiter bin als eine Masse Fleisch, die sich nach befriedigender Erlösung sehnt. Und das dank Christy. Ich schäme mich nicht zuzugeben, daß ich ihn auch deswegen liebe.

Es ist keine Sünde, bei Gott nicht, und tief in seinem Inneren stimmt Christy mir zu. In diesem Fall habe ich einmal recht. Er ist zwar klüger als ich, aber diesmal bin ich ihm einen Schritt voraus.

27. Februar

Der kürzeste Monat des Jahres. Könnten nicht alle Monate nur zehn Tage haben, damit es schneller November wird?

Heute nachmittag bin ich bei den Weedies zum Tee eingeladen. Aus sicherer Quelle weiß ich, daß Captain Carnock Miss Weedie letzten Sonntag nach dem Gottesdienst heimbegleitet hat. Sollte er heute ebenfalls bei den alten Damen auftauchen, werde ich mich mit eigenen Augen davon überzeugen können, ob sich die beiden schon nähergekommen sind.

In erster Linie hoffe ich natürlich auf Christys Kommen. Ehrlich gesagt, ich liebe diese Begegnungen in der Öffentlichkeit, im Gegensatz zu ihm. Es erregt mich, wenn wir, trotz unserer Vertrautheit, unsere Rollen als Pfarrer und Gutsherrin zu spielen gezwungen sind. Heimlich werfe ich ihm manchmal glühende Blicke zu und freue mich diebisch darüber, wenn er dann errötet. Bei einer Einladung im Haus von Dr. Hesselius habe ich sogar meinen Schuh ausgezogen und unter dem Tisch mit ihm gefußelt, was zur Folge hatte, daß er einen Hustenanfall bekam, weil er sich an der Suppe verschluckt hatte. Später hat er mir die Leviten gelesen und mir das Versprechen abgenommen, so etwas nie wieder zu tun.

Um halb vier war Anne überzeugt, daß Christy nicht mehr bei den Weedies auftauchen würde.

Von ihrer Enttäuschung abgesehen, unterhielt sie sich trotzdem gut. Die Gewißheit, zu den Dorfbewohnern bald eine andere Beziehung zu haben, wenn sie erst einmal mit Christy verheiratet war, erlaubte ihr bereits jetzt, die Weedies, Miss Pine und Mrs. Thoroughgood in einem anderen Licht zu sehen. Seitdem sie sich als Frau des Pfarrers betrachtete, schienen die gesellschaftlichen Unterschiede nicht mehr ins Gewicht zu fallen. War es möglich, daß sie sich als Lady D'Aubrey unbewußt als Gutsherrin aufgeführt hatte und damit diese freundlichen Menschen verschreckt und eingeschüchtert hatte? Offenbar war das die Erklärung, stellte sie beschämt fest.

»Möchten Sie noch ein bißchen Tee, Mylady?« erkundigte sich Miss Weedie mit einem liebenswürdigen Lächeln.

Die Veränderung, die mit Miss Weedie vorgegangen war, war einfach erstaunlich. Sie trug ein neues rosafarbenes Kleid, das nicht ganz, aber fast der neuesten Mode entsprach. Noch auffallender aber war, daß sie förmlich aufgeblüht war. Ihre Wangen schimmerten rosig, und ihre Augen hatten ein seltsames Leuchten.

Anne war sich sicher, daß Captain Carnock für die unübersehbare Verwandlung verantwortlich war. In rustikales Tweed gekleidet, wirkte er dank seiner stattlichen Erscheinung wie ein tolpatschiger Bullterrier zwischen all den kleinen, zierlichen und wohlerzogenen Damen, die man mit Pudeln hätte vergleichen können. Seine Blicke folgten Miss Weedie, und er lauschte gebannt jeder ihrer scheuen Bemerkungen. Anne war nicht die einzige, die dieses reizende Schauspiel beobachtete, doch im Gegensatz zu ihr gaben sich Miss Pine und Mrs. Thoroughgood alle Mühe, es möglichst unauffällig zu tun. Nur der alten Mrs. Weedie entging die Romanze, die sich in ihrem kleinen Wohnzimmer anbahnte. Wegen ihrer Hüftoperation saß sie immer noch in einem Rollstuhl, während sie die ›Frauensache‹ offenbar gut überstanden hatte, an ihrem Lieblingsplatz neben dem Kamin, schlürfte ihren Tee und lächelte unbestimmt, wenn sie glaubte, eine Bemerkung mitgekriegt zu haben. Miss Pine bemühte sich aufrichtig, die alte Freundin in die Unterhaltung mit einzubeziehen, was wegen deren Schwerhörigkeit häufig mißlang.

»Captain Carnock. Er sagt, er ist zum Richter ernannt worden«, wiederholte sie gerade zum zweiten Mal.

»Oh, ein Richter«, lächelte Mrs. Weedie erfreut, weil sie endlich verstanden hatte, wovon die Rede war. »Na, wenn das nichts ist!«

Miss Weedie eilte zu ihr und nahm ihr hastig die Teetasse aus der Hand, weil sie das Heruntersinken des Kinns von Mrs. Weedie richtig deutete. Die alte Dame war eingenickt.

»Ihre Ernennung macht uns große Freude, Sir«, hauchte sie errötend. »Ich bin sicher, Sie werden einen großartigen Friedensrichter abgeben.«

»Ich danke Ihnen, Miss Weedie«, meinte der Captain erfreut und sehr stolz. »Es ist eine Ehre für mich, müssen Sie wissen, und eine sehr große Verantwortung. Ich habe vor, mein Bestes zu tun.«

»Und wie werden wir Sie dann in Zukunft nennen müssen?« erkundigte sich Mrs. Thoroughgood neckend.

Der Captain brach in ein herzliches Gelächter aus, in das Miss Weedie sofort einstimmte.

»Nein, nein ... Es bleibt bei dem gewohnten ›Captain‹«, meinte er. »Ich lege keinen Wert auf all dieses Brimborium. Vanstone, zum Beispiel, trägt immer eine Perücke. Das werde ich nicht tun. Erstens kratzen die Dinger, und zweitens würde ich aussehen wie ein verdammter Narr. Oh, ich bitte um Entschuldigung, das ist mir so rausgerutscht.«

Die alten Damen hüstelten und gaben sich verlegen. In Wirklichkeit mochten sie seine rauhe männliche Art, die bei ihrem Damenkränzchen für eine willkommene Abwechslung sorgte.

Um vier Uhr begannen alle aufzubrechen, denn das war ein ungeschriebenes Gesetz in Wyckerley. Mit netten Worten bedankten sich die alten Damen und der Captain bei ihr für ihr Kommen, und Anne erinnerte sich an ein Gespräch mit Christy, das stattgefunden hatte, bevor sie einwilligte, ihn zu heiraten. Immer wieder hatte er darauf hingewiesen, daß sie sich im Irrtum befände, wenn sie annahm, die Dorfbewohner würden sie nicht wirklich gern haben, sondern ihr allenfalls Respekt entgegenbringen. Jetzt erkannte sie, wie recht er hatte. Und was noch wichtiger war, sie konnte diesen freundlichen Menschen ihre eigene Zuneigung nun ohne Vorbehalte zeigen.

Was für ein angenehmer Nachmittag, dachte Anne, erfreut über ihre neuen Erkenntnisse, als sie auf der Straße stand und einen letzten Blick auf den winterlich tristen Garten der Weedies warf. Enttäuschend war nur, daß Christy nicht gekommen war. Natürlich, es gab tausend Gründe, die ihn aufgehalten haben mochten. Das änderte aber nichts an der Tatsache, daß sie ihn vermißte. Drei Tage schon hatten sie sich nicht gesehen. Einem plötzlichen Einfall folgend, ging sie mit raschen Schritten in Richtung Pfarrhaus.

Mit einem freundlichen Nicken erwiderte sie die Begrüßungen und Verbeugungen der Passanten. Die schwarzgekleidete schlanke Frau war inzwischen ein gewohnter Anblick, und niemand wunderte sich mehr darüber, wenn sie alleine durch das Dorf ging. Anne beschleunigte ihre Schritte, vorbei an den niedrigen Häuschen, dem Rathaus, der einzigen Herberge von Wyckerley und dem Haus des Arztes. Aus der Tür der Kneipe roch es nach frischem, süßem Malzbier. Bei Swans Schmiede war wie immer viel los, denn dort konnte man sicher sein, die neuesten Gerüchte und Nachrichten aufzuschnappen. Die lachenden, auf Bänken herumlungernden Männer erhoben sich, zogen ihre Mützen und verbeugten sich, als sie vorbeiging, und Tranter Fox, dieser lustige kleine Mann, winkte ihr sogar zu. Nicht nur sie, sondern auch Christy mochte Tranter, obwohl dieser fast nie in der Kirche aufkreuzte und gerne damit angab, was für ein entsetzlicher Sünder er sei.

Die Tür des noblen Tudorhauses, in dem der Bürgermeister wohnte, stand offen, und Honoria und Lily Hesselius kamen gerade heraus. *Mist*, dachte Anne, als sie die beiden entdeckte.

»Lady D'Aubrey! Was für eine Überraschung«, rief Honoria.

»Ja, was für eine Überraschung«, wiederholte Lily, die in letzter Zeit Honoria auf Schritt und Tritt folgte.

Aus Höflichkeit ließ sich Anne auf ein paar belanglose Bemerkungen über das Wetter und verschiedene Dorfereignisse ein. Nach Geoffreys Tod hatte sich Honorias Verhalten ihr gegenüber verändert. Das lag sicher daran, daß Sebastian Verlaine der neue Besitzer von Lynton Great Hall war. Welchen Grund gab es noch, sich bei einer verwitweten Gutsherrin ohne sichtbares Vermögen einschmeicheln zu müssen? Einerseits war Anne über Honorias weitaus weniger freundliches Benehmen amüsiert, andererseits fand sie die Tochter des Bürgermeisters so affektiert und langweilig, daß sie deren Gesellschaft mied, wenn es nur irgend machbar war.

»Welche Neuigkeiten haben Mylady denn von Sebastian?« erkundigte sich Honoria mit einem gekünstelten Lächeln.

Sebastian? Was für eine eingebildete Kuh.

»Keinerlei aufregende Nachrichten«, meinte Anne. »Ich wußte gar nicht, daß Sie den Vetter meines Mannes kennen.«

»Aber ja, wir sind uns vor vielen Jahren begegnet, als wir noch Kinder waren«, erwiderte Honoria errötend. »Sebastian ... Lord D'Aubrey ... war mit seinen Eltern zu Besuch im Herrenhaus.«

»Tatsächlich? Dann haben Sie ihn dort kennengelernt?«

»Ja, dort«, sagte Honoria zögernd.

Die dumme Gans log, das war für Anne offensichtlich. Vielleicht waren sich die beiden zufällig auf der Straße begegnet, und Miss Vanstone meinte damit ein für alle Mal berechtigt zu sein, von ›Sebastian‹ zu reden.

»Wir sind gerade auf dem Weg zu Miss Carters Laden«, piepste Mrs. Hesselius.

Anne hielt Lily eigentlich für noch alberner als Honoria, trotzdem mochte sie sie sehr viel lieber als die Tochter des Bürgermeisters. Von Christy wußte sie, daß Lily dem armen netten Arzt ganz fürchterlich auf der Nase herumtanzte und es nicht lassen konnte, mit allen zu flirten, die Hosen anhatten. Allzu viel Mitgefühl konnte sie jedoch für Lilys Mann nicht aufbringen. Männer, die sehr viel jüngere Frauen heirateten, hatten es nicht anders verdient. Trotzdem, Lily war nicht von Grund auf schlecht. Mit der Zeit würde sie sich vielleicht zum Vorteil verändern. Vor allem dann, wenn sie sich andere Freundinnen aussuchte, als ausgerechnet Honoria Vanstone.

»Dann sind Sie sicher in Eile. Ich glaube, das Geschäft macht gleich zu«, meinte Anne erleichtert. »Ich will Sie auf keinen Fall aufhalten.«

Hastig setzte sie ihren Weg fort, bevor sie darüber Auskunft würde geben müssen, wohin sie ging, was in Wyckerley ohnehin nicht lange ein Geheimnis bleiben konnte. Ohne Zweifel sahen mindestens ein Dutzend Menschen, wie sie auf die Tür des Pfarrhauses zueilte und ungeduldig klopfte.

Mrs. Ludd öffnete erst nach geraumer Zeit. Den Mehlspuren auf ihrer Schürze entnahm Anne, daß sie gerade beim Kuchenbacken war.

»Guten Tag, Mrs. Ludd. Ist Hochwürden Morrell zufällig daheim?«

»Nein, Mylady, er ist unterwegs. In Mares Head, bei einer Taufe. War er denn nicht bei den Weedies?«

»Nein, er war nicht dort. Ich komme gerade von ihnen.«

»Oh, hoffentlich ist nichts mit dem Draper-Baby schiefgegangen. Elly hat schon drei Kinder verloren. Es würde ihr das Herz brechen, wenn es diesmal wieder nicht klappt. Möchten Sie dem Pfarrer eine Nachricht hinterlassen?«

»Ja, es wäre nett, wenn Sie ihm ausrichten könnten, daß ich hier war. Ich habe einen Brief von dem neuen Gutsherrn erhalten, in dem es um das Stück Land geht, das der Kirche gehört, Sie wissen schon. Vielleicht kann

Hochwürden heute abend noch bei mir vorbeischauen. Die Angelegenheit ist ziemlich wichtig. Richten Sie ihm das bitte aus?«

»Aber natürlich, das werde ich, Mylady«, sagte Mrs. Ludd beeindruckt.

»Ich danke Ihnen vielmals, Mrs. Ludd«, meinte Anne und lächelte ihrer zukünftigen Haushälterin freundlich zu.

Die Kirchturmuhr schlug halb elf, als Christy sein Pferd in den Stall brachte und das Pfarrhaus durch den Hintereingang betrat. Mrs. Ludd hatte in der Küche Licht brennen lassen und auf dem noch warmen Herd etwas zum Essen bereitgestellt. Beinahe hätte er den Zettel übersehen, der unter dem Kerzenleuchter steckte und auf dem die Haushälterin ihn von Annes Besuch unterrichtete. Der Vorwand, den sie sich diesmal hatte einfallen lassen, entlockte Christy ein Lächeln. Trotzdem war er froh darüber, sie verpaßt zu haben, denn er mußte endlich eine Entscheidung treffen. Ohne seinen Mantel auszuziehen, begab er sich wieder nach draußen.

Es war zwar windig, aber die Nacht war eigentlich zu mild, wenn man bedachte, daß heute erst der 1. März war. Der Geruch frisch umgegrabener Erde lag in der Luft und verriet den nahenden Frühling. Christy betrat die Kirche durch das große Hauptportal. Drinnen roch es wie immer nach verwelkten Blumen, und das Ewige Licht in der roten Glasschale auf dem Altar flackerte still vor sich hin. Christy setzte sich auf eine der Bänke und begann zu beten. Er dankte Gott, daß er Elly Draper ein gesundes Kind zur Welt hatte bringen lassen.

Dann dachte er an seine Beziehung zu Anne. Als Katholik hätte er die Möglichkeit gehabt, seine Sünden einem Glaubensbruder zu beichten und somit sein Gewissen zu erleichtern. Zum ersten Mal sah er gewisse

Vorteile in dieser Einrichtung, die eine Folge der katholischen Auslegung des Sakraments der Buße war. Der Gedanke an sofortige Vergebung schien ihm im Augenblick sehr verlockend.

Doch nur dem Sünder wurde die Absolution zuteil, der von Herzen bereute, was er getan hatte, und der versprach, es nicht wieder zu tun. Christy jedoch bereute seine Liebesaffäre mit Anne keineswegs. Nicht nur, daß er im Grunde davon überzeugt war, damit keine Sünde zu begehen, er war auch nicht willens, sie nicht mehr zu lieben.

Anne verglich sie beide mit Jesus und Maria Magdalena. Welch ein absurder Vergleich! Er war ein äußerst dürftiger Ersatz für Christus. Aber was war mit ihr? Würde Gott sie als Sünderin betrachten, obwohl sie ein anständiges Leben führte und niemandem etwas zuleide tat, aber nicht an ihn glaubte? Christy konnte sich das nicht vorstellen. Auch Anne war ein Kind Gottes, davon war er überzeugt. Warum sollte es dann falsch sein, sie zu lieben?

Christy rutschte nach vorn und kniete nieder. Aufmerksam lauschte er in sich hinein, um eine Botschaft Gottes zu erkennen.

Nichts. Nichts, was Frieden hätte einziehen lassen in seine verwirrte Seele. Christy begann laut zu beten.

»Führe mich auf den rechten Weg, Herr. Hilf mir den Unterschied zu erkennen zwischen deinem Willen und meinem Wunschdenken. In aller Demut bitte ich dich, mich mit deiner Weisheit zu erleuchten, damit ich die Wahrheit sehe. Ich brauche deine Hilfe, Herr ...«

Und wieder begann Christy in sich hineinzulauschen. Seine Knie schmerzten, Finger und Zehen wurden gefühllos. Die Zeit schlich dahin, sein Kopf sank auf das harte Holz. Als er ihn wieder hob, hörte er draußen die Vögel zwitschern, durch die hohen Fenster drang das fahle Morgenlicht. Unendlicher Friede erfüllte seine Seele. Erschöpft sah er zu dem Ewigen Licht.

»Herr, Allmächtiger, ich danke dir«, flüsterte Christy.

2. *März*

Christy hat mir einen Brief geschrieben. Offenbar hat er mit seinem Gott einen Pakt geschlossen. Er wird unsere Verlobung am Ostersonntag bekanntgeben.

Eigentlich müßte ich vor Freude jubeln. Aber wie bei jedem Pakt gibt es eine Bedingung, die damit verknüpft ist. Christys Gott ist sehr nachsichtig mit uns, aber er ist auch sehr klug. Wir dürfen uns lieben, wenn wir bereit sind, den Preis dafür zu bezahlen. Wir müssen jeder körperlichen Berührung entsagen!

18

Anne betrachtete kritisch die halbfertige Zeichnung, die in ihrem Schoß lag. Mit Bleistift und Kohle hatte sie versucht, die Narzissen am Ufer des Wyck zu zeichnen, die ihre Köpfchen der Sonne entgegenreckten. Seufzend wurde ihr bewußt, daß sie ihre künstlerische Begabung überschätzt hatte.

Christy hatte sie gebeten, ihn an diesem entzückenden Platz, kaum eine halbe Meile von der Straße nach Tavistock entfernt, zu treffen. Anne kam es vor, daß sie jeden Tag etwas Neues und Schönes in der Umgebung entdeckte.

Sie streckte und reckte sich, um ihre steifgewordenen Schultern zu entspannen. Nach zwei unendlich langweiligen Regentagen schien endlich wieder die Sonne, und die Natur erwachte zu neuem Leben. Die Vögel zwitscherten aufgeregt und bauten ihre Nester, Bienen flogen von Blume zu Blume und summten fröhlich. Entschlossen legte sie ihr Skizzenbuch beiseite. Der Tag war viel zu schön, um sich einer Aufgabe zu widmen, der sie ohnehin nicht gewachsen war.

In diesem Augenblick sah sie Christy an der Biegung des Weges erscheinen und auf sie zukommen. Mit einem Ruck sprang sie auf, glättete ihre Röcke und strich sich über das Haar. Seine kniehohen Lederstiefel waren schlammverspritzt, sein Jacket trug er lässig über eine Schulter gehängt. Er sah so verdammt gut aus in seinem weißen Hemd und der aufgeknöpften Weste, daß sie sich an den rauhen Baumstamm lehnen mußte, weil sie ganz weiche Knie bekam.

»Du bist zu Fuß unterwegs?« begrüßte sie ihn überrascht.

»Das Pony von Pfarrer Woodworth lahmt, und er mußte zu einer Taufe nach Swallowfield. Ich habe ihm Doncaster überlassen.«

»Das war sehr nett von dir. Und wie viele Meilen bist du schon zu Fuß unterwegs?«

»Schwer zu sagen. Aber an so einem herrlichen Tag tut es gut zu wandern«, meinte er, und seine Augen strahlten, als er sie von oben bis unten betrachtete.

»Und wie viele Seelen hast du heute schon gerettet?«

»Alle. Sie knien immer noch und singen Hymnen, um Gott für ihre Erlösung zu preisen.«

»Was für ein zufriedenstellender Tag für dich.«

»Noch nicht ganz so, wie ich es mir vorstelle«, erwiderte er lachend.

»Ach ja?«

Christy riß sie in seine Arme, preßte sie gegen den Baumstamm und küßte sie leidenschaftlich.

»Oh, ich habe dich so vermißt«, seufzte sie. »Ich dachte,

es hört nie auf zu regnen. Es waren zwei furchtbare Tage für mich.«

»Für mich auch. Sie sind mir wie eine Ewigkeit vorgekommen«, lächelte Christy und küßte ihre Haare. »Wie schön du bist, Anne. Ich mag es, wenn du deine Haare offen trägst.»

»Das weiß ich. Darum tue ich es ja.«

Zärtlich strich sie ihm über das Gesicht und die kurzen Bartstoppeln an seinem Kinn. Ihre Lippen fanden sich wie von selbst.

Warum nur muß es bei Küssen bleiben? Warum können wir nicht das tun, wonach wir uns so sehnen?, dachte Anne fast verzweifelt. Das war eines der Dinge, die sie nie verstehen würde.

»Was hast du getrieben, seitdem wir uns das letzte Mal sahen?« fragte er, als sie ihr Skizzenbuch und die Stifte, den Strohhut und ihren Schal vom Boden aufhob.

Anne berichtete ihm von all den kleinen Nichtigkeiten, die der Haushalt in Lynton Great Hall mit sich brachte. Von den höflichen Mahnungen, die der Metzger und der Krämer geschickt hatten, weil Mrs. Fruit versäumt hatte, die längst fälligen Rechnungen zu bezahlen. Von Violets unverändert unverschämten Benehmen, was zu ihrer baldigen Entlassung führen würde, wenn sie sich nicht grundlegend ändern würde. Von dem neuen Schafhirt, der die meiste Zeit damit verbrachte, dem Küchenmädchen den Kopf zu verdrehen. Von der Einladung bei Dr. Hesselius am nächsten Donnerstag.

Hand in Hand folgten sie dem Pfad, der zum Herrenhaus führte, in der Gewißheit, daß hier nie jemand entlangging.

»Und du? Was hast du gemacht? Bist du heute bei jemandem gewesen, den ich kenne?« fragte Anne neugierig.

Seine Arbeit als Geistlicher interessierte sie, aber meistens war es schwierig, etwas aus ihm herauszubekommen. Er war äußerst verschwiegen und äußerte sich allenfalls recht allgemein über Dinge, die seine Schäfchen betrafen. »Mrs. Mooney kommt im Augenblick nicht allzugut mit ihrem Mann zurecht«, würde er zum Beispiel sagen. In Wirklichkeit wußte sie, daß der alte Mooney so sturzbetrunken gewesen war, daß er sein Haus angezündet hatte, obwohl sich seine Frau darin befand.

»Kennst du Enid Fane?«

Anne schüttelte verneinend den Kopf.

»Ihr Bruder sitzt in Dartmoor im Gefängnis. Ich schreibe manchmal Briefe für sie an ihn.«

»Kann sie denn nicht schreiben?«

»Schon, aber sie fürchtet, nicht den richtigen Ton zu finden. Also lasse ich sie reden, über Dinge, die passiert sind, über sich selbst, über ihre Gedanken. Und dann fasse ich das Erzählte zusammen und mache einen Brief daraus. ›Ich wußte gar nicht, daß ich ein so interessantes Leben führe!‹ ruft sie dann immer ganz entzückt, wenn ich ihn ihr vorlese.«

Anne lachte und preßte dann ihre Wange an seine Schulter.

»Warum ist ihr Bruder im Gefängnis?«

»Eine hübsche Anzahl von verschiedenen Vergehen, und an allen ist sein Alkoholismus schuld. In ein paar Monaten kommt er heim.«

»Besuchst du ihn hin und wieder?«

»Manchmal. Ihn und auch ein paar andere aus dem Dorf, die dort einsitzen müssen. Ich habe im Gefängnis bereits Sonntagsgottesdienste abgehalten. Mir tut jeder Mann leid, der in Dartmoor endet, egal, was er ausgefressen hat.«

»Gibt es denn dort auch Frauen?«

»Ja, bemitleidenswerte Geschöpfe«, nickte Christy. »Ich kann dir nur raten, niemals gegen das Gesetz zu verstoßen, Anne. Aus welchem Motiv auch immer, es lohnt sich nicht, das versichere ich dir.«

»Ich werde es mir merken. Obwohl ich glaube, daß es niemand wagen würde mich einzusperren, wenn ich erst einmal mit dir verheiratet bin. Als Mrs. Christian Morrell bin ich unantastbar, denn als deine Frau werde ich von heute auf morgen eine respektable Person.«

»Ach? Als Lady D'Aubrey bist du es also nicht?« neckte Christy und nahm sie in die Arme.

»Ach, weißt du, der Titel ist ja in Ordnung, es ist die Dame selbst, über die man manchmal die Nase rümpft.«

»Ist das dein Ernst? Ich dachte, dergleichen Gefühle hättest du überwunden.«

»Mag sein, aber ich weiß doch, wie man anfangs über mich geredet hat. Man hielt mich sogar für eine Italienerin und war verwundert, daß ich in Wirklichkeit Engländerin bin. Dazu noch aus dem Künstlermilieu, von dem man weiß, wie dekadent es ist. Manche haben sogar angenommen, daß ich Geoffrey nur wegen seines Geldes geheiratet habe.«

»Na, also jetzt übertreibst du aber schamlos.«

»Nur ein bißchen«, lachte sie.

»Weißt du, was ich überhaupt nicht begreife? Du betonst immer wieder, wie sehr die Dorfbewohner mich schätzen und lieben. Gleichzeitig fällt dir aber nicht auf, welche Zuneigung sie dir entgegenbringen. Mit Geoffreys vielschichtiger Persönlichkeit wußten sie nichts anzufangen. Aber du hast ihre Herzen erobert.«

»Als Gutsherrin oder als Mensch?«

»Das eine wie das andere.«

»Wenn das stimmt, dann unterschätzen wir uns wohl beide.«

»Das mag sein.«

»Es gibt Schlimmeres.«

»Viel Schlimmeres. Stell dir vor, wir würden uns überschätzen.«

»Findest du das schlimmer? Ich weiß nicht, vielleicht würde eine gewisse Überheblichkeit uns glücklicher machen«, meinte Anne neckisch.

Christy lachte und nahm sie in seine Arme.

»Ich bin schon der glücklichste Mann auf der Welt.«

»Warum?« lächelte sie.

»Weil du nicht nur meine beste Freundin bist, sondern auch meine Liebste.«

»Genau das habe ich auch eben gedacht«, log Anne, die mit Wehmut an die Zeit dachte, als sie noch sein Bett teilen durfte.

»Wenn wir erst einmal verheiratet sind ... was möchtest du dann am liebsten tun?«

»Am liebsten? Hand in Hand mit dir die Hauptstraße entlangspazieren.«

»Ich denke, das läßt sich verwirklichen, sobald wir verlobt sind.«

»Wirklich?« fragte sie glücklich. »Und was können wir noch machen?«

»Nun, wenn Susan Hatch als Anstandsdame mitkommt, dann könnten wir einen Ausflug nach Exeter machen.«

»O ja, dann zeigst du mir die Kirche, ja?«

»Das klingt harmlos genug ...«

»Oder wir treffen uns eines Tages ganz zufällig in Tavistock. Dorthin muß ich sowieso zum Getreide-Markt. Und du ...«

»Ich muß dringend meinen versprochenen Besuch beim Bezirksamt machen.«

»Da scheint es mir unvermeidlich, daß wir uns auf der Straße begegnen ...«

»... Und gemeinsam einen Buchladen aufsuchen.«

»... Eine wundervolle Idee! Und danach könnten wir zusammen Kaffee trinken.«

»Oder zusammen essen gehen.«

»Stell dir das nur vor ... ein gemeinsames Essen in aller Öffentlichkeit!«

»Was ich dir unbedingt zeigen möchte, ist die Küste. Wir nehmen einen Pony-Wagen bis Plymouth und ...«

»Aber das geht doch nur, wenn wir schon verheiratet sind.«

»Das meine ich ja, dann können wir sogar in einem Hotel übernachten ...«

»In einem Hotel!«

»Und am Strand entlangmarschieren. Von Devonport ist es nur ein Einstunden-Marsch bis Luton Water, einem entzückenden kleinen Fischerdorf. Es liegt auf einer Klippe und überblickt den Kanal. Hundertdreizehn Steinstufen führen zum Strand hinunter. Stell dir vor, ein Picknick im Sand ...«

»Vielleicht waten wir durchs Wasser, mein Gott, fände ich das aufregend ...«

»Und wir kommen mit anderen Reisenden ins Gespräch, mit denen wir vielleicht gemeinsam essen gehen ...«

»Und dann verabschieden wir uns und suchen unser Zimmer auf.«

»Kennst du Cornwall? Wir könnten mit dem Zug hinfahren ...«

»Und Wales möchte ich auch eines Tages kennenlernen.«

»Der Strand von Llandudno soll einmalig schön sein.«

»O Christy ... Kann es im Himmel schöner sein?«

»Eine solche Frage darfst du nicht ausgerechnet mir stellen«, lächelte er.

Am liebsten hätte Anne auf der Stelle mit ihm geschlafen. Diese Sehnsucht, seine nackte Haut an der ihren zu spüren ...

Christy schien genauso zu empfinden.

»Es ist schlimmer, als ich es mir vorgestellt habe«, murmelte er heiser.

»Wir werden es schon schaffen«, flüsterte Anne.

Vierzig Tage mußten sie noch warten. Geradezu unmenschlich.

»Ich glaube, es ist so hart, weil ich weiß, auf was ich verzichten muß.«

»Daran liegt es nicht ...«

»Du hast recht. Es wäre auch nicht leichter.«

»Christy, ich liebe dich so sehr.»

»Es wäre für mich besser, dich nicht einmal zu küssen. Du bist so umwerfend verführerisch ... und ich finde es einfach großartig von dir, daß du ... nachdem ...«

»Nachdem ich den ersten Schock überwunden hatte ....«

»Richtig. Du hast nicht einmal versucht, mich umzustimmen. Weißt du, wie dankbar ich dir dafür bin? Ich frage mich manchmal, womit ich dich verdient habe. Meine süße Anne, du bist mein ganzes Glück.«

Zärtlich preßte er seinen Mund auf ihre Lippen. Ihre Hand liebkoste die warme Haut seines Nackens, während seine Finger sanft an ihrer Wirbelsäule entlangglitten. Ihr Atem ging plötzlich schneller, als er sie näher an sich zog und seine Zunge in ihrem Mund verschwand. Nach dem innigen Kuß wandte sie ihr Gesicht ab, weil sie spürte, wie ihre Knie nachgaben.

»Es stärkt den Charakter«, murmelte Christy.

»Das tut es nicht. Es ist eine Tortur.»

»Noch drei Wochen«, seufzten sie beide zugleich.

Arm in Arm spazierten sie weiter, bis sie zur Kreuzung kamen, an der sie sich würden trennen müssen.

»Ich habe für dich etwas in unserem Versteck gelassen«, meinte Christy plötzlich.

»Einen Brief? Wegen dem dämlichen Regen war ich noch nicht dort ...«

»Nein, keinen Brief. Warte, ich hole es. Du machst dir sonst deine Schuhe naß.«

Christy verschwand im Unterholz. *Wir werden uns ein anderes Versteck suchen müssen,* dachte Anne, als ihr auffiel, daß sie bereits einen Pfad durchs Dickicht getrampelt hatten.

»Zeig her«, sagte sie, als Christy, die Hand hinter seinem Rücken versteckt, zurückkam.

Zum Vorschein kam ein Blumenstrauß, der vor dem Regenguß sehr hübsch gewesen sein mußte. Jetzt ließen die gelben Blümchen traurig und naß ihre Köpfe hängen. Anne lachte, um ihre Rührung zu verbergen.

»Und du hast den ganzen weiten Weg gemacht, obwohl es geschüttet hat?«

»Ich hatte ja einen Schirm.«

»O Christy, dafür verdienst du einen Kuß. Jetzt und sofort.«

Ungeduldig zog sie ihn ins Dickicht, weil man sie auf der Straße hätte sehen können. Den verwelkten Blumenstrauß an ihre Brust gedrückt, warf sie sich in seine ausgestreckten Arme.

»Ich bin verrückt nach dir«, lachte sie zwischen zwei Küssen. »Und ich komme mir vor wie ein albernes junges Mädchen, das völlig den Kopf verloren hat.»

»Was soll ich erst sagen? Weißt du, was du aus mir gemacht hast? Einem Mann der Kirche . . .«

Ihr Mund preßte sich auf den seinen und brachte ihn so zum Schweigen. Und Sekunden später befanden sie sich bereits wieder in diesem Zustand gefährlicher Erregung, der um jeden Preis vermieden werden mußte.

»So geht das nicht!« meinte Anne ohne rechte Überzeugung. »Das muß aufhören!»

»Aber nicht gleich . . .«

»Nicht, nicht gleich . . .«

Sie überließ sich seinen zärtlichen Händen, seinen

feuchten Lippen und lauschte erregt den geflüsterten Beschwörungen. Ganz plötzlich ließ er ab von ihr. Mein Gott, er hatte ja so recht. Warum sollten sie ihre Begierde noch vergrößern? Dann sah sie seinen entsetzten Gesichtsausdruck. Verstört sprang sie einen Schritt zurück und drehte sich um.

»Heilige Mutter Gottes«, stammelte sie entsetzt.

Auf der Straße stand eine völlig nackte Mrs. Weedie und starrte in ihre Richtung.

»Such ihre Kleider, Anne«, sagte Christy, der sich als erster erholte.

Er selbst bewegte sich langsam und vorsichtig auf Mrs. Weedie zu, die im feuchten Laub auf ihre Hände und Knie sank, als sie ihn sah. Ihre grauen Haare standen wirr vom Kopf ab, und eine Locke ringelte sich über ihre flachen, alten Brüste. Christy bückte sich und legte den Arm um ihre nackten Schultern, aber sie ließ sich zur Seite fallen und starrte ihn furchtsam an.

»Anne!« rief er leise.

Anne, die bisher bewegungslos dagestanden hatte, faßte sich endlich. Hastig hob sie das weiße Flanellnachthemd und einen der Hausschuhe auf, die in der Nähe lagen. An einem niedrigen Ast hing ein roter Morgenmantel, dem die meisten Knöpfe fehlten. Sie schnappte danach und eilte zu Christy, der mit seiner ruhigen tiefen Stimme auf Mrs. Weedie einsprach, die ihn Bobby nannte und ihn fragte, ob er endlich für immer nach Hause gekommen sei. Offenbar war es der armen Frau nicht bewußt, daß sie völlig nackt war. Lächelnd kraulte sie Christys blonde Haare, während dieser hilflos zu Anne sah.

Anne nahm seinen Platz ein und versuchte der alten Dame ihren Morgenrock überzuziehen.

»Sie sind nicht Jessie«, murmelte Mrs. Weedie vorwurfsvoll.

»Nein, ich bin ... ich bin Anne.«

»Kenne ich Sie?« erkundigte sich Mrs. Weedie höflich.

»Aber ja, natürlich kennen wir uns. Wir sind Nachbarn, und sogar sehr gute Freunde.«

»Ach ja, wirklich? Das freut mich aber. Wo ist denn der dumme Bub? Ach, da bist du ja, Bobby. Hilf mal deiner Mutter auf die Beine, wir müssen jetzt heim. Was machst du eigentlich hier draußen im Wald mit ... mit ... Ich kann mich nicht an Ihren Namen erinnern.«

»Anne. Wir sind Freunde.«

»Anne«, wiederholte Mrs. Weedie erleichtert.

Christy nahm die alte, zerbrechlich wirkende Dame in seine Arme, während Anne ihr den einen gefundenen Hausschuh über den kalten Fuß streifte und den anderen Fuß mit ihrem Taschentuch umwickelte.

»So, und jetzt gehen wir heim, Mama«, meinte Christy sanft.

Mrs. Weedies Kopf sank an seine Schulter, und sie lächelte.

Miss Pine kam ihnen schon entgegengeeilt, als sich die seltsame Gruppe dem Gartentürchen näherte.

»Dem Himmel sei Dank. Sie haben sie gefunden«, rief sie, und ihr besorgtes Gesicht hellte sich auf. »Jessie! Der Pfarrer hat deine Mutter gefunden. Komm schnell.«

Miss Weedie kam mit fliegenden Schürzenbändern aus dem Haus gerannt.

»Mein Gott, wo haben Sie sie denn gefunden? Mutter, bist du in Ordnung? Kommen Sie, wir bringen sie zum Kamin, damit sie sich aufwärmen kann. Oh ... Lady D'Aubrey, verzeihen Sie, ich habe Sie gar nicht gesehen.«

Trotz ihrer offensichtlichen Aufregung deutete sie hastig einen Knicks an.

»Vielleicht ist es das beste, den Arzt kommen zu lassen. Zur Vorsicht. Obwohl ich nicht glaube, daß ihr etwas Ernsthaftes fehlt«, meinte Christy, der Mrs. Weedie vorsichtig in ihren Lieblingsstuhl neben dem Feuer sinken ließ.

»Ich hole Dr. Hesselius«, bot Miss Pine sofort an und rauschte aus dem Zimmer.

Während Christy erzählte, wie er Mrs. Weedie gefunden habe, wurden Decken herbeigeschafft, Tee eingeschenkt, Suppe heißgemacht, ein anderes Paar Hausschuhe herausgesucht und der alten Dame übergezogen. Anne war nicht überrascht, daß er ihre Anwesenheit am Fundort nicht erwähnte.

Mrs. Thoroughgood, die in der letzten halben Stunde mit ein paar anderen Damen die Nachbarschaft auf der Suche nach der verschwundenen Freundin durchkämmt hatte, gesellte sich zu ihnen. Dann erschien Miss Pine mit dem Arzt im Schlepptau, der auf dem Weg den Polizisten Bescheid gegeben hatte. Christy trug die alte Dame in ihr Schlafzimmer im ersten Stock, nachdem Dr. Hesselius sie untersucht und ihr einen Schlaftrunk eingeflößt hatte. Als er alle beruhigt hatte, daß Mrs. Weedie das Abenteuer ohne schlimme Folgen überstanden habe, kehrten die Nachbarn und Freunde in ihre eigenen Häuser zurück.

Anne, die sich nicht ganz sicher war, wie sie sich verhalten sollte, verabschiedete sich von Miss Weedie, die sich sehr liebenswürdig für ihr Kommen bedankte, und wartete draußen auf Christy, der zehn Minuten später zu ihr stieß.

Etwas verlegen standen sie sich mitten auf der Straße gegenüber, und wußten eigentlich nicht, was sie sagen sollten.

»Ihr fehlt wirklich nichts?« erkundigte sich Anne schließlich. »Ich hoffe nur, sie hat sich keine Erkältung geholt.«

»Ich bin sicher, sie erholt sich rasch.«

»Arme Miss Weedie. Das muß alles ziemlich schrecklich für sie sein. Ich wünschte, ich könnte etwas für sie tun.«

»Ich fürchte, wir können ihr nicht helfen. Captain Carnock hat ihr übrigens einen Antrag gemacht, den sie aber abgelehnt hat.«

»Was? Warum das denn?«

»Sie ist der Meinung, sie kann ihre Mutter nicht allein lassen.«

»Aber kann sie denn nicht ...«

»Natürlich hat Captain Carnock ihr jetzt angeboten, auch ihre Mutter mit aufzunehmen, aber Miss Weedie glaubt, das habe er nur aus Pflichtgefühl getan. Sie will seine Gutmütigkeit nicht ausnutzen.«

»O nein, das kann doch nicht wahr sein!« rief Anne fast wütend. »Findest du ihre Rücksichtnahme nicht auch übertrieben, Christy? Ich weiß, es geht mich nichts an. Ich halte ja schon den Mund, bevor es dir leid tut, daß du es mir gesagt hast. Aber ich finde wirklich ...«

Seufzend unterbrach sie sich, als sie seine nach oben gerutschte Augenbraue sah. Aufrecht und mit ernstem Gesicht stand er vor ihr, die Hände hinter dem Rücken verschränkt. Kein Mensch konnte ahnen, daß er sie noch vor einer Stunde in seinen Armen gehalten, sie geküßt und ihr Dinge zugeflüstert hatte, die sie hatten erröten lassen.

»Und was haben wir aus den Ereignissen des heutigen Tages gelernt, Anne?« fragte er.

»Man soll niemals den Pfarrer küssen, wenn man nicht sicher ist, allein zu sein? Habe ich falsch geraten? Also gut, dann verrate es mir.«

»Wir haben gelernt, daß wir beide es eigentlich sehr gut haben«, verkündete er. »Verglichen mit den Sorgen anderer Menschen kommt mir unser Problem geradezu lächerlich vor. Findest du nicht?«

»Ich ...«

»Das einzige, was mich im Augenblick wirklich stört, ist, daß ich dich nicht in meinem Bett haben kann«, sagte er leise.

»Und dieses Problem bezeichnest du als lächerlich?«

»Verstehst du mich wirklich nicht, oder willst du mich nicht verstehen?«

»O Christy, meinst du, ich weiß nicht, wie glücklich wir sind? Ich liebe dich von Tag zu Tag mehr, und ich bin so glücklich, daß es mir schon fast Angst macht. Arme Miss Weedie, sie tut mir so leid. Unser kleines Problem wird in drei Wochen keines mehr sein, dann gehörst du mir, ein Leben lang ... Geh jetzt, bevor ich anfange zu weinen vor Glück.«

Sie hörte hinter sich das Öffnen einer Tür, sah Christy jemandem über ihre Schulter hinweg freundlich zunikken, bemüht, den Eindruck priesterlicher Ernsthaftigkeit zu vermitteln. Anne verkniff sich mit Mühe ein Kichern.

»Gute Nacht, Lady D'Aubrey«, sagte er laut und machte eine elegante Verbeugung. »Werde ich die Freude haben, Sie nächsten Samstag beim Kirchen-Bazar zu sehen?«

»Aber natürlich, Hochwürden«, meinte Anne genauso laut und höflich. »Wenn du allerdings morgen abend zur Brücke kommst oder mich im Pförtnerhäuschen erwartest, wenn es regnen sollte ...«, fügte sie leise hinzu.

»Ganz zu Diensten, Mylady«, grinste Pfarrer Morrell. Er nahm ihre ausgestreckte Hand in die seine und drückte sie zärtlich.

»Du treibst mich noch in den Wahnsinn«, murmelte sie. Ohne sich noch einmal umzusehen, ging sie ihres Weges.

19

Ostersonntag. Die Kirche von Wyckerley war brechend voll, und der Männerchor gab sein Bestes. Christy fühlte sich wie ein übermütiger Junge und hätte am liebsten laut gelacht, aber das schickte sich nun wirklich nicht für einen Pfarrer, der den Gottesdienst zelebrierte.

Wenn er wenigstens seinen Blick von Anne lösen könnte. Aber sie sah so wunderschön aus, engelsgleich in ihrem dunkelblauen Kleid. Zum ersten Mal seit fünf Monaten trug sie in der Öffentlichkeit keine Trauer. Gewisse Dorfbewohner würden darüber die Nase rümpfen, aber das war ihm und Anne gleichgültig.

Ein klein wenig fühlte sich Christy schuldig, weil sie der Grund seiner Verzückung war und nicht die Auferstehung Christi. Jedoch fiel es ihm heute leichter, auf Gottes gütiges Nachsehen zu vertrauen, denn endlich waren die vierzig Tage der Entsagung vorbei. Vierzig Tage und vierzig nicht enden wollende Nächte. Manchmal war es ihm so vorgekommen, daß es leichter gewesen wäre, auf Essen und Trinken zu verzichten, als auf Anne. Aber nun war es überstanden. Schon heute abend würden sie ihre Verlobung bekanntgeben.

Der Männerchor hatte aufgehört zu singen, und die Mitglieder kehrten auf ihre Plätze zurück. Christy hatte eine einfache Predigt vorbereitet. Ohne Furcht stieg er zur Kanzel hinauf. Die Kirchgänger waren seine besten Freunde, und er empfand tiefe Zuneigung für sie. Ohne Notizzettel begann er zu sprechen.

Die heutige Botschaft handelte natürlich von der Freude über die Auferstehung Christi und der Hoffnung auf das ewige Leben, aber Anne hatte das Gefühl, daß sie ihn noch nie so gut predigen gehört hatte wie heute. Auch die anderen Zuhörer lauschten gebannt, und es herrschte Totenstille. Christy war ganz in Weiß gekleidet. Mit schlichten Bildern und Vergleichen führte er seine Gemeinde an das Thema heran. Seine Gesten waren sparsam, manchmal lehnte er sich etwas vor, dann wieder richtete er sich in voller Höhe auf, als stütze ihn die Macht seiner Gedanken. Seine Stimme war leise, klar und eindringlich, und wenn er sie anhob, dann nicht in der Absicht, lauter zu werden, sondern weil ihn seine Gefühle überwältigten. Seine Worte gingen Anne sehr zu Herzen.

Ich könnte beten, dachte sie. *Ich habe Sehnsucht danach zu beten.* Und als sich die meisten von ihren Bänken erhoben, um zur heiligen Kommunion zum Altar zu gehen, wäre sie ihnen am liebsten gefolgt. *Ich bin neidisch,* dachte sie erstaunt, und sie konnte es kaum erwarten, Christy von ihren neuentdeckten Gefühlen zu berichten.

Wie jeden Sonntag entledigte er sich nach dem Gottesdienst in der Sakristei seiner Meßgewänder, um im einfachen schwarzen Anzug die Gläubigen seiner Gemeinde auf den Stufen der Kirche einzeln zu verabschieden.

Die Schnelligkeit, mit der er diese Aufgabe des Umziehens bewältigte, erstaunte Anne jedesmal. Er wartete bereits vor dem Portal, als Lady D'Aubrey ihrer Stellung gemäß als erste die Kirche verließ. Sie schüttelten sich die Hände und freuten sich beide insgeheim, daß diese gespielte Förmlichkeit bald ein Ende haben würde. Für immer. Am liebsten hätte sie ihn auf der Stelle geküßt. Aber das mußte sie sich verkneifen. Statt dessen lächelte sie ihn so verführerisch an, daß er ganz rote Ohren bekam. *Ich liebe dich,* strahlten ihre Augen, bevor sie zur Seite trat, damit er die anderen verabschieden konnte.

In ein paar Minuten würden sie gemeinsam zum Haus des Bürgermeisters spazieren, wo sie zum Osteressen eingeladen waren. Anne begrüßte Nachbarn und Freunde, und unterhielt sich liebenswürdig mit Margaret Mareton, die jetzt keine Rivalin mehr war. Sie nickte Thomas Nineways höflich zu, aber nicht mehr, weil sie genau wußte, wie lästig er werden konnte. Zu seiner lieben und stillen Frau hingegen war sie besonders nett. William Holyoake fiel ihr auf, weil er Arm in Arm mit einer der Swan-Schwestern verschwand. Ob es Cora oder Chloe war, wußte sie nicht, weil sie die beiden einfach nicht auseinanderhalten konnte. Bisher hatte sie William immer als eingefleischten Junggesellen betrachtet, der nichts als seine Arbeit im Kopf hatte und keinerlei Privatleben zu haben schien.

Es war ein herrlicher Tag. Die Vögel sangen und zwitscherten, am blauen Himmel waren kaum Wolken zu sehen, und die Kinder tobten ausgelassen auf dem Dorfanger. Anne beobachtete sie, während sie mit Mrs. Thoroughgood sprach, und mußte plötzlich daran denken, wie Christy und sie ihrem eigenen Kind vom Fenster des Pfarrhauses aus beim Spielen zusehen würden.

Wie zufällig entdeckte sie die alte Kutsche, die langsam die Hauptstraße entlanggefahren kam. Zu ihrer maßlosen Überraschung erkannte sie Collie Harrocks auf dem Kutschbock des alten Vehikels, das den D'Aubreys gehörte und jetzt am Fuß der steinernen Treppe hielt, die zum Portal der Kirche hinaufführte. Die schwerhörige Mrs. Fruit mußte sie wieder einmal völlig mißverstanden haben.

In diesem Augenblick wurde die Tür der Kutsche aufgestoßen, die vor kurzem einen neuen grünen Anstrich bekommen hatte. Eine blasse Hand wurde sichtbar, die den Fußtritt herunterklappte, dann zwei lange Beine in Männerhosen.

Anne taumelte und hielt sich nur mit Mühe auf den Beinen. Ihre Augen suchten Christy, dessen Gesicht zu einer leichenblassen Maske erstarrt war. Wie aus der Ferne hörte sie erstaunte Ausrufe.

Geoffrey war inzwischen ausgestiegen, zog den Hut und machte eine kurze, zittrige Verbeugung vor ihr. Sein Grinsen war hämisch, als er die Arme ausbreitete.

»Ich bin von den Toten auferstanden«, rief er mit heiserer Stimme der erschrockenen Menge zu.

Captain Carnock fing Anne gerade noch auf. Sein

freundliches Gesicht war das letzte, was sie sah, bevor es dunkel um sie wurde.

Geoffrey saß auf einem stuhlhohen Schränkchen und klopfte mit den Absätzen seiner Stiefel gegen die geschlossene Tür.

»In dieses verdammte Ding hat mein Vater mich früher mal gesperrt. Habe ich dir das eigentlich schon erzählt, Liebling?«

Anne schwieg und betrachtete ihren Mann vom anderen Ende des Zimmers aus.

»Ich weiß nicht mehr, wie alt ich war. Na, jedenfalls klein genug, um da reinzupassen. Und weißt du, warum er mich in dieses Schränkchen gesperrt hat? Rate mal! Nein? Dann sage ich es dir. Weil ich frech war. Worum es genau ging, weiß ich nicht mehr ... Der falsche Gesichtsausdruck, ein aufsässiger Unterton in meiner Stimme ... Ich weiß es nicht mehr. Aber an das Schränkchen erinnere ich mich genau. Sehr genau sogar.«

Anne nippte an einem Cognac. Geoffrey hingegen kippte ein Glas Wasser nach dem anderen. Bisher hatte er noch keinen Tropfen Alkohol angerührt. Merkwürdigerweise war sie es jetzt, die trank.

Unsicheren Schrittes, als würde er jeden Moment das Gleichgewicht verlieren, begab er sich zu dem Tisch mit der silbernen Wasserkaraffe und goß sich ein neues Glas ein.

»Für dich auch noch was?«

Anne antwortete nicht, sondern starrte ihn nur an. Geoffrey hatte mindestens fünfundzwanzig Pfund zugenommen. Sein einst dunkles volles Haar bildete jetzt einen grauen Kranz am Hinterkopf. Die unbehaarte Kopfhaut sah trocken und verschorft aus.

Geoffrey prostete ihr zu, trank sein Glas aus und rülpste ungeniert. Mit einem lauernden Blick sah er sie an.

»Nun, mein Liebling, hast du mich während meiner Abwesenheit vermißt?«

»Kannst du mir endlich erklären, was eigentlich passiert ist? Wo bist du die ganze Zeit gewesen?«

»Das beantwortet zwar nicht ganz meine Frage, aber bitte. Was ist geschehen? Also, du wirst es kaum glauben, aber ich habe das Gedächtnis verloren. Amnesie nennen sie das. Kommt aus dem Griechischen. Die letzten vier Monate lag ich in einem Armeekrankenhaus in Hampshire.«

»Das glaube ich dir nicht.«

»Das kann ich nicht ändern ... aber es ist wahr«, meinte Geoffrey und lehnte sich schwer gegen den Tisch. Auf seiner Stirn zeigten sich plötzlich Schweißperlen.

»Bist du krank?« fragte sie scharf.

»Wie kommst du denn darauf? Das ist die Aufregung, nichts weiter, ist doch nicht ungewöhnlich, wenn man nach so langer Zeit in die Arme seiner geliebten Frau zurückkehrt, oder?«

Anne wandte den Blick ab. Sie konnte seinen Anblick nicht mehr ertragen.

»Möchtest du etwas? Soll ich dir was zu essen bringen lassen?« zwang sie sich zu fragen.

»Nein, ich möchte nichts essen. Ich möchte, daß du mir erzählst, wie es dir ergangen ist, während ich nicht da war. Was du erlebt und getan hast ... nun?«

Anne wäre am liebsten schreiend aus dem Raum gelaufen, aber sie stand nur da, wie zur Salzsäule erstarrt.

»Wie geht es Satan? Kannst du mir wenigstens das sagen?«

Von draußen hörte sie rasche Schritte, dann ein Klopfen an der Tür. Violet steckte ihren Kopf herein.

»Hochwürden Morrell ist da«, meldete sie.

Geoffrey rappelte sich hoch und ging Christy schlurfend entgegen.

»Christy!« rief er sichtlich erfreut über den Besuch.

Christy schüttelte stumm die Hand des Freundes und versuchte ein Lächeln.

»Ihr entschuldigt mich sicher«, meinte Anne mit letzter Kraft und fast schriller Stimme.

Wie eine alte Dame erhob sie sich steif von ihrem Stuhl und sah hilflos zu Christy hinüber. Mit gesenktem Kopf verließ sie schnell das Zimmer.

»So setz dich doch, Christy! Möchtest du etwas trinken? Tee vielleicht ...?«

»Nein, danke. Ich wollte nur ...«

Christy wußte nicht, was er sagen sollte. Annes müdes Gesicht hatte ihn völlig aus der Fassung gebracht. Eigentlich war er ihretwegen gekommen, aber nun würde er so tun müssen, als sei Geoffrey der Grund seines Besuchs.

»Wie geht es dir?« brachte er schließlich heraus und setzte sich auf den Stuhl, von dem Anne gerade aufgestanden war.

»In Höchstform war ich in letzter Zeit nicht gerade«, kicherte Geoffrey. »Auf der Krim hat mich wieder diese verdammte Krankheit erwischt. Malaria, das weißt du ja. War ganz schön schlimm diesmal.«

Christy überlegte, ob es Sinn hatte, Geoffreys Syphilis zu erwähnen, vielleicht würde es den Freund ja erleichtern, wenn das Geheimnis endlich gelüftet würde. Aber er schwieg.

»Es schaut anders aus hier als vorher. Was es genau ist, kann ich nicht sagen. Aber Anne ist offenbar gut zurechtgekommen. Danke übrigens, daß du dich um sie gekümmert hast.«

»Hat sie dir erzählt, daß eure Pächter helfen, das Kirchenland zu bestellen?«

»Was? Ach ja ... Ich glaube, sie hat es erwähnt, in einem ihrer Briefe. Es ist lange her. Ich habe es vergessen.«

»Wir werden ein andermal darüber reden.«

»In Ordnung. Wie geht es Satan?«

»Satan?« fragte Christy zögernd. »Ach, deinem Pferd! Ich habe ihn Tandem genannt.«

»Und hast du ihm ein bißchen Bewegung verschafft?«

»Leider nicht so oft, wie ich es gerne gewollt hätte, aber Collie und ich wechseln uns ab.«

»Wunderbar! Er ist ein As, nicht wahr?«

Diese belanglose und unsinnige Unterhaltung zerrte an Christys Nerven und machte ihn geradezu wütend.

»Was ist eigentlich passiert?« stieß er hervor. »Wir nahmen an, du seist tot.«

»Ein großes Mißverständnis, tut mir leid«, lächelte Geoffrey und stellte das Glas ab, weil er es in seiner zitternden Hand nicht mehr halten konnte. »Weißt du, was in Inkerman geschehen ist, Christy?«

»Inkerman? Ich denke schon . . .«

»Du meinst, was du in den Zeitungen gelesen hast? Diese Schreiberlinge haben genauso wenig Ahnung wie du. Ihr wißt nicht, wie es wirklich war. Diese unglaubliche Brutalität, mit der dort gekämpft wurde. Was heißt gekämpft . . . geschlachtet wäre das richtige Wort.«

»Du bist verwundet worden, hörten wir.«

»Stimmt. An der Schulter und am Schenkel. Beides von demselben russischen Bajonett. Bevor dieser Bastard mich jedoch töten konnte, hat ihm mein Korporal den Kopf abgeschlagen. Aber das war nicht der Grund für meine . . . Irgend etwas ist mit mir passiert. Ich hatte Angst. Zum ersten Mal in meinem Leben. Nicht diese Angst, die jeder Soldat auf dem Schlachtfeld hat . . . sondern eine Angst, die mich gelähmt hat. Ich konnte mich weder bewegen, noch sprechen. Ich war gelähmt, verstehst du?«

»Das kam wahrscheinlich von deiner Krankheit . . .«

»Nein, daran lag es nicht. Das kam erst später. Nein, es war etwas anderes. Nachdem ich verwundet worden war, wußte ich plötzlich, ich würde nie wieder kämpfen können. Ich konnte es einfach nicht. Aber natürlich hätten sie mich zurückgeschickt. Meine Wunden waren nicht ernsthaft genug, um mich als Invalide einzustufen.«

»Das Kriegsministerium hat in seinem Brief mitgeteilt, du hast dich auf einem Hospitalschiff befunden, als dieser gewaltige Sturm aufkam . . .«

»Mach die Tür zu, Christy«, sagte Geoffrey rasch.

Überrascht kam Christy der Bitte nach.

»Ich werde dir ein Geheimnis anvertrauen. Niemand kennt es. Auch Anne nicht. Es stimmt, das Schiff, auf dem ich mich befand, ist gesunken. Aber irgendwie habe ich es geschafft, an Land zu kommen. Ich war völlig nackt. Ich habe mir Kleider angeeignet, von einer der Leichen, die am Strand herumlagen. Niemand wußte, wer ich war, verstehst du. Also bin ich da liegengeblieben, bis sie mich gefunden haben. Und dann habe ich so getan, als hätte ich mein Gedächtnis verloren. Nichts außergewöhnliches in einem Krieg. Du kannst dir dieses Chaos nicht vorstellen. Keiner kannte mich, mein Regiment, die kläglichen Reste davon, waren auf der anderen Seite der Halbinsel. Ich war verwundet, und außerdem hielt man mich wahrscheinlich für verrückt. Es gibt viele, die bei solchem Gemetzel überschnappen, weißt du. Fünf Tage später haben sie mich auf ein Schiff verfrachtet, das in Richtung Heimat segelte. Nach Portsmouth, um genau zu sein. Und von Dezember an lag ich in Fareham, in einer der Hospitalbaracken.«

»Aber warum das alles? Warum hast du nicht gesagt, wer du bist? Warum bist du nicht nach Wyckerley zurückgekehrt?«

»Warum?« fragte Geoffrey verwirrt. »Ich habe es dir doch eben erklärt. Hörst du eigentlich nicht zu? Das ist doch dein verdammter Beruf!«

Er betrachtete seine linke Hand, die steif und verkrampft in seinem Schoß lag und wie eine Kralle aussah.

»Ein bißchen steif«, murmelte er, als er Christys Blick auffing. »Wegen der ... Wunde. Du wirst doch Anne nichts verraten von all dem, oder? Ihr habe ich nur gesagt, daß ich mein Gedächtnis verloren hatte. Sie glaubt es zwar nicht, aber das Gegenteil kann sie auch nicht beweisen. Ich will nicht, daß sie die Wahrheit kennt. Versprich mir, daß du ihr nichts sagst, Christy.«

»Ich werde ihr nichts sagen«, versprach Christy nach längerem Zögern.

»Ich wußte, daß ich mich auf dich verlassen kann.«

»Und warum hast du Fareham verlassen?«

»Man hat mich darum gebeten«, kicherte Geoffrey. »Sie haben das mit der Malaria herausgefunden, weißt du ... und mich aufgefordert zu verschwinden. Die verdammten Idioten glauben, es sei ansteckend. Haben mir zehn Pfund und einen Anzug in die Hand gedrückt und mir viel Glück gewünscht. Es war an der Zeit, daß ich da rauskam. Ich sehnte mich nach meiner Frau, nach meinen Freunden ... meinem Freund.«

»Was wirst du der Militärkommission sagen? Die denken doch noch immer, du bist tot.«

»Was soll ich ihnen schon sagen? Daß mein Erinnerungsvermögen zurückgekehrt ist, nachdem ich das Krankenhaus verlassen habe. Sie werden mir zwar genauso wenig glauben wie meine Frau, aber das ist mir gleichgültig.«

»Ich muß jetzt gehen«, sagte Christy und stand auf. »Aber ich komme wieder, wenn ich Zeit habe. Wenn ich irgend etwas für dich tun kann, laß es mich wissen.«

»Geh nur! Ich werde mich vor dem Abendessen noch eine Weile aufs Ohr legen.«

»Soll ich auf dem Heimweg bei Dr. Hesselius vorbeischauen? Und ihn bitten, nach dir zu sehen?«

»Himmel, nein! Von Ärzten habe ich die Nase voll. Ich habe schließlich meine kleinen Pillen. Ich bin nur müde, das ist alles. Der Tag war lang und aufregend für mich.

Ich komme mir vor wie Odysseus, der von seinen Reisen heimkehrt. Der Vergleich hinkt allerdings etwas. Meine Frau als Penelope? Ich denke, ihr fehlt das gewisse Etwas, um begehrenswert zu sein. Findest du nicht auch?«

Christy verließ das Zimmer, ohne eine Antwort zu geben.

Anne stand vor dem Grab Geoffreys auf dem kleinen Friedhof des Hauses D'Aubrey — sie war dorthin geflüchtet, weil sie hoffte, dort Christy zu treffen, wenn er auf dem Heimweg nach ihr suchen würde.

Er ruhe in Frieden. Diese Worte waren auf dem Grabstein im November vergangenen Jahres eingemeißelt worden. Welche Ironie des Schicksals. Geoffrey ruhte nicht in Frieden in diesem Grab. Wie würde er reagieren, wenn dieser Augenblick kam. Sie konnte seine bitteren und sarkastischen Bemerkungen nicht mehr ertragen.

Christy, laß mich nicht allein, betete sie. Die Sonne ging bereits unter, und Anne begann zu frösteln. Trotzdem rührte sie sich nicht vom Fleck. Endlich hörte sie den Kies knirschen und sah Christy durch das Tor kommen, das sie für ihn offengelassen hatte. Auf der anderen Seite des Grabes blieb er stehen.

Unglücklich streckte sie ihm die Hände entgegen.

»Christy?« flüsterte sie. »Warum kommst du nicht näher?«

»Anne«, murmelte er mit traurigen Augen.

Hörte sie Mitleid in seiner Stimme? Anne wandte ihm den Rücken zu und schlug die Hände vor die Augen. Seine Hände lagen plötzlich auf ihren Schultern, aber sie empfand keinen Trost. Sie machte eine unwillige Bewegung. Ein trockenes Schluchzen entrang sich ihrer Brust.

»Nicht weinen, Anne. Bitte, weine nicht. Um Gottes willen, Anne.«

Wütend drehte sie sich um.

»Gottes Willen? Sprich nicht von deinem Gott, Christy. Eine schöne Strafe hat er sich ausgedacht für uns, dein Gott!«

»Nein, das glaube ich nicht.«

»Aber ich! Ich verfluche deinen Gott. Er ist so entsetzlich grausam . . .«

»Anne, bitte, höre mir zu«, sagte Christy und hielt sie am Arm fest.

»Wir haben gesündigt, und jetzt müssen wir dafür büßen. Weil wir uns geliebt haben!«

»Das ist nicht wahr, du weißt es.«

»Dann beweise es mir doch. Küsse mich.«

Sie krallte sich an die Aufschläge seines Jacketts und zog ihn verzweifelt an sich. Seine kalten Lippen berührten die ihren, es war ein salziger Kuß, denn jetzt weinte sie wirklich. Ihre Zunge drängte sich in seinen Mund, sie griff nach unten und streichelte ihn durch seine Hose hindurch, bis sie sein Begehren spürte.

»Liebe mich«, flüsterte sie heiser. »Liebe mich. Jetzt. Auf diesem verdammten Grab.«

Seinen Augen sah sie an, daß er es getan hätte, obwohl es die Zerstörung seiner Seele bedeutet hätte. Rechtzeitig kam sie zu Sinnen, als sie sein verzweifeltes Gesicht sah.

»Laß mich, Christy. Du bist nicht dafür gemacht, zu sündigen.«

»Ich liebe dich.«

»Und was hilft das?« seufzte sie. »In Wahrheit gab es nie Hoffnung für uns. Wir haben uns in einen Traum verrannt. Warum mußte ich mich ausgerechnet in dich verlieben? Warum nicht in einen gewöhnlichen Mann? Einen Mann, der in diesem Augenblick mit mir fliehen würde, irgendwohin, wo wir glücklich sein könnten. Deine Absicht ist das wohl nicht, oder?«

»Nein, Anne. Das ist nicht meine Absicht. In Wahrheit willst du es auch gar nicht.«

»Da kennst du mich aber schlecht. Geh jetzt endlich. Bitte, geh. Und sage mir nie wieder, daß du mich liebst, hörst du?«

Schluchzend wandte sie sich ab. Sie hörte nicht einmal die Schritte, die sich entfernten.

20

Meine geliebte Anne!

In diesem Augenblick müßte ich eigentlich in der Lage sein zu wissen, was ich dir sagen soll. Zwei Tage sind vergangen, und obwohl ich unsere Situation Tag und Nacht überdacht habe, fällt mir keine Lösung ein. Du wirst es nicht glauben, aber Hochwürden Christian Morrell saß gestern abend allein an seinem Schreibtisch und schüttete Portwein in sich hinein, bis er so betrunken war, daß er über seiner Predigt eingeschlafen ist. Ich bin sicher, dieser ungewohnte Anblick hätte dich zum Lachen gebracht, dieser alberne Versuch meinerseits, der Wirklichkeit zu entfliehen. Um die Wahrheit zu gestehen, ich bin immer noch nicht ganz nüchtern. Ich habe die Tür meines Arbeitszimmers verschlossen, damit Mrs. Ludd vor Schreck keinen Herzanfall bekommt. Mich sinnlos zu betrinken, war gewiß nicht die Lösung.

Aber eines ist mir klargeworden. Es wäre besser, wenn ich meinen Beruf aufgebe. Es will mir nicht gelingen, mich weiterhin in der Rolle des Geistlichen zu sehen. Ja, in der Rolle! Genau das ist das richtige Wort. Wie oft verfolgte mich früher dieser schreckliche Traum, in dem ich gar kein richtiger Priester war, sondern ein ertappter Schwindler. Und nun scheint dieser Traum wahr geworden zu sein. Ganz sicher bin ich mir nicht. Im Grunde weiß ich im Moment gar nichts mehr.

Ich erinnere mich an dein tränenüberströmtes Gesicht, den bitteren Zug um deinen Mund. Es tut entsetzlich weh. Ich würde so gerne dein Leid auf mich nehmen, wenn es eine Möglichkeit gäbe. Ich schwöre es. Das schlimmste ist, daß ich nichts tun kann, um dir zu helfen. Noch nie bin ich mir so als Versager vorgekommen. Deswegen habe ich mich betrunken. Und wegen unserer hoffnungslosen Situation. Du behauptest, Gott straft uns. Alles deutet darauf hin. Vielleicht hast du recht, obwohl ich es nicht glauben will. Wir haben uns in einen Traum verrannt, sagst du. Wenn dem so ist, dann war es ein unschuldiger Traum. Wenn Gott uns dafür tatsächlich bestraft, dann muß ich mich von ihm abwenden, dann kann ich ihn nicht mehr lieben, ihm nicht mehr dienen.

Was aber bleibt mir, wenn ich kein Geistlicher mehr bin? Selbst jetzt ertappe ich mich dabei, wie ich bete, um dann das Gebet wütend zu unterbrechen. Und doch ist es für mich das einzige, was mich trösten kann. Du bist stärker als ich. Du bist gottlos und führst trotzdem das Leben einer Christin. Ich hingegen bin von meinem Weg abgekommen und nichts, an was ich früher geglaubt habe, hilft mir. Wenn ich an meine kläglichen Versuche zurückdenke, mit denen ich Menschen, die genauso verzweifelt waren wie ich es jetzt bin, helfen wollte, dann möchte ich am liebsten Gegenstände an die Wand werfen und Gott beleidigende Dinge zurufen.

Ich mußte in den letzten zwei Tagen viel an meinen Vater denken. Niemals hat ihn sein Glaube im Stich gelassen, nicht einmal dann, als er alles verlor ... seine Frau, seine Gesundheit, seine Arbeit, die er über alles liebte. Wie gern wäre ich so geworden wie er. Und es macht mich unendlich traurig zu merken, wie weit ich von diesem Ziel abgekommen bin. Ich bin unfähig, jemandem zu helfen, weil in mir diese entsetzliche Leere ist. Wenn ich dir helfen könnte, würde ich hierbleiben, das schwöre ich dir. Aber mir ist andererseits klar, wie weh dir meine Anwesenheit tun würde. Auch für Geoffrey kann ich nichts tun, Gott weiß es. Und ich glaube nicht, daß ich es ertragen würde, so zu tun, als liebte ich dich nicht. Darum ist es das beste, wenn ich von hier verschwinde. Solltest du daran zweifeln, daß meine Entscheidung richtig ist, dann denke an unser letztes Beisammensein. Erinnere dich an den Schmerz, den wir uns gegenseitig bereitet haben. Ich weiß, ich riskiere es, dich zu verärgern, aber ich tue es trotzdem. Ich empfehle dir Hochwürden Woodworth, wenn du einmal das Gefühl hast, jemanden zu brauchen. Er ist ein guter Mann, und er hat mir jetzt etwas voraus: seinen Glauben.

Geoffrey ist sehr krank, fürchte ich. Aber trotz seines chaotischen Gefühlszustands ist er, glaube ich, keine Gefahr für dich. Wenn ich davon nicht so fest überzeugt wäre, würde ich hierbleiben. Sollte trotzdem etwas passieren, dann wende dich an Robert Polwin, ein Freund zu dem ich grenzenloses Vertrauen habe. Er ist Rektor der Kirche in Tavistock, ein gescheiter, verschwiegener und gerechter Mann. Bitte, Anne, zögere nicht, dich an ihn zu wenden, wenn es nötig sein sollte.

Vor zwei Tagen wolltest du nicht hören, daß ich dich liebe. Jetzt wirst du es lesen müssen. Es wird das letzte Mal sein, daß ich es ausspreche. Ich würde dich so gerne sehen, deine Stimme hören, dich festhalten. Ich bedauere nichts von dem, was wir getan haben. Ich werde dich immer lieben. Wenn es nur eine Lösung für uns gäbe ...

Aber mir will keine einfallen, die ehrenhaft wäre. Und eine andere würdest du auch nicht billigen, selbst wenn du mir das Gegenteil beteuert hast. Liebste, erinnerst du dich? Ich habe dir einmal gesagt, daß ich für dich beten würde. Heute sage ich dir, daß ich dich nie vergessen werde, daß ich nie aufhören werde, dich zu lieben.

Christy

Anne saß in ihrem kleinen Salon und schrieb in ihr Tagebuch. Die Dunkelheit brach herein, und sie mußte eine Kerze anzünden. War es schon so spät? Nein, der Regen draußen war schuld daran, daß sie die Worte nicht mehr entziffern konnte, die sie dem Blatt anvertraut hatte. Sie hörte den Wind und das Geräusch in den Regenrinnen.

Meine Dummheit erschreckt mich. Ich hatte wirklich geglaubt, frei zu sein und Anspruch auf ein bißchen Glück zu haben. Warum ausgerechnet Christy Morrell? Wie konnte ich so anmaßend sein, gegen das Gebot Gottes und die Gesetze der Natur zu verstoßen und den Erzengel für mich zu beanspruchen? Es geschieht mir nur recht, wenn ich dafür bestraft werde.

Sie nippte gierig an ihrem Sherry. War es das zweite oder schon das dritte Glas? Fröstelnd stellte sie es ab und griff wieder zum Federhalter.

Wie einfach wäre alles, wenn ich Geoffrey verlassen könnte. Aber er ist krank, und mein Gewissen erlaubt mir nicht, ihn im Stich zu lassen. Mein Gewissen! Von wem ich dieses wundervolle Geschenk wohl habe? Was kann ich tun, um Gott meine Dankbarkeit dafür zu beweisen? Mit meinem Tod? Allmächtiger, ist das eine zufriedenstellende Wiedergutmachung? Nein? Dann fahr zur Hölle. Ich hasse deine Geschenke, deine Macht und deine Verführungskünste. Beinahe wäre ich darauf hereingefallen. Armer Christy, der glaubt, daß ich ihn um seinen Glauben beneide. Ob ihm je bewußt sein wird, was sein Gott für ein trauriger, geschmackloser Witz ist?

Draußen waren Schritte zu hören. *Susan*? dachte Anne. *Susan, die nicht lockerläßt, mir Tee und Gebäck anzubieten?*

Anne legte ihren Federhalter zwischen die aufgeschlagenen Seiten und klappte ihr Tagebuch zu. Plötzlich wußte sie, wessen Schritte es waren.

Geoffrey war bisher nur ein einziges Mal hier heraufgekommen. Die Deutlichkeit, mit der sie sich an die unangenehme Szene erinnerte, zwang Anne aufzustehen. Etwas schwankend hielt sie sich einen Augenblick an der Stuhllehne fest. Der verdammte Sherry! Und die Tatsache, daß sie ihn auf nüchternen Magen getrunken hatte. Die Flamme der Kerze flackerte unruhig, als Geoffrey ihr Zimmer betrat. In seiner Hand hielt er ein Kuvert.

Anne hatte sich immer noch nicht an seinen körperlichen Zerfall gewöhnt. Vom Treppensteigen erschöpft, lehnte er sich an den Türrahmen und starrte sie finster an.

»Was tust du? Schreibst du vielleicht einen Brief?«

»Nein, ich sitze einfach nur hier.«

»Sieh mal, was ich hier habe«, sagte er und kam langsam näher. »Einen Brief! Möchtest du ihn nicht sehen?«

»Was für einen Brief?«

»Er ist für dich.«

Anne konnte seinem höhnisch verzerrten Gesicht ansehen, daß Fürchterliches im Anzug war.

Geoffrey warf den Brief auf ihren Schreibtisch.

»Hier! Du bist sicher ungeduldig ihn lesen zu wollen. Als ich merkte, von wem er war, konnte ich es kaum abwarten, den Inhalt zu erfahren.«

Die plötzliche Brutalität in seiner Stimme ließ sie erschauern. Sie starrte auf das Kuvert, auf dem ihr Name stand, und erkannte Christys ordentliche Handschrift.

»Mach ihn auf!«

Der Brief war offen, das Siegel erbrochen. Mit zitternden Fingern holte sie das Papier aus dem Kuvert.

»Meine liebste Anne ... Ich bedauere nichts von dem, was wir getan haben ...«

Die Worte verschwammen vor ihren Augen.

Geoffrey riß ihr den Brief aus den Händen, zerriß das

Papier in tausend Stücke, ließ sie zu Boden flattern und trampelte wie ein Wilder darauf herum. Sein Gesicht war purpurrot, und seine Augen funkelten böse. Die alte Angst vor ihm ergriff sie, und sie wich zum Fenster zurück. Fluchend kam er ihr nach.

Im Grunde hätte sie sich mit Leichtigkeit gegen ihn wehren können, denn er war krank und schwach. Doch die Angst nahm ihr jede Kraft zu einer derartigen Bewegung. Sie sah seine Faust auf sich zukommen, schrie laut auf, aber blieb wie erstarrt stehen. Der Schlag traf sie ins Gesicht, und ihr Kopf knallte an die Wand, bevor sie am Boden zusammenbrach.

Mit wütend entblößten Zähnen kniete er sich neben sie, zerrte an ihr, bis sie auf dem Rücken lag.

»Hure! Gottverdammte Hure!« schrie er, und sein fauler Atem blies ihr ins Gesicht.

Er zog und zerrte an ihren Kleidern, bis ihre Brüste bloß vor ihm lagen. Dann warf er sich auf sie und spreizte mit seinem Knie gewaltsam ihre Beine.

»Du wirst enden wie ich«, schrie er und versuchte sie zu küssen. »Genauso wie ich!«

Er biß sie in den Hals, während seine Hände fieberhaft die störenden Röcke hochschoben. Als sie endlich eine Hand freibekam, krallte sie sich in seine wenigen Haare und riß seinen Kopf nach hinten. Über seine hohlen Wangen rannen Tränen. Er knetete ihre Brüste und öffnete sich dabei die Hose.

»Du wirst mich lieben. Ich werde dich dazu zwingen, du Hure!« murmelte er.

Verzweifelt rieb er sein Glied, dann stieß er in sie hinein. Anne lag da, starr und ohne sich zu bewegen, aber von ihren Lippen löste sich ein Schrei, der sie beide erzittern ließ. Geoffrey barg sein Gesicht in ihrem Haar und weinte bitterlich, während er immer wieder zustieß, ohne zum Höhepunkt kommen zu können.

»Hör auf, Geoffrey«, bat Anne und nahm sein Gesicht in ihre Hände.

Er rollte von ihr herunter, legte seinen Kopf an ihren Busen und schluchzte. Langsam beruhigte er sich. Der Regen klopfte an die Fensterscheiben, und das war schließlich das einzige Geräusch, das zu hören war.

Was empfinde ich? dachte Anne. *Abgesehen von dieser Kälte, die in meinem Herzen herrscht? Christys Gott kann zufrieden sein, denn ich habe bekommen, was ich verdiene. Geoffreys Krankheit wird nun auch mich zerfressen, und meine letzte Hoffnung wird sich in eitrige Geschwüre verwandeln.*

Geoffrey begann unbeherrscht zu zittern. Er griff nach ihr, setzte sich auf, zog ihre Röcke über ihren Schoß, knöpfte ihr Kleid zu. Anne hielt still, auch als er ihr fast liebevoll das Haar aus dem Gesicht strich. Stöhnend stand er auf und brachte ihr ihren Schal, der auf dem Tisch lag, und ihr halbausgetrunkenes Glas Sherry. Sie schüttelte den Kopf, als er es ihr an die Lippen setzen wollte. Ihr war schlecht, jeden Moment glaubte sie sich übergeben zu müssen. Da trank er selbst das Glas aus und kippte gleich noch eins hinterher.

»Du kannst sie nicht kriegen.«

Ohne recht zu begreifen, starrte sie ihn an. Auf seinen Wangen leuchteten zwei hektische Flecken.

»Was?«

»Meine Krankheit. Ich kann dich nicht mehr anstecken, nicht in dem Stadium, das ich erreicht habe. Ich schwöre es, das ist die Wahrheit. Wenn du mir nicht glaubst, dann frag die Armeeärzte, die mich aus Fareham rausgeworfen haben.«

Anne lehnte ihren Kopf gegen die Wand und wartete auf das Gefühl der Erleichterung, das sich einstellen mußte. Sie wartete vergeblich. Es war, als könne sie überhaupt keine Gefühle mehr empfinden.

Geoffrey griff nach einer ihrer Hände. Er zitterte jetzt

so, daß sie ihre andere Hand darüber legte. Lächelnd sah er auf ihre vereinten Hände hinunter.

»Liebst du Christy? Du kannst es mir ruhig sagen. Liebst du ihn?«

»Ja, ich liebe ihn. Wir dachten ... Wir dachten, du seist tot.«

»Ich sterbe so langsam vor mich hin«, sagte Geoffrey fast freundlich. »Die Ärzte geben mir höchstens noch zwei Jahre, aber es wird schneller gehen. Beträchtlich schneller.«

»O Gott!« flüsterte Anne, und es klang wie ein Gebet.

Geoffrey senkte seinen Kopf über ihre Hand und küßte diese, dann legte er seine Wange darauf. Bevor sie ihm über den Kopf streicheln konnte, war er bereits aufgestanden, stöhnend und offensichtlich unter großer Anstrengung.

»Bleib ...«

Erstaunt drehte er sich um, und ebenfalls erstaunt sah sie ihn an. Dann machte er eine Verbeugung vor ihr.

»Ich danke dir, Anne«, sagte er, und seine Stimme klang fast wie früher. »Du mußt wissen, das macht es so verdammt viel leichter.«

Nachdem er gegangen war, schloß sie die Augen und lauschte dem Regen. Ihr Körper schmerzte, aber sie nahm es nur vage wahr, so als habe sich eine zweite Haut gebildet, die sie von der Wirklichkeit trennte.

Dann plötzlich kam sie zu sich. Was waren seine letzten Worte gewesen? *Das macht es so verdammt viel leichter.* Die wichtige Bedeutung dieses Satzes schob sich durch den Nebel. Lieber Gott!

Sie stand auf. Zu schnell. Sie mußte sich am Fenstersims festhalten, um im Gleichgewicht zu bleiben. Ihre Hand tastete nach der Beule an ihrem Hinterkopf. Dann begann sie vorsichtig den Raum zu durchqueren und die Treppe hinunterzusteigen.

Geoffrey war nicht in seinem Zimmer.

»Wo ist er?« fragte sie Violet, die ihr entgegenkam. »Mein Mann, wo ist er? Hast du ihn gesehen?«

»Er ist aus dem Haus gegangen, mit seinem Gewehr. Sagte, er ginge jagen.«

»Jagen!«

»Merkwürdig. Es regnet ja ...«

Fluchend schubste Anne sie beiseite und rannte los. Draußen nieselte es noch, der Fluß brauste lautstark unter der steinernen Brücke. Anne rief nach Geoffrey, sah aber ein, daß er sie bei dem Geräusch der Wassermengen niemals hören würde. Sie raffte ihre Röcke und rannte auf die Stallungen zu. Collie Horrocks kam ihr auf dem Hof entgegen. Sie sah sein erstauntes Gesicht, die Hand an der tropfenden Krempe seines Hutes, die plötzlich nach oben schnellte. Anne hatte den Schuß ebenfalls gehört. Collie starrte entsetzt zum Eingang des Stalls.

»Holen Sie William. Schnell«, rief Anne ihm zu und hastete an ihm vorbei.

Schweren Herzens setzte Anne einen Fuß vor den anderen, bis sie die letzte Box erreichte. Satans Box. Sie wollte schreien, aber die Kehle versagte ihr den Dienst.

Als Geoffrey sie sah, zog er eine Pistole aus dem Gürtel. Hinter ihm lag bewegungslos der schwarze Hengst. Aus einem runden Loch in der Stirn sickerte Blut.

»Lieber Gott! Geoffrey, was hast du getan?«

Anne stolperte in seine Richtung, klammerte sich an die Boxentür.

»Keinen Schritt näher«, rief Geoffrey und zielte auf sie. »Du drehst dich jetzt um und gehst wieder hinaus.«

»Warum? Was hast du vor?«

Sie wußte genau, was er vorhatte, aber sie blieb stehen, als sie hörte, wie er die Waffe entsicherte.

»Wenn du versuchst, mich zu hindern, muß ich dich ebenfalls erschießen«, sagte er.

Seine Stimme klang ruhig, aber in seinen Augen leuchtete der Irrsinn.

»Dreh dich um, Anne.«

»Geoffrey, nein ... Tu es nicht ... Das ist keine Lösung ...«

»Es ist die perfekte Lösung, Anne. Dann muß ich wenigstens nicht bei lebendigem Leib verfaulen, und es ist eine schnelle und saubere Lösung. Die Lösung eines echten Soldaten. Geh jetzt.«

»Ich flehe dich an ... Geoffrey ...«

»Grüße Christy von mir, Anne. Er ist ein guter Mann. Ihr werdet glücklich miteinander werden.«

»Geoffrey ... ich bleibe bei dir, ich schwöre es. Ich werde dich pflegen, du wirst sehen, alles kommt wieder in Ordnung ...«

»Wenn du jetzt nicht verschwindest, dann wirst du es mit ansehen müssen.«

»Geoffrey!« schrie sie.

Bevor sie die Arme über dem Kopf zusammenschlug, sah sie noch, wie er seinen Mund weit öffnete, die Pistole nach oben hob ... Dann hörte sie den Schuß. Sah William Holyoake an ihr vorbeieilen, sich über die blutige Masse beugen, die einmal das Gesicht ihres Mannes gewesen war.

Als sie zu sich kam, lehnte sie vor dem Stall sitzend an der Wand. Der Gutsverwalter hielt sie an den Schultern fest. Sie barg ihr Gesicht an seinem feuchten Mantel und weinte.

»Hat er Sie verletzt, Mylady? Ich habe nach dem Arzt geschickt, aber ich fürchte, Mylord ist tot.«

William reichte ihr sein sauberes, frischgebügeltes Taschentuch. Der Geruch nach Seifenlauge und Sonnenschein beruhigte ihren revoltierenden Magen.

»Ich werde jetzt Hochwürden Morrell holen«, sagte William und streichelte ihr beruhigend über den Rücken.

Anne sah prüfend in sein ehrliches Gesicht. Wußte er etwas?

»Soll ich den Pfarrer holen, Mylady?« wiederholte William.

»Nein, William. Hier gibt es nichts für ihn zu tun«, murmelte sie erschöpft.

Inzwischen waren sie und William nicht mehr allein. Sie entdeckte Collie Horrock, Susan und Violet. Und dann kam noch Mrs. Fruit gerannt.

»Was ist passiert? Was ist denn passiert?« jammerte sie ununterbrochen. Anne fühlte sich am Ende. Sie konnte nicht mehr. William half ihr aufzustehen.

»O William …«, schluchzte sie. »Holen Sie Christy. Bitten Sie ihn, sofort zu kommen.«

In seinem Arbeitszimmer war Christy dabei zu packen. Die Tür hatte er verschlossen, damit Mrs. Ludd nicht sah, was er machte, denn bisher wußte sie noch nichts von seiner Entscheidung. Bewußt zögerte er es hinaus, ihr die Neuigkeit mitzuteilen, denn er konnte sich ihre Reaktion lebhaft vorstellen.

Die meisten seiner Bücher ließ er für seinen Nachfolger zurück. Eigentlich packte er nur wenige persönliche Dinge zusammen, was kaum Zeit in Anspruch nahm. Ohne Schwierigkeiten paßte alles in eine kleine Holztruhe, eine Tatsache, die ihn unangenehm daran erinnerte, daß er geglaubt hatte, bis an sein Lebensende in diesem gemütlichen Haus zu wohnen, und der festen Meinung gewesen war, die von seinen Eltern geerbten Sachen seinen eigenen Kindern zu hinterlassen. Zu entdecken, daß auch dieser Traum nicht in Erfüllung gehen würde, berührte ihn unangenehm.

Für Hochwürden Woodworth hatte er eine Liste angefertigt, die diesen mit den Eigenarten mancher Dorfbewohner vertraut machen sollte.

1. Die Pendry-Familie sollte häufig besucht werden, auch wenn sie keinen Wert darauf legt. Martin steckt in einer schwierigen Phase. Er hat versprochen, nicht mehr zu trinken, kann aber leicht rückfällig werden, wenn er nicht ständig ermutigt wird.

2. Mrs. Lloyd gibt sich den Anschein, den Verlust ihres Mannes überwunden zu haben, ist in Wirklichkeit aber gefährdet, in Depressionen zu verfallen. Man sollte deshalb darauf bestehen, daß sie abgelenkt wird, unter die Leute kommt, Lesungen, Chorstunden etc. besucht.

3. Miss Weedie ist über jeden Besuch glücklich, besonders jetzt, weil die Pflege ihrer Mutter ein hartes Los ist.

4. Vorsicht vor Nineways. Er ist gnadenlos, was das Kirchenfenster der hl. Katharina betrifft. Ihn sich möglichst taktvoll vom Leibe halten.

5. Miss Sophie Deene streitet sich mit ihrem Onkel über die Verwaltung der Guelder-Mine. Ist zu stolz, um Rat anzunehmen. Und zu überzeugt, was ihre Kompetenz betrifft. Mit ihren zwanzig Jahren natürlich recht kompromißlos. Braucht unbedingt Hilfe.

Christy las die bisher notierten Punkte durch und warf das Papier dann wütend in die offenstehende Schreibtischschublade. Dann ging er zum Fenster und starrte in den Regen. Die triste Stimmung draußen stimmte mit der seinen überein. Inzwischen hatte Anne wohl seinen Brief erhalten. Die Sehnsucht nach ihr quälte ihn wie eine offene Wunde, die nicht verheilen wollte. Absurde Wunschvorstellungen gingen ihm durch den Kopf, seitdem er beschlossen hatte, sie vor seiner Abreise nicht mehr zu sehen. Manchmal träumte er davon, in London als Maler sein Glück zu versuchen, und er malte sich aus, daß Anne ihren Mann verlassen und ihm in die Stadt folgen würde.

Er wußte sehr wohl, wie kindisch es war, seiner Fantasie zu erlauben, solchen Hirngespinsten nachzuhängen. Aber der Gedanke, sie für immer aus den Augen zu verlieren, war unerträglich. Andererseits blieb ihm nichts anderes übrig, als so schnell wie möglich aus Wickerley zu verschwinden, bevor er ein Opfer seiner eigenen Schwäche wurde.

Das Getrappel von Pferdehufen auf dem Kopfsteinpflaster der Straße riß ihn aus seinen düsteren Gedanken. Die von zwei Ponies gezogene Kutsche von Dr. Hesselius hielt vor dem Pfarrhaus, und Christy seufzte, als er den Arzt herausspringen und auf die Haustür zuhasten sah. Es erinnerte ihn an die vielen Gelegenheiten, bei denen sie beide in der Vergangenheit zusammen aufgebrochen waren, um einem Mitglied der Pfarrgemeinde zu helfen. Dr. Hesselius in seiner Eigenschaft als Mediziner, er als Seelenarzt.

Doch waren die Seelen heute noch so gut aufgehoben bei ihm wie damals? Jetzt, da er beschlossen hatte, sein Priesteramt niederzulegen, und seine diesbezügliche Eingabe sich bereits in dem versiegelten Kuvert befand, das er nur noch zur Post bringen mußte? Man bat schließlich auch keinen Habenichts um ein Darlehen, oder? Außer, man ist ein Narr.

Dr. Hesselius hämmerte gegen die Tür. Christy begab sich schweren Schrittes nach unten und gewahrte Mrs. Ludd, die bereits den Besucher eingelassen hatte.

»Ist er da?« erkundigte sich der Arzt und schob die Haushälterin fast unhöflich zur Seite.

»Dem Himmel sei Dank, Sie sind zu Hause!« sagte er dann, als er Christy in dem düsteren Flur erspähte.

»Was ist geschehen?« erkundigte sich Christy besorgt.

»Ein Unfall. In der Guelder-Mine. Einige der Arbeiter sind verschüttet. Ich weiß nicht genau, wie viele, aber einer ist bereits tot. Wollen Sie mit mir fahren oder . . .«

»Ich nehme Doncaster. Das geht schneller.«

21

Die Guelder-Mine lag nördlich von Wyckerley und südlich von Dartmoor. Christy brachte sein mit Schlamm bespritztes, schwitzendes Pferd bei dem einzigen Baum auf dem kahlen Hügel zum Halten. Es war dunkel, obwohl alle vorhandenen Laternen angezündet worden waren. Die Minenarbeiter standen mit ernsten, besorgten Gesichtern in Gruppen beisammen. Als sie ihn erkannten, kam einer der Männer auf ihn zu.

»Ziemlich scheußliche Angelegenheit, Hochwürden«, sagte Charles Oldene und zog seinen durchweichten Hut. »Könnte noch schlimmer sein, aber es ist auch so recht mies.«

»Sind die Männer noch unten, Charles?«

»Glücklicherweise nein. Und nur einer ist verletzt. Thacker, den Sie wahrscheinlich nicht kennen, er ist Methodist. Zuerst dachten wir, er ist tot. Aber er hat nur Verbrennungen vom Dampf. Er wartet in der Umkleidebaracke auf den Arzt. Sein Seelendoktor ist bei ihm. Mr. Snodgress, der Prediger aus Totnes.«

»Dr. Hesselius wird gleich da sein. Aber wenn alle Männer oben sind, warum schauen alle so bekümmert aus?«

»Einer ist noch unten, Hochwürden. Für ihn können wir nichts mehr tun.«

»Warum denn nicht, um Himmels willen?«

»Er befindet sich an einer Stelle, wo wir nicht an ihn rankommen, weil der Gang zugeschüttet ist. Er lebt, aber wir können ihn nicht raufholen.«

»Kenne ich ihn?«

»Es ist Tranter Fox.«

Hinter dem Hauptmaschinenraum mit den hohen qualmenden Schloten befand sich ein kleines Gebäude, dessen Fenster erleuchtet waren. Der größere Hauptraum war allem Anschein nach leer, aber durch die offene Tür des kleinen Büros entdeckte Christy drei Männer und Sophie Deene. Als sie ihn sah, erhob sie sich hinter dem großen Eichenschreibtisch, der einst ihrem Vater gehört hatte, und kam ihm entgegen, um ihn zu begrüßen.

»Ich bin froh, daß Sie gekommen sind«, sagte sie leise und streckte ihm ihre eiskalten Hände zur Begrüßung entgegen.

»Ich habe es schon gehört. Kann man denn wirklich nichts für Tranter tun?«

»Jenks, der Vorarbeiter, meint nein. Wir werden versuchen, eine Mannschaft loszuschicken, die sich von der anderen Seite an ihn ranarbeitet, aber sie werden es nicht rechtzeitig schaffen, fürchtet er.«

»Gibt es keine Möglichkeit, in Tranters Nähe zu gelangen?« wandte sich Christy an Jenks, einen breitschultrigen Mann mit dunklem Bart.

»Das Risiko ist viel zu groß. Das kann ich keinem meiner Männer zumuten.«

»Und ich bin dagegen, daß sich Jenks in Gefahr begibt«, meinte Sophie mit fester Stimme. »Die Situation ist grauenvoll. Es wäre besser für Tranter gewesen, wenn er ...«, schluchzte sie. »So ist er lebendig begraben.«

»Ist er verletzt?«

»Das ist ja das Furchtbare daran«, stieß Jenks hervor. »Er hat sich etwas abseits begeben, um sein Mittagessen zu verzehren. Das war um zwei. Danach hat er wie immer ein Nickerchen gemacht, und Martin Burr, sein Kumpel, wollte ihn nicht wecken. Als um drei die neue Schicht nach unten kam, wußte von denen keiner, daß Tranter nur wenige Schritte von der Stelle entfernt, wo sie arbeiten würden, hinter einer Wand lag. Und Martin hatte keine Ahnung, daß gesprengt werden würde.«

»Was nicht weiter schlimm gewesen wäre«, unterbrach Andrewson. »Aber in der Crew befand sich ein Neuer, der den Sprengsatz zu nahe am Pumpenschacht anbrachte. Die Dampfmaschine explodierte, und die Männer wurden verschüttet. Man konnte sie befreien und hochholen, dieser Fox jedoch ist hinter der zusammengebrochenen Galerie gefangen.«

»Man kann ihn hören«, meinte Jenks. »Er hat nicht einen Kratzer abbekommen. Ohne Wasser wird er grauenvoll verrecken. Das kann drei bis vier Tage dauern. Ein schrecklicher Tod. Besser, es kommt zu einem weiteren Einsturz, und er stirbt dabei auf der Stelle.«

»Und zu einem weiteren Einsturz wird es kommen«, versicherte Andrewson grimmig. »Ich wette, es wird nicht mehr lange dauern.«

»Aber warum kann man ihn nicht rausholen?« fragte Christy. »Mit den anderen habt ihr es doch auch geschafft.«

»Bei der zweiten Explosion ist der Stößel in die Luft geflogen. Diese verdammten Eisenteile kriegt da keiner weg, das ist das Problem.«

Sophie preßte verzweifelt die Faust vor den Mund, und ihre hübschen blauen Augen waren vom Weinen rot. Sie war zum ersten Mal mit einem solchen Unglück in der Mine konfrontiert und der mögliche Verlust einer ihrer Arbeiter ging ihr sehr zu Herzen.

»Es ist nicht Ihre Schuld, Sophie«, sagte Christy. »Sie können nichts dafür. Ich werde jetzt nach unten steigen und versuchen, mit Tranter zu reden.«

Alle im Büro Anwesenden starrten ihn entsetzt an.

»Das können Sie nicht!« beschwor ihn Sophie. »Es ist viel zu gefährlich. Jenks weiß, wovon er redet.«

»Stimmt, Hochwürden. Es ist viel zu gefährlich. Stück für Stück bricht dort unten alles zusammen. Können Sie es nicht hören?«

Tatsächlich hörte Christy hin und wieder ein tiefes Grollen, das aus der Tiefe des Bergwerks heraufdrang. Allerdings hatte er bisher angenommen, es sei das Geräusch der unter Tag arbeitenden Pumpen.

»Trotzdem ... ich muß es versuchen«, meinte er. »Sagten Sie nicht, man kann Tranters Stimme hören? Folglich muß er auch mich hören, wenn ich mit ihm rede. Ist die Leiter noch intakt, die zu dem verschütteten Gang führt?«

Jenks nickte widerwillig, stellte sich breitbeinig vor den Geistlichen und schob entschlossen sein Kinn vor.

»Ich sage Ihnen doch, daß es aussichtslos ist. Selbst wenn Sie schreien, wird er Sie kaum hören. Es hat keinen Sinn, daß Sie da runtersteigen.«

Jenks hatte Angst. Eine gerechtfertigte Angst, deren er sich aber schämte.

»Sie haben sicher recht, aber ich muß es trotzdem versuchen. Würden Sie mich bis zu dem eingestürzten Gang begleiten, Mr. Jenks? Nur bis dahin, nicht weiter. Ich wäre Ihnen wirklich sehr dankbar. Sophie ... Mag sein, daß ich Tranter nicht retten kann, sein Leben liegt nun in Gottes Hand, aber ... Dieser Mann, der da unten ganz alleine ist, braucht mich ... Lassen Sie mich gehen.«

»Dann gehen Sie in Gottes Namen, Christy. Ich werde für Sie beten. Und für Tranter.«

Ungläubig starrten die draußen stehenden Männer auf Jenks und Christy, die dem Eingang zum Hauptstollen zustrebten. Bei ihnen befand sich inzwischen auch Ronald Fox, Tranters Vater, der sich nur mit Krücken aufrecht halten konnte.

»Sie werden doch da nicht runtersteigen, Hochwürden?« fragte Charles Oldene. »Das lassen Sie doch nicht zu, Mr. Jenks, oder? Begleiten Sie ihn tatsächlich nach unten?«

»Es ist nicht meine Idee«, meinte Jenks. »Aber Hochwürden hat seinen Willen durchgesetzt.«

»Sir, ich steige jetzt zu Ihrem Sohn hinunter«, sagte Christy.

»Wollen Sie wirklich versuchen, ihn da rauszuholen?« fragte der alte Fox hoffnungsvoll.

»Nein, Sir, das kann ich nicht«, erwiderte Christy mit

einem traurigen Kopfschütteln. »Aber ich werde mit ihm reden.«

»Reden?« wiederholte Tranters Vater enttäuscht. »Wissen Sie, im Grunde seines Herzens ist er ein guter Kerl, mein Sohn. Grüßen Sie ihn von mir, Hochwürden, und sagen Sie ihm, daß ich ihn bald wiedersehen werde. Ich werde mich beeilen, ihm zu folgen ... Er soll auf mich warten, ja?« sagte er mit tränenerstickter Stimme.

Christy war bisher noch nie in einer Kupfermine gewesen. Er wußte nur dem Hörensagen nach, wie hart die Arbeit unter Tage war. Jenks reichte ihm einen der Helme, an dem eine Kerze befestigt war, und stieg vor ihm die erste Leiter hinunter. In einem Parallelschacht zur Linken war das Auf- und Ab der Dampfmaschine zu sehen, die ununterbrochen Wasser aus den Tiefen heraufpumpte. Am Fuß der dritten Leiter blieb Jenks auf einer hölzernen Plattform stehen, um Christy Gelegenheit zu geben, zu Atem zu kommen.

»Wir befinden uns hier in 45 Meter Tiefe. Zu Tranter sind es noch 70 Meter runter«, erklärte Jenks und schwang sich auf die nächste Leiter.

Nach weiteren 30 Metern erreichten sie einen Seitengang, der gerade so breit war, daß zwei Männer nebeneinander gehen konnten. Die Hitze wurde immer schlimmer. Christy war dankbar, einen Helm aufzuhaben, denn mehr als einmal lösten sich kleinere Geröllbrocken von der Decke. Der Weg wurde immer gefährlicher. Manchmal mußten sie Zentimeter für Zentimeter über rutschige, dünne Holzbretter balancieren, die über schwarze Abgründe führten. Gelegentlich waren sie sogar gezwungen, auf allen Vieren zu kriechen. Endlich erreichten sie eine kürzere Leiter, die weiter nach unten führte. Vier solcher Leitern mußten sie hinter sich bringen. Christy brach der Schweiß aus allen Poren. Die heiße, ungesunde Luft machte ihm schwer zu schaffen. Schließlich blieb

Jenks stehen und erklärte ihm, daß sich der Hohlraum, in dem Tranter eingesperrt war, auf diesem Niveau befände.

»Und von hier aus gehe ich jetzt alleine weiter?« erkundigte sich Christy.

»Sind Sie verrückt? Oh, ich bitte um Entschuldigung...«

»Ist schon gut, Mr. Jenks. Ich weiß, es ist nicht Ihre Schuld, was hier passiert ist.«

»Doch, das ist es«, murmelte Jenks. »In gewisser Weise ist es meine Schuld. Ich habe angeordnet, wo der Sprengsatz angebracht werden soll. Und ich wußte, daß es gefährlich ist. Dickon und Miss Deene habe ich nichts davon gesagt, weil ich wußte, daß sie dagegen sind. Aber ich war der Meinung, daß wir das Risiko eingehen sollten. Und jetzt haben wir die Bescherung.«

»Nun, das war vielleicht eine Fehlentscheidung von Ihnen, aber ... Die zweite Explosion konnten Sie ja nicht vermeiden. Tranter wäre also auf jeden Fall ...«

»Schon, aber Bob Thacker wäre ohne diese verdammten Verbrennungen davongekommen. Und ohne diese Wassermengen, die alles überfluten und zum Einsturz brachten, hätten wir Fox vielleicht noch rausholen können«, seufzte Jenks.

»Das mag ja sein, aber Sie ...«

»Ich weiß, was ich getan habe, und damit werde ich leben müssen.«

Mit diesen Worten stieg er in den engen Schacht ein.

»Ich führe Sie jetzt an den Platz, von dem aus Sie mit Tranter reden können. Ich gebe Ihnen fünf Minuten Zeit. Dann müssen wir wieder rauf.«

Etwas später hielt Jenks wieder an.

»Lieber Gott, es ist noch schlimmer, als ich dachte«, flüsterte er.

Er entzündete eine Kerze und hielt sie vor sich.

In dem unruhigen Flackern der Flamme sah Christy, was er meinte. Es schien, als läge der Eingang zur Hölle vor ihnen. Ein beißender Geruch von heißem Metall und Pulver drang in ihre Kehlen. In dem schmutzigen Nebel sah man die Umrisse der durch die Explosion verformten Eisenteile, zersplitterte Holzbalken, mit denen die Decke abgestützt worden war. Die Hälfte der Galerie war durch den Einsturz der Decke hinuntergebrochen. Wassertümpel hatten sich gebildet, und über allem lag ein Dunst von Dampf.

»Wo ist Tranter?« fragte Christy fassungslos.

Jenks hielt seine Kerze höher und deutete in eine Richtung.

»Bei dem geringen Licht können Sie den Platz von hier aus nicht sehen. Er liegt irgendwo dort hinter diesem Chaos. Das, was von der Decke noch übriggeblieben ist, wird bald einstürzen und ihn begraben.«

Mit einem Klumpen Lehm befestigte er seine Kerze an der Wand. Dann formte er vor seinem Mund die Hände zu einem Trichter und rief nach dem Eingeschlossenen.

»Hallo! Tranter Fox? Können Sie mich hören?«

»Hallo! Mr. Jenks? Ich kann Sie hören!« erwiderte eine sehr schwache Stimme.

»Hochwürden Morrell ist bei mir. Er will mit Ihnen reden.«

Keine Antwort.

Christy konnte sich vorstellen, welchen Schreck diese Nachricht bei Tranter auslösen mußte. Wenn schon der Pfarrer zu ihm kam, dann mußte es schlecht stehen um seine Chancen, je wieder das Tageslicht zu erblicken.

»Ich lasse Sie jetzt ein Weilchen allein, Hochwürden«, murmelte Jenks und wich in die Dunkelheit zurück. »In ein paar Minuten komme ich Sie holen.«

Christy starrte auf die zerfetzten Eisenteile, die kreuz und quer liegenden Holzbalken, auf die Berge von Geröll, die zwischen ihm und der Wand lagen, hinter der Tranter lebendig eingeschlossen war. Dann begann er seinen mühsamen Weg. Er kletterte über Hindernisse hinweg, kroch auf allen Vieren, wenn es auf dem rutschigen Boden nicht anders ging, watete durch das kniehohe heiße Wasser.

»Ich komme«, brüllte er zwischendurch dem Eingesperrten ermutigend zu.

»Hochwürden?« rief Tranter, und es klang immer noch nicht lauter als zuvor. »Es hat keinen Sinn. Die Decke bricht gleich runter. Und es hat zu viele Löcher, in die Sie fallen können!«

Trotz der Warnung kroch Christy weiter. Die Flamme der an seinem Helm angebrachten Kerze flackerte unruhig und warf seltsam flüchtige Schatten an die feuchten Wände. Auf einmal stolperte er und rutschte in eines der Löcher. Nur seine Arme, die er wie Vogelschwingen nach beiden Seiten ausstreckte, retteten ihn davor, für immer im Untergrund zu verschwinden. Mit unendlicher Anstrengung gelang es ihm, sich aus dem Loch zu befreien. Einen Augenblick blieb er auf dem nassen Boden liegen, um wieder zu Atem zu kommen. Eine neue Erschütterung ließ den Berg erzittern. Ein Felsbrocken traf ihn zwischen den Schulterblättern, und Christy stöhnte vor Schmerz auf. Dann trat wieder Stille ein. Die Kerze war zum Glück nicht ausgegangen. Vor ihm sah er den großen Stößel der explodierten Maschine.

»Können Sie mich hören, Tranter?« rief Christy und lehnte sich einen Moment an das rostige Eisen.

»Ich höre Sie, Hochwürden. Aber das, was Sie hier tun, ist verrückt. Bei allem Respekt, Sie sind wahnsinnig.«

»Hochwürden Morrell? Wo sind Sie?« hörte Christy hinter sich rufen.

»Hier! Gehen Sie ohne mich wieder rauf, Jenks. Ich komme später nach.«

Jenks fluchte lautstark und beschwor Christy zurückzukommen, jedoch ohne Erfolg. Dann gab er es auf, mit dem halsstarrigen Pfarrer zu diskutieren. Die plötzliche Stille ließ darauf schließen, daß er den Rückweg angetreten hatte. Christy konnte in der Dunkelheit die kleine Flamme der Kerze sehen, die Jenks am Eingang des verschütteten Stollens an die Wand geklebt hatte.

Er war jetzt so nah an Tranter herangekrochen, daß sie sich normal unterhalten konnten.

»Ihr Vater ist oben«, sagte Christy.

»Bei dem Wetter sollte er nicht draußen sein. Ich hoffe nur, er hat sich warm angezogen.«

»Sind Sie verletzt, Tranter?«

»Der Finger meiner linken Hand ist gebrochen, ansonsten habe ich nur ein paar Kratzer abbekommen.«

»Wie sieht es da aus, wo Sie sind?«

»Es ist eng hier. Aufrecht stehen kann man nicht. Ich sitze mit ausgestreckten Beinen, aber hinlegen geht nicht. Luft hat es noch genügend. Vorher war es stockfinster. Jetzt kann ich ein bißchen was sehen. Liegt wohl an Ihrer Kerze.«

»Miss Deene hat eine Gruppe Männer beauftragt, sich von der anderen Seite an Sie ranzuarbeiten. Wenn sie es schaffen, ein Loch in die Wand hinter Ihnen zu machen, dann ...«

»Dann finden Sie einen Haufen vertrockneter Knochen. Ich kenne mich aus, wie lange so was dauert. Zu dritt schafft man höchstens sechs Zoll. Und das auch nur an guten Tagen.«

»Und wenn man sprengen würde ...?«

»Dann sterbe ich eben schneller.«

Christy schwieg. Was sollte er in diesem Moment auch sagen? Er wußte so gut wie nichts über den Bergbau. Mit Sicherheit war er nicht der richtige Mann, um eine praktische Lösung zu finden.

»Sagen Sie, Hochwürden, warum sind Sie eigentlich hier runtergekommen?«

»Um mit Ihnen zu reden.«

»Das ist doch Quatsch. Gerade Sie müssen doch wissen, daß meine Seele nicht zu retten ist.«

»Empfinden Sie das wirklich so? Glauben sie, daß Gott Sie im Stich gelassen hat?«

»Ist wohl eher umgekehrt. Ich habe ihn im Stich gelassen.«

»Haben Sie Angst vor dem Tod, Tranter?«

»Nicht direkt. Jeder muß sterben.«

»Das ist richtig, aber er muß nicht allein sterben ...«

»Wollen Sie damit andeuten, daß Sie hier auf meinen letzten Atemzug warten wollen?«

»Nein, ich meinte nicht mich. Ich meinte Gott. Wenn Sie es wollen, kann er bei Ihnen sein.«

»Also, da wäre ich mir nicht so sicher. Gott und ich, nun ja, wir stehen uns nicht so nah, müssen Sie wissen.«

»Beten Sie manchmal?«

»Ich?« lachte Tranter. »Was soll ich ihm denn zu sagen haben?«

»Was Ihnen am Herzen liegt. Ihre Ängste, Ihre Hoffnungen ...«

»Ich habe schreckliche Angst davor zu sterben«, meinte Tranter nach einer langen Pause. »Vorhin ... also da habe ich Sie angelogen. Christy? Müßte ich nicht beichten oder so was ...?«

»Wenn sie es möchten.«

»Und Sie können mir vergeben?«

»Ja, das kann ich.«

Eine lange Pause trat ein, in der Tranter nachzudenken schien.

»Ich bin ein schlechter Kerl«, meinte Tranter schließlich. »Denke, es gibt wohl kein Gebot, was ich nicht gebrochen habe. Muß ich jetzt meine Sünden laut aufzählen?«

»Nein, das müssen Sie nicht.«

»Ein Glück, denn das könnte ich nicht.«

»Bereuen Sie Ihre Sünden denn?«

»Oh doch, das tue ich.«

»Dann ...«

»Aber ...«

»Aber was?«

»Nun, ich überlege mir nur ... Gott wird doch wissen, daß ich nur bereue, weil mein letztes Stündlein geschlagen hat ...«

»Ja, ich nehme an, daß er das weiß.«

»Ja, und macht ihn das nicht mißtrauisch? Ich meine, wenn er weiß, daß ich nur aus Todesangst beichten will?«

»Gott ist nicht wie wir Menschen, Tranter. Gott ist die Liebe selbst. So einfach ist die Wahrheit. Wenn unser Leben zu Ende geht, kann er bei uns sein und uns sagen, daß wir nicht ungeliebt sterben werden. Seine Liebe ist mit uns im Augenblick des Todes, und sie wartet auch danach auf uns. Wenn Sie daran glauben, dann brauchen Sie keine Furcht mehr vor dem Tod zu haben.«

»Aber wie kann das denn sein?« fragte Tranter hoffnungslos und zugleich hoffnungsvoll.

»Gott hatte einen Sohn, und er hat ihn auf die Erde gesandt. Und da haben seine Feinde ihn gekreuzigt. Und nun gibt es ein Band zwischen Gott und uns. Und das ist die Liebe eines Vaters für seine Kinder. Eine Liebe, die nie vergeht. Eine Liebe, die ewig andauert. Und diese Liebe schließt Sie genauso ein wie mich.«

»Glauben Sie das wirklich?«

»Ja, das glaube ich.«

»Und er wird mir meine Sünden vergeben?«

»Wenn Sie sie bereuen, wird er Ihnen vergeben.«

Tranter schwieg. Minutenlang. Dann hörte Christy ihn weinen.

»Tranter?«

»Ich habe Angst«, schluchzte Tranter. »Wieso muß ich in diesem Loch hier verrecken? Wie kann Gott mir das antun? Ich weiß, daß es ein langsamer, qualvoller Tod sein wird. Vielleicht werde ich dabei wahnsinnig. Wie soll ich das aushalten?«

»Ich bleibe bei Ihnen, Tranter. Sie sind ein guter, starker Mann. Ich habe Sie immer respektiert.«

»Das ist eine verdammte Lüge.«

»Nein, es ist die Wahrheit.«

»Aber ich bin ein Sünder!«

»Glauben Sie, daß Sie deswegen nicht geliebt werden? Ich liebe Sie. Gott liebt Sie. Sie haben ein gutes Herz. Sie ehren Ihren Vater, Sie arbeiten hart, um ihn zu unterstützen. Sie sorgen für ihn wie eine Mutter für ihr Kind. Wem haben Sie je etwas getan? Niemandem. Es ist nicht schwer, Ihnen Ihre Sünden zu vergeben. Ich will Ihnen nicht vormachen, daß das Sterben leicht ist. Aber Gott ist bei Ihnen, genau wie ich. Sie sind nicht allein, Tranter. Sie werden geliebt, und Ihre Sünden sind vergeben.«

Tranter sagte nichts.

»Tranter, was denken Sie?« fragte Christy in das lange Schweigen hinein.

»Ich muß daran denken, daß wir gemeinsam ins Gras beißen werden, wenn Sie ihren heiligen Arsch nicht schnellstens nach oben bewegen.«

Christy lachte.

»Und ich denke, daß ich vielleicht ganz gern singen würde.«

»Singen? Ich wußte gar nicht, daß Sie gerne singen, Tranter.«

»In Cornwall singen wir alle gern. Was für ein Lied käme denn in dieser, na ja, besonderen Situation in Frage, Hochwürden?«

»Mir fällt da eine Hymne ein, die ein junger Priester geschrieben hat, als er seinen Tod nahen fühlte. Wir haben sie öfter in der Kirche gesungen. Deswegen weiß ich nicht, ob Sie sie kennen. Sie geht so ...«

Christy räusperte sich und begann die erste Strophe zu singen. Bei der zweiten stimmte Tranter mit ein. Danach schwiegen beide. Christy begann stumm zu beten. Die einfachen Worte sprudelten aus ihm heraus wie die Quelle aus dem Berg. Er fühlte tiefe Traurigkeit und zugleich unendlichen Frieden in sich, und das eine störte das andere nicht. *Allmächtiger, gib mir die nötige Demut, deinen Willen zu akzeptieren. Laß mich dank deiner Güte mein Amt mit Würde und Mut ausüben. Und ich danke dir, daß du mich auf den rechten Weg geführt hast, der nun klar vor mir liegt.*

»Verschwinden Sie, Hochwürden. Schnell!«

Tranters Stimme riß ihn aus seinem stummen Gebet. Staub rieselte von der Decke, während wieder dieses tiefe Grollen und das Geräusch splitternden Holzes zu hören war.

»Bringen Sie sich in Sicherheit«, drängte Tranter. »Gleich geht es wieder los.«

Christy sah sich verzweifelt um. Dann schützte er seinen Kopf mit den Armen und betete. In diesem Augenblick stürzte die Decke ein. Felsstücke und Holzbohlen prasselten auf ihn herunter. Mit zusammengebissenen Zähnen ertrug er die Schmerzen.

»Tranter?« rief er, nachdem der ohrenbetäubende Lärm nachgelassen hatte.

Dann hörte er Tranter fluchen. Kurz darauf sah er zwei Stiefelsohlen, die sich durch ein kleines Loch in der Wand auf ihn zuschoben.

Christy lachte. Tranter lebte. Aufatmend fielen sich die beiden Männer in die Arme.

»Welch ein Glück, Ihre Kerze brennt noch«, frohlockte Tranter. »Wir werden das Licht brauchen, um aus dieser verdammten Hölle rauszukommen. Ich werde vorgehen. Sie halten sich an meinem Hemdzipfel fest. Und schön langsam, Hochwürden. Schritt für Schritt. Und machen Sie alles genauso wie ich.«

Weit vor sich in der Dunkelheit konnten sie die Kerze flackern sehen, die Jenks an die Wand geklebt hatte. Unendlich langsam bewegten sie sich darauf zu.

»Wollen nur hoffen, daß Gott seine Meinung ändert«, scherzte Tranter.

22

Anne stand neben Christys Pferd, das an dem Baum festgebunden geduldig auf seinen Herrn wartete. Sie lehnte zitternd an Doncasters warmen Körper und sah angsterfüllt zu dem Maschinenhaus hinüber, vor dem die Minenarbeiter mit ihren Familien in Gruppen schweigend beieinanderstanden. Sophie Deene ging mit gesenktem Kopf unruhig vor ihrem Büro auf und ab. Es hatte aufgehört zu regnen, und ein warmer Wind löste langsam die Nebelschwaden auf.

»Was gibt es Neues?« erkundigte sie sich mit einem Kloß im Hals, als William Holyoake auf sie zukam.

»Immer noch nichts, Mylady. Miss Deene bittet Sie in ihr Büro zu kommen und dort zu warten. Da ist es wenigstens warm.«

»Danke für das Angebot, aber ich wäre da nur im Wege«, murmelte Anne. »Wie lang ist er jetzt schon da unten?«

»Fast eine Stunde, Mylady.«

Wieder war dieses entsetzlich tiefe Grollen aus der Tiefe zu hören.

»Er muß da raus«, wisperte sie. »Jetzt noch da unten zu bleiben, ist der reinste Selbstmord.«

Anne gab sich keine Mühe mehr, ihre Angst um Christy zu verbergen. Wußte der Gutsverwalter mehr, als er sich den Anschein gab? Wahrscheinlich. Merkwürdigerweise machte ihr das in diesem Augenblick nichts aus.

»Der Tod von Mylord hat sich inzwischen herumgesprochen. Miss Deene und Dr. Hesselius sprechen Ihnen ihr Beileid aus. Die Arbeiter und ihre Familie natürlich auch.«

»Ich nehme an, es ist ein großer Schock für alle.«

»Gewiß«, sagte der Gutsverwalter langsam. »Aber eigentlich gilt Ihnen das Mitgefühl der Leute. Man hat Sie von Herzen gern, müssen Sie wissen. Und ich soll Ihnen sagen, daß man für Sie beten wird.«

»Wie tröstlich ... solche Freunde zu haben«, sagte Anne mit tränenerstickter Stimme.

Dann hob sie den Kopf und lauschte auf das neuerliche Geräusch, das aus dem Mineneingang drang. Ein Schrei des Entsetzens drang aus ihrer Kehle, als sie vorwärts stolperte. Die Menschen wichen respektvoll zurück und grüßten sie scheu.

Sophie sprach leise mit den Männern, die am Eingang zum Hauptschacht warteten. Nur das monotone Geräusch der Wasserpumpen war zu hören. Aus dem hohen Schlot pufften weiße Dampfwolken, die sich sofort in Luft auflösten. Obwohl es nicht kalt war, zog Anne ihr Cape enger um die Schultern. Dankbar nahm sie zur Kenntnis, daß Holyoake in ihrer Nähe blieb.

»Ich höre was«, schrie einer der Männer.

Wie in Trance griff Anne nach der Hand des Gutsverwalters.

»Es ist Jenks!«

»Dem Himmel sei Dank«, flüsterte Anne.

Sophie ging hinüber, um von Jenks Neuigkeiten zu erfahren.

Wo ist Christy? fragte sich Anne verzweifelt.

»... aber er wollte nicht auf mich hören«, erklärte Jenks gerade. »Er wollte unbedingt mit Tranter allein sein. Also bin ich ein Stück zurückgegangen und habe gewartet. Als ich dann an die Stelle kam, an der ich ihn verlassen hatte, da war er verschwunden.«

»Verschwunden?«

»Ja, er war nicht mehr da. Ich denke, er hat sich weiter zu Tranter vorgearbeitet. Er muß auf allen vieren gekrochen sein ... so wie es da unten ausschaut ... Ich habe gewartet, mindestens eine halbe Stunde ... Dann habe ich mich an den Aufstieg gemacht, um Hilfe zu holen ... war mal gerade ein Stück hochgeklettert, da habe ich es gehört. Der ganze verdammte Gang muß eingestürzt sein ...«

Anne schwankte.

»Ob sie tot sind?« fragte einer.

»Das weiß ich nicht«, murmelte Jenks. »Wenn kein Wunder geschehen ist ...«

Anne ließ sich auf ihre Knie fallen und senkte den Kopf. Sie hörte Sophies Stimme, die aus weiter Ferne an ihr Ohr drang, doch ihr Verstand weigerte sich, das Gesagte zu registrieren. Der Boden war hart und feucht, aber sie spürte es nicht. *Wenn kein Wunder geschehen ist,* dachte sie und begann stumm zu beten. *Gütiger Gott, laß ihn nicht sterben. Bitte! Die Menschen hier brauchen ihn. Lieber Gott, ich flehe dich auf meinen Knien an, laß ihn überleben ...*

Noch nie war sie Gott so nahe gewesen. Christy's Gott. *Dein Wille geschehe ...*

Jenks und drei Männer standen am Schachteingang und lauschten angestrengt in die Tiefe. Die anderen Menschen um sie herum waren ebenfalls auf ihre Knie gefallen, hatten die Hände gefaltet und beteten für ihren Pfarrer.

»Heh, nicht so schnell. Das kann doch nicht wahr sein! Wo haben Sie das bloß gelernt, Hochwürden? Bei den Affen?« witzelte eine Stimme im Schacht, die einen unverkennbaren Cornwall-Akzent hatte.

Die Menge am Grubeneingang geriet in Bewegung. Rufe wurden laut, erleichtertes Gelächter brach aus.

Holyoake half Anne auf und umarmte sie spontan. Mit hochroten Ohren nahm er sie dann am Arm, um sie zu den anderen zu führen. Als er jedoch ihren Widerstand bemerkte, nickte er ihr verständnisvoll zu und ging allein.

Anne sah gebannt zu dem Schacht hinüber, der in die Tiefe des Berges führte. Sie sah Christy heraussteigen und seinen Helm in die Luft werfen. Sein blondes Haar leuchtete im Licht der Laterne, und die Zähne funkelten weißer denn je. Er war der schmutzigste Erzengel, den man sich vorstellen konnte. Hinter ihm erschien Tranter Fox, dessen gutmütiges schwarzverschmiertes Gesicht vor Anstrengung glänzte. Ein dürrer alter Mann auf Krücken humpelte auf ihn zu und schloß ihn in die Arme. Jeder wollte die beiden Geretteten anfassen, um sich davon zu überzeugen, daß sie wirklich am Leben waren. William näherte sich dem Dorfpfarrer und flüsterte ihm etwas ins Ohr. Christy sah sich daraufhin suchend um, ihre Blicke trafen sich über die Köpfe der anderen hinweg, und für Sekunden schienen sie alles um sich herum zu vergessen. Dann wandte sich Christy an Sophie Deene, während sich die Gruppen auflösten und aufgeregt und erleichtert die wunderbare Rettung besprachen. Sophie nickte bei Christys Worten, und Anne wußte, er hatte sie um Verständnis gebeten, weil er die Witwe trösten müsse. Und dann kam er auf sie zu. Nur mit Mühe unterdrückte Anne den Drang, sich an seine Brust zu werfen, streckte ihm statt dessen die Hand entgegen.

»Von William höre ich gerade ... armer Geoffrey. Arme Anne. Wie muß dir zumute sein nach all dem ...«

»Ich muß mit dir allein sein«, flüsterte Anne, »sonst werde ich verrückt ...«

Christys Blick verriet, daß er ebenso fühlte.

»Wie wäre es, wenn wir gemeinsam auf Doncaster heimreiten?« fragte er lächelnd.

Der laue Wind würzte die Luft mit Frühlingsgerüchen, und Christy, der hinter Anne saß, während Doncaster im sanften Trab dem Herrenhaus zustrebte, erinnerte sich an jenen Tag vor einem Jahr, als er denselben Pfad mit Geoffrey entlanggaloppiert war. Das schien eine Ewigkeit zurückzuliegen. Seine Lippen lagen auf Annes Haar, und weder sie noch er sagten etwas. Dieses Schweigen tat ihnen beiden gut.

Am Waldrand hielt Christy an und half Anne vom Rükken des braven Don. Er nahm dem Pferd den Sattel ab, damit es am Ufer des Wyck grasen konnte. Während Anne ihr Cape auf das feuchte Gras legte, wusch Christy sich das Gesicht mit dem kalten Wasser des Flusses. Dann gesellte er sich zu Anne, die auf dem Cape saß und ihn beobachtete. Stumm reichte sie ihm ihr Taschentuch, um sein Gesicht trocken zu reiben. Dann lehnte sie sich an seine Schulter.

»Hast du irgendwelche Verletzungen, Christy?«

»Nein. Ein paar blaue Flecken wahrscheinlich. Nichts Erwähnenswertes.«

»Wie hast du es nur geschafft, Mr. Fox herauszuholen?«

»Es war nicht mein Verdienst. Die Decke ist eingestürzt, das hat ihm das Leben gerettet. So konnte er aus seinem Gefängnis herausklettern.«

»Mr. Fox hat gesagt, es sei ein Wunder. Ich denke, ich stimme ihm da zu.«

»Es war ein Wunder«, meinte Christy und nahm ihre Hand.

»Hattest du Angst?«

»Ja, das hatte ich.«

»Ich dachte, ich werde wahnsinnig ... als ich sah, daß Jenks allein heraufkam. Was ich in dem Moment, als ich glaubte, dich für immer verloren zu haben, empfand ... das läßt sich nicht in Worte fassen. Es war das schrecklichste Gefühl, das mich je überkommen hat. Mir war, als preßte eine eiskalte Faust mein Herz zusammen ...«

Der Mond stieg immer höher, und sein fahles Licht

spiegelte sich im leise plätschernden Wasser des Flusses. Irgendwo rief eine Eule, sonst war es still.

»Willst du mir von Geoffrey erzählen?« fragte Christy und liebkoste mit seinen Fingern ihren Nacken.

Anne nickte zögernd und begann zu erzählen. Nur eines verschwieg sie. Mit keinem Wort erwähnte sie den Liebesakt, zu dem Geoffrey sie gezwungen hatte. Und ein Akt der Liebe war es trotz allem gewesen, auch wenn er unter Gewaltanwendung begonnen hatte. Sie verspürte kein Bedauern, daß es passiert war. Es war vielleicht das einzige, womit sie Geoffrey je hatte helfen können. Eines Tages würde sie Christy davon erzählen. Aber nicht jetzt.

»O Gott!« stöhnte Christy, als er erfuhr, daß Geoffrey hinter ihre Affäre gekommen war. »Ich Idiot! Warum habe ich den Brief zu euch ins Haus geschickt? Das hätte ich nicht tun dürfen. Ich hätte wissen müssen ... Oh, es tut mir so leid, Anne.«

»Es hat ihn schwer getroffen und sehr verletzt«, gab sie zu. »Aber es war nicht der Auslöser für seinen ... Selbstmord. Der Arzt hatte ihm nicht verhehlt, daß er bald sterben wird. Es wäre ein sehr langsamer, qualvoller Tod geworden. Geoffrey zog ein rasches Ende vor. Und zum Schluß hat er uns sogar verziehen. Das ist die reine Wahrheit. Er liebte dich, Christy. Und auch mich hat er geliebt.« Sie umarmte Christy und hielt ihn ganz fest. Zum ersten Mal spürte sie, wie unendlicher Frieden in ihr Herz einkehrte, als säßen sie beide auf einer kleinen Insel, die irgendwo zwischen Vergangenheit und Zukunft lag. Mit einem Seufzer der Erleichterung barg sie ihren Kopf an seiner Schulter. Doch plötzlich löste er sich von ihr, fast hastig, als fürchte er sich vor allzu inniger Berührung.

»Was ist los, Christy?« murmelte sie verstört.

»Ich ... es ist nur, daß ich ...«

»Was denn? Nun, sag schon ...«

»Also gut, wenn du mir versprichst, nicht zu lachen ...

Als ich die oberste Sprosse dieser letzten Leiter erreichte und die frische Luft einatmen konnte, endlich wußte, daß ich wirklich überlebt hatte ... Ich weiß nicht, ob du dir vorstellen kannst, was für ein überwältigendes Gefühl das war ... Eine nie zuvor gekannte Lebensfreude erfaßte mich, und dann sah ich plötzlich dich und ... Ich merkte, daß ich geil wie ein junger Ziegenbock war ...«

Anne errötete zwar nicht, aber sie wußte auch nicht, was sie sagen sollte. In ihrem Herzen jubilierte es und sie schwebte auf einer Wolke der Glückseligkeit, die so unwirklich schien, daß sie mit Worten niemals auszudrükken war. Christy beugte sich zu ihr hinüber und küßte sie leidenschaftlich. Nichts hätte Anne daran gehindert, sich ihm auf der Stelle, hier und jetzt, hinzugeben. Aber Christy schien noch etwas auf dem Herzen zu haben, was er unbedingt loswerden wollte.

»Und ich muß dir noch etwas sagen«, meinte er in ihr abwartendes Schweigen hinein. »Hör zu, als ich da unten war, in dieser dunklen Tiefe des Berges, da kam mir plötzlich eine Erkenntnis. Ob sie dir gefallen wird, weiß ich nicht, aber ich habe herausgefunden, daß ich wirklich für den Beruf eines Priesters gemacht bin. Ich weiß es jetzt ganz genau ... Gott zu dienen, das ist die Aufgabe, die ich erfüllen möchte. Du weißt, daß ich zeitweise an mir, sogar an Gott gezweifelt habe ... Das ist vorbei. Jetzt sehe ich klar meinen Weg vor mir, dank Gottes Güte, dank seiner Liebe. Ich weiß nicht, ob du das verstehen kannst, vielleicht drücke ich mich auch falsch aus, aber ...«

»O Christy, ja, ich kann es verstehen«, rief Anne und nahm seine Hände in die ihren. »Du weißt gar nicht, wie schlecht ich mir vorgekommen wäre, wenn ich all das zerstört hätte. Allein der Gedanke daran war mir unerträglich. Und weißt du was? Dann kann ich dir jetzt auch etwas gestehen ... Heute abend, da habe ich für dich gebetet. Wie alle anderen kniete ich auf dem Boden und habe

Gott gebeten, dich am Leben zu lassen. Ich habe nicht nur so getan, Christy, mein Herz hat mir die Worte eingegeben ... Ich habe an Gott geglaubt, ich glaube jetzt an ihn. Nicht ganz auf dieselbe Art wie du vielleicht, aber ... Meinst du nicht, das könnte ein Anfang sein? Warum lächelst du mich so merkwürdig an? Ich meine es ernst. Könnte es sein, daß ich bekehrt bin?«

Christy sah sie einen Augenblick lang an, dann ließ er sich auf den Rücken fallen und lachte, bis ihm die Tränen kamen. Etwas verunsichert legte sie sich neben ihn, stützte den Kopf in die Hand und sah ihn lächelnd an.

»Natürlich wirst du mir noch sehr viel beibringen müssen, wenn du nicht willst, daß ich einen Rückfall erleide. Aber als deine Ehefrau kann ich das wohl verlangen, oder bist du da anderer Ansicht?«

»Gewiß nicht. Ich betrachte das als eine Herausforderung, der ich Tag für Tag gerecht werden will. Anne, ich liebe dich so sehr. Und ich werde dich lieben, solange wir leben.«

»O, nein, mein Liebster. Ich bestehe darauf, daß der Priester, den ich heirate, mich für die Ewigkeit liebt«, meinte Anne lächelnd, während ihr Tränen des Glücks über die Wangen liefen.

23

Casa La Cima
Ravenna, Italien
22. April 1856

Sehr verehrter Lord D'Aubrey!

Inzwischen werden Sie sich in Lynton Great Hall sicher eingewöhnt haben. Vielleicht befinden Sie sich bereits in jenem Stadium, in dem Sie sich ernsthaft fragen, ob Sie diesen ererbten Besitz als Glück oder Unglück empfinden sollen. Als Geoffrey und ich nach Wyckerley zogen, plagten mich ebenfalls diese Zweifel, aber eines kann ich Ihnen versichern, mit der Zeit wächst einem dieses Haus geradezu ans Herz, trotz der Feuchtigkeit und der ewigen Zugluft, woran man sich aber gewöhnt. Nach und nach lernt man den Charme des Landlebens schätzen, darauf werden auch Sie kommen.

Trösten möchte ich Sie auch im Hinblick auf die unerwartete Kündigung von Mrs. Fruit, die Sie, wie mir scheint, als mittlere Katastrophe empfunden haben. Die Wahrheit ist, daß Sie diesem glücklichen Umstand einen wunderbar funktionierenden Haushalt verdanken werden, selbst wenn es Ihnen nicht gelingen sollte, für den freigewordenen Posten einen passenden Ersatz zu finden. Der Verlust dieser alten Dame ist alles andere als eine Tragödie, sondern ein Geschenk Gottes, das mir niemals zuteil wurde. Ich gebe zu, mir fehlte der Mut, dementsprechende Schritte zu unternehmen und Mrs. Fruit an die Luft zu setzen, weil ich mir herzlos vorgekommen wäre. Sie hingegen haben das Glück, daß die alte Dame Ihnen die Entscheidung abgenommen hat ...

Anne kaute an ihrem Federhalter und überlegte, ob der Ton ihres Briefes nicht etwas zu locker war. Sebastian und sie hatten sich nie kennengelernt, aber er hatte ihr im vergangenen Jahr häufig geschrieben, und sie war über seine offene und direkte Art überrascht gewesen. Warden Nineways hatte sich sogar aus moralischer Entrüstung schriftlich an Christy gewandt, um diesem mitzuteilen, daß bei dem neuen Herrn von Lynton Great Hall häufig alleinstehende Damen aus London zu Besuch weilten, mit denen er sich tags wie nachts vergnügte. Anne hätte diese Neuigkeiten nicht allzu ernst genommen, wenn nicht kurz darauf ein Brief von Mrs. Ludd eingetroffen wäre, in dem sie den neuen Gutsherrn ganz offen als Wüstling bezeichnete.

Anne war es verhältnismäßig gleichgültig, mit wie vielen Damen sich Lord D'Aubrey verlustierte, solange er sein Personal und seine Pächter anständig behandelte. Zu seinen Gunsten sprach immerhin, daß er zugestimmt hatte, das Amt des Friedensrichters gemeinsam mit Bürgermeister Vanstone und Captain Carnock auszuüben. Wenn er diese Entscheidung nicht nur aus Übermut gefällt hatte, dann war kaum anzunehmen, daß er wirklich der schreckliche Wüstling war, zu dem der Dorfklatsch ihn gemacht hatte. Zu gegebener Zeit würde sie die Wahrheit herausfinden. Allerdings nur, wenn es ihr gelang, William Holyoake zu überlisten, der die Verschwiegenheit in Person war.

Sehr herzlich möchte ich mich bei Ihnen für die Ratschläge bedanken, die Sie mir in bezug auf Ravenna gegeben haben. Tatsächlich ist es so, daß ich die Stadt bereits sehr gut kenne, da ich hier meine Kindheit verbracht habe. Auch mein Mann ist hingerissen von dem Flair dieses typisch italienischen Ortes. Gerade jetzt, während ich hier sitze und an Sie schreibe, ist er mit einem Monsignore unterwegs, um in San Vitale frühchristliche Marmorsarkophage zu besichtigen. Armer Christy. Wann immer die sehr freundlichen italienischen Priester herausfinden, daß er Pfarrer ist, wird er zu Besichtigungen dieser Art eingeladen. Natürlich interessieren ihn diese Dinge, aber offen gesagt ...

Anne lächelte. Wollte sie tatsächlich dem ihr unbekannten Lord D'Aubrey anvertrauen, daß ein Mann in seinen Flitterwochen auch noch anderes im Sinn hat, als Gräber und Reliquien zu besichtigen? Vielleicht war es besser, den Brief später zu beenden? Das war das Merkwürdige an Italien, es verführte zu unglaublicher Faulheit.

Anne stand auf, streckte sich genüßlich und trat auf den Balkon. Seit drei Wochen waren Christy und sie in Ravenna. Eine etwas verspätete Hochzeitsreise, da sie bereits vor vier Monaten an Weihnachten geheiratet hatten, aber Anne wollte unbedingt, daß Christy die Stadt im April kennenlernte, zu einer Jahreszeit also, die ihr immer am besten gefallen hatte. Entgegen all ihren Befürchtungen, daß die Bewohner von Wyckerley ihre Heirat, die nur acht Monate nach Geoffreys Selbstmord stattfand, schockierend finden würden, war das genaue Gegenteil der Fall gewesen. Alle hatten sich von Herzen mit ihnen gefreut. Die einzige Ausnahme war vielleicht Thomas Nineways, aber das war nicht verwunderlich, weil es überhaupt nichts gab, worüber er nicht moralisch entrüstet gewesen wäre. Dazu kam, daß sie durch die Ankunft von Sebastian gezwungen war, Lynton Great Hall zu verlassen. Sollte sie alberner Konventionen wegen für ein paar Monate eine neue Bleibe suchen, statt gleich zu ihrem neuen Mann ins Pfarrhaus zu ziehen?

Ein Pfiff riß sie aus ihren Gedanken. Im Hof unten stand Christy und winkte mit seinem Hut fröhlich zu ihr herauf.

»Ich dachte schon, du kommst überhaupt nicht mehr zurück«, rief sie leise.

Christy zeigte verzweifelt auf sein Ohr, weil er sie offenbar nicht verstanden hatte.

»Ich habe dich vermißt«, rief Anne nun ziemlich laut.

Christy lächelte glücklich. Die Sonne verwandelte sein Haar in pures Gold. Er trug einen neuen weißen Leinenanzug, den sie seinen ›Flitterwochenanzug‹ nannten, weil er es kaum wagen würde, damit in Wyckerley auf die Straße zu gehen. Schon dieses Anzugs wegen hatten sie sich entschlossen, auch in Zukunft in gewissen Abständen nach Italien zu reisen. Irgendwo mußte dieses *dekadente* Kleidungsstück ja aufgetragen werden.

»Ich habe uns Wein mitgebracht.«

»Wunderbar.«

»Und Obst.«

»Fabelhafte Idee, ich bin hungrig wie ein Wolf.«

Christy schüttelte in komischer Verzweiflung den Kopf. Erst vor zwei Stunden hatten sie zu Mittag gegessen.

Anne hingegen war sich beinahe sicher, den Grund für ihren fast ungehörigen Appetit und ihre Schlaflosigkeit zu kennen. Aber nur fast. In zwei Wochen würde sich herausstellen, ob ihre Vermutung richtig war. Es fiel ihr ungemein schwer, Christy nicht schon jetzt von ihrem Geheimnis zu erzählen.

Christy winkte ihr erneut mit seinem Hut zu und verschwand um die Ecke der Pension. Anne ging zu dem kleinen Schminktischchen hinüber und betrachtete sich im Spiegel. Wer war diese hübsche und fröhliche Frau mit den glänzenden Augen, in denen die schiere Lebensfreude leuchtete?

War das wirklich Anne Meredith Verlaine Morrell? Jene Anne, die sich in ihren kleinen Salon zurückgezogen hatte, um ihrem Tagebuch ihre bitteren Gedanken anzuvertrauen? Jene Anne, die einsame Spaziergänge zu verlassenen Plätzen unternommen hatte, damit niemand sie sah? Jene Anne, die sich so mutterseelenallein vorgekommen war, daß sie sich lange Gespräche mit ihren Angestellten ausgedacht hatte, die dann nie stattfanden? *Lieber Himmel, es ist einfach unfaßbar, wie ich mich verändert habe,* dachte sie glücklich.

Als sich die Tür öffnete, drehte sie sich um und empfing ihren Mann mit einem strahlenden Lächeln.

Christy blieb wie angewurzelt stehen. Wie entzückend Anne in ihrem grünen Morgenmantel aussah, den er ihr in Bologna gekauft hatte und dessen Farbe so gut zu ihrem rotblonden Haar paßte. Was für eine wunderschöne Frau er geheiratet hatte.

Er stellte seine Pakete ab und küßte den ihm sehnsüchtig entgegengestreckten Mund.

»Na, wie war dein Ausflug zu den Heiligen?« erkundigte sie sich.

»Ein bißchen langweilig«, gab er zu. »Und kalt und feucht ist es in diesen Grabkammern. Der achtzigjährige Monsignore gab sich redliche Mühe, mir alles zu erklären, aber ich konnte nur an dich denken. Die Vorstellung, daß du hier allein im Bett liegst, hat mich ganz wahnsinnig gemacht. Und ungeduldig. Ich frage mich noch jetzt, wie ich es geschafft habe, auf dem Weg hierher die Einkäufe zu erledigen. Hier, ich habe dir etwas mitgebracht.«

»Oh, sind die schön!« rief Anne und steckte ihre Nase in den Lilienstrauß, den er ihr vom Blumenmarkt mitgebracht hatte. »Und wie wundervoll sie riechen! Ich danke dir, mein Schatz.«

»Weißt du eigentlich wie hübsch du aussiehst in diesem Licht? Ich glaube, das muß ich ausnutzen. Was hältst du davon, wenn ich das Bild von dir endlich fertigmale?«

»Jetzt?«

»Warum nicht?« meinte Christy und deutete zum Bett hinüber.

»Wie kommt es, daß dieses Bild nie fertig zu werden scheint, Christy? Was meinst du?«

»Ich nehme an, daß es dafür triftige Gründe gibt. Wahrscheinlich liegt es an dem Modell«, meinte Christy und lächelte anzüglich.

»Also gut, dann gebe ich dir noch eine Chance«, lachte Anne.

Sie begab sich zu dem riesigen Bett und nahm die Pose ein, die sie bei der letzten Sitzung festgelegt hatten. Dann fummelte sie an den Bändern ihres Morgenmantels und ließ ihn über die Schultern herunterrutschen. Bewußt langsam öffnete sie die Knöpfe ihres weißen Seidennachthemdes, einen nach dem anderen, ohne ihn dabei anzusehen. Erst als sie bis zur Taille nackt war, hob sie den Kopf und lächelte ihn an.

Seit zwei Wochen schon versuchte Christy das Bild zu beenden, doch meistens gab er nach wenigen Pinselstrichen auf, um das zu tun, was eine Ehefrau auf der Hochzeitsreise von ihrem Mann erwartete. Diesmal jedoch, so schwor er sich, würde er der Verlockung widerstehen. Es würde nicht leicht sein, das wußte er. Anne wirkte so aufreizend verführerisch, so unschuldig und erotisch zugleich. Fest stand, daß dieses Bild, sollte es je fertig werden, nicht zu den Souvenirs ihrer Italienreise gehören würde, das er in Wyckerley vorzeigen würde.

Christy zog seine Jacke aus und hängte sie über die Stuhllehne. Dann holte er ein Glas mit Wasser, suchte nach den passenden Pinseln und legte sie sich zurecht.

»Christy?«

»Ja, mein Liebling?«

»Muß das wirklich sein?«

»Was meinst du denn?« fragte er unschuldig.

»Na ja, willst du wirklich das Bild fertigmalen?«

»Natürlich. Das habe ich doch gesagt. Allerdings ... Mir fällt gerade auf, ein paar winzige Kleinigkeiten stimmen da nicht ...«

Mit schnellen Schritten war er bei ihr und setzte sich neben sie.

»Das hier zum Beispiel ...«, sagte er und zupfte an ihrem Seidennachthemd, wobei er wie zufällig ihre nackte Haut berührte. »Und den Kopf mußt du ein bißchen mehr nach rechts drehen. So ... und jetzt nicht mehr bewegen. Bleib genau so!« meinte er und beugte sich über sie, um das Kissen zurechtzurücken.

»Christy?« flüsterte sie. »Mal es ein anderes Mal fertig.«

»Pst. Hier, das stimmt auch nicht ganz.«

»Was denn?«

Seine Fingerspitze berührte ihre Brustwarzen, die sich ihm bei dieser zarten Liebkosung verlangend entgegenreckten.

»Das ist schon viel besser. Aber ich glaube, das letzte Mal waren sie dunkler. *Couleur de rose* nannten wir das auf der Kunstakademie.«

»Christy ...«

»Irgendwas stimmt immer noch nicht. Jetzt weiß ich es. Sie müssen ein bißchen glänzen, wie Rosenknospen im Morgentau.«

Seine feuchte Zunge huschte über die beiden entzükkenden Nippel. Anne stöhnte leise und schloß die Augen.

»Aber was machst du denn da?« flüsterte sie, als er ihr sanft das weiße Nachthemd auszog.

»Ein kleines Experiment, eine neue Pose, die vielleicht ...«

»... die schrecklich aufreizend ist«, stöhnte Anne mit geröteten Wangen.

»So, und jetzt beugst du den Kopf nach hinten«, meinte Christy und streichelte die Innenseiten ihrer Schenkel.

Anne fühlte, wie sie dahinschmolz, wie sie sich öffnete. Er liebkoste ihre Brüste, nahm ihre Knospen zart zwischen Lippen und Zähne. Ein lustvoller Schauer durchrann sie, und ihr geschmeidiger Körper reckte sich ihm verlangend entgegen. Ihre bebenden Finger glitten über seine muskulösen Schultern und seinen Rücken hinunter. Dann klammerte sie sich an ihn und stöhnte laut auf.

Christy beobachtete gebannt ihr Gesicht, dessen Ausdruck sich im Takt ihrer orgastischen Zuckungen veränderte, dessen schöne hohe Stirn sich mit einem feuchten Film überzog.

»Oh, Christy ...«, murmelte sie entrückt.

»Meine süße, kleine Anne«, flüsterte er. »Ich bin völlig verrückt nach dir.«

Ihre Hände schlüpften unter sein Hemd, streichelten zärtlich über die festen Muskeln.

»Dir muß doch entsetzlich warm sein«, meinte sie mit gespieltem Ernst. »So kannst du mich doch nicht malen.«

Hastig knöpfte sie sein Hemd auf und zog es aus der Hose heraus.

»Da hast du recht«, stimmte er mehr als bereitwillig zu. »Ein Maler muß sich frei bewegen können.«

Er schlüpfte aus dem Hemd und warf es auf den Boden. Dann drückte er einen feuchten Kuß auf ihren Nabel, stand auf und zog seine Hose aus. Anne streckte und reckte sich wie ein zufriedenes Kätzchen, während sie seinen wunderschönen Körper bewunderte.

»Das nächste Mal werde ich Ölfarben nehmen, um dich zu malen«, sagte er. »Rot- und Goldtöne, wie Tizian sie verwendet hat. Wenngleich deine Figur auch nicht dem damaligen Geschmack entspricht. Glücklicherweise bist du nicht ganz so ... füllig.«

»Weißt du, in Gedanken habe ich dich manchmal mit dem Mann in Michelangelos Deckenbild verglichen. Wahrscheinlich wegen deines wundervollen Haares«, gestand sie, als Christy sich neben sie legte und ihre Fingerspitzen küßte. »Und manchmal mit dem Löwen von Rubens, ich meine den mit dem besorgten Gesichtsausdruck und den wundervollen Augen.«

Ihre Komplimente schienen Christy Freude zu machen, denn er lachte vergnügt, und seine Wangen überzogen sich mit einer stolzen Röte. Anne drängte sich an ihn und flüsterte beinahe bettelnd seinen Namen. Das war der Augenblick, in dem Christy sich entschied, seine bisher mühsam aufrechterhaltene Zurückhaltung aufzugeben.

»Bist du sicher, daß du das Bild nicht fertigmalen willst?« flüsterte sie kokett, als er sich zwischen ihre gespreizten Beine legte und seinen Mund auf den ihren preßte.

Auf dem Balkon stehend beobachtete Anne und Christy, wie die Sonne hinter Sant' Appolinare Nuovo unterging. Es war höchste Zeit, sich umzuziehen, denn heute abend wollten sie in ihrer Lieblings-Trattoria Muscheln und Hummer essen. Doch die Minuten verstrichen, und sie standen immer noch Arm in Arm auf dem kleinen Balkon und tranken von dem Wein, den Christy von dem Monsignore geschenkt bekommen hatte.

»Hast du eigentlich schon Mrs. Ludds Brief gelesen?« erkundigte sich Anne.

»Nein, noch nicht. Irgendwas scheint mir dazwischengekommen zu sein«, lächelte Christy. »Was schreibt sie denn?«

»Also ... erstens hat bei Captain Carnock ein Abendessen stattgefunden. Der Bürgermeister und Dr. Hesselius waren auch da. Und Miss Weedie, du wirst es nicht glauben, ist ohne Begleitung erschienen.«

»Aha!«

»Sie hat sogar ein Glas Sherry getrunken, und dann noch ein Glas von dem Portwein.«

»Das ist allerdings erstaunlich.«

»Genau. Und Mrs. Ludd meint, wenn der Captain Miss Weedie nicht bald einen Antrag macht, dann dürfen sich die beiden nicht wundern, wenn über sie geklatscht wird.«

»Die gute Mrs. Ludd!« grinste Christy. »Was hatte sie denn noch zu berichten?«

»Sie empfindet nicht gerade eine besondere Sympathie für Sebastian Verlaine, um es milde auszudrücken. Ihrer Meinung nach ist er ein Wüstling. Genauso hat sie ihn genannt. Und dann findet sie die Predigten von Pfarrer Woodworth zwar ganz annehmbar, aber lange nicht so gut wie die deinen. Sie sagt, alle vermissen dich ganz schrecklich. Oh, und Thomas Nineways hat den Vorschlag gemacht, daß am Tag der Unschuldigen Kinder eine Prozession aller männlichen Säuglinge stattfinden soll.«

»O nein! Dieser Mann kommt wirklich auf Ideen, die mehr als absurd sind«, lachte Christy.

»Arthur hat den Garten frisch bepflanzt. Nicht erwähnt hat sie die Tatsache, daß ich, als seine Arbeitgeberin, nur die Erlaubnis habe, Unkraut zu jäten und die Pflanzen zu gießen.«

»Mein armer Schatz.«

»Schade findet sie auch, daß wir am 1. Mai noch nicht zu Hause sind, weil die Kinder am Dorfanger einen Baum pflanzen. Alle hoffen, daß er rechtzeitig blühen wird, und beten um gutes Wetter und die freundliche Unterstützung der Heiligen Jungfrau.«

»Ich habe auch Neuigkeiten. Ich habe mit Vater Croce über unseren Ausflug nach Rimini gesprochen. Er hat gesagt, wir können entweder den Zug von Bologna oder direkt von hier die Postkutsche nehmen. In beiden Fällen ist es eine Tagesreise. Um im Meer zu baden, wird es noch zu kalt sein, meint er, aber die Besichtigung des Malatesta-Tempels lohnt in jedem Fall.«

Anne nickte abwesend. Sie dachte an zu Hause, an die Landschaft, die wie eine Patchwork-Decke wirkte, weil alle Felder mit Hecken umsäumt waren. An die Schafe, die mit ihrem schmutzigen, zottigen Fell auf den Wiesen weideten. An William Holyoake, der in diesem Augenblick sicher dabei war, Aushilfskräfte einzustellen, um die Schafe zu scheren. An den Garten der Weedies, der auch in diesem Frühjahr wie immer der schönste sein würde. Mrs. Ludd hatte in ihrem Brief auch erwähnt, daß Lily Hesselius einen Gartenwettbewerb vorgeschlagen habe, arme Lily! Sie hatte sich sagen lassen müssen, daß dies völlig zwecklos sei, weil ohnehin die Weedies als Gewinner daraus hervorgehen würden. So lange man zurückdenken konnte, schmückten die herrlichen Blumen aus dem Garten der Weedies den Altar der Kirche von Wyckerley.

»Was hast du gesagt, Liebling?« erkundigte sie sich, weil Christy ihr offenbar eine Frage gestellt hatte.

»Ich wollte nur wissen, worauf du Lust hast. Möchtest du lieber an der Küste entlangfahren, oder sollen wir das Landesinnere erforschen?«

»Wie du möchtest. Warum entscheiden wir das nicht einfach später?«

»Hast du schon gelesen, was in dem Reiseführer über Rimini steht?«

»Nein, noch nicht. Ich hatte bisher einfach keine Zeit dazu. Vielleicht mache ich das heute abend.«

In diesem Augenblick fiel ihr ein, daß Mrs. Ludd in ihrem Brief auch erwähnt hatte, die nachmittäglichen Lesungen fänden wieder statt. Pfarrer Woodworth gab sich offenbar redliche Mühe, die Zuhörer mit dem Buch ›Die Grundlagen der Moralität‹ von Whewell zu fesseln, was ihm aber wohl nicht recht gelingen wollte. Sie erinnerte sich, dem Pfarrer so taktvoll wie möglich eine etwas spannendere Lektüre vorgeschlagen zu haben, aber Woodworth konnte manchmal recht stur sein.

»Anne?«

»Ja?«

»An was denkst du?«

»Oh, entschuldige. Ich habe meine Gedanken ein bißchen schweifen lassen.«

Christy sah sie mit gerunzelter Stirn an.

»Wäre es dir lieber, wir würden den morgigen Ausflug nicht machen? Wenn du es möchtest, dann bleiben wir hier. Mir macht das nichts aus, mußt du wissen.«

Seinem Ton konnte sie entnehmen, daß er die Wahrheit sagte. Wahrscheinlich verhielt es sich so, daß er diese Reise hauptsächlich nur deshalb vorgeschlagen hatte, weil er ihr eine Freude machen wollte.

»Liebling? Macht dir unser Aufenthalt hier wirklich Spaß?« fragte sie nachdenklich.

»Aber natürlich! Großen sogar. Dir etwa nicht? Anne, was ist los mit dir? Gefällt es dir hier nicht?«

»Selbstverständlich gefällt es mir hier. Ich komme mir vor wie im Paradies. Man müßte verrückt sein, wenn man sich hier nicht wohl fühlt. Aber ...«

»Aber was?«

»Hast du kein Heimweh?«

Christy riß verwundert die Augen auf.

»Nicht ein ganz klein wenig Heimweh? Stell dir doch nur vor ... zu Hause säen sie jetzt die Graupen, das Vieh wird auf die Weiden getrieben, bald wird man die Schafe scheren, und die Abende werden bereits länger und laden zu Spaziergängen ein. Denkst du denn nicht manchmal an deine Pfarrkinder? Ich weiß, Pfarrer Woodworth ist ein fantastischer Mann, aber die Leute vermissen dich, das hat auch Mrs. Ludd geschrieben. Stell dir vor, eines deiner Schäfchen befindet sich in einer moralischen Krise und du bist nicht da, um ihm beizustehen. Du behauptest immer, Nineways sei harmlos, aber angenommen, er setzt während unserer Abwesenheit eine seiner verrückten Ideen in die Tat um. Womöglich führt er wieder den Brauch ein, daß Sünder öffentlich gesteinigt werden, oder irgendeinen solchen Blödsinn. Ich meine, das kannst du doch nicht zulassen, oder? Ich weiß, du hast diese Reise mir zuliebe unternommen, und dafür bin ich dir auch unendlich dankbar ... Du wolltest mich glücklich machen, und das bin ich auch, wirklich. Aber weißt du, ich habe in der Zwischenzeit herausgefunden, daß ich mich geirrt habe. Bisher hatte ich immer angenommen, daß ich hier in Ravenna zu Hause bin, weil ich hier meine Kindheit verbracht habe. Aber wahrscheinlich habe ich mir das nur eingebildet, um die Tatsache zu verdrängen, daß ich ein sehr unglückliches Kind war. Und jetzt ... Jetzt weiß ich plötzlich genau, wohin ich gehöre. Nach Wyckerley, an deiner Seite. Ich kann es kaum erwarten heimzufahren. Seit Tagen spüre ich schon diese Unruhe in mir, und heute abend ist es mir wirklich klargeworden. Ich will heim. Das bedeutet nicht, daß ich nächstes Jahr im Februar oder spätestens im März, wenn ich wie üblich friere wie ein Schneider, wieder sehnsüchtig an Italien denken werde, trotzdem ... Ich möchte wirklich heim. Du bist doch nicht böse? Wir verlieren natürlich die Anzahlung, die wir in der Pension geleistet haben, und Rimini kriegst du dann auch nicht zu sehen, jedenfalls nicht dieses Mal, das weiß ich alles ...«

»Na und?« lachte Christy. »Weißt du was? Mir geht es wie dir. Ich finde es zauberhaft hier, aber offen gesagt würde ich es sogar in Newcastle schön finden, wenn du bei mir bist. Du bist der Sonnenschein, der in mein Leben gekommen ist. Du bist mein Leben. Und ich liebe dich noch mehr als gestern ... und werde dich morgen noch mehr lieben als heute.«

»O Christy ...«, flüsterte Anne glücklich.

»Weißt du, manchmal fürchte ich mich«, sagte er aufrichtig. »Wenn ich jetzt schon so glücklich bin ... In welchem Zustand werde ich mich dann später befinden?«

»Wenn ich nicht mit einem Priester verheiratet wäre, wüßte ich jetzt nichts mit dieser seltsamen Bemerkung anzufangen«, meinte Anne und küßte sein Ohr. »Aber hör zu, ich mache dir jetzt einen Vorschlag ... Wir können ja noch ein oder zwei Tage bleiben. Jetzt, da wir wissen, daß wir bald heimreisen, eilt es im Grunde nicht mehr so. Was meinst du?«

Christy nickte zustimmend. In diesem Augenblick hätte sie ihn bitten können, mit ihm zum Mond zu fliegen, und er hätte es getan.

»Ich habe allerdings ein kleines Problem«, neckte er sie. »Mein Magen knurrt.«

»Dann gehen wir erst mal essen. Und danach ... danach verrate ich dir vielleicht ein Geheimnis. Eigentlich sollte ich es nicht tun, aber ich habe Angst, andernfalls zu platzen. O Christy, ich liebe dich so sehr.«

»Ich liebe dich auch«, meinte Hochwürden Morrell und machte ein ganz ernstes Gesicht dabei. Dann grinste er. »Also gut, erst gehen wir essen, damit mein Magen aufhört zu knurren, dann verrätst du mir dein Geheimnis, weil es sich für die Frau eines Dorfpfarrers nicht schickt zu platzen, und dann packen wir und ... morgen fahren wir heim. Einverstanden?«

»Einverstanden. Morgen fahren wir heim nach Wyckerley«, sagte Anne und sah ihn strahlend an.